Haie
im Mainzer Becken

Ein Krimi aus Mainz und Rheinhessen
von Jean C. Becker

Für Herbert

Personen und Ereignisse in diesem Roman sind frei erfunden. Ähnlichkeiten mit lebenden Personen und Geschehen wären rein zufällig und sind nicht beabsichtigt. Sollte sich dennoch jemand getroffen fühlen, so ist er mit Sicherheit nicht gemeint.

Obergasse 60, 55437 Appenheim
erschienen im Selztal-Verlag, Appenheim
Lektorat: Herbert Hertling, Céline Rheingans
Umschlaggestaltung: Herbert Hertling
Fotos: Ludwig Meitzler (S. 63), alle anderen Rainer Sauer
Bildbearbeitung: Rainer Sauer
Paläogeografische Karte auf S. 122 umgezeichnet nach
Sonne (1981) und Hartkopf und Stapf (1984)
Druck: Gorius Druck und Service GmbH, Vendersheim

1. Auflage 2001 1.-3- Tausend
2. überarbeitete Auflage 2009 4.-5. Tausend

Printed in Germany
ISBN 978-3-936929-02-7

www.jean-becker.de
www.krimitour.de
www.krimi-pantomime.de
www.selztal-verlag.de

Die Wahrheit kann es sich leisten, unglaubwürdig zu sein.
Nur die Lüge bedarf der Glaubhaftigkeit.

Volker Schäfer

*

Gebäude leben. Sie leben mit der Zeit, mit dem Wind, mit dem Wetter. Sie atmen und schwitzen. Sie lachen und weinen. Mit denen, die in ihnen leben, um sie herum leben, auf ihnen leben. Und sterben.
Gebäude merken sich, was sie erlebt haben. Immer. Ihre Narben sind ein Geschichtsbuch, das der Eingeweihte lesen kann. Es spricht von alten Zeiten, Stürmen, Hitze und Kälte. Von Einwohnern, Nachbarn, Passanten. Von Besuchern. Von Liebe und Leben. Und vom Tod.
Gebäude sind nicht für die Ewigkeit geplant. Und hinterlassen doch Spuren in der Zeit. Oder sie sind für die Ewigkeit gebaut. Und verschwinden doch spurlos. Im Boden, der alles aufnimmt und die letzten Spuren irgendwann tilgt. Manchmal aber kulminieren Geschehen. Werfen Verborgenes nach Außen.
Gebäude sind nicht stumm. Sie sprechen. Knarzen. Knarren. Knacken. Summen. Heulen. Sie können auch singen. Große Bauten können eine ganze Symphonie spielen. Oder eine Reihe von Disharmonien. Manchmal laut, manchmal leise. Unmerkbar laut, unüberhörbar leise. Für den, der mit ihnen lebt. Auch nachts, wenn alle anderen weg sind. Und nur noch das Licht in der Pforte brennt.

*

Friedhelm Uhl arbeitete im Staatstheater Mainz, genauer gesagt dem Kleinen Haus des Staatstheaters. Auch in der Nacht zum 4. August 2000 saß er in der dortigen Pförtnerloge, denn die Bauarbeiten am Großen Haus waren noch längst nicht fertig. Der Kulturbetrieb fand in der Phönixhalle im ehemaligen Panzerwerk in Mainz-Mombach, im TiC, dem Theater in der City oder aber in besagtem Kleinen Haus statt. Uhl, den sie alle dort nur liebevoll „Friedel" nannten, war ein sorgsamer und stets fröhlicher Mann. Er kannte das Kleine Haus genau, diesen modernen Bau aus Glas, Stahl und Beton. Dessen Innenleben in der Nacht unter dem Schein der Leuchtstofflampen so ungeniert auf

die Straße schien. Dessen Scheibenfassade auch am Tag einen steten, halb spiegelnden Blick ins Innere gewährte. Dessen tausend flache Dächer, Winkel und Treppen einen ganz eigenen Klang hatten.
Einen Klang, der bei hohen Temperaturen etwas dunkler war als bei tiefen. Der bei Regen von dumpfem Trommeln getragen wurde. Bei Wind vom Heulen und Pfeifen der unzähligen Ecken und Kanten. Uhl kannte sein Gebäude, kannte seine Geräusche genau. Heute Nacht gab es nach einer langen, trockenen und heißen Periode einen frischen, veränderlichen Wind, der sich zunächst böig entlud und erst nach Mitternacht abflauen sollte. Vereinzelt huschten kleine Wolken vor den Mond, der schon fast voll war und sein Licht zurückhaltend über Mainz streute. Als Uhl nach einem Rundgang um zehn wieder in sein Büro kam, hörte er ein neues Geräusch. Erst gab es einen kleinen, strengen „Knacks". Dann war wieder Ruhe, gefolgt von einem leichten, schwingenden, metallischen Zirpen. So wie überbeanspruchtes Metall klingt. Sollte eine Verstrebung der Dachkonstruktion einen Schaden haben? Ein Spanndraht gerissen sein?
Uhl wollte seine Schicht nicht abschließen, ohne der Ursache auf den Grund gegangen zu sein. Er nahm seine Taschenlampe, kletterte über einige der verschiedenen Vordächer und überprüfte die wichtigsten Ecken im fahlen Licht der Kryptonlampe. Doch er fand nichts.
Auch zur großen Dachterrasse ging er. Vor dem Ausgang lag, noch zusammengerollt, der rote Teppich für den Besuch des Ministerpräsidenten am folgenden Tag. Zusammengefaltete Sonnenschirme blockierten den Gang neben der Tür. Die Betonfüße dazu hatten die Leute von der Wiesbadener Eventagentur IBCF & Friends aus der Adelheidstraße 64 gestern bereits auf die Terrasse geschleppt. Was sehr schweißtreibend gewesen war, weil der Fahrstuhl ausgefallen war. Mal wieder. Nun ragten die Teile im fahlen Mondlicht wie Stacheln aus dem weiß leuchtenden Dachkies.
Uhl fand den Empfang für fast hundert Leute auf der Dachterrasse des Kleinen Hauses eine Schnapsidee. Nicht, dass er aus seiner Arbeit mit den Schauspielern keine Sonderwünsche kennen würde, die er auch immer wieder gern erfüllte. Nein, auf solche Menschenmengen war die Theater-Terrasse einfach nicht eingerichtet. Die Zugänge zu schmal und die Treppen zu steil. Aber so wollten es die Veranstalter halt. Kopfschüttelnd ging er nach draußen und genoss den angenehm kühlenden Wind auf dem Dach.

Was IBCF auf die Idee mit der Dachterrasse brachte? Na klar, hier hatte man einen guten Blick aufs Große Haus. Und war beim Richtfest mal unter sich, nicht in der zu erwartenden Menschenmenge auf dem Gutenbergplatz. Der Aushilfs-Hausmeister schaute sich um. Auch hier schien alles in Ordnung. Kein Blech der Dachverkleidung war abgerissen, soweit er das sehen konnte. Auch der Himmelsstürmer, die Skulptur des Berliner Künstlers Reiner Fetting, stand verloren auf seinem Sockel. Eine Zeituhr hatte bereits die auf ihn gerichteten Halogenlampen abgeschaltet und so hob er sich mit seinen spindeldürren Beinen und der rauen Oberfläche gespenstisch schimmernd gegen den Mond ab, den er mit seinen flehentlich ausgestreckten Armen greifen wollte. Bei einer besonders heftigen, kurzen Windbö glaubte Uhl eine leichte Bewegung zu erkennen. Er schaute noch einmal genau hin, doch er musste sich getäuscht haben.
Als er seine Schicht beendete, hörte er das neue Geräusch zwar immer noch, aber beschloss, es künftig zum normalen Repertoire zu zählen. Solche großen Gebäude lebten halt und auch ihr Ton änderte sich immer wieder ein wenig. Eine Gefahr für den Besuch der Polit- und Wirtschaftsprominenz am folgenden Tag sah er nicht. Uhl schlief in dieser Nacht tief und fest. Der Wind war erst nach Mitternacht abgeflaut. Und auch das merkwürdige Geräusch aus der Nacht war nicht mehr da, als der Hausmeister am nächsten Morgen ausgeschlafen und bester Dinge zur Arbeit erschien.

*

Der nächste Morgen war ein schöner Morgen, ein richtig schöner Morgen. Freitag. Richtfest des Großen Hauses des Staatstheaters Mainz. Während noch die nimmersatten Bäuche der Müllwagen die Reste der Konsumgesellschaft klappernd und quietschend verschluckten, zog die Sonne bereits strahlend im Osten ihre Lichtspiele über den Rhein. Die frisch renovierte Kuppel der Christuskirche erstrahlte in vollem Glanz und warf ihr Licht stolz auf die andere Rheinseite. Auf dem Fluss verzogen sich die letzten Morgennebel mit zunehmender Schnelligkeit. Ein stetig steigendes Brummen verriet den rapide steigenden Puls des Autoverkehrs, der schon in spätestens einer Viertelstunde die Kaiserstraße wegen der Dauerbaustelle am Hauptbahnhof und die Große Bleiche wegen ihrer debilen Ampel-

schaltung in den alltäglichen Stauplatz verwandeln würde.
In den Stehcafés der Bäckereien schlürften uniform in Anzüge gekleidete Sachbearbeiter und kostümgestylte Sachbearbeiterinnen ihren Kaffee in freudiger Erwartung des kommenden Arbeitstages. Auf dem Gutenbergplatz schrubbten orange gekleidete Mitarbeiter der Stadtwerke die Messingeinfassung des 50. Breitengrads auf Hochglanz. Sie begann kurz hinter der Hypo-Vereinsbank, unterquerte eine insektenschonende Lampe und verschwand schließlich in einem Gully in der Fahrbahnmitte. Johannes Gutenberg, genauer seiner Statue, war es egal. Seit 1837 schaute der berühmteste Sohn der Stadt Mainz regungslos dem Treiben vor dem Großen Haus des Staatstheaters zu, reichlich bedacht von den Exkrementen der allgegenwärtigen Tauben.
Neben der alljährlichen prominenten Fröhlichkeitsdemo anlässlich des Rosenmontagszuges war das Kettensägen-Massaker das letzte Großereignis gewesen, das die Gemüter auf der Dauerbaustelle Gutenbergplatz erhitzt hatte. Getreu der Devise „Lieber vollendete Tatsachen als Konsens schaffen" war damals im Morgengrauen ein Terminatortrupp des Grünamtes angerückt und hatte die alten Platanen, die der neuen Platzplanung im Wege standen, gefällt. Erst waren die Bäume hin und dann der Stadtratsfrieden. Die Unbill aber war nicht von Dauer. Zumal für neues Grün gesorgt wurde. Junge Linden fristeten danach am 50. Breitengrad ihr Dasein.
Auch in der angrenzenden Fuststraße tat sich etwas. Verhalten gähnend kurbelte der Inhaber des Elektro-Fachgeschäfts das einbruchshemmende Gitter vor seinen überreichlich bestückten Schaufenstern hoch und schaute auf das Kleine Haus des Staatstheaters. Dort regte sich noch nichts. Es würde wie sonst auch erst am Abend zum Leben erwachen und sich mit üppiger Innenbeleuchtung vom tristen Glashaus in den vorgesehenen Musentempel verwandeln.
Doch noch war alles leer, und als die Schaufenstergitter hochgekurbelt waren und den ungehinderten Blick auf Kaffeemaschinen und Schlafzimmerlampen freigaben, schaute der Selbstmörder mit stoischer Gelassenheit zu. Gegenüber der betagten Gutenberg-Statue war der Selbstmörder noch jung. Ganze vier Jahre hatte er auf seiner Bronzehaut. Es war der Himmelsstürmer, dem der Volksmund schnell seinen eigenen Namen gegeben hatte. Nicht zuletzt hatte der Standplatz nahe der Dachkante des Kleinen Hauses des Mainzer Staatstheaters den gesunden Meenzer Bürgersinn inspiriert.

Seitdem schaute die große Bronzeplastik gleichermaßen indigniert wie deplatziert hinüber zur sechs Meter entfernten Rückwand des Großen Hauses. Vielleicht hatte sich auch deshalb der Polier beim Aufstellen des Sockels nicht so die rechte Mühe gegeben, sodass die tonnenschwere Skulptur ein wenig näher an die Dachkante heranrutschte, als in den Bauzeichnungen ausgewiesen war.
Bei der Aufstellung hatte anscheinend auch der Kranführer nicht das rechte Zielwasser getrunken und mit seinem Mobilkran das Objekt ein wenig abseits der Sockelmitte platziert – leider wieder in Richtung zum Großen Haus hin. In jedem Fall hatte ein sorgfältiger Bauarbeiter die Skulptur ordentlich am Sockel verdübelt und alles sah wie gewollt und gekonnt aus. Nur, dass die Skulptur ein wenig sehr nahe an der Dachkante stand und auch nicht mittig auf dem Sockel.
Der Himmelsstürmer lebte mit dem Haus: Im Sommer heizte ihn die Sonne auf und er dehnte sich aus. Im Winter schrumpfte die Figur durch die tieferen Temperaturen, wie das für Metalle typisch ist. Die sorgfältig ausgeführten Schweißnähte machten diese Bewegungen problemlos mit, sodass kein Wasser eindringen konnte. Nur die Sockeldübel lockerten sich unmerklich ein wenig, Jahr für Jahr. Zu jeder Jahreszeit aber dekorierten die städtischen Tauben die ausgestreckten Hände und den Kopf des Himmelsstürmers mit eher irdischen Exkrementen.
Da die Fertigstellung des Kleinen Hauses einige Zeit länger als geplant in Anspruch nahm, blieb der Himmelsstürmer lange Zeit unbehelligt von Besuchern. Die das Dach des Kleinen Hauses überragende Fassade des Großen Hauses schirmte gut gegen den Wind ab und machte die statischen Mängel wieder wett. Physiker bezeichnen diesen Zustand als metastabil. In diesem Zustand kann bereits ein kleiner Anstoß ungeahnte Wirkungen auslösen.

*

Hausmeister Uhl sah dem Richtfest des Großen Hauses ein wenig gespannt entgegen. Das neue Geräusch in der Nacht beunruhigte ihn nicht, eher schon, dass der Fahrstuhl immer noch defekt war. So gab der halb geöffnete Fahrstuhlschacht einen Blick auf das furchterregende Leitungs- und Kabelgewirr im Innern frei. Die Fahrstuhlmonteure

waren schon seit sieben Uhr morgens mit der gebotenen Sorgfalt bei der Arbeit, die naturgemäß keine schnelle Lösung versprach.
Um acht kamen die Leute von IBCF & Friends und richteten die Terrasse wie bestellt her. Ausladende Marktschirme versprachen wenigstens punktuellen Sonnenschutz, der Sekt war in Eiskübeln kalt gestellt und der rote Teppich ausgerollt. Das kalte Buffet hatte Cati, die Tochter der Chefin, direkt am Himmelsstürmer unter einem der weißen Marktschirme aufgebaut.
Die blonde Studentin war nicht nur durch ihre fast hüftlangen Haare eine auffallende Erscheinung. Der Hitze entsprechend trug sie nur ein leichtes Top und einen Minirock. Hochhackige Schuhe waren bei ihrem Gardemaß von einsachtzig überflüssig und auf dem Kies der Dachterrasse auch völlig ungeeignet. Ihre Volleyballschuhe waren das Richtige und auch für die Lauferei bestens geeignet. In weniger als einer halben Stunde hatte sie das kalte Buffet angerichtet. Neben den typischen Mainzer Brezeln gab es Kanapees. Beispielsweise Lachs oder geräucherte Forelle mit Meerrettich, gekochtes Ei mit Kaviar, kalter Braten mit Cornichons und Oliven. Dazu einen spritzigen Winzersekt von der Rheinhessen-Winzer eG in Gau-Bickelheim, einen Dornfelder aus Appenheim und einen leichten Rheinhessen-Riesling aus Neu Bamberg.
Cati war mit sich zufrieden. Schon eine Viertelstunde vor dem offiziellen Eintreffen der Mainzer Lokalprominenz war sie mit ihrer Vorbereitung fertig. Leider – so musste sie feststellen – hatten nicht alle so viel zu tun wie sie. Ein sicher schon stramm auf die sechzig zugehender kleiner Mann im Standardanzug und sehr rundem Gesicht versuchte sie ständig in ein Gespräch zu verwickeln. Und auch am Buffet vergriff er sich bereits. Mit großem Wohlbehagen und lautem Schmatzen räumte er kräftig auf den Serviertabletts auf. Wenn es etwas kostenlos zu essen gab, war er dabei. Und das nicht zu knapp, wie seine fetten Hände und die unübersehbare Tonnenform seines Bauches zeigten.
Hinter den Gleitsichtgläsern seiner Cartier-Brille lauerten kleine, stechende Augen. Die Haare waren noch recht voll, wenn auch schon weiß. Wer glaubte, dass bei Männern eine mangelnde Hormonproduktion für volles Haar im Alter verantwortlich ist, irrte sich wohl in diesem Fall. Zumindest ließ er nicht locker, das blonde Wesen mit den langen Beinen auf jede mögliche Art anzubaggern.
Dieses hielt Alfred Mechtersheimer routiniert auf Distanz. Mit diesem Namen hatte sich der Möchtegern-Casanova vorgestellt und

gleich hinzugefügt: „Geschäftsführer der POM. Projekt-Objekt-Management.“ Das war der Auftraggeber, das war Cati klar und auch Mechtersheimer war klar, dass ihr es klar war. So viel Klarheit so früh am Morgen war bedrohlich und so war die junge Frau erleichtert, als endlich am Fuß des Gebäudes Hektik entstand und die Nobelkarossen der Staatskanzlei vorfuhren. Auch Mechtersheimers Interesse richtete sich zunächst nach unten und er eilte dem Tross des Ministerpräsidenten und der anderen Minister und Mainzer Honoratioren entgegen.
Am Eingang zum Kleinen Haus gab es das erste Gedränge, denn das von IBCF & Friends vorgeschlagene und von Mechtersheimer abgesegnete Programm sah zunächst einen Besuch hinter der Bühne des Kleinen Hauses vor. Die Politiker fühlten sich hinter den Kulissen gleich wie zuhause. Ob es daran lag, dass auch sie gern an Seilen zogen, um wie von Geisterhand Aufträge zu verschieben? Die engen Laufstege gefielen indes weniger. Insbesondere der Ministerpräsident, von den Seinen oft nur MP genannt, fluchte zweimal vernehmlich, als er nur mit eingezogenem Bauch vorwärtskam. Und beschloss, seinen lang gehegten Diätwunsch endlich in die Tat umzusetzen. Außerdem stellten die Fettpolster mancher Gattin bei den Kletterpartien die Kleidernähte auf eine harte Belastungsprobe. Dann war es endlich geschafft. Der nächste Programmpunkt war der Empfang auf der Dachterrasse.
Kaum der Enge entronnen, fiel nun die Sonne über die Abordnung aus Politik und Wirtschaft her. Die dunklen Anzüge entsprachen dem Protokoll, aber nicht dem Wetter. Sie zogen wie magisch die Sonne an und heizten den Honoratioren kräftig ein. Und so lief der Schweiß in nicht enden wollenden Strömen den frischrasierten Nacken der Honoratioren über die Wirbelsäule entlang hinunter zum Po. Den Frauen ging es nicht besser und unter manchem üppig wuchernden Dekolletée bildeten sich dunkle Schweißflecken. Auch die teuren Deos hielten nicht immer, was die Werbung versprach. Aber – wer in sein will, muss leiden.
Die Plätze unter den Marktschirmen waren schnell vergeben und auch der MP, unter dessen Vollbart sich die Hitze staute, beschloss, den Termin schnell hinter sich zu bringen. Ein paar kräftige Räusperer vom Wirtschaftsminister, der seine unvermeidliche Werbung für den guten Rheinhessenwein machte. Ein paar einleitende Worte vom Finanzminister, der die Millionen für die Musengänger bewilligt hatte, während

die fehlenden Kindergartenmittel als Problem der Kommunen abgetan wurden. Und schon war der Landesvater – manche sagten auch Landesfürst – an der Reihe.

Die Hitze war groß, der Durst auch, aber Pflicht ist Pflicht. Und so konzentrierten sich jetzt alle Zuhörer auf das, was der illustre Gast zu sagen hatte. Alle Zuhörer? Nein. Alfred Mechtersheimer schien die Gelegenheit günstig.

Mit geübter Zufälligkeit bewegte er sich hinter der wartenden Menge auf den Anrichtetisch zu, der direkt vor dem Selbstmörder aufgebaut war. Gerade hatte sein blondes Zielobjekt mit routinierten Bewegungen ein Tablett fertig gemacht und wollte es zu den Gästen balancieren.

Der Baulöwe fühlte sich im Rücken der Gäste und im schmalen Schatten der fast drei Meter hohen Skulptur sicher. So sicher, dass er plötzlich dem blonden Mädchen unter den Rock griff und sie gegen die kühle Bronze drängte. Sie musste sich für Tablett oder Tugend entscheiden und gab ohne Zögern der Tugend den Vorrang. Mit heftigem Klirren fiel das Tablett zu Boden und sie stieß in einem Anfall von Ekel mit aller Kraft gegen den Grabscher. Doch der war zu fett und ihre einzige Stütze die Bronzeplastik in ihrem Rücken. Vielleicht wäre es anders gekommen, wäre Mechtersheimer weniger schwer gewesen, die Dame bereitwilliger, die Statue standsicherer, der Platz geeigneter und der Kranführer sorgfältiger. So aber kam es, wie es kommen musste.

Gerade als der Ministerpräsident seine Ausführungen unterbrach, weil er das Gläserklirren und ein „Nimm die Pfoten weg, du geiler alter Grabscher!" wahrnahm und alle anderen Anwesenden automatisch seinem Blick folgten, geriet der Selbstmörder aus dem Gleichgewicht. Mit einem Schrei rollte sich das blonde Lustobjekt zur Seite und Mechtersheimer stand wie versteinert allein da. Unter den Augen der Mainzer Honoratioren, der Politprominenz und der Presse neigte sich die schwere Bronzeplastik scheinbar unaufhaltsam mit einem Knarren zur Dachkante hin. Ein Dübel war schon dem Sturm der letzten Nacht zum Opfer gefallen und nun rissen auch die restlichen Dübel im Beton mit einem leichten Schleifgeräusch und dann einem satten Plopp! aus. Erst langsam und dann immer schneller neigte sich der Selbstmörder zum Großen Haus hin. Die vormals gen Himmel ausgestreckten Bronzehände zeigten auf ihrem Weg nach unten noch kurz anklagend auf das Büro des Intendanten, während die Schwer-

kraft unerbittlich weiterzog. Schließlich legte sich der schwere Körper müde über die Dachkante und stürzte in die Tiefe.
Sekunden später schlug die schwere Skulptur zehn Meter weiter unten auf die Betonsteine zwischen dem Kleinen und dem Großen Haus des Staatstheaters auf und zerbarst mit einem lauten Knall, der von Anwohnern später als Erdbeben geschildert wurde. Auf dem Dach schlug die launige Sekt-und-Kaviar-Stimmung in Unsicherheit um. Beispielsweise bei Alfred Mechtersheimer und seinem Geschäftspartner Paul Simmer, dem geschäftsführenden Gesellschafter eines florierenden und expandierenden Bauunternehmens in der Mainzer Neustadt.

*

Ohne Rad wäre ich aufgeschmissen, echt. Wie soll jemand, der häufig in der Stadt unterwegs ist, noch die horrenden Parkgebühren in Mainz zahlen? So parke ich meinen Omega zwischen den Platanen auf dem Seitenstreifen der Rheinallee neben dem Industriehafen und radele den Rest. Im Hafen stapeln überdimensionale ferrarirote Gabelstapler 40-Tonnen-Container aus aller Welt scheinbar spielerisch leicht um. Es sieht aus, als ob Riesen mit mehr oder weniger verrosteten Legosteinen spielen, die mit Maersk, Hyundai und anderen Namen beschriftet sind.
Das Einparken zwischen den Platanen ist ein Rumzirkeln auf engstem Raum. Aber die Plätze sind recht zentrumsnah und kostenlos. Das Klapprad ist schnell ausgeladen. Der Zusammenbau dauert allerdings etwas länger, weil sich der patentierte Klappmechanismus immer wieder aufs Neue meinen Fixierungskünsten widersetzt. Auseinander fällt das Ding wesentlich leichter – was mich Bodenwellen mit besonderer Vorsicht überfahren lässt. Schließlich noch Kameratasche und Schreibmappe in den Fahrradkorb und los geht‘s.
Es ist Freitag, kurz vor dem Wochenende, kurz bevor ich meine beiden Kinder Dominik und Linda für meinen Teil der Sommerferien abholen kann. Nächste Woche Mittwoch darf ich wieder Vater sein und bereits drei Tage danach, am Samstag, geht es nach Mallorca. Das ist ein echter Luxus für meine in bedenklicher Schieflage befindlichen Finanzen, aber ich will mit ihnen mal etwas Neues erleben. Doch zuerst einmal ist noch journalistische Arbeit angesagt. Der Rohbau des frisch entkernten Großen Hauses ist fertig und der Prominentenauftrieb schon

lange organisiert. Also gilt es, Flagge zu zeigen, Fotos zu machen und Berichte zu schreiben. Gruppenbild zwischen Kaviar und Champagner oder in der volkstümlicheren – aber nicht weniger schmackhaften – Variante zwischen Winzersekt und Meenzer Brezeln.
Entschlossen schwinge ich mich auf meinen Klappdrahtesel. Ich bin mal wieder spät dran. Dann mit Schwung über die Fußgängerampel rüber zu den Stadtwerken. Die Fußgänger- und Radfahrampel an der Einmündung Kaiserstraße/Rheinallee zeigt wie immer rot, sodass ich den Blick auf den „Mainzer Hof" noch ein wenig genießen kann. Dann an Stadtbibliothek und Schloss vorbei, schließlich die Große Bleiche an den Wiesen zwischen Schloss und Staatskanzlei hoch und nach links Richtung Dom.
Am Höfchen haben sich die Stadtplaner einen besonderen Unsinn geleistet. Hier wurde die Straße so verengt, dass zwei Stadtbusse nebeneinander sie völlig blockieren. So etwas mag auf stark befahrenen Straßen zum Schutz der ein- und aussteigenden Fahrgäste sinnvoll sein, nicht aber in diesem für den Individualverkehr gesperrten Bereich. Rollen zwei Busse gleichzeitig auf die gegenüberliegenden Haltestellen zu, gerät jeder Radfahrer und Fußgänger zwischen den Gelenkbussen schlagartig in Lebensgefahr. Wer da nicht sein Leben zwischen Busblech zerquetscht auf dem neuen Pflaster der Fußgängerzone aushauchen will, kann sich nur schnell auf den Bürgersteig retten. Sofern er Fußgänger ist. Denn konsequenterweise sind die Bordsteinkanten dort besonders hoch und für Radfahrer kaum bezwingbar. Das läuft wohl unter Verkehrsberuhigung ...
Rechtzeitig vor der Radfahrerfalle am Höfchen weiche ich nach rechts in die Gasse zwischen dem Großen und Kleinen Haus des Staatstheaters aus. Auf dem Dach über mir lässt sich von hier nicht viel erkennen, aber Fetzen anbiedernden Gelächters und die Wagenkolonne aus der Staatskanzlei vor dem Eingang zeigen unzweifelhaft die Ankunft der Schirmherren an. Vereinzelt verstellen Bauzäune den Weg. Daneben noch ein Haufen Bruchsteine, der wohl zur Fassadenverkleidung vorgesehen ist. Ich muss mich durchschlängeln.
Ein Schrei! Ich schaue nach oben. Keine Sekunde zu früh, denn da kommt etwas Großes von oben herunter. Ich bremse abrupt, das Hinterrad blockiert, der Rahmen klappt auseinander. Ich kann mich gerade noch vor einem Sturz retten, indem ich abspringe. Da knallt mit einem klirrenden, reißenden Geräusch etwas Schweres vor mir auf

die Betonplatten. Ein rundes Teil rollt mit einem leicht scheppernden Geräusch zur Seite, eine weißliche Wolke hüllt das Ganze ein. Dann Stille. Ein genauerer Blick zeigt, dass der Himmelsstürmer aus mir noch unbekannten Gründen zum Bodenstürmer wurde. Was da weg-rollte, war sein Kopf. Der Torso liegt ausgebreitet vor mir.
Der linke Arm ist in einem grotesken Winkel abgespreizt, aber nicht ganz abgerissen. Auch das linke Bein ist irgendwie verbogen. Aus den entstandenen Öffnungen quillt weißlicher Staub und ein ekliger Geruch. Einige Kleinteile kullern heraus und bleiben verstreut liegen. Was bitte ist hier los? Das Ding hätte mich erschlagen können! War das Absicht? Als Comic-Fan schaue ich erst einmal verblüfft nach oben, ob etwas nachkommt, doch es erscheinen lediglich viele Köpfe, die erst still nach unten staunen und dann wie auf Kommando unverständlich durcheinanderschreien.
Doch mein Schock hält nicht lange an, schließlich gibt es hier etwas zu verdienen. Schnell packe ich die Olympus aus der günstig bei Eduscho erstandenen Fototasche und nehme mit dem Weitwinkel den Torso aus allen Blickwinkeln auf. Hoffentlich verwackeln nicht vor lauter Aufregung die Bilder, doch die kurze Brennweite des Objektivs und der helle Tag helfen mir entscheidend. Doch was ist da zu sehen, wo der abgerissene Kopf den Blick ins Innere teilweise freigibt? Haare? Es erinnert mich an etwas, doch ich kann es noch nicht einordnen. Der modrige Geruch breitet sich aus und verschwindet in der zugigen Passage zwischen den Bauzäunen. Wo der linke Arm abgebrochen ist, schimmert etwas hell aus dem Hohlkörper. Ein Fetzen Stoff? Vielleicht hat hier jemand auf merkwürdige Art und Weise Müll entsorgt. Auch hier schnell ein Foto, bevor es ein anderer tut. Vor lauter Aufregung stolpere ich fast über den Arm der Skulptur, der in seiner sehnigen Struktur nach mir zu greifen scheint. An der Ansatzstelle des linken Beines klafft ein beträchtlicher Riss, daneben liegt ein kleines Teil auf dem Boden. Ich hebe es auf. Es scheint mir eine kleine Versteinerung zu sein, wie ich sie in den Gruben Rheinhessens gesehen habe. Vielleicht ist es ein Haifischzahn, wie man ihn öfter finden kann. Darüber wird sich mein Sohn Dominik freuen, denn er sammelt Fossilien. Ohne den Sturz der Skulptur hätte ich ihn bestimmt übersehen. Ich wickle ihn in ein Tempo-Taschentuch und stecke ihn ein.
Zurück zur Skulptur. Es folgt ein Dokumentationsfoto des Risses und schließlich sind die Übersichtsfotos dran. Der Rest der Skulptur ist re-

lativ wenig beschädigt, wenn auch teilweise verbeult. Auch der rechte Arm und die Beine, die ähnlich grazil wie die Arme sind, sind noch dran. Der Himmelsstürmer war schon bald nach seiner Aufstellung besser bekannt als Selbstmörder. Volkes Mund tut Wahrheit kund…

Meine Standardfotos habe ich jetzt und beschließe, zunächst einmal aufs Dach zu steigen, um die Politiker zu fotografieren. Die sind aber schon auf dem Weg nach unten. Und so mache ich vom Foyer aus noch ein schnelles Foto der Politiker im Abstieg. Auch nicht schlecht vom Symbolcharakter her. Gegen den Strom der Herabkömmlinge kämpfe ich mich die Treppe hoch und gelange auf die Dachterrasse. Unter den Marktschirmen und an den Bistrotischen stehen nur noch wenige. Die meisten sind bereits nach unten gegangen, einige beugen sich immer noch über die Dachkante. Seltsam verwaist steht der Sockel des Himmelsstürmers da. Beim Nähertreten erkenne ich vier ausgefranste Löcher im Beton. Die Belastung war wohl zu hoch für die Dübel. Auch hier noch schnell zwei Fotos von zwei Seiten.
Neben dem Sockel des Himmelsstürmers ist der Tisch mit den Häppchen und Gläsern für die Schnäuzchentunker. Mechtersheimer macht sich ungeniert über das üppige Buffet her, während die anderen lieber ihre Neugier befriedigen. Vorsichtig schaue ich über die Dachkante. Unten schart sich eine Menschenmenge um die abgestürzte Skulptur; schon höre ich eine Polizeisirene. Ich beschließe, oben zu bleiben, um das weitere Geschehen zu beobachten. Es ist noch genug Zeit bis zum Redaktionsschluss. Genug, um die Bilder zu entwickeln und den Bericht zu schreiben.
„Hallo Ronni, du kommst aber spät." Jemand klopft mir auf die Schulter. Ich drehe mich um und erkenne Cati, die Tochter meiner Bekannten Laura Jäger.
„Was machst du denn hier?", frage ich erst verblüfft, denn normalerweise sollte sie jetzt an der Uni sein, aber richtig: Es sind ja Semesterferien. Und der Partyservice-Dress erklärt den Rest.
„Geld verdienen, was denkst du?"
„Was ist denn hier passiert? Wer hat denn das Ding hinuntergeworfen?"
„Eigentlich ich. Oder auch nicht, sondern eher der da." Sie zeigt auf einen konzentriert über die Dachkante sehenden Mann. „Kennst du den?"

„Ja klar, das ist der Mechtersheimer. So ein Baulöwe mit guten Verbindungen nach hier und da. Vor allem aber nach oben. Und was hat der damit zu tun?"
„Dieser eklige Chauvi wollte mir an die Wäsche und da habe ich das Tablett fallen gelassen und ihn weggedrückt und dabei ist das Riesenteil umgekippt und ..."
In Cati fängt langsam der Schreck an zu wirken und sie verstummt. Inzwischen ist ein Polizeiwagen vorgefahren, zwei Beamte springen heraus und drücken die Menschenmenge von der Statue zurück. Jetzt ist die Sicht auf den Torso freier, ich mache noch ein paar Fotos.
„Wie geht es weiter, Ronni?" Cati fröstelt trotz der wärmenden Sonnenstrahlen in ihrem kurzen Dress, wie ihre Gänsehaut zeigt.
„Als Nächstes kommt die Kripo. Die werden zumindest dich und Mechtersheimer fragen, wer denn das Kunstwerk hinuntergeworfen hat." Ich sehe schon die nächste Schlagzeile vor mir. „Von wegen Sachbeschädigung oder so. Aber es gibt etwas Komisches. In der Skulptur ist Müll oder so etwas. Haare und Stoff habe ich gesehen. Und etwas Weißes, Gips vielleicht."
„Wieso? Bronzeskulpturen sind doch massiv."
„Das dachte ich auch, aber das ist offensichtlich nicht so, wie ich jetzt weiß. In jedem Fall ist sie hohl."
„So ein Quatsch. Warum sollte jemand irgendetwas in einer Skulptur verstecken?"
„Es ist nicht üblich, in die Statuen selbst etwas einzuschließen. Sehr wohl aber in deren Sockel. Beispielsweise bei der Germania in Rüdesheim. Aber auch andernorts. Warum hier in die Statue? Da kommt so schnell keiner drauf."
„Aber Müll?"
„Tja, ich konnte das alles nicht so gut erkennen. Vielleicht irgendeine gefährliche Substanz, die für immer verschwinden sollte. Vielleicht radioaktives Material? Vielleicht ist ja auf dem Foto etwas darauf, was ich mit dem Auge nicht erkennen konnte. Natürlich wird die Kripo das rausfinden."
„So uninteressiert kenne ich dich gar nicht. Was ist los?"
Ja, Cati hat Recht. Was ist los mit mir? Seit ich nicht mehr mit Jana zusammen bin, ist mein Interesse für Kriminelles irgendwie zurückgegangen. Das aber ist nicht gut fürs Geschäft.
„Reiß dich zusammen, Ronni!", entfährt es mir.

„Was redest du da für einen Unsinn?" Eine berechtigte Frage.
„Entschuldige, Cati. Ich war in Gedanken. Ich sagte dir noch nicht, dass es so merkwürdig aus der Skulptur roch. Und schaue einmal auf die Stelle, wo ein Arm abgebrochen ist. Siehst du da etwas herausragen? Sieht wie Stoff aus."
„Tatsächlich. Was mag das bedeuten?"
„Ich weiß es noch nicht. Aber normal ist es nicht. Der Geruch? Um Spürhunde abzulenken? Wenn die Skulptur beispielsweise zum Drogenschmuggel eingesetzt werden sollte. Wer schweißt schon so ein Ding auf? Dann aber würde man nicht warten, bis sie an exponierter Stelle steht."
„Also, sprach Ronni Sander ..."
„Da sollte etwas auf alle Zeiten versteckt werden. Was aber, das werden wir noch rausfinden."
„Oder die Kripo."

*

Sicher haben die um die Staatskarossen herumstehenden Bodyguards mit ihren korrekt sitzenden Anzügen und der Jahreskarte fürs Fitness-Studio einen direkten Draht zur Kripo. Die Polizei hat inzwischen den Tatort abgesperrt und die Schaulustigen zurückgedrängt. Auf dem Dach hat sich die Aufregung inzwischen ein wenig gelegt und Mechtersheimer ist in regem Gespräch mit Simmer, leider zu weit weg, um etwas zu verstehen. Auch Cati hat inzwischen ihre Fassung wiedergefunden und will gerade die zerbrochenen Gläser und das Tablett wegräumen, als ich höre, wie sich ein Signalhorn rasch nähert.
„Das dürfte die Kripo sein, Cati. Komm, wir gehen hinunter. Lass die Scherben liegen."
„Und der Mechtersheimer, dieser Grabscher?"
„Du kannst dir ja noch überlegen, was du gegen den unternimmst. Auf jeden Fall ist der allgemein bekannt und kann nicht einfach verschwinden."
„Na gut, dann geh vor."
Kurze Zeit später sind wir unten vor dem Kleinen Haus und wie erwartet biegt ein Mondeo der Kripo gerade durch die Fuststraße auf den Theatervorplatz ein.

Mit geübter Behändigkeit schält sich ein untersetzter, kräftiger Mann Mitte fünfzig hinter dem Lenkrad hervor. Sein gut gefüllter graubrauner Pullover und die an den Knien ausgebeulten grauen Cordhosen verraten ungesunde Dienstzeiten und damit verbundenes hastiges Essen an der nächsten Fritten- oder Bratklops-Bude. Seine Augen aber sind wach und seine stoppelkurzen Haare stehen selbstbewusst wie eh und je nach allen Seiten ab. Herbert Wülfing von der Kripo Mainz ist unverkennbar.
Wie lange haben wir uns nicht gesehen? Seit einer halben Ewigkeit, scheint mir. Wir hatten zuletzt diesen merkwürdigen Internet-Mörder zur Strecke gebracht, der lebenslänglich bekam. Und diesen Psychologen, der immerhin drei Jahre bekam. Wegen Kinderpornografie, nicht wegen Anstiftung zum Mord. Der sicher bald dank vorbildlicher Führung wieder frei sein wird, vermute ich. Doch das ist Schnee von gestern.
Auch Herberts Assistentin Jana Haller steigt aus. Sie hat die Haare jetzt kurz und hennarot, ganz anders sieht sie aus. Immer noch dieser selbstbewusste Gang, dazu diese faszinierenden großen Augen. Der Hitze entsprechend trägt sie eine dünne Sommerjeans und ein leichtes, cremefarbenes Top.
Ganz selbstverständlich begrüßt sie mich mit einem trockenen „Hallo, Ronni. Wie geht's", während sie Cati taxiert. Sie stellt sich neben Herbert und schaut interessiert in die Runde, mit ihren roten Haaren mehr Blickfang denn je. Jana, diese Erinnerung an unvergleichliche Lust und Freude und jetzt diese grausame Neutralität. Unsere Beziehung dauerte leider nicht viel länger als die Jagd nach dem Internet-Mörder. Zwar telefonieren wir öfter noch einmal, aber mehr ist es nicht mehr. Mit einem Schulterzucken quittiert Herbert meine Betroffenheit. Dass meine Beziehung mit Jana zu Ende ist, weiß er schon lange. Schmetterlinge kann man nicht einsperren, sie fliegen wieder weg, sagte er einmal. So leitet er gleich zum Geschäftlichen über.
„Na Ronni, hast du das Blech vom Dach geworfen? So eine Statue kostet ein Vermögen."
„Keine Sorge, das übernimmt meine Haftpflichtversicherung." Ich mache seinen Unsinn mit. „Aber du musst dann für die Müllbeseitigung aufkommen."
„Wie kommst du darauf?"

„In der Skulptur riecht es merkwürdig. Und dann sind noch Haare drin, Stoff und wahrscheinlich Gips. Aber das siehst du ja gleich selbst."
„Ist jemand verletzt worden?"
„Ich wäre fast von dem Ding erschlagen worden. Sonst war niemand in der Nähe."
„Und wieso fiel es herunter?"
„Frau Jäger kann dazu mehr sagen." Ich nicke zu Cati hinüber und sie erklärt kurz, was vorgefallen ist. Als der Name Mechtersheimer fällt, zieht Wülfing kurz die rechte Augenbraue hoch.
„Wer war sonst noch auf dem Dach? Hat jemand die Namen?" Herbert spult sein Programm weiter ab.
„Das war eine Veranstaltung. Mit Einladungslisten und so weiter. Alles ganz offizielle Gäste, weil der Ministerpräsident und der Wirtschaftsminister da waren. Und der Meister der leeren Kassen, der Finanzminister. Die sind aber jetzt schon weg. Vielleicht sind sie noch vor dem Großen Haus in dem auch Normalbürgern zugänglichen öffentlichen Bereich. Irgendwo unter den Sonnenschirmen."
„Ach, die werden uns da jetzt vor allen Leuten ohnehin nichts sagen." Wülfing kennt die Gepflogenheiten. Nichts sagen, was der andere nicht sowieso schon weiß. Und schon gar nicht in der Öffentlichkeit. „Wenn es so weit ist, brauchen wir sie ja nur aus dem Mainzer Who's Who zu fischen."
„Exakt. Brauchst du mich gerade? Ich wollte mir einen Kaffee im Stehcafé an der Ecke holen. Ich habe schon genug Häppchen auf dem Dach gegessen und ich will ein wenig in Ruhe von außen zuschauen."
„OK. Aber bleib bitte in der Nähe. Vielleicht kannst du mir noch etwas sagen. Danach können wir ja zusammen einen Happen essen." Jana schaut nachdenklich auf Cati, zuckt die Schultern und geht dann mit Herbert weiter zur Absperrung, wo die rot-weißen Plastikbänder in der hoch stehenden Sonne glänzen. Ich stelle mich in die erste Reihe.
„Habt ihr schon einen Transporter gerufen?", begrüßt Wülfing die beiden Beamten.
„Nein, noch nicht. Aber sehen Sie doch einmal selbst hinein." Klaus Ziegelmayer von der Polizeiinspektion Innenstadt führt Herbert auf die Kopfseite des Torsos und deutet auf die Öffnung. Wülfing geht

schnaufend in die Hocke und schaut prüfend in die Skulptur hinein. Dann ruft er Haller zu sich: „Jana, ruf mal die Feuerwehr, die haben doch Kranwagen. Und natürlich die Spurensicherung."
Während Jana ihr Handy zückt, mache ich mal wieder ein Foto, was Herbert sich unwirsch umdrehen lässt:
„Wer macht denn da schon wieder ...", will er schon lospoltern, als er mich erkennt. „Ach, du. Hast du Wissenschaftler eigentlich eine Ahnung, wie schwer so eine Statue ist?"
„Ehrlich gesagt, nein. Ich könnte es höchstens abschätzen."
„Vielleicht weiß der Hausmeister, wie schwer die Statue ist. Bitte gehen Sie einmal fragen, Herr Ziegelmayer."
Jana hat ihr Gespräch beendet und dreht sich zu uns um: „Die schicken einen ganzen Fahrzeugpark aus der Feuerwache 1 in Bretzenheim. Einen Kranwagen, einen Einsatz-Leitwagen und einen Wechsellader. Dazu noch einen Rüstwagen aus der Feuerwache 2 am Barbarossaring. Mit dem ganzen Zubehör für den Kran. Das Gewicht spielt eigentlich keine Rolle – die packen auch mehr als eine Tonne."
Inzwischen ist auch Polizeiobermeister Ziegelmayer von der Pforte des Kleinen Hauses zurück.
„Hausmeister Uhl ist erst heute Nachmittag wieder da."
„Das Ding brauchen wir jetzt ohnehin nicht mehr." Herbert will den Torso endlich hier aus dem Stadtzentrum weg und in der Kriminaltechnik haben. „Zunächst einmal müssen wir Platz für die Fahrzeuge schaffen." Und er weist die Polizisten an, den Platz bis in die Seitenstraßen hinein abzusperren. Die Spurensicherung hat schon ihre Arbeit aufgenommen, aber was will man an einer Skulptur finden, die seit vielen Jahren Wind, Wetter und Taubendreck ausgesetzt ist? Fünf Minuten später kommt mit viel Martinshorn zunächst der Einsatzleitwagen, ein Iveco-Kleinbus, danach quälen sich Kranwagen und Wechsellader vom Gutenbergplatz durch die Fuststraße. Mit ein wenig Verspätung schließlich der Rüstwagen.
Wülfing schickt mich und Cati jetzt weg. „Jetzt brauchen wir Platz. Du wolltest doch einen Kaffee trinken. Wir melden uns bei dir. Hast du eigentlich einen Verdacht, dass es jemand auf dich abgesehen haben könnte?"
„Weil mir das Ding fast auf den Kopf gefallen wäre? Nein, oben sah es aus, als ob die Dübel rausgerissen sind. Ein Material- oder ein Konstruktionsfehler, denke ich."

„Glück gehabt, Ronni. Jetzt müssen wir aber weitermachen." Jana konzentriert sich wieder auf den Torso und spricht mit dem Einsatzleiter. Der dirigiert seinen Kran in Position, während Wülfing wieder sein Handy am Ohr hat. Wahrscheinlich bereitet er die Kollegen von der Gerichtsmedizin und der Kriminaltechnik auf einige Überstunden vor. Wie auch immer: Zunächst einmal gehe ich mit Cati ins Stehcafé der Landbäckerei Mayer und schaue dem Wirken der Feuerwehr zu. Das Richtfest des Großen Hauses hatte es wirklich in sich. Und zwischen frischgebrühtem Kaffee und knusprigen Croissants bin ich mir sicher, dass da noch mehr kommt.

*

„Gott sei Dank sind diese Gaffer nun ein wenig auf Distanz. Hol mir mal die Taschenlampe aus dem Auto, Jana!" Wülfing umrundete den Skulpturen-Torso wie ein Tiger seine Beute. Nur dass der Tiger einen Bier- und Hamburgerbauch hatte und die Beute in Bronze verpackt war. Haller wollte zunächst etwas vom Zauberwort „Bitte" sagen, ging dann aber direkt zum Einsatzwagen, kam mit einer Maglight zurück und drückte sie Wülfing in die Hand.
„Wie sagt man?"
„Danke. Lass uns mal sehen."
Er ging am Kopfende des Torsos in die Hocke und leuchtete in die Öffnung hinein, die der herausgebrochene Kopf im Schulterbereich hinterlassen hatte. Haare, in einer weißen Masse, wohl Gips. Wieso? Über allem ein leichter, weißer Staub. So dicht vor der Öffnung strömte die Skulptur immer noch einen süßlichen Gestank aus, den er kaum einzuatmen wagte.
„Totes organisches Material. Richtig?" Jana konnte wohl seine Gedanken lesen. Die Skulptur war schlank, grazil. Dennoch bot der Innenraum mehr Platz, als von außen zu vermuten war. Wer hatte ihn wofür genutzt?
Es musste noch etwas zu finden sein. Nachdenklich leuchtete Wülfing erneut die Ränder ab, wo einst der linke Arm der Skulptur angeschweißt war. Diese Öffnung war recht klein ...
„Da. Schau mal."
„Was ist, Herbert?"
„Hier, ganz am Rand."

Wülfing drückte den Stoff vorsichtig mit einem Kugelschreiber zur Seite und schwenkte die Maglight über den entsprechenden Bereich. „Da leuchtet etwas weiß im Innern. Vielleicht ein Zahn. Ein Teil des Gebisses?"
„Meinst du, dass ..." Jana wurde ein wenig bleich.
„...wir hier einen Teil eines Menschen haben?" Wülfing setzte wieder sein Pokerface auf, mit dem er sein eigentlich sanftes Inneres vor unerfreulichen Wahrheiten zu schützen suchte. Was in seinem Beruf leider oft vorkam. „Spekulieren kann jeder. ..."
Er überlegte. Wie konnte er am schnellsten vorgehen? Zuerst Spurensicherung, klar. Also in die Kriminaltechnik. Identifizierung und Todesursache, soweit möglich, in der Gerichtsmedizin. Aber all das war erst möglich, wenn dieser Bronzepanzer gesprengt wurde. Hatte hier jemand eine Leiche oder einen Teil davon dauerhaft verschwinden lassen wollen?
„Siehst du irgendwo einen Reißverschluss?" Wülfing schaute zu Haller, die nachdenklich auf die Skulptur starrte. „Oder wie ist das Material hineingekommen?
„Das weiß ich auch nicht."
„Sollen sich unsere Kriminaltechniker drum kümmern. Wenn die harte Nüsse knacken können, dann auch diese Bronzehülle."
Inzwischen fuhr der Kranwagen der Feuerwehr schon seinen Ausleger aus, vorsichtig über die Kartenverkaufs-Container hinweg. Die Spurensicherung war fertig und empfahl sich ins Wochenende. Mit zwei Schlaufen wurde die Statue fest verzurrt, hoch- und auf den Wechsellader gehoben. Zum letzten Mal klickten die Kameras der versammelten Presse, dann war der Himmelsstürmer auf seiner Reise in die Gerichtsmedizin. Zuletzt zerstreuten sich die Schaulustigen. Nicht viel später kündete nur noch der verwaiste Sockel auf dem Dach des Kleinen Hauses davon, dass da etwas nicht in Ordnung war.
Die Anlieferung der Statue im Polizeipräsidium war recht einfach. Ein Scherenhubtisch nahm die Skulptur vom Kranhaken auf und beförderte sie in das Kellerlabor der Kriminaltechnik. Es war kurz vor zwei Uhr nachmittags, sechseinhalb Stunden vor dem entscheidenden Bezirksligaspiel Gelb-Weiß Mombach gegen Rasensportfreunde Uhlerborn, meist nur „Rasenbügler" genannt.

*

Irgendwie ist es ganz gemütlich, durch die Scheiben des Stehcafés dem Treiben von Polizei, Kripo und Feuerwehr zuzuschauen. Erst grün, dann rot. Die Landesregierung lässt in umgekehrter Reihenfolge grüßen. Cati hat den Schock inzwischen verkraftet und interessiert sich mehr für einen hageren Typen mit halblangen, fettigen Haaren hinter meinem Rücken, wie ich ihrem ständig über meine Schulter gerichteten Blick entnehme. Als ich mich umdrehe, wendet er sich schnell ab.
„Wie geht's denn jetzt weiter, Ronni?" Sie bemüht sich aus Höflichkeit, mit mir auf Smalltalk zu machen, während die Feuerwehr die Skulptur anseilt.
„Ich muss gleich noch mal raus, um ein paar Bilder beim Abtransport zu machen. Am Montag wird sich dann die Kripo an uns wenden. An dich, weil sie wissen wollen, wie es zum Sturz kam, und an mich, weil mich das Ding fast erschlagen hätte." Der Kranwagen ist inzwischen in Position. „Ich muss jetzt raus. Wir telefonieren, OK? Hier hast du zehn Mark für den Kaffee und das Croissant."
Schnell bin ich draußen und montiere das Weitwinkel auf die Olympus. Mit 19 mm Brennweite bekommt man im Kleinbildformat fast die eigenen Füße mit aufs Bild. Bei Hausprospekten macht es durch die optische Verzerrung selbst kleinste Hotelzimmerchen zu großzügigen Suiten. In diesem Fall bekomme ich tatsächlich den ganzen Ausleger samt Skulptur drauf.
Nachdem Feuerwehr und Polizei durch die Gymnasiumstraße verschwunden sind, schwinge ich mich auf mein Klapprad, das ich inzwischen wieder zusammengebaut habe, und radele zu meinem Auto am Zollhafen. Es wird Zeit für die Berichte. Mit der Einstunden-Entwicklung sind die Fotos schnell genug fertig für die Samstag-Ausgaben der Allgemeinen Zeitung und Mainzer Rhein-Zeitung. Aber ob die meine Fotos nehmen? Zwar hatten die ihre eigenen Leute da, aber immerhin fiel mir das Ding vor die Füße. Das sollte sich vermarkten lassen.
Mein Auto steht noch unversehrt und von Politessen ungetadelt auf dem Seitenstreifen und ich fädele mich in den zur Schiersteiner Brücke strebenden Feierabend-Verkehr ein. Vorbei am Industriehafen geht es durch den neuen Kreisel Richtung Koblenz auf die A 643. Auf dem Weg nach Hause rufe ich mit dem Handy in den Redaktionen an, aber die wollen erst einmal die Berichte ihrer eigenen Journalisten verwerten. Da bleibt mir nur, abzuwarten und vielleicht am Montag den Kontakt zu Jana und Herbert von der Kripo zu aktivieren.

*

„Natürlich passiert das immer mir." Wülfing war ziemlich sauer, das war Haller klar. Typisch, dass solche Dinge kurz vor dem Wochenende passierten. Passenderweise natürlich in den Sommerferien, wo die Minimalbesetzung sowieso Überstunden schieben durfte. Die Kriminaltechniker hatten mit dem Schweißgerät den verbliebenen Arm und die Beine abgetrennt. Doch dann stockte die Arbeit. Durch die Öffnung des rechten Arms war im Innern ein Teil einer menschlichen Hand und auch ein Teil eines Knies zu erahnen. Diese Anordnung gab neue Rätsel auf. Falls ein menschlicher Körper in der Skulptur eingeschlossen sein sollte, fiel das in die Zuständigkeit der Gerichtsmedizin, ohne Frage. Auch Schweißen war damit nicht mehr möglich, weil sonst eine Beschädigung des eingeschlossenen Körpers nicht auszuschließen war. Sofort nach dieser Feststellung gingen alle Teile mit dem kleinen VW-Transporter direkt in die Gerichtsmedizin.

Das alles war bereits kurz vor drei gewesen. Und nun – um Viertel nach drei – erklärte ihm am Telefon auch noch der Gerichtsmediziner, ein Doktor Wolfgang Schneider, dass das Lösen der Leiche aus den Resten der Skulptur sicher einige Stunden dauern würde. Wo denn der bewährte Doktor Zweipfennig sei, fragte Wülfing. Er komme am Montag zurück, aus den Sommerferien, teilte ihm Schneider mit. Aber so lange wolle man wohl kaum warten, oder?

„Natürlich nicht!", polterte Wülfing los. „Nun pellen Sie die Leiche endlich da raus! Wie sollen wir sie sonst identifizieren?"

„Langsam, Herr Kommissar." Schneider war nicht auf Wülfings etwas barsche Art gefasst. „Wir dürfen schließlich nicht den Körper beschädigen. Wir müssen ihn aus der Bronze und vom Gips befreien. Vielleicht haben Sie ja eine Idee, wie das am besten geht?" Der Ton war so gereizt, dass Haller, die über Lauthören die Konversation verfolgte, sich sicherheitshalber einschaltete. Sie sandte Wülfing einen warnenden Blick und nahm ihm den Hörer aus der Hand.

„Reicht es, wenn wir Ihnen in einer halben Stunde Bescheid sagen, Herr Schneider?"

„In Ordnung, ich sehe derweil unseren Werkzeugkasten durch." Schneider legte auf und Wülfing lehnte sich in seinem Drehstuhl zurück, dass die Rückenlehne knarrte.

„So, so, da hast du mich wieder mal rechtzeitig gebremst, Jana."

„Es war auch nötig. Du schlägst manchmal ziemlich unmotiviert um dich."
„Entschuldige. Ich bin ja froh, dass du noch da bist."
Normalerweise wäre Haller tatsächlich nicht mehr da gewesen, aber durch die Arbeitsüberlastung hatte sie die Abschlussprüfungen ihres Psychologie-Studiums um ein weiteres Semester herauszögern müssen. Wozu immer neue Fälle beitrugen.
„Wer hat denn die Statue zusammengebaut? Der muss uns doch am besten sagen können, wie sie auch wieder auseinanderzupflücken ist! Wer hat das Kleine Haus gebaut? Das gehört doch bestimmt zu Kunst am Bau. Das war doch diese POM oder so."
„Projekt-Objekt-Management. Schau mal aus dem Fenster." Jana zeigte auf die Bautafel am Erweiterungsbau des Präsidiums, der neuen Platz für die Chefetage schaffen sollte.
„Kümmere dich bitte drum. Ich versuche einmal, über die Einladungsliste weiterzukommen."
Seufzend ging Haller an ihren Platz, knallte demonstrativ das zerfledderte Mainzer Telefonbuch vor sich auf den Tisch und warf einen kurzen, aber prägnanten Blick zur weiß getünchten Decke. Die Gebühren der Telefon-Auskunft waren einfach zu hoch.
„Da werden Sie geholfen." Murmelte sie vor sich hin, als sie die erste Seite aufschlug. Herbert hörte es aber nicht, weil er mit dem Nachfüllen der Kaffeemaschine beschäftigt war. Janas rechter Zeigefinger flog die Spalten entlang, verlangsamte plötzlich und blieb an einer Stelle stehen. Ein kurzes „Aha. Wer dickes Geld hat, hat auch einen dicken Eintrag." Dann klapperten die Tasten auf ihrem Telefon.
Die Sekretärin Goldfessel der POM meldete sich mit geübter Stimme. Wo denn Herr Mechtersheimer sei? Herr Mechtersheimer, der Geschäftsführer, sei direkt nach dem Richtfest in den Wochenend-Urlaub gefahren. Sie wisse doch, das Richtfest am Großen Haus des Staatstheaters. Auf seine Jacht am Bodensee sei er gefahren. Nein, das Handy schalte er am Wochenende immer aus. Er sei ja ein so vielbeschäftigter Mann. Termine, Termine, Termine. Da wolle er auch einmal entspannen.
„Sehen Sie, ich schreibe nicht an einer wohlwollenden Biografie. Wer sonst kann mir Auskunft geben?" Haller wurde ungeduldig, während Wülfing im Hintergrund über der Liste brütete und plötzlich aufsah.
„Mechtersheimer, höre ich gerade. Ja, der ist hier auch auf der Liste. Dann gibt es aber noch einen anderen Geschäftsführer, Simmer. Frage

doch mal nach dem."
„Frau Goldfessel, ist denn Herr Simmer da?"
„Ach, der Herr Simmer, ach, das weiß ich nicht. Wissen Sie, der hat ein eigenes Büro unten in der Stadt. Ich gebe Ihnen aber gern die Nummer."
„Danke." Haller notierte sich die Nummer und rief gleich an.
„Hier Rohbau Simmer, Bettina Peter. Womit kann ich Ihnen helfen?"
„Haller, Kripo Mainz. Ich würde gern mit Herrn Simmer sprechen."
„Der Geschäftsführer ist im Moment nicht da, Sie wissen vielleicht vom Richtfest am Staatstheater. Kann ich Ihnen die Handynummer geben?"
Haller notierte die Nummer und bedankte sich.
„Der Simmer scheint Geschäftsführer sowohl dort als auch bei der POM zu sein. Dann kann er sich ja praktisch die Aufträge selbst schreiben. Wie ist so etwas möglich? Sag mal, Herbert, kennst du den? "
„In Mainz ist so was offensichtlich durchaus möglich. Der Simmer – und ob ich den kenne. Die wollen uns bei Gelb-Weiß Mombach ein Stadion aufdrücken, das einfach nicht für uns geeignet ist. Zu groß, zu teuer. Man merkt, dass die überhaupt keine Erfahrung im Stadionbau haben."
„Das müsst ihr doch nicht machen!"
„Leider nicht ganz so einfach. Die haben einmal einen Spezi auch bei uns im Vorstand und das scheinbar unschlagbare Argument, dass sie das Konzept kostenlos machen. Dagegen will der alte Graber dafür Hunderttausend haben."
„Wer ist der alte Graber?"
„Der hat schon die erste Anlage geplant. Ein alteingesessenes Planungsbüro in Mainz, das schon viele Stadien gebaut hat. Auch bei den modernen Stahlkonstruktionen wie dem Ajax-Stadion haben die einen Teil der Statik geliefert. Aber vor kurzem hatte der alte Graber einen schweren Autounfall und wie es da weitergeht, weiß ich nicht."
„Dann nehmt doch das erste Angebot."
„So einfach ist das nicht." Wülfing schüttelte den Kopf. Dieses leidige Thema verfolgte ihn schon seit Wochen. Jeder fragte dasselbe und jedes Mal musste er es wieder aufs Neue erklären. „Ganz kurz: Das Konzept kostet die POM auch Hunderttausend. Da sind einige Ingenieurstunden erforderlich. Wenn die das Konzept nicht berechnen, dann nur, wenn sie sicher sind, dass sie auch den Bau komplett planen.

Und da wird dann erst das eigentliche Geld verdient. Die Planungsleistungen für ein, sagen wir mal, 50-Millionen-Stadion betragen dann schon einige Millionen. Da lassen sich die Hunderttausend bequem einrechnen. Und noch einiges mehr. Wir aber haben danach ein Stadion, das nicht so ist, wie wir es brauchen."
„Und wie ist die Entscheidung ausgefallen? "
„Noch gar nicht. In einer Woche ist die nächste Vorstandssitzung, mit Presse und so weiter. Dann wird wohl eine Entscheidung fallen. Aber gehen wir einmal wieder an die Arbeit. Und rufen Simmer an, OK?"
Simmer ging erst nach dem fünften Klingeln ans Handy, war aber sofort gesprächsbereit. Ja, selbstverständlich helfe er in Sachen Himmelsstürmer gern weiter. Zwar sei das eigentlich Mechtersheimers Ressort, aber auch er sei ein Kunstliebhaber und die Statue sei wirklich schön. Sie sei aus Berlin, von der Kunstgießerei, die auch die Quadriga auf dem Brandenburger Tor nach dem Zweiten Weltkrieg wieder aufgebaut habe. Noack, die Kunstgießerei Noack, sei es gewesen. Die Nummer habe er selbstverständlich nicht dabei. Auch Frau Goldfessel sei nun leider nicht mehr im Büro. Er selbst sei im Gespräch mit dem Wirtschaftsminister und unabkömmlich.
Wülfing hörte im Hintergrund mit und legte eine Löwensenf-Tube aus der mittleren Schublade seines Rollschranks auf die Tischplatte. Dann murmelte er etwas wie „Feierabend hätte ich auch einmal gerne", zog die von seiner Elvira liebevoll eingepackte Stulle aus dem Frühstücksbeutel und verfeinerte den Inhalt mit einem kräftigen Klecks aus der Tube.
Haller bedankte sich und fand über die Telefon-CD schnell heraus, dass es in Berlin mehrere tausend Noacks gab. Eine Kunstgießerei war nicht explizit darunter, aber im Internet unter www.gewusstwo.de wurde sie fündig. Der Internet-Anschluss war noch ganz neu im Amt und Wülfings Kommissariat hatte einen der ersten bekommen. Wohl wegen Haller, die keine Angst vor „Diesem neumodischen Kram" hatte.
„Ich rufe mal direkt bei der Gießerei an, Herbert. Oder sollen wir die Kollegen aus Berlin ...?"
„Nein, mach mal. Ich bin froh, wenn wir überhaupt vorankommen. Die Leiche muss schnellstens aus dieser Statue. Und ich will endlich ins Wochenende." Mit Nachdruck biss der Hauptkommissar in sein Schinken-Käse Sandwich. Die BSE-Krise hatte auch ihn erreicht. Aus mit den Hamburgern aus der Starsand-Stripes-Klopsbraterei. Das tat

seiner Figur gut, aber seiner Laune nicht immer, wie Haller in den letzten Monaten feststellen musste.
Haller hatte auch keine Lust, sich mit ihrem Vorgesetzten über die Vorzüge nachhaltiger Ökowirtschaft zu unterhalten, sondern konzentrierte sich lieber auf ihre Arbeit. Kunstgießerei? Aus dem Fernsehen kannte sie rauchende Monsteröfen bei Krupp in Essen; Arbeiter in silberglänzender Spezialmontur, die mit langen Stangen in weißrot gischtendem Glühen herumfuhrwerkten. Wahrscheinlich ein Riesenbetrieb, wo sie sich lange durchfragen musste, um an den Richtigen zu kommen. Doch es kam anders.
„Kunstgießerei Noack, Meier. Wie können wir Ihnen helfen?" Eine freundliche, angenehm ruhige Stimme mit unüberhörbarem Berliner Akzent meldete sich schon nach dem zweiten Klingeln.
„Haller von der Kripo Mainz. Könnte ich mit Ihrem Meister sprechen?"
„Am Apparat, meine Dame." Das schienen ja wirklich kurze Wege zu sein.
„Wir haben hier eine von Ihnen gefertigte Statue, die wir auseinandernehmen müssen."
„Wieso denn das? Und welche?"
„Den Himmelsstürmer."
„Den haben wir doch ...", eine Pause, "1995 ausgeliefert."
„Richtig. Wir haben in der Bronze etwas gefunden, das wir herausnehmen müssen. Dazu müssen wir die Hülle öffnen."
„Wie haben Sie denn etwas in ihr gefunden? Sie ist doch hermetisch verschweißt."
Jana warf einen flehenden Blick zu Wülfing, hielt die Sprechmuschel zu und meinte: „Der fragt einem ja Löcher in den Bauch." Dann gab sie die Muschel wieder frei und sprach etwas energischer:
„Sie ist tief gefallen und jetzt teilweise beschädigt. Dabei entstanden Öffnungen. Mit dieser Auskunft müssen Sie sich erst einmal zufriedengeben, Herr Meier. Konkret gefragt: Wie können wir die Skulptur am besten öffnen, ohne sie weiter zu beschädigen?"
„Normalerweise wird hier geschweißt, aber öffnen kann man die Figur auch mit einer speziellen Trennscheibe für die Flex."
„Aha."
„Ein Winkelschleifer, meine Dame." Jetzt schon wieder „Meine Dame".

„Ich weiß, was eine Flex ist, mein Herr." Jana war gereizt. Kam bald „Frolleinschen"? Vielleicht meinte der Meister Meier das aber nicht so despektierlich.
„Also: Wie sollen wir die Skulptur am schnellsten öffnen, mit geringstem Schaden?"
„Wie ich schon sagte, Frau Kommissar", das gefiel Jana schon besser, „Am schnellsten mit der Flex. Das Material hat eine Dicke von fünf bis neun Millimetern, je weiter unten, umso dicker. Aus statischen Gründen. Es gibt extra dünne Trennscheiben, aber notfalls geht es auch mit einer dickeren. Auch wenn der Künstler das sicher nicht gut findet, wenn sein Werk so verunstaltet wird. Die beste Stelle? Möglichst versteckt, beispielsweise, wo die Naht von einem Kragen verdeckt wird."
„Darauf können wir keine Rücksicht nehmen. Wir müssen sogar an der breitesten Stelle schneiden, um das, was in der Skulptur ist, herauszubekommen."
„Sie machen mich ganz schön neugierig."
„Vielleicht kann ich Ihnen später mehr sagen. Jetzt aber müssen wir erst einmal weiterkommen." Jana legte auf.
Wülfing schaute auf die Uhr. Vier Uhr. Er rief gleich Schneider in der Gerichtsmedizin an. Der meinte, dass er sich das so gedacht habe und die Flex startbereit hätte. Aber das Trennen würde einige Stunden dauern.
„Wieso so lang? Soll ich Ihnen helfen kommen?" Wülfing wollte mal wieder seine Heimwerkerkenntnisse anbringen und erntete einen warnenden Blick von Haller.
„Nichts gegen Sie, Herr Kommissar." Schneiders Stimme wurde etwas schärfer. „Aber haben Sie sich einmal überlegt, dass der Verwesungszustand der Leiche ein besonders vorsichtiges Arbeiten erfordert? Und ich voraussichtlich deshalb große Teile der Skulptur aufschneiden muss?"
„Können Sie mir einen konkreten Zeitraum nennen?"
„Das mach' ich Ihnen heute noch, wenn es keine technischen Probleme mit dem Material oder so gibt. Könnte einer Ihrer Leute von der Spurensicherung dabei sein? Morgen könnte ich notfalls auch noch einmal kurz kommen, aber Montag fliege ich in Urlaub. Aber dann ist ja auch Ihr Doktor Zweipfennig wieder da." Das klang leicht anzüglich, Wülfing verstand das Signal. Er bedankte sich bei Schneider und blickte zu Haller, die ihn erwartungsvoll ansah.

"Überstunden!"
„Dachte ich mir schon."
„Schneider holt die Leiche raus, dann muss sie identifiziert werden. Ich denke, ich schicke den Michael Woll vom Erkennungsdienst hin. Du kannst ja mitgehen. Am Montag rufe ich in Berlin bei dieser Kunstgießerei an. Wer hat die Statue zusammengebaut, wann wurde sie ausgeliefert und so weiter. Der Mechtersheimer von der POM durchpflügt die Bodensee-Wellen, sodass wir ihn erst am Montag greifen können. Aber immerhin ist keine Gefahr im Verzug. Das erspart uns die Nachtschicht."
„Und dein Spezi Zweipfennig ist am Montag auch wieder da. Ich hole dann mal den Michael ab."
Haller grinste, schwang ihre Jeansjacke über die Schultern und ging mit federndem Schritt zum Gang. Wülfing schaute ihr nachdenklich nach und spekulierte vor sich hin. Hatte der Mord mit dem Bau zu tun? Wollte die Russen-Mafia in Berlin eine Leiche entsorgen? War es die Kunstgießerei selbst? Oder der Künstler? Neid und Eifersucht sollten unter Künstlern recht verbreitet sein. Während er seinen Gedanken nachhing, wanderte die Sonne langsam aus dem Zenit und die Schatten zwischen den Häuserzeilen der Neustadt wurden immer länger.

*

Am Pulverturm dämpfte der Grüngürtel die Hitze etwas. Dafür teigten die Autos der stadtauswärts über die Gaugasse und die Pariser Straße flutenden Pendler die Luft mit den nötigen Stickoxiden für den Sommersmog an. Davon aber war im Keller der Gerichtsmedizin nichts zu spüren. Die hausinterne Klimaanlage hielt die Kellerräume auf konstanten zwanzig Grad. Während Woll froh war, der Bullenhitze entkommen zu sein, wurde es Jana in ihrem dünnen Top schnell zu kalt. Sie war ein Sommermensch.
Der Winkelschleifer kreischte, eine eher ungewöhnliche Geräuschkulisse in der Gerichtsmedizin, wo sonst Knochensägen oder Skalpelle für die gröberen Sachen zuständig waren. Schneider begann mit einem Querschnitt am größten Umfang, dem Bauch des Himmelsstürmers, direkt, nachdem Haller und Woll eingetroffen waren.
Das Material war zwar recht dick, an manchen Stellen fast einen Zentimeter, ließ sich aber recht gut schneiden. Er arbeitete sich zunächst

systematisch durch die Bronze und stoppte jeweils bei der weißen Substanz, die den Körper fast vollständig umschloss. Der Konsistenz nach sollte es Gips sein.
Ein weiterer Schnitt in Schulterhöhe und einer auf dem Rücken gaben schließlich den Inhalt frei. Schneider hob die Bronzeteile vorsichtig ab. Die unterschiedliche Materialausdehnung hatte im Laufe der Jahre einen kleinen Spalt zwischen Bronze und Gips gelegt, sodass sich die Teile gut abheben ließen. Sorgsam dokumentierte er jeden seiner Schritte auf Video.
Der herausgearbeitete Körper schien vollständig zu sein. Die verschiedenen Bruchstücke des Himmelsstürmers legte Schneider sorgsam auf die Werkbank am Rande des Raumes, wo sich Woll gleich an die Abnahme von Fingerabdrücken auf der Innenseite machte, während Haller bei Schneider zuschaute und bei Bedarf mit anpackte. Die GipsEinbettung hatte sich teilweise mit der Kleidung der Leiche verbunden, was das Abnehmen der Kleidung erschwerte. Unter dem hellblauen Hemd lag ein Unterhemd. Die Hose gehörte wohl zu einem Anzug. Die Jacke dazu fehlte, ebenso die Schuhe. Aber die Strümpfe waren noch dran. Waren noch Papiere zu finden? Trotz der komplizierten Arbeit kam der Gerichtsmediziner gut voran.
Kurz nach sechs hatte er schließlich die Leiche aus der Kleidung und dem Gips geschält. Der süßliche Geruch war jetzt wieder etwas stärker. Er hatte sich offensichtlich in den abgenommenen Kleidern festgesetzt. Der trockene, spröde Körper mit seiner eingefallenen, mumifizierten Haut kauerte jetzt nackt da. Mit einem hässlichen Loch im Nacken. Sorgsam und vorsichtig untersuchte Schneider das Einschussloch und sprach seine Ergebnisse ins Diktiergerät: „Männliche Leiche, schmächtige Statur, etwa einssiebzig groß und 40 bis 50 Jahre alt. Mumifiziert. Wahrscheinlich einige Jahre unter Luftabschluss eingeschlossen. Aus einer Bronzeskulptur entfernt und Kleidung vom Körper getrennt. Relativ guter Erhaltungszustand der Haut und der Leiche insgesamt. Der ungebundene Gips im Innern der Skulptur hielt die eingeschlossene Luft sehr trocken und unterstützte damit die Mumifizierung entscheidend. Einschusskanal im Nacken." Er ging kurz in die Hocke, um das Loch besser beschreiben zu können. „Kleinkaliber. Das Projektil ist wahrscheinlich in den Brustkorb gedrungen und hat die Lunge kollabieren lassen. Ein Ausschuss ist nicht zu erkennen." Er beschloss, die Leiche erst zu röntgen, damit er das Projektil schnell fin-

den konnte und rollte den Obduktionstisch zum Röntgenraum. Eine Viertelstunde später hatte er die Stelle, an der das Projektil steckte. Auch das Gebiss war nun dokumentiert, oft die einzige sichere Identifikationsmöglichkeit nach so langer Zeit.
Er operierte die Kugel heraus, die in den Weichteilen stecken geblieben war, und legte sie mit dem Röntgenbild des Gebisses, dem zugehörigen Zahnschema, einigen Polaroid-Fotos und dem vorläufigen Bericht, den er schnell auf dem Computer geschrieben hatte, in einen Umschlag. Eine Kopie des Berichts steckte er in die Infobox von Dr. Zweipfennig.
Woll hatte inzwischen Fingerabdrücke von der Innenseite der Skulptur genommen, wobei ihm die feinen Bronzestrukturen die Arbeit an einigen Stellen erschwerten. Am Bauchansatz gab es einige besonders gut erhaltene Abdrücke. Der Gips war teilweise offensichtlich per Hand in die Fugen zwischen Metall und Körper hineingedrückt worden. Hier konnte er sogar einen vertieften Daumenabdruck finden, allerdings waren die Hautlinien nicht zu erkennen. Damit war dieser leider nicht eindeutig den erhaltenen Abdrücken zu zuordnen.
Schließlich untersuchte er Hosen- und Hemdtaschen. Er fand eine halb volle Packung Tempo-Taschentücher, auf der eine Nummer mit Kuli geschrieben war, und eine leere Zigarettenschachtel Marlboro. Er packte alle Materialien für die weitere Untersuchung in mehrere Plastikbeutel, die er in einen Karton legte. Kurz nach halb sieben war er fertig und trat mit Jana in die abgestandene Hitze am Gautor hinaus.
Schneider musste dringend weg, rief aber vorher schnell noch Wülfing an, um ihm die Ergebnisse mitzuteilen. Obwohl die Leiche weitgehend mumifiziert war und keine zusätzliche Verwesung eintreten würde, schob Schneider sie in die Kühlbox. Am Samstag würde er noch einige toxikologische Untersuchungen machen. Auf den ersten Blick war zwar die Todesursache klar. Der Schusskanal des Kleinkaliber-Geschosses hätte in jedem Falle die Lunge kollabieren lassen. Aber dennoch war es möglich, dass bereits der Tod eingetreten war, bevor der Schuss – aus welchen Gründen auch immer – ausgelöst wurde.
Wieder im Polizeipräsidium angekommen, schickte Woll die Fingerabdrücke ans BKA. Da es sehr viele waren, sandte er nur die am besten erhaltenen zur Identifizierung.
Die anderen Unterlagen gab er Wülfing, der die Vermisstendatei des BKA nach „Männlich, 40 bis 50 Jahre, schmächtig, verschwunden vor

1996", dem Auslieferungsdatum der Skulptur, durchforsten ließ. Nach einer Stunde teilte das BKA mit, dass die Fingerabdrücke von zwei verschiedenen Personen waren. Aber alle Abdrücke seien nicht in der Kartei. Etwas später faxte das BKA auch eine Liste mit fünf Personen, die mit den genannten Merkmalen übereinstimmten.
Drei davon waren aus anderen Teilen der Bundesrepublik und je einer aus Berlin und Mainz. Ein Karl Müller. Wülfing pfiff durch die Zähne. Vermisst gemeldet seit dem 25.3.1995. Das passte! Seine Nase hatte ihn fast noch nie im Stich gelassen. Wenn dann noch das Zahnschema übereinstimmte! Die Zahnschemata seien aber noch im Archiv. Sie kämen Montagvormittag. Es wäre ja auch zu schön gewesen ...
Damit brach für den Hauptkommissar und die Kommissaranwärterin schon fast das Wochenende an. Er schickte noch ein Fax an die Kollegen der Berliner Kripo mit der Bitte, die Mitarbeiter der Kunstgießerei auf Übereinstimmung mit den noch nicht identifizierten Fingerabdrücken aus der Statue zu überprüfen. Faser- und Blutanalysen der Kleidung drängten nicht so. Damit konnte Woll am Montag weitermachen. Auch die Untersuchung des Geschosses hatte Zeit bis Anfang der Folgewoche. Pünktlich kurz vor acht flogen die Vögel aus. Wülfing feierte im Fanblock das siebte Unentschieden von Gelb-Weiß Mombach in Folge und Jana Haller tourte mit ihren Freundinnen durch die Kneipen der Gaugasse. Es würde eine lange Nacht für die beiden werden.

*

Heute lasse ich mal die Bilder in Bingen bei Foto Jahn entwickeln, der es auch schon mal in einer halben Stunde schafft, und setze mich solange ins Life & Art. Ein nettes Café, dessen große Fensterflächen genau den richtigen Rahmen zum Sehen-und-Gesehen-werden abgeben. Für Art, also Kunst, sorgen Ausstellungen, und auch Lifemusik gibt es öfter mal.
Bei einem Capuccino lasse ich die Ereignisse Revue passieren. Da ist also eine Skulptur vom Dach gestürzt, wohl eher zufällig. Vielleicht der Schabernack eines Gießerei-Lehrlings, der seinem Chef eins auswischen wollte? Wenn ich nur wüsste, was tatsächlich in dem Hohlraum steckte. Der Geruch deutete auf verwesende organische Substanz. Das kann alles sein – von der Minisalami auf dem vergessenen

Pausenbrot eines Gießereiarbeiters bis zum Tierkadaver. Was wissen Herbert und Jana mehr als ich?
Mein Handy klingelt und reißt mich aus meinen Gedanken. Eine fremde Nummer?
„Ronni Sander."
„Hallo Ronni, hier ist Angela. Wo bist du? Ich habe es bei dir zuhause versucht, aber du bist ja ständig unterwegs." Angela? Was für eine Überraschung!
„Bist du denn nicht mehr in München?"
„I wo, schon seit zwei Monaten bin ich hier. Können wir uns einmal treffen? Ich bin gerade in Ingelheim."
„Na klar, komm doch her. Ich bin im Life & Art."
„Ich komme sofort."
„Ich freue mich." In meine Antwort hinein legt sie auf.
Angela, ob das ein Zufall ist? Erst jahrelang beim Ingenieurstudium in Aachen und dann bei irgendeiner großen Baufirma in München. Jetzt aber wieder hier. Schon seit zwei Monaten? Warum hat sie sich nicht eher bei mir gemeldet? Kaum habe ich ihre Stimme gehört, spannt sich meine Hose verdächtig. Das zeugt davon, dass sich ein Teil von mir wider besseres Wissen immer noch Chancen bei ihr erhofft. Was möchte sie nun so plötzlich von mir? Bald werde ich es wissen.
Tatsächlich kommt sie kaum zehn Minuten später über den Marktplatz mit wiegenden Schritten auf den Eingang zu. Immer noch die schlanke, selbstbewusste Erscheinung mit den langen, kastanienbraunen Haaren, wohl der aktuellen Mode folgend mit zwei kleinen geflochtenen Zöpfen. Der Hitze entsprechend trägt sie ein grünes, ärmelloses Kleid, das ihre Figur unaufdringlich betont. Die Sonnenbrille hat sie locker nach oben in die Haare gesteckt: Sie ist einfach eine Wucht, nach der sich jeder Mann auf der Straße umdreht.
Zielsicher steuert sie auf mich zu und ich stehe auf, um sie gebührend zu drücken. Dann setzen wir uns an meinen Fenstertisch.
„Gut siehst du aus."
„Danke. Du hast eher etwas zugenommen." Recht hat sie.
„Aber was führt dich zu mir? Du bist ja wohl schon eine Weile hier." Eine kleine Retourkutsche, die sie sehr wohl versteht.
„Du hast ja Recht, ich hätte mich früher melden sollen." Sie lächelt mich etwas traurig an. „Ich hatte seit meiner Rückkehr eine Menge Probleme."

„Warum bist du dann zurückgekommen?"
„Mein Job war sehr anstrengend. Als einzige Bauleiterin bei einem Baumulti. Da wirst du gemobbt, was das Zeug hält."
„Und hattest irgendwann genug."
„Nein, mein Bruder hatte einen Autounfall vor einigen Monaten. Ihm ging es ziemlich schlecht. Auch heute hat er noch oft sehr quälende Kopfschmerzen und kann an manchen Tagen gar nicht arbeiten. Meine Mutter hat sich sehr um ihn gekümmert und ich bin gekommen, um ihm bei der Leitung seines Büros zu helfen."
„Das ist natürlich traurig. Wie geht es ihm heute?"
„Es ist schwer für ihn. Nicht nur, dass er sich schonen muss. Auch um die Firma steht es nicht gut."
„Wieso, Graber ist doch eines der größten Häuser am Platze, um einmal die Sprache der Gastronomie zu nutzen."
„Wohl wahr, aber wir haben seit vier Jahren keine Aufträge mehr aus Mainz bekommen. Zwar haben wir Aufträge aus dem Ausland und auch aus den neuen Ländern. Die sind aber oft mit Risiken behaftet, und so haben wir durch die schlechte Zahlungsmoral Außenstände von ein paar Millionen. In Mainz und Umgebung baut die POM seit dieser Zeit, was die Grundstücke hergeben. Und fast alle Aufträge landen beim Simmer und seinen Konsortialpartnern. Ein abgekartetes Spiel."
„Die Zeitungen sind seit Jahren voll von", ich räuspere mich, „Merkwürdigkeiten bei Mainzer Bauvorhaben. Beispielsweise der Totalsanierung des Großen Hauses, bei dem Zeitverzug und Kostensteigerungen im Gleichschritt die Sandsteinfassade hochmarschierten. Ohne Konsequenzen – mit Ausnahme der Krokodilstränen von Verantwortlichen, die nach eigener Aussage sehr ärgerlich darüber sind, dass der ohnehin reichliche Kostenrahmen mal wieder um zehn Millionen überschritten wurde."
„Ja, das Große Haus war eines von vielen Projekten, bei dem wir ausgeschlossen waren. Und wo wir anbieten durften, hat es auch nichts gebracht. Anderen geht es ähnlich. Beispielsweise die Neugestaltung des Winterhafens. Da hat ein anderes Büro den Architekturwettbewerb gewonnen. Und auch dem Stadtrat gefiel das Konzept und er beschloss, dass dieser Entwurf umgesetzt werden sollte. Doch plötzlich war wieder alles anders. Und der Stadtratsbeschluss war für die POM einfach Makulatur. Gerade genug Papier für einen Motivwagen beim nächsten Rosenmontagszug."

„Aber dann hat das Büro doch wenigstens Geld für den Sieg beim Wettbewerb bekommen.”
„Das sind doch nur Almosen”, bedeutet sie mir mit abwertender Handbewegung. „Das richtige Geld wird erst bei der Planung verdient. Die Wettbewerbspreise decken die Kosten nicht. Andere klauen dann die Ideen und sahnen groß ab.” Ein resigniertes Achselzucken. „Der POM als stadtnaher Gesellschaft mit den entsprechenden Kontaktpersonen im Rathaus stehen einerseits die ganzen städtischen Informationen zur Verfügung und sie ist damit grundsätzlich immer als erste am Ball. Andererseits kann sie ohne kommunale Zwänge frei agieren und mit ihrem Informations- und Grundstücks-Vorsprung die potenziellen Investoren an ihre eigenen Verbündeten weiterreichen.”
Angela greift in ihre Tasche und zeigt mir einen Ausriss aus der AZ vom Vortag. Es ist die Handelsregister-Eintragung der Mombacher Entwicklungsgesellschaft GmbH. Geschäftsführer: Alfred Mechtersheimer und Paul Simmer. Mechtersheimer von der POM und Simmer von Rohbau Simmer und natürlich auch von der POM.
„Wozu gründen die denn noch eine GmbH? Die sitzen doch sowieso in der POM zusammen!”
„Nach außen wirkt es merkwürdig. Aber es hat schon Methode. Da gründen Auftraggeber und Auftragnehmer zur Verwertung von öffentlichen Geldern eine gemeinsame Firma. Wer kontrolliert da noch die Verwendung der Mittel? Wo bleibt der Wettbewerb? Der Simmer wird sicher keine Aufträge an seine Konkurrenz geben. Wenn es denn überhaupt noch eine gibt. Die Pleitenwelle im Baugewerbe ist auch eine Folge solcher Machenschaften. Da versucht der Wirtschaftsminister mit 1001 Initiativen Arbeitsplätze zu schaffen, aber andere vernichten an Stellen, was sie können.”
„Aber bestimmt ist alles völlig legal”, wende ich ein, „Sonst stünde es nicht so offen in einer Mainzer Zeitung. Den Sitz einer GmbH könnte man weit weniger auffällig beispielsweise in Freilassing anmelden.”
„Was heißt schon legal? Ich habe Millionenprojekte betreut. Als der Bau fertig war, kam dann der Auftraggeber und sagte, hier und da und dort sind Baumängel. Deshalb behalte er einfach mal zwei Millionen ein. Punktum.”
„Der muss doch Gelegenheit zum Nachbessern geben.”
„Ach Ronni, du bist ein wenig naiv. Die Baumängel gab es gar nicht. Sondern das war zwischen meinem Chef und dem Auftraggeber abge-

sprochen, der das Geld in die eigene Tasche steckte. Mein Chef bekam natürlich auch was davon ab und schrieb die angeblichen Bauschäden als Verlust steuerlich ab. Inzwischen weiß ich, wie das läuft, aber beim ersten Mal war ich ziemlich geschockt."

„Aber in Sachen POM geht es anders, oder?"

„Weiß ich nicht. Und auch die Konstruktion mit dieser GmbH ist mir formal unklar. Aber ich bin keine Juristin. Klar aber ist, dass du in allen Ebenen gegen Mauern rennst, wenn du versuchst, gegen die anzugehen." Jetzt schaut Angela endlich zornig. Ich hatte schon Sorge, sie würde die Flinte ins Korn werfen. „Wer nicht mitmacht, bekommt keine Aufträge mehr. Und was noch ärgerlicher ist: Seit ein paar Jahren darf nicht mehr jeder mitmachen."

„Beim Mauscheln?"

„Ehrlich: Auch da nicht mehr." Sie lächelt traurig. „Aber vor allem bei den wenigen öffentlichen Ausschreibungen. Denn selbst die werden immer häufiger beschränkt. Kannst du das nicht mal an die große Presseglocke hängen?"

„Ich kann es versuchen, aber die Herren – ich habe interessanterweise noch keine Frau in diesem Klüngel entdeckt – fühlen sich nicht nur sehr sicher, sie sind es auch. Die haben mit ihrem Geld ihre Finger überall drin. Und wenn – selten genug – tatsächlich einmal eine Rüge vom Landesrechnungshof kommt, lachen sie drüber. Es passiert schlichtweg nichts, gar nichts. Schreibt man es zu deutlich, scheuen die sich nicht, direkt beim Herausgeber anzurufen und mit der Stornierung von Anzeigen zu drohen. Das lassen sich zwar die Mainzer Zeitungen nicht gefallen, aber angenehm ist das trotzdem nicht."

„Die berühmte „Schere im Kopf" würde Stress ersparen."

„Leider wahr. Aber egal, ob was über – wie heißt es so schön – Unregelmäßigkeiten geschrieben wird: Wirklich jucken tut das die Absahner nicht. Und wenn dann tatsächlich einmal einem nach jahrzehntelanger Abzocke und Misswirtschaft im Amt endlich die Rente naht, wird dann doch kurz vorher gekündigt. Finde ich etwas spät."

„Wo denkst du hin?" Angela lacht sarkastisch. „Das gibt der dankbaren Stadtverwaltung die Gelegenheit, dem verdienstvollen Mitarbeiter fürsorglich noch eine dicke Abfindung vom Steuer- und Gebührenzahler als Ruhestandsbonbon zukommen zu lassen."

„Ja, ja, wer will sich schon heute auf die Renten verlassen. Die gemeinsame Leiche im Keller ist die beste Alterssicherung. Oder in ei-

nem aktuellen Fall vielleicht eher die Leiche auf dem Dach. Gerade heute ist etwas passiert, was vielleicht auch damit zu tun hat."
„Und was?"
„Ich verrate es dir gleich, ich muss nur schnell etwas holen. Bitte warte einen Moment." Ein Blick auf die Uhr verrät, dass die Bilder bei Foto Jahn fertig sein sollten und ich kann es kaum erwarten, sie in den Händen zu halten. Tatsächlich liegen sie schon abholbereit im Beutel. Ich zahle, flitze zurück zu Angela und zeige ihr die Abholtasche. Dann schauen wir uns gemeinsam die Bilder an. Die geborstene Statue, die Polizei, die die Treppe herunterströmenden Richtfest-Gäste, die Schaulustigen, dann der Abtransport durch die Feuerwehr.
„Sehr merkwürdig, dass eine so große, schwere Statue vom Dach fällt. Aber was hat das mit unseren Seilschaften zu tun?" Sie ist ratlos.
„Ich weiß es auch noch nicht, aber ich werde schon noch etwas herausbekommen. Schließlich war ich als Erster am Tatort und habe die ersten Fotos gemacht. Und ich habe gute Drähte zur Kripo. Du wirst mir zustimmen, dass es ohne detaillierte Kenntnisse der Bauvorgänge nicht möglich gewesen sein dürfte, die Statue so zu manipulieren."
„Ja, klar. Ein großes Bauvorhaben lebt von der Abstimmung aller Vorgänge. Perfekt läuft nie etwas. Um das ständig neu abzustimmen, gibt es Bauleiter, Architekten, Planer und Poliere." Das ist Angelas normales Geschäft. Sie schiebt die Bilder auf dem Tisch hin und her. „Was wirst du damit machen?"
„Zunächst einmal habe ich ein Problem. Die ganzen lieben Kollegen waren auch alle da. Was weiß ich mehr, als sie wissen? Dass es eher süßlich aus dem geborstenen Torso roch? Immerhin etwas, aber was sonst noch?"
„Und was ist das hier auf dem Foto? Könnte ein Kopf sein! Von oben auf die Haare fotografiert." Sie hält mir mein geblitztes Foto vor. „Da sieht man ja sogar den Kragen."
„Genau, das ist wohl das wichtigste Foto. Halt! Was ist das? Gib mal her!" Ich nehme ihr das Foto aus der Hand.
„Was bist du denn so aufgeregt?"
„Da! Siehst du das kleine Loch im Kragen? Das könnte ein Einschussloch sein! Ich muss es vergrößern lassen!" Ich lasse sie einfach sitzen und flitze wieder in den Fotoladen. Drei Minuten später bin ich wieder da, während sich die anwesenden Gäste wohl schon fragen, was in meinem Capuccino ist. Angela lächelt verständnisvoll:

„Du hast dich gegenüber früher nicht sehr verändert. Was hast du da?"
„Etwas, das meine Kollegen wohl nicht haben. Die Bronze hat meinen Blitz indirekt ins Innere weitergeleitet. Dadurch ist auf dem Foto mehr, als man mit einer Taschenlampe sehen würde. Beispielsweise das Einschussloch."
„Und wieso haben die anderen das nicht?"
„Weil die ihren Blitz frontal auf der Kamera haben. Und dann ist der Vordergrund zu hell und der Hintergrund unterbelichtet. Mit dem Verwesungsgeruch und dem Einschussloch – wenn es denn eins ist – habe ich vielleicht zwei Vorteile gegenüber den lieben Kollegen. Ich muss mich ans Telefon hängen, sobald ich die Vergrößerung habe. Also in", ich schaue auf mein Zeiteisen, „Fünfzehn Minuten."
„Na gut, dann will ich dich nicht aufhalten. Mein Bruder erwartet mich um sechs. Wahrscheinlich sind die letzten Angebote wieder mal abgelehnt worden. Obwohl wir öfter mal die günstigsten Anbieter sind und haufenweise beste Referenzen haben, auch weltweit, kommen wir in Mainz einfach nicht mehr zum Zuge. Übrigens nicht nur wir – auch andere schauen seit ein paar Jahren in die Röhre."
„Wir schauen mal, was bei diesem Fall herauskommt, Angela. Denn die Szene ist so verfilzt, dass oft viele etwas wissen. Nur sagt normalerweise keiner was. Weil jeder hofft, dass er vielleicht doch noch einmal einen Auftrag bekommt. Meist vergeblich."
„Noch eine Frage am Rande: Kennst du vielleicht eine günstige Wohnung für mich? Ich wohne schon seit ich hier bin bei meinem Bruder Alfons. Er ist vierzehn Jahre älter als ich und behandelt mich immer noch wie seine kleine Schwester. Manche nennen ihn sogar den „Alten Graber", wenn ich mit ihm zusammen irgendwo hingehe."
„Ein wenig Abstand tut Not, ich weiß. Hast du noch nichts gefunden?"
„Wohnungen gibt es genug, nur haben einige Vermieter etwas merkwürdige Vorstellungen über Gegenleistungen, wenn eine alleinstehende Frau kommt. Auch in München war das eine Katastrophe. Nach der Methode: Wenn du mit mir schläfst, bekommst du die Wohnung, sonst nicht."
„Das ist ja ekelhaft. Und wenn du als Pärchen auftauchst?"
„Dann schauen manche erst einmal, ob es nicht „Geeignetere" Bewerberinnen gibt."

„Gut, ich frage einmal nach. Ein wenig mehr auf dem Land dürfte das nicht so schlimm sein."
Wir zahlen und draußen drücke ich sie noch einmal an mich. „Wollen wir uns heute Abend noch einmal sehen, Engel?"
„Nein, Ronni. Du bist ein lieber Freund, richtig nett, aber mehr leider nicht." Sie gibt mir einen zarten Kuss auf die Wange. „Aber du hilfst mir doch trotzdem, oder?"
„Na klar." Sie dreht sich um und geht.
Wie textete die Audimax so schön: Nett is nix fürs Bett. Frauen fahren auf Machos ab. Und lassen sich von den Netten die Wasserkästen schleppen, die Wohnung renovieren und das Auto reparieren.
Inzwischen ist die Vergrößerung meines Bildes fertig. Damit kann ein Experte sicher etwas anfangen. Ob Waffenhändler jetzt geöffnet haben? Ich flitze wieder zurück ins Life & Art, mit einem nachsichtigen Lächeln vom Bedienungspersonal empfangen. Ein Branchenbuch ist schnell zur Hand und nach einem kurzen Anruf freut sich die Familie Kani in Zotzenheim auf meinen Besuch. So langsam muss ich mich mit der Abgabe des Berichts beeilen.

*

Monika und Harald Kani erwarten mich bereits und bitten mich an den Tisch des Hauses. Gespannt schauen sie auf die Fotos, von denen ich schon am Telefon erzählt habe und die ich nun auf den Tisch lege. Insbesondere die Vergrößerung des Einschussloches erregt ihr Interesse. Kleinkaliber, Zweiundzwanziger, Standard-Munition kommt wie aus der sprichwörtlichen Pistole geschossen. Diese Leute sind offensichtlich so vertraut mit der Materie, dass sie selbst solche Einzelheiten aus einem guten Foto ableiten können. Das Kaliber würde auch bei den Sportschützen der SG Bad Kreuznach geschossen, erklärt mir Frau Kani.
„Langsam, langsam. Ich bin nur Journalist und kein Waffenexperte", unterbreche ich ihren Redefluss. „Also eine Sportpistole."
„Nein, eher nicht." Ein nachsichtiges Lächeln auf dem Gesicht der jungen Frau. „Harald, hole mal ein Sportmodell und eine Zweiundzwanziger."
Kaum eine Minute später ist er wieder da und bringt ein für meine ungeübten Augen unförmiges Monstrum und eine kleine schwarze Pis-

tole mit. Das Monster hat einen millimetergenau gefertigten Holzgriff und wiegt nach meiner Laienmeinung mindestens ein Kilo.
„Damit können Sie schießen? Das ist doch kaum zu halten."
„Das ist eine reine Sportpistole. Sie sehen selbst, für den Alltagseinsatz nicht geeignet. Ganz anders diese hier." Er gibt mir die kleine Schwarze. „Fürs Sportschießen nicht zugelassen, weil der Lauf zu kurz ist." Sie liegt ganz anders in der Hand, ist viel leichter und handlicher. Das kalte Metall ist tödlich schwarz.
„Kann man denn mit einem Kleinkaliber-Gewehr oder einer Pistole einen Menschen töten? Ich dachte immer, das sei nur für die Spatzenjagd geeignet."
„Im Prinzip ist auch Kleinkaliber tödlich. Zwar nicht auf große Entfernung, aber auf zwanzig Meter sicher. Und es ist sehr geräuscharm und kompakt, verglichen mit den größeren Kalibern."
„Hängt das Gefahrenpotential von der Munition ab?"
„Unter normalen Bedingungen genügt normale Munition zum Töten. Das Einschussloch am Kragen", er hält das Bild hoch, „Zeigt auf den ersten Blick keine Schmauchspuren. So weit man so etwas von einem Foto ableiten kann. Also wird der Schuss nicht aufgesetzt worden sein. Wohl aber auch von nicht allzu entfernt gekommen sein, denn ein Nackenschuss wäre dann geometrisch schwierig. Einen waffentechnischen Bericht gibt es noch nicht?"
„Nein, die Leiche wurde erst heute Morgen gefunden und ich schreibe einen vorläufigen Bericht für die Zeitungen. Aber weitergefragt: Wie kann man an eine solche Waffe kommen? Man liest immer wieder von Waffennarren, die ganze Sammlungen anlegen."
„Solche Leute besorgen sich ihre Waffen auf dem Schwarzmarkt im Ausland. Das ist genauso einfach wie illegal. Bei uns Sportschützen gibt es so etwas nicht. Wir dürfen mit unserem Waffenerwerbsschein nur solche Waffen kaufen, die in unserem Verband sportlich geschossen werden. Bei uns tragen dürfen wir sie auch nicht. Die gesetzlichen Anforderungen an Sportschützen gehen sehr weit. Das polizeiliche Führungszeugnis, der Nachweis, dass man wirklich sportlich schießt. Sogar eine Mindestringezahl, die vom Verein bestätigt werden muss, gehört dazu. Nein, wer töten will, würde dies wahrscheinlich nicht über uns tun. Eine Pistole bei sich tragen dürfen nur Leute mit Waffenschein und das sind Ausnahmen, beispielsweise gefährdete Politiker."

„Und die Polizei?"
„Die haben ihre eigenen Modelle für den Dienst. Kleinkaliber ist da wohl nicht dabei."
„Jäger?"
„Die haben vielleicht eine Kleinkaliberwaffe für die Fuchsjagd, oft kombiniert mit Schrotläufen im Drilling. Sonst schießen sie meist mit dem Kaliber 7.62 oder 9 Millimeter."
„Aus dem Einschussloch können Sie nicht erkennen, ob mit einem Gewehr oder einer Pistole geschossen wurde?"
„Nein, das ist nur mit der Untersuchung des Projektils möglich."
„Wie ist das eigentlich mit Fingerabdrücken? Sind die immer so gut sichtbar?" Ich sehe auf dem schwarzen, glatten Metallgriff meine Fingerabdrücke nur zu gut und greife nach einem Tempo-Taschentuch, um sie abzuwischen. Dabei fällt mir der eingepackte Zahn herunter.
„Das hängt vom Griff ab, Herr Sander. Bei einem glatten Griff sieht es gut aus."
Harald Kani schaut verwundert zu, wie ich etwas vom Boden aufhebe.
„Ist etwas heruntergefallen?"
„Nur eine kleine Versteinerung." Ich lege den Haifischzahn auf den Tisch. „Ein Mitbringsel für meinen Sohn."
Ich hatte ihn mir noch gar nicht richtig angeschaut. Ein typisches Fossil des Mainzer Beckens, nach dem viele Hobbysammler jedes Wochenende die Kies- und Sandgruben durchwühlen. Monika Kani gibt mir eine leere Patronenschachtel, die sich als Aufbewahrungsort besser eignet als ein Tempo-Taschentuch.
Dann bedanke ich mich bei den beiden für die Infos und mache mich auf den Weg nach Hause. Während ich Richtung Gensingen fahre, entsteht in meinem Kopf schon der Bericht.

Sektempfang für eine Leiche
Schock beim Richtfest für das totalsanierte Große Haus! Im Beisein der politischen und wirtschaftlichen Prominenz stürzte die Skulptur „Der Himmelsstürmer" des Berliner Bildhauers Reiner Fetting vom Dach des Kleinen Hauses. Die tonnenschwere Bronzeplastik zerbrach dabei in mehrere Teile. Zwar kam erfreulicherweise niemand zu schaden, doch offenbarte die Figur ein düsteres Geheimnis: In ihrem Innern befindet sich wahrscheinlich eine Leiche. Beim Auftreffen auf dem Boden rissen Teile der Skulptur ab und Verwesungsgeruch entwich. Durch die aufgerissenen Stellen ist möglicherweise ein menschlicher Kopf zu erkennen. Erste Anhaltspunkte

deuten darauf hin, dass das Opfer mit einem Kleinkaliber-Geschoss getötet wurde und schon seit mehreren Jahren in der Skulptur eingeschlossen war. Mit einem Kranwagen transportierte die Feuerwehr den Torso in die Gerichtsmedizin. Die Ermittlungen der Kripo Mainz dauern an. Mit dem Obduktionsergebnis ist frühestens am Montag zu rechnen.

Foto 1: Der Torso, am Armansatz stehen Kleidungsreste hervor
Foto 2: Nach dem Sturz: Richtfest-Gäste auf ihrem Weg ins Foyer
Foto 3: Die Mainzer Feuerwehr packt zu: Abtransport zur Gerichtsmedizin

Auf dem Weg nach Hause schaue ich bei meinem Freund Manfred in Wörrstadt vorbei. Als ich ankomme, denke ich erst, dass ich falsch bin. Ein gigantisches Estrichsilo vor dem Haus drückt mit seinem Gewicht die Rasengittersteine in den Boden. Da sein Haus groß genug für zwei Familien ist und er dringend zusätzliche Einnahmen braucht, baut er das Untergeschoss aus. Manfred ist gerade nicht da, aber wie ich auf den Bauschildern sehe, ist für den Innenausbau mit Putz und Estrich der Bauunternehmer Brumm aus Sembach zuständig. Manfred erzählte mir, dass seine Leute schon um sieben mit der Arbeit beginnen und um fünf wieder auf dem Weg nach Hause sind. Immerhin, die Arbeit schreitet munter voran. Am Montag werde ich ihn nochmal besuchen. Zunächst aber muss ich meine Arbeit erledigen und fahre nach Hause.
Ich turne auf meinen Arbeitsstuhl und lasse die Finger über die Tastatur fliegen. Sofort danach rufe ich die Chefs vom Dienst bei der AZ, MRZ und der BILD mit ihrem umfangreichen Regionalteil an. Alle sind zufrieden und kaufen den Bericht. Offensichtlich sind die fest angestellten Kollegen bei ihren Recherchen nicht so weit gekommen. Der kleine Vorteil eines freien Journalisten hat erfreulicherweise wieder einmal gegriffen und wird die Trockenrisse in meinem Girokonto wieder ein wenig benetzen.
Entspannt lehne ich mich in meinem Arbeitssessel zurück. Es ist schon sieben Uhr, auch wenn es draußen noch taghell ist. Bald beginnt das Basketball-Jedermanntraining bei der TGN Ingelheim. Es ist sehr beliebt und durch die mitspielenden Frauen auf jeden Fall lockerer und spaßiger als die knüppelharten Technik-, Taktik- und Konditionsschulungen von Harald und Roland an den anderen Wochentagen. Danach geht es in die rauchfreie Rüwekaut zu Wilfried.

*

Bastian Burger hatte Lust, als er sich mit dem Auto auf den Weg von Mainz nach Eckelsheim machte. Lust? Nein, nicht nur die Lust, die ihn sonst immer umtrieb, nicht die Gier nach dem schnellen Fick hinter Ginsterbüschen, auf Autositzen und wenn die Zeit dazu reichte, auch einmal in braven Bürgerbetten, die seiner starken Rhythmik schon mehrfach nicht gewachsen gewesen waren. Nein, Bastian hatte noch eine andere Leidenschaft, die Gier nach der Zeit. Der alten Zeit, der Zeit, die ihre Spuren in Rheinhessen so deutlich hinterlassen hatte wie an nur wenigen anderen Plätzen. Spuren, die so ganz besonders in der Sandgrube Eckelsheim offenlagen, seiner Gier und seiner Vorstellung präsentiert auf zauberrotem Kreuznacher Rhyolith. Spuren, mehr als dreißig Millionen Jahre alt und doch so klar und so vergleichbar dem Jetzt.
Er wollte allein sein. Ungestört von plappernden Fremdenführern, unberührt von neugierigen Blicken, unangetastet von den Vibrationen, mit denen die Bagger der RKS Kies und Splitt unter der Woche nach Bedarf den Sand von den Felsen schabten, um ihn dann mit einem plumpsenden, schmatzenden Geräusch auf flach verbeulte Lasterrücken zu werfen. Oder aber Bauaushub aus Frankfurt im hinteren Teil der Grube abkippten.
Heute, am Samstagmorgen, sog Bastian die Ruhe in sich auf. Es versprach ein schöner Tag zu werden, denn nach dem schweren Gewitter am Vorabend, das den vorher staubtrockenen Boden eingeweicht und Erosionsrinnen gespült hatte, war die Nacht klar gewesen und kalt. So wie Nächte im Sommer mitunter sind, wenn die Nacht sich im Dunkeln wieder holt, was die Sonne über Tag an Strahlen auf den Boden schickte. Die Vegetation war weit fortgeschritten und die Trauben in sonnigen Lagen bereits essbar. Die Lese würde aber wie üblich erst im September bis Oktober sein.
Bastian Burger war ein starker Mann. Von einer Intensität, die Frauen wie magisch anzieht, von einer animalischen Kraft, die sich nicht nur beim Geschlechtsverkehr unbändig Geltung verschaffte. Dabei war er nicht unbedingt schön, dieser Baum von einem Mann mit seinen einsneunzig und fast hundert durchtrainierten Kilogramm. Zweifellos ein Vorteil bei der Arbeit in der Kunstgießerei, wo er grinsend mit drei zwanzig Kilo schweren Bronzebarren gleichzeitig jonglieren konnte.

Die Verbundenheit mit seiner Heimat drückte sich beispielsweise auch in seinem typisch rheinhessischen Schädel aus. Viel Charakter und eine kahle Hochebene mit leichten Furchen an den Seiten. Die kaum sichtbaren Augenbrauen zeugten davon, dass er eigentlich blonde Haare hatte, die er frühzeitig in seiner Berliner Zeit geopfert hatte. Mit seinen sexuellen Ausschweifungen und fünfzig Liegestützen jeden Morgen hielt er sich in Form. Seine Pranke war stark genug, um eine Hand zu zerquetschen, und er hatte keine Hemmungen, jedem zu erzählen, dass er jemand ohne mit der Wimper zu zucken umbringen könnte. Was auch niemand bezweifelte, der ihn kannte.

Mit ungebremster Vorfreude steuerte Bastian seinen Audi mit den bequemen Liegesitzen auf die Grube zu. Schon als er noch in Volxheim aufwuchs, hatte ihn das Erdloch magisch angezogen und jede freie Minute war er mit dem Rad und dann dem Mofa dorthin gefahren. Haifischzähne suchen war eine seiner vielen Leidenschaften.

Dort hatte er auch seine ersten sexuellen Erlebnisse bei einem Klassenausflug des Kreuznacher Gymnasiums an der Stadtmauer. Während die anderen zu Klängen von Deep Purple lustlos am Spießbraten drehten, hatte er schon den BH von Claudia aus der Parallelklasse geöffnet und sicher wäre er auch voll zum Zuge gekommen, hätte nicht die Größe seines Gliedes Claudia einen halb erschreckten, halb freudigen Schrei entlockt. Der, leider!, hatte die verklemmte Klassenlehrerin Stephanus-Holz alarmiert.

Sie verbannte die beiden zunächst in die Mitte der anderen. Und schrieb entsprechende Briefe an die Eltern. Von wegen sittlicher Verderbtheit und Zügellosigkeit, mit gerade vierzehn Jahren! Doch Bastians Vater in Volxheim quittierte nur grinsend die Bürokratenzeilen und bewunderte die Lebenslust seines Juniors. Claudias fast unmittelbar an der Integrierten Gesamtschule wohnende Eltern waren da anderer Ansicht, aber die beiden frühreifen Früchtchen waren so gut aufeinander und ineinander fixiert, dass jegliche Trennungsmaßnahmen von vornherein zum Scheitern verurteilt waren. So blieb denn in der Folgezeit keine Gelegenheit ungenutzt, denn Claudias sexueller Appetit stand dem von Bastian in keiner Weise nach. Dass die Antibabypillen-Hormone den ständigen Samenangriffen standhielten, zeugte von einer großzügigen Dosierung in deutschen Pharmalabors.

Die Affäre endete allerdings abrupt, als Bastians Vater mit der Familie nach Berlin umzog, damals, als der Mauerbau Millionen Menschen

aus dem Osten herüberspülte und Milliarden Subventionsgelder zurückflossen. Vielleicht war es gut, dass die beiden so auseinanderkamen, denn schon einige Wochen später hatten sowohl Claudia als auch Bastian neue Partner. Vor allem Bastian nutzte das Angebot der Großstadt in den nächsten Jahren reichlich aus.
Doch Berlin war Geschichte, wenn auch angenehme Geschichte. Heute wollte Bastian auftanken, an der Stelle, wo er früher schon Haifischzähne, Austern, Muscheln und andere Fossilien in großer Menge gesammelt hatte. Er wollte einfach nur dasitzen, eintauchen ins Meer des Tertiär, als Haifische monströser Größe Jagd auf überdimensionale Seekühe und andere Meeresbewohner der Zeit machten. Heutige weiße Haie würden gegen die wohl zwanzig Meter langen Meeresräuber von damals ein schwaches Bild abgeben. Bastian steuerte in seiner typisch unverbrauchten Art von der Straße aus munter den nächstgelegenen Feldweg hinauf. Der aufgeweichte Weg, nur teilweise versetzt mit den typischen, längst abgeschliffenen Kalksteinen ließ das Heck des schweren Wagens an der starken Steigung hin und her tänzeln. Nachdem er den Spanndraht einer Weinrebenreihe unfreiwillig mitgenommen hatte, war er schließlich oben. Er parkte neben einem Bauwagen, den die Leute vom Geologischen Landesamt in Mainz-Hechtsheim dort hingestellt hatten, um ihre Gerätschaften zum Aufarbeiten der Brandungszone unterzubringen.
Noch war die Luft feucht und schwer, doch die Sonne strahlte ihm schon voll ins Gesicht, als Bastian mit geländeerfahrenem Schritt die Behelfstreppe hinunterging. Alles war menschenleer, nur der ortsansässige Bussard protestierte kreischend gegen den ungebetenen Eindringling, der zielsicher an Gewölle und einem halb aufgefressenen Kaninchen vorbei zur tertiären Brandungszone ging. Die Sonne schien auf den gegenüberliegenden Hang, dessen sandige Flanken erst später abtrocknen würden. Sie jetzt zu begehen, wäre wegen der Rutschgefahr leichtsinnig. Gerade da konnte man freilich auch Haifischzähne aus dem Sand sieben.
Die schnell höherkletternde Sonne wärmte mit ihren Strahlen seinen Rücken. Nach und nach erwachte das Leben in der Grube, kleine Nager krochen aus ihren Höhlen an den Steilhängen, genau beobachtet von rüttelnden Sperbern. Auf der Straße sausten die ersten Autos zum Einkaufen in Richtung Alzey.
Auch am Eingang zur Grube, den Erdwälle vor Bastians Blick ver-

bargen, ertönte ein Motorgeräusch. Reifen drückten knirschend den Kies zur Seite. Dann erstarb der Motor, eine Autotür fiel zu. Zunächst Stille. Nur wenig später lief jemand in bunter Montur zwischen der Grube und der Beller Kirche quer durch die Weinberge den Berg hoch und verschwand auf der Ebene über der Grube. Bastian zuckte die Achseln. Sollten diese neumodischen Sportler sich die Lunge aus dem Leib rennen. Er sog tief die Luft ein, die mit der beginnenden Thermik langsam aus der Grube aufstieg und ein zauberhaftes Flirren über die Gegend legte.
Eine Bewegung an der Treppe ließ Bastian unwirsch zur Seite schauen. Tatsächlich war die Joggerin wohl der Ansicht, quer durch die Grube laufen zu müssen, und rutschte den sandigen, steilen Hang hinunter. Aus der Nähe sah er, dass sie ausnehmend hübsch war, mit ihren wehenden Haaren und dem leicht in den Nacken gelegten Kopf. Als sie mit elegantem Sprung auf den nach oben führenden Weg wechselte, winkte sie Bastian kurz zu. Doch sie hätte besser auf den Boden sehen sollen. Denn ein großer Kieselstein aus der Brandungszone raubte ihrem rechten Fuß den Halt. Sie knickte um und schlug der Länge nach hin. Fast direkt vor Bastians Füße.

*

Wolfgang Schneider war seiner Frau Renate ein liebevoller Mann und seinen beiden Töchtern Vanessa und Verena ein prima Vater. Was nicht ausschloss, dass er auch in seiner Arbeit aufging. An diesem Samstagmorgen war in Vorbereitung für den Familienurlaub das Einkaufen der nötigen Sonnencremes angesagt, eine Aufgabe, die er beim nächsten Drogeriemarkt schnell hinter sich brachte. Seine Frau hatte die anderen Dinge schon gepackt, die Ausweise lagen bereit und am Dienstag sollte es mit dem Ferienflieger vom Flughafen Hahn losgehen.
Nach dem Einkauf der Sonnencreme, deren Inhaltsangabe wohl das gesamte Lieferprogramm eines chemischen Großunternehmens wiedergab und ihn schaudern machte, konnte er es natürlich nicht lassen, noch einmal in die Gerichtsmedizin zu gehen. Schließlich musste er seine Arbeit noch abschließen.
Mit fröhlichem Winken ging er am Pförtner vorbei, der solche Besuche am Wochenende schon gewohnt war, und folgte zielstrebig dem

Flur zum Obduktionsraum. Er zog die Leiche aus der Kühlbox in das grelle Neonlicht. Sie lag immer noch zusammengekauert da, die Arme eng an den Körper gelegt, die Beine angezogen. Eine ähnliche Stellung wie bei den grausam geopferten Inka-Kindern auf den Andengipfeln, die dort hinaufgeschleppt und brutal ermordet worden waren. Das Eis in über 5000 Metern Meereshöhe hatte sie über Jahrhunderte konserviert. Moderne Analysegeräte wie Computertomographen schließlich hatten ihre Leiden wieder plastisch auf Monitoren entstehen lassen. Die Zeit heilt eben doch nicht alle Wunden.

So auch bei „Seiner" Leiche. Sein Blick schweifte zuerst auf den Nachbartisch, auf dem nur noch Teile der zerschnittenen Skulptur lagen. Wahrscheinlich würden die Kriminaltechniker auch den Rest am Montag holen. Schneider machte dagegen jetzt seine toxikologischen Untersuchungen.

Um viertel vor zwei verließ er wieder die Gerichtsmedizin und fuhr nach Schwabenheim, wo Renate mit seiner Verspätung gerechnet und sein Lieblingsgericht, Lachs in Rieslingsoße, warm gehalten hatte.

*

Wülfing hatte die Nacht zum Samstag nicht gut geschlafen, obwohl das Spiel der Unentschieden-Könige aus Mombach auf der Bezirkssportanlage nahe dem Hallenbad wieder ausgesprochen unterhaltsam gewesen war. Das war vor allem dem Schiedsrichter zu verdanken, der wie ein Känguru auf dem Platz herumgehüpft war, die blonden, halblangen, pomadengetränkten Haare elegant in den Nacken gekämmt. Dazu dieser komische Gang, das Schwenken der Hüften und die theatralische Gestik – der Mombacher Anhang hatte gejohlt, dass es eine reine Freude gewesen war, und auch mit den Uhlerborner Rasenbügler-Fans war man sich schnell einig gewesen, dass dieser Mann allein die drei Mark Eintritt wert war. Wie er mit dem Ball auf leicht vorgerecktem Arm, flankiert von seinen bereits grinsenden Linienrichtern, auf das Spielfeld getänzelt war, wie er mit durchgedrücktem Kreuz und ins Unendliche weisender Armgeste den Ort des letzten Fouls markiert hatte – er verlieh dem Spiel die besondere Note, die im Profi-Fußball allzu oft fehlte. Nicht wenige fühlten sich an Otto Waalkes erinnert. „Und hier kommt der Ball. Heute ganz in Leder", hatte der norddeutsche Blödler einmal getextet.

Entsprechend ausgelassen war die Folgefeier gewesen. Wülfing hatte wie immer wenig getrunken, denn er konnte auch ohne Alkohol lustig sein. Eine Stunde vor Mitternacht war er froh gelaunt die paar Meter zu seiner Wohnung am Westring gegangen. Dort lebte er nun schon über ein halbes Jahr mit Elvira zusammen.

Jetzt, um neun, hatte ihn seine Lebensgefährtin geweckt, die im Straßendress neben ihm stand und offensichtlich schon Brötchen geholt hatte. Wie war das noch mit der Tagesplanung?
Elvira, die meist seine Gedanken erriet – bekanntermaßen sind Frauen auch die besten Lügendetektoren – meinte aufmunternd:
„Na, du alter Brummbär. Was geht dir denn im Kopf herum?"
„Wieso? Hab ich mal wieder im Schlaf geredet?"
„Aber ja. Und hast ständig herumgestrampelt. Weg, weg. Ich will raus oder so."
Wülfing wurde nachdenklich. Ihn beschäftigte der ungewöhnliche Fall mehr, als er dachte.
„Ja, ich habe da einen üblen Fall. Ich denke, dass ich auch heute noch einmal ins Büro muss."
Elvira seufzte. „Ich habe mir schon so etwas gedacht. Aber heute Abend gehen wir wie geplant an den Rhein!"
Das war verpflichtend, Wülfing sah es ein. „In Ordnung. Ich fürchte aber, dass es sechs werden wird."
Elvira hatte schon einen späteren Termin befürchtet und tischte zufrieden das Frühstück auf, das zum Brunch geriet. Guten Mutes fuhr Wülfing um halb drei ins Polizeipräsidium, wo ihm der Pförtner schon den ausgebeulten Umschlag von Schneider in die Hand drückte.
In seinem Büro warf er zunächst die Kaffeemaschine an und schüttete dann die Unterlagen auf den Tisch. Das Geschoss stufte er mit geschultem Auge als das erwartete Kleinkaliberprojektil ein, kaum verformt. Die Waffenexperten sollten damit etwas anfangen können. Der Mord lag schon lange zurück, das konnte auch bis Montag warten. Aber die Polaroids wühlten in ihm irgendetwas auf. Was, vermochte er noch nicht zu sagen. Im jetzigen Zustand war die Leiche wohl nur über das Gebiss zu identifizieren. Am Montag würde er mehr wissen.
Auf dem Gang ertönten Schritte und herein kam ein schlaksiger Mittdreißiger mit modischem Kurzhaar-Schnitt. Jeans, T-Shirt, wie Mann halt so im Sommer herumflaniert.

„Kannst du Gedanken lesen, Michael?" Wülfing war verblüfft.
„Na klar. Aber Spaß beiseite, ich bin nur auf dem Durchflug in die Stadt und wollte mal reinschauen, als ich deinen Charakterschädel hinterm Fenster sah. Es ist sicher wegen gestern, oder?"
„Erraten. Hier hast du Arbeit." Er reichte ihm mit spitzen Fingern den Beutel mit dem Geschoss.
„Bis wann?" Woll nahm den Beutel und zog die Stirn kraus.
„Es reicht, wenn du am Montag beginnst. Der Mord liegt schon lange zurück. Das Opfer ist möglicherweise ein Mann aus Mainz, Karl Müller. Ich habe damals den Fall bearbeitet, aber durch die Mumifizierung ist eine direkte Identifikation nicht möglich. Und auch das Zahnschema ist noch im Archiv. Das bekomme ich erst Montag."
„OK, dann wird es wohl Mittwoch oder Donnerstag."
Nachdem Woll gegangen war, überlegte Wülfing die nächsten Schritte. Bis Montag waren alle weg: Mechtersheimer auf der Jacht am Bodensee, Zweipfennig noch im Urlaub und Jana hatte endlich auch einmal frei. Die Kunstgießer waren sicher am Montag wieder da. Wer immer die Statue zusammengebaut hatte, er musste etwas Entscheidendes wissen. Die Fingerabdrücke brachten ihn erst einmal nicht weiter, aber das würde sich sicher schnell ändern: Die Person, die die Leiche dort versteckt hatte, war sich sicher gewesen, dass diese nicht mehr auftauchen würde. Und entsprechend sorglos mit seinen Fingerabdrücken umgegangen. Vielleicht brauchte man die Tatwaffe ja gar nicht so dringend. Der Himmelsstürmer würde ihm vielleicht auch so den Mörder liefern. Vielleicht schon bald.
Er beendete seine Samstagschicht bereits um fünf, sodass genug Zeit für Elvira blieb. Woll war schon wieder weg, denn schließlich lebt Mainz im Sommer auf seinen Plätzen.

*

Eigentlich hatte Bastian gedacht, dass er die Frauen im Griff hätte. Bei seiner Erfahrung wusste er genau zu differenzieren, was ihm gut tat und was nicht. Bei diesem Wesen, das ihm da fast vor die Füße fiel, war das allerdings anders. Er wusste nicht warum, nicht was ihm geschah und wie es geschah, als sie sich mit einem grazilen „Scheiße!" seitlich setzte, sich den Fuß hielt und zu ihm aufsah. Er starrte sie einfach nur an, während sie ihn erst ärgerlich und dann interessiert musterte.

„Was schauen Sie so? Helfen Sie mir lieber!" Durch den stechenden Schmerz in ihrem linken Fuß wusste sie nicht, ob sie lachen oder weinen sollte.
„Ei .. einen Moment." Bastian turnte behend von seinem Sitzfelsen herunter, vorsichtig auf andere Steine achtend und hielt ihr seine Hand hin. „Stehen Sie auf."
„Danke." Sie griff seine Hand und zog sich schnell hoch, sorgsam ihren linken Fuß entlastend.
„Können Sie gehen?"
„Ich weiß nicht." Sie zog ihren linken Joggingschuh aus. Bastian kniete vor ihr und nahm ihren Fuß vorsichtig in seine Hände, drückte hier und bog da, um dann die fachmännische Diagnose zu geben: „Es ist die Achillessehne, aber nicht gerissen. Sonst hinge der Fuß haltlos herunter. Die anderen Bänder sind in Ordnung."
„Wie bitte? Sind Sie Arzt?"
„Nein, aber der geborene Skifahrer. Sagt mein Arzt. Meine Knochen heilen so schnell." Bastian grinste, er hatte das Heft wieder in der Hand. Wie er es gewohnt war. Doch Angela wollte sich nicht so leicht geschlagen geben.
„Dann laufe ich halt zum Auto. Danke für Ihre Hilfe." Sie zog den Schuh wieder an, richtete sich auf und machte den ersten Schritt, aber das Abrollen des Fußes war doch zu schmerzhaft. Sie knickte ein und konnte sich gerade noch an Bastian festhalten, der sie fest umgriff. Fast wollte sie losfauchen, doch der Schmerz war groß und der Wunsch nach körperlicher Nähe auch. So ließ sie sich zunächst widerstrebend und dann angenehm berührt von ihm zur Treppe geleiten. Sie waren schnell per Du und als er sie mit seinen starken Armen den steilen, sandigen Hang hinauf zu seinem Auto trug, ließ sie es gern mit sich geschehen.
Er fuhr sie die paar Meter zu ihrem Wagen, der in der Einfahrt zur Grube stand. Es war der Audi ihres Bruders, der mit seinem Automatik-Getriebe zwar nicht recht vom Fleck kam, aber mit ihrem gehandicapten Fuß jetzt goldrichtig war. Sie gab ihm einen Kuss auf die Wange, setzte sich vorsichtig in den Fahrersitz und lächelte ihn an.
„Nichts gegen deine Diagnose, Bastian. Aber ich fahre erst einmal zum Röntgen."
„Na klar, soll ich mitkommen?"
„Sonst ja. Ich rufe aber erst meinen Bruder an. Der braucht das Auto."

„Wann sehe ich dich wieder?"

„Bald, sehr bald." Sie steckte ihm ihre Visitenkarte zu und startete den Motor. Der schwere Wagen kam erst widerwillig und dann immer schneller auf Touren, als sie Richtung Mainz fuhr. Bastian fuhr direkt hinterher, auch er wollte schließlich nach Mainz. Vielleicht lief ja heute Abend doch noch etwas?

Angela wählte den Weg über Wöllstein, vorbei an der im Bau befindlichen Justizvollzugsanstalt und dann durch den Kreisel Richtung Autobahn. Gerade standen wieder drei Streifenwagen auf dem Parkplatz am Rand der B 420 und kassierten ab. Die Stelle war dafür sehr beliebt. Denn die Abfahrt in Richtung Wöllstein war sinnigerweise mit einem Stoppschild versehen, obwohl die Strecke für Rechtsabbieger Richtung Wöllstein sehr übersichtlich ist. Ein einfaches Vorfahrt-Achten wäre für die Rechtsabbieger sicher absolut ausreichend, würde aber die eingenommenen Gelder deutlich vermindern. Die Erfolgsquote war so hoch, dass es sich wohl lohnen würde, ein mobiles Toilettenhäuschen dort aufzustellen. Die Pinkelgebühr könnte dann kulanterweise in die Verwarnung wegen Überfahren des Stoppschildes einbezogen werden.

Doch heute war der Parkplatz leer. Die beiden großen Audis fädelten sich schnell zwischen Lastwagen in Richtung Bingen ein und gingen dann auf die Überholspur. Am Nahedreieck rechts auf die A 60 Richtung Mainz, vorbei an Dromersheim, Ockenheim und den sich an den Hängen des Hungerberges hochziehenden Weinbergen. Zwischen den blumig oder historisch geprägten Lagennamen wie Sonnenberg, Honigberg und Jakobsberg stach zwischen Dromersheim und Ockenheim der auf den ersten Blick despektierliche Laberstall heraus, ein Name, dessen Ursprung noch unbekannt war.

An der Abfahrt Gaulsheim verließ Angela die Autobahn und fuhr durch die Obstfelder nach Ingelheim hinein. Das Röntgen im Diakonie-Krankenhaus, das sich nach seiner Renovierung in den letzten Jahren nun viel ansehnlicher präsentierte, zeigte, dass es keine Knochenfrakturen gab. Der Bereitschaftsarzt bestätigte Bastians vorläufige Diagnose und verordnete einen Verband und Schonung. Um vier Uhr nachmittags war Angela wieder auf dem Weg nach Mainz. Bastian war dort schon längst angckommen. Er brachte seine Wohnung in der Goldenbrunnengasse in Ordnung und überlegte, wann er Angela anrufen sollte. Zu früh würde nach zu großem Interesse aussehen, zu spät den Abend unnötig verkürzen. Er beschloss, bis achtzehn Uhr zu warten.

*

Samstag ist Großkampftag. Mit einem stetig sinkenden Begeisterungspegel verdinge ich mich jedes Wochenende als mein eigener Facharbeiter, um den Ausbau voranzutreiben. Irgendwann wird auch der stärkste Heimwerker müde und bestaunt lieber die geübten Handgriffe der Profis, anstatt selbst Hand anzulegen. Wenn er denn das nötige Kleingeld dafür hat. Ich habe es leider nicht. Und so ziehe ich Leitungen, löte Kupferrohre und schweiße Kunststoffrohre Marke Fusiotherm. Stemme Löcher in Beton, streiche Wände und lege Böden. Und irgendwann bin ich zu müde, um weiterzuarbeiten.
Das merke ich daran, dass ich Böden schweißen, Wände löten und Kunststoffrohre streichen will.

*

Als Bastian mit der gebührenden Verspätung Angela anrief, wartete sie bereits, wie ihre ruhige Stimme verriet. Freilich hatte sie es erst dreimal klingeln lassen, bis sie dranging. Sie kannte die Geschäftsspielchen, die auch längst im Privatleben Einzug gehalten hatten.
„Na, was macht dein Fuß?"
„Bandagiert, aber sonst in Ordnung." Sie würde nicht von sich aus seine Diagnose voll bestätigen. „Ich kann laufen, soll mich aber schonen. Und mit Joggen ist es wohl für ein paar Wochen nichts."
„Das schränkt die Programmwahl für den Abend etwas ein." , musste er zugeben. „Wie wäre es mit einem Besuch im Cinestar? Cast Away mit Tom Hanks? Um acht?"
„Gute Idee, den mag ich. Holst du mich in Hechtsheim am Büro ab?"
„Klar. Die Adresse kenne ich von früher, das Privathaus direkt neben dem Firmengebäude „Graber & Partner, Architekten und Ingenieure."
Er machte sich gleich auf den Weg und lächelnd begrüßte sie ihn an der Haustür mit einem Kuss auf die Wange. „Lass uns gleich gehen." Sie humpelte ein wenig. Ihr bandagierter Fuß machte ihr doch ein

wenig zu schaffen und so stützte sie sich wieder auf ihn. Kurz vor sieben waren sie bereits im Kinopalast am Südbahnhof und verleibten sich erst einmal bester Dinge eine Riesentüte Popcorn ein. Der Film entpuppte sich allerdings als über zweistündiger Federal Express Werbespot mit absolut dümmlicher Handlung. Der Hauptdarsteller Tom Hanks konnte bei aller schauspielerischen Klasse nicht verbergen, dass er auch nach angeblich vier harten Jahren Kokosnuss-Diät noch immer den Speck der Hollywood-Szenepartys auf den Rippen trug. Brauchbar an dem Film war einzig eine Flugzeugabsturz-Sequenz von beeindruckender Intensität. Die stand in ihrer filmischen Sparsamkeit ganz im Gegensatz zum sonstigen Film, der mit viel technischem Aufwand einen extradünnen was-weiß-ich-wievielten Aufguss von Robinson Crusoe abgab.

Doch die beiden Verliebten störte das alles nicht. Angela nutzte den steil abgestuften Zuschauerbereich und legte ihren bandagierten Fuß über die Lehne des freien Vordersitzes. Und sie widmeten sich auf eine Weise ihrer Zweisamkeit, dass auch die anderen gelangweilten Zuschauer bald mehr Interesse an dem Geschehen in Reihe siebenundreißig rechts außen hatten als an dem auf der Leinwand.

Nach dem Film fuhr er sie nach Hause, weil ihr Fuß wieder stärker schmerzte. Sie verabredeten sich für den nächsten Tag zum Mittagessen in seiner Wohnung. Da würden sie ungestört sein. Der Tag würde so schön werden wie auch dieser schon. Vielleicht sogar noch ein wenig schöner. Die Sterne am Himmel blinzelten den beiden zu, die sich ungeachtet des immer wieder das Licht einschaltenden Bewegungsmelders noch eine halbe Stunde vor der Eingangstür küssten, während im Hintergrund die letzte Straßenbahn zur Endhaltestelle am Schinnergraben rumpelte.

*

Goldenbrunnengasse 10. Eine schmale Straße, Pflasterstein, Bordsteine aus Granit, geteertes Trottoir. Angela war pünktlich, sogar überpünktlich und hatte einen Parkplatz direkt vor dem Haus gefunden. Schon kurz nach halb zwölf stand sie vor dem rötlich gestrichenen Haus in der Gasse mit dem klangvollen Namen. Die Architektin analysierte schnell: Einfach verglaste Bogenfenster im Erdgeschoss, rechteckige Stegfenster im Obergeschoss, vier Dachgauben. Die Haustür in

Kassettenbauweise in einen bogenförmigen Rahmen mit Oberlicht. Darüber ein Löwenkopf. Zwei ausgetretene Sandsteinstufen. Wahrscheinlich vier Wohnungen, zentrales Treppenhaus. Vier betagte Klingelknöpfe auf der rechten Seite der Sandsteineinfassung der Tür bestätigten ihre Vermutung. Bastians war der zweite von oben, doch noch bevor sie auf den Klingelknopf drücken konnte, ging das Fenster links neben der Tür auf und eine alte Frau schaute heraus.
„Wohin wollen Sie denn?" Eine solch neugierige Alte hatte Angela bis dahin nur selten erlebt, doch sie widerstand dem Impuls, ihr die Meinung zu sagen.
„Zu Herrn Burger."
„Der ist da. Ich rufe ihn für Sie." Noch bevor sie antworten konnte, rief die alte Frau schon nach oben. „Herr Burger, Besuch für Sie. Eine", sie schaute Angela von oben bis unten an, „Junge Dame."
„OK", schallte es von oben zurück. „Ich komme."
Kurz danach ging eine Tür und Angela hörte schwere, schnelle Schritte auf Dielen knarren. Sie war mittelmäßig erschüttert über die Kommunikationswege in diesem alten Haus. Was mochte sie noch alles erwarten?
„Er kommt", verkündete die alte Frau pflichtbewusst und fragte gleich weiter: „Was wollen Sie denn von ihm?"
Langsam wurde es Angela doch zu bunt. Anhand des untersten Klingelknopfes hatte sie inzwischen der neugierigen Alten den Namen Satter zugeordnet. Gerade, als sie beschloss, ihr einmal Kontra zu geben, ging schon die Holztür auf. Bastian sah ihr in die Augen und lächelte. Und Angela folgte ihm schnell, während die Alte neugierig hinter ihnen her schaute.
Im Haus wurde es gleich kühler. Ein gefliester Boden in rotbraun-cremeweißem Karomuster, rechts führte eine wunderschöne Wendeltreppe ins Obergeschoss. Aus der in den Hinterhof führenden, verglasten Tür drang ein Streifen gleißende Helligkeit in den Flur, der aber nicht ausreichte, ihn vollständig zu erhellen. Der Eindruck der Kühle blieb erhalten.
„Komm, Angela, wir gehen hoch." Bastian ging vor. „Du bist ein wenig früh. Sehnsucht?" Er schaute sich grinsend um, während sie sich noch die elegant gedrehte Wendeltreppe ansah. Sie konnte durch ihre Zerrung noch keine großen Schritte machen. Im Obergeschoss war das Flurfenster geöffnet und gab den Blick auf den Hinterhof und

das Hinterhaus frei. Eine graue, verwitterte Fassade mit Bogenfenstern und aufwändigen Tür- und Fassaden-Reliefs, denen die schlechter werdende Mainzer Luft zugesetzt hatte. Schnöder Straßenstaub hatte selbst in diesem Hinterhof sein eigenes Flair über die ehemals weißen Figuren gelegt. Kein Zweifel, das Haus hatte schon bessere Tage gesehen. Seit vielen Jahren war hier die Zeit scheinbar stehen geblieben. Doch die Verwitterung war soweit fortgeschritten, dass der Charme des Ruinösen teilweise schon dem substanziellen Zerfall gewichen war.

Dieser Eindruck verstärkte sich noch, als sie ihm in seine Wohnung folgte. Wuchtige Kassettendecken und Kassettentüren dominierten mit ihrer dunklen Farbe die beiden großen Räume. Sie erzeugten auch jetzt, zur hellsten Tageszeit, trotz der großen Fensterflächen eine eher düstere Stimmung im hofseitigen Raum. Im straßenseitigen Zimmer stand ein Ofen, der gleichzeitig als Herd diente. Eine gelb gemusterte Tapete im Stil der Sechziger, eine abgenutzte Sitzgruppe und ein Glasschrank im Stil der Fünfziger vervollständigten die recht karg anmutende Einrichtung. Die altmodische Bettcouch diente wohl als Nacht- und Ruhelager.

Angelas Vorfreude auf ein Liebesabenteuer legte sich zusehends. Das hier war keine Liebeslaube, sondern eine typische Studenten- und Junggesellenbude. Sicher hatte auch sie ihren Charme, aber so richtig wohl fühlte sie sich hier nicht. Dass Bastian damit kein Problem hatte, war klar. Er stand in stolzer Besitzerpose in der Übergangstür seiner beiden Räume.

„Das hier atmet Geschichte." Er breitete seine Arme aus. „Wenn du willst, zeige ich dir auch den Innenhof. Du wirst staunen."

Dankbar nahm sie das Angebot an, das sie aus dieser für sie bedrückenden Wohnung führte. Im Innenhof fiel ein offensichtlich in der Nachkriegszeit notdürftig gezimmertes und mit Teerpappe gedecktes Dach auf. Es schützte unterschiedliche allegorische Figuren und Göttergestalten mehr schlecht als recht vor Regen. Beispielsweise die Relief-Darstellung des Oberkörpers von Neptun mit grimmiger Miene, an entscheidender Stelle mit einer Rosette veredelt. Triton mit seiner Muschel stand im Zentrum des Ensembles. Dazu kamen aus Tierfiguren harmonisch aufgebaute Sockel für Bänke, vor allem aber Frauengestalten, von den drei Grazien über die Harfenspielerin bis zur Liebesgöttin. Die leicht dahingezauberten Graziengewänder ließen immer mindestens eine Brust frei oder aber waren so gestaltet, dass sie durchsichtig schienen. Die Frisuren waren ebenfalls dem Geschmack der Gründerzeit angepasst. Zwischen den Figuren hatte jemand aus dem Haus seine Wäsche aufgehängt, Tauben nisteten unter dem Behelfsdach.

„Das findest du in Mainz nicht noch einmal." Bastian nahm Angela in den Arm, was sie sich in dieser hellen Atmosphäre gern gefallen ließ. Die Sonne stand im Zenit und die hohen Mauern konnten ihren Einfall in den engen Innenhof nicht verhindern.

„Das Hinterhaus wurde 1865 von dem Bildhauer Valentin Barth als Ateliergebäude für Bildhauerei und Architektur gebaut, nachdem er das Vorderhaus gekauft hatte. Mit seinem Vetter Heinrich Barth modellierte und produzierte er seine Figuren. Sie waren sehr erfolgreich, einer verkaufte, einer modellierte mit zwei Gehilfen." Angela war beeindruckt und so fuhr er fort. „Das hier nannten sie den Tempel. Es war ihre Werkausstellung, ihre Musterschau. Das hier sind die Gipsabgüsse ihrer Figuren. Je größer, umso komplizierter. Die Nähte abzustimmen, die Montage, die Bearbeitung: Das ist etwas, was nur wenige können."

„Und warum verkommt das hier alles so?" Angela zeigte auf die linke der drei Grazien, deren rechte Schulter einem klaffenden Loch gewichen war.

„Die aktuellen Hausbesitzer, eine Erbengemeinschaft, hatten nicht das rechte Geld für eine Renovierung. Und die Stadt will hier auf Teufel komm raus sanieren. Ursprünglich wollten die das Hinterhaus und noch einiges andere abreißen, um ein Parkhaus mit vierhundert Stellplätzen zu bauen. Da waren wir aber dagegen."

„Wir?"

„Die Bürgerinitiative Goldene Luft. Wir haben uns gegen die Plattmacher durchgesetzt. Das heutige Parkhaus hat nur hundertfünfzig Plätze, eben weil das Hinterhaus erhalten blieb. Sie haben einen Bogen um es herum bauen müssen. Und nun ist vor einigen Wochen die Familie Kotzur hier eingezogen. Sie ist Bildhauerin und die werden alles wieder in Ordnung bringen. Das wird ein Riesenberg Arbeit. Aber es wird sich lohnen. Wenn ich da an den Bau der Altstadt-Tangente denke, wo das denkmalgeschützte Haus eines Bürgermeisters dran glauben musste. Ein schönes altes Haus mit einer Doppelgalerie. Dabei hätte er sicher die Möglichkeit gehabt, das zu verhindern. So aber hat er es gefördert. Warum wohl?"

„Der Goldene Brunnen? Ist er noch da?"
„Du bist bereits drübergelaufen. Im Hauskeller gibt es ein Brunnenloch. Das ist er, allerdings schon lange nicht mehr in Betrieb. Ob die Wasserqualität hier jemals so gut war, ist zweifelhaft. Beim Ausschachten des Parkhauses kamen nämlich erst mehrere Lagen Kriegsschutt, dann aber eine römische Bäderanlage mit einem im Hang eingelassenen Becken, Fußbodenheizung und so weiter zutage.
Und die Goldene Luft: Das kommt aus der Zeit der Pest, als lediglich in dieser Mainzer Gasse keine Erkrankung zu verzeichnen war. Sie schließt sich direkt an die Goldenbrunnengasse an. Damals war sie übrigens am Stadtrand, ziemlich direkt hinter den Befestigungsanlagen. Da dürfte die Luft erheblich besser gewesen sein als in der extrem dicht besiedelten Innenstadt und den im Winter qualmenden Öfen. Doch", er schaute sie vielsagend an, „Du bist doch nicht nur wegen der Geschichte gekommen, oder? Lass uns hochgehen."
Angela musste erst einmal die vielen neuen Eindrücke verdauen und folgte Bastian, der bewusst langsam ging, mit kleinen Schritten in seine Wohnung. Neben dem Herdofen stand auf einer Ablage am Fenster eine kleine Kochplatte, auf der sie eine Dose Ravioli warm machten. Ein typisches Junggesellen-Essen, das beide mit gebremstem Eifer verschlangen. Gerade als er das Bett ausklappte, bollerte es plötzlich gegen das Treppengeländer. Angela schaute indigniert, doch Bastian kannte das offensichtlich schon. Er ging sofort an die Wohnungstür und kaum hatte er sie geöffnet, kam schon die Stimme der Frau Satter, die sie ja nun schon kannte.
„Herr Burger, Telefon für Sie! Ist das schon wieder eine Neue? Oder die von letzter Woche?"
„Sagen Sie, ich bin nicht da."
„Ich habe aber schon gesagt, dass Sie da sind. Und Besuch haben."
Mit einem entschuldigenden Seitenblick verschwand Bastian im Flur und man hörte seine Schritte auf der Treppe. Angela machte sich ihre Gedanken. Als er wiederkam, murmelte er etwas von einer kurzfristigen Radtour, bei der einige vom Betrieb mitfahren wollten. Schnell klappte er das Bett aus und wollte sie hineinziehen. Doch sie hatte keine Lust. Hier nicht.
„Entschuldige, Bastian, aber hier fühle ich mich nicht wohl. Es ist mir irgendwie zu düster. Was hat deine Vermieterin da gesagt?"
„Ach, die redet viel, wenn der Tag lang ist. Trinkt gern mal einen

Schluck und wird dann laut. Einmal hatte ich ihr Federweißen mitgebracht, den sie in reichlichen Mengen trank. Und nachts bollerte sie dann mit dem Krückstock an ihre Zimmerdecke und schrie: „Es zerreißt mir die Därme" in der Lautstärke, die du schon kennst. Übrigens ist die nicht die Eigentümerin dieses Anwesens, sondern auch nur Mieterin."
„Kommt mir vor wie ein Blockwart."
„Versteht sich wohl auch so. Sie will immer alles wissen. Halt ein echtes Meenzer Original. Aber auch manchmal ein wenig neber der Kapp, wie man so sagt. Die hatte bisher die Angewohnheit, ihr Geld abends bei Licht am offenen Fenster zu zählen. Bis es auf einmal weg war. Aber komm jetzt ins Bett."
„Nein, ich will hier nicht. Lass uns noch mal rausgehen."
„Schade." Das meinte er ernst und seine Miene verriet nicht unbeträchtliche Frustration. „Hast du einen Vorschlag?"
„Am Rhein ist es jetzt bei der Hitze sehr angenehm. Und hell."
„Aber du kannst doch nicht richtig laufen."
„Wir können ...", sie überlegte mit prüfendem Blick auf Bastians etwas verärgerte Miene. „Mein Bruder hat einen Schrebergarten nahe am Rhein, zwischen Mombach und Budenheim. Das ist nicht weit, und ich glaube nicht, dass er jetzt da ist. Und außerdem", fügte sie hinzu, „Ist da eine Hütte und ein richtig schönes Bett."
Beide hatten es eilig, möglichst schnell in die Schrebergärten zu kommen. Sie packten ein paar Getränke in die Kühltasche, nahmen seinen Audi und fuhren über Budenheim, an der Glashütte und der Schwitzkasten-Sauna vorbei, in die Schrebergärten. Angelas Bruder hatte mit Rasengittersteinen einen Parkplatz angelegt. Er war wie erwartet nicht da und auch die Parzellennachbarn nicht, sodass dem Liebesabenteuer scheinbar nichts mehr im Weg stand.
Erst rissen sie alle Fenster auf, damit die stehende Hitze abfließen konnte. Dann rissen sie sich alle Kleider vom Leibe und warfen sich aufeinander ins Bett, das unter beider Gewicht verdächtig ächzte, aber hielt. Angelas Achillessehne schmerzte vom ersten Aufprall, und sie war gezwungenerweise der mehr passive Part. Aber auch Bastian war nicht gut drauf. Ihn nervten die grinsenden Gartenzwerge auf der Fensterbank derart, dass er sie kurzentschlossen in den voluminösen Korbsessel warf, der einen nicht unbeträchtlichen Teil der kleinen Holzhütte einnahm.

Der Rest des Tages war ein ständiges Hin und Her. Mal passte ihm die Stellung nicht, dann ihr. Dann war es ihr zu schwül und ihm zu spießig in der Hütte. Lediglich die Getränkevorräte wurden eifrig beansprucht. Als nach zehn die Dunkelheit kam, wurde es still hinterm Damm. Fliegengitter vor den Fenstern schützten vor den allgegenwärtigen Moskitos und die Luft konnte nun besser als am Tag durch die Hütte streichen.
Es sah wenigstens nach einer ruhigen Nacht aus. Bis kurz vor Mitternacht mit Blitz und Donnergrollen ein Regenguss niederkam, dessen heftig trommelnde Tropfen mit einem begierigen Zischen von der ausgetrockneten Vegetation aufgenommen wurden. Leider hatte die Teerpappe auf dem Dach der Holzhütte in der Hitze Blasen geschlagen und sich verzogen. Erst tröpfelnd und dann in stetem Rinnsal setzte der Platzregen das Bett so schnell unter Wasser, dass beide fluchend ihre Sachen packten und zum Auto rannten. Völlig durchnässt stiegen sie ein und fuhren direkt zu ihm.
Dort war es so trocken und heiß wie schon vor ihrer Abfahrt und sie ließen die Fenster offen. Bastian schlief sofort ein, aber Angela konnte keinen Schlaf finden. Zunächst fühlte sich das Kind des nebenan wohnenden Pärchens, von Bastian nur Romeo und Julia genannt, offensichtlich nicht gut und schrie stundenlang. Dann schrien sich die Eltern, mit ihren Nerven offensichtlich am Ende, gegenseitig an. Und zu guter Letzt rumpelte es plötzlich am frühen Morgen um fünf. Der Glasschrank quietschte und knarrte, die Lampe schwankte und es tat einen schweren Schlag im Hof. Ein kleines Erdbeben hatte Mainz erschüttert – und den Schornstein des Hauses Goldenbrunnengasse 10 aus dem Gleichgewicht gebracht.
Er rutschte über das schiefergedeckte Dach, riss die Dachrinne mit und schlug mit einem dumpfen Knall im Innenhof auf. Gott sei Dank kam niemand zu schaden, auch nicht die Figuren unter dem Dach. Lediglich die dazwischen aufgehängte Wäsche staubte ein wenig ein. Angela beschloss, dass dieser Besuch bei Bastian gleichzeitig ihr erster und letzter sein würde.
„Komm mit mir oder vergiss es."
Sie wollte endlich ihren Liebeshunger in ihrem Zimmer im Hause ihres Bruders stillen, der ohnehin nicht da war. Bastian ließ sich das nicht zweimal sagen. Dort fanden sie endlich die Ruhe, die sie brauchten, um ihren sexuellen Appetit bis in die letzte Ecke auszuloten.

*

Als ich Montag früh zu Manfreds Haus in Wörrstadt komme, höre ich das Röhren eines schweren LKW-Motors und das Schlagen von Metall auf Metall, bevor ich in die Straße einbiege. Vor dem Haus steht ein LKW, der eine riesige Pumpe unter den Siloauslass bugsiert, während die Arbeiter schwere Rohre miteinander koppeln und ins Dachgeschoss ziehen. Offensichtlich sind die Vorbereitungen für das Aufbringen des Estrichs in vollem Gange.
Manfred ist schon wieder nicht da, wie mir ein wuchtiger Mann erklärt, der die Arbeiten mit verschränkten Armen und leicht vorgestrecktem Kinn überwacht. Es ist Klaus Brumm, der Chef selbst. Ich stelle mich zu ihm und frage, warum er denn so früh da ist. Manfred hatte mir am Telefon gesagt, dass er erst in einer Woche mit dem Estrich rechne.
„Ja, wir sind schnell. Vielleicht haben Sie ja auch einen Auftrag für uns?", ist die selbstbewusste Antwort.
„Leider derzeit nicht. Mein Haus ist schon seit 13 Jahren fertig."
„Ja, der Estrich wird heute fertig. Dann zwei Wochen Trocknungszeit und wir arbeiten an den anderen Gewerken weiter. Ihr Freund wollte doch sowieso in Urlaub fahren, sagte er mir. Den Bodenbelag im Keller kann er sowieso erst in vier Wochen auf den neuen Estrich legen."
„Aber gewöhnlich sind doch eher Zeitverzögerungen üblich. Und Sie haben ja auch eine große Baustelle in Mainz." Ich sah sein Firmenschild „Brumm – Schlüsselfertig Bauen" auch beim Richtfest an der Fassade des Großen Hauses des Staatstheaters.
„Nicht nur die." Er schaut mich prüfend an. „Worauf wollen Sie hinaus?"
Ich schenke ihm reinen Wein ein.
„Am Freitag tauchte beim Richtfest des Großen Hauses eine Leiche auf, die möglicherweise etwas mit den Bautätigkeiten dort zu tun hat. Als Journalist interessiere ich mich für das Umfeld. Natürlich", ich mache eine Kunstpause, „Ist das alles absolut vertraulich. Und ich habe ein ausgesprochen schlechtes Namensgedächtnis."
Er weiß offensichtlich noch nicht, ob er mir vertrauen soll, nimmt aber die Einladung zu einem Kaffee an. Er instruiert noch kurz seinen Vorarbeiter und dann gehen wir. Inzwischen haben die Arbeiter alle Anschlüsse gelegt und die Pumpe nimmt dröhnend ihren Betrieb auf.

Wir gehen ein paar Meter weiter und setzen uns in das Eiscafé am Neunröhrenplatz, wo der Lärm nur noch schwach zu vernehmen ist. Brumm trinkt seinen Kaffee schwarz und taut offensichtlich schnell auf, als ich ihm einige meiner Berichte aus Zeitungen und Zeitschriften zeige.

„Sie schreiben kritisch, Herr Sander", stellt er fest. „Und Sie wollen also die Hintergründe zum Großen Haus wissen."

„Natürlich nur so weit, dass Sie keine Probleme mit Ihren Auftraggebern bekommen." Ich wäre schön dumm, wenn ich meine Informanten ans Messer liefern würde. Zwar gibt es ein besonderes Zeugnisverweigerungsrecht für Journalisten, aber am besten schützt sorgfältiges Arbeiten, ein schlechtes Gedächtnis und das Fehlen schriftlicher Aufzeichnungen. Vor allem dürfen die Informationen nicht auf den Informanten zurückzuverfolgen sein. Andererseits: Warum sollte er mir überhaupt etwas erzählen? Er ist ja offensichtlich im Geschäft. Vielleicht Gerechtigkeitssinn? Vielleicht doch Probleme? Wenn Brumm mitmacht, werde ich es bald wissen.

„Dann fragen Sie mal, Herr Journalist."

„Fangen wir doch einmal damit an, warum Sie so schnell bei Manfred vorankommen. Sie sind mehr als eine Woche vor dem Zeitplan."

„Das lässt Ihnen keine Ruhe?" Er lacht. „Ganz einfach: Wir können mit den Bodenarbeiten am Großen Haus noch nicht anfangen. Die sind noch nicht so weit mit der Unterkonstruktion. Da arbeiten viele ungelernte ausländische Arbeiter. Und die sind – unter uns gesagt – bei weitem nicht so schnell wie erfahrene Facharbeiter. Und davon haben wir in Kaiserslautern und Umgebung viele. Leider sind die meisten arbeitslos. Und dass die ranklotzen, wenn sie können, sehen Sie ja hier."

„Und wieso arbeiten dann keine Facharbeiter am Großen Haus? Ausländische Arbeitnehmer haben doch nur ein beschränktes Arbeitskontingent und werden ständig von der Sozialfahndung beobachtet. Allein die Autos sind doch schnell zu identifizieren."

„Was soll schon passieren, wenn ein paar hochgenommen werden? Die nächsten warten schon an der Grenze. Und die Identifizierung ist sehr mühsam. Ein paar Schaltafeln vor die Nummernschilder der auf der Baustelle geparkten Autos und schon nutzen Fotos oder Videos im Vorübergehen nichts mehr. Muss ein ganzer Trupp anrücken, wird das meist rechtzeitig bemerkt. Zwar hilft da inzwischen auch der Zoll mit, aber selbst mit diesen Leuten ist eine wirksame Kontrolle nicht möglich."

„Und wenn erwischte Auftraggeber eine deftige Strafe zahlen müssten?"

„Es lohnt sich für die finanziell immer noch. Schauen Sie einmal an, dass ich meinen Arbeitern 28 Mark die Stunde zahle. Macht mit Sozialabgaben und so weiter 45. Was kostet ein Ausländer? Offiziell pro Stunde 15 im Osten und 18 im Westen. Plus Versicherung. Tatsächlich kommen die wohl eher auf 10 Mark. Natürlich ohne Sozialversicherung et cetera."

„Eine satte Spanne von 35 Mark pro Stunde Reingewinn für den Unternehmer."

„Genau. Der stellt 45 Mark pro Stunde in Rechnung und zahlt 10."

„Aber so eine richtig deftige Strafe ..."

„Was glauben Sie denn? Der Unternehmer beschäftigt Subunternehmer, der wiederum Subunternehmer und der die Hilfsarbeiter. Das aber, wird der Unternehmer sagen, das habe ich nicht gewollt. Und auch nicht gewusst."

„Eine durchgreifende Haftung, wie bei der Produkthaftung?"

„Gibt es hier nicht. Da ist der Gesetzgeber davor. Derselbe, der mit dem Wegfall des Schlechtwettergeldes die ausländischen Bauarbeiter erst richtig ins Land holte und die einheimischen Facharbeiter arbeitslos machte." Brumm ist ganz schön verbittert. In diesem unserem Land gilt allzu oft, dass erst das Fressen kommt und dann die Moral.

„Wenn man die Zeitverzögerung betrachtet, die auch wieder Geld kostet, kommt das in jeder Beziehung erheblich teurer als die alte Lösung mit dem Schlechtwettergeld."

„Was glauben Sie denn, woher die nachträglichen Kostensteigerungen am Bau kommen? Manchmal sind es zwar technische Schwierigkeiten, aber meist ..."

„Jedenfalls, Herr Sander", Brumm stützt sich auf den Tisch, der sich unter seinem Druck verdächtig biegt, „Den Auftrag am Großen Haus hat der Simmer bekommen. Unschwer an seinen roten Schildern abzulesen. Wie, kann ich Ihnen nicht sagen. Wir haben nur ein paar Krümel abbekommen. Die Planung macht der ehemalige POM-Geschäftsführer Heugen vom sonnigen Mallorca aus. Wie sonst auch immer. Auftraggeber ist die POM, aber das wissen Sie sicher."

„Na, sagen Sie schon: Was denken Sie denn, wie es gelaufen ist? Ganz informell."
„Nun, die Tochter von dem Mechtersheimer ist wohl seit einem Jahr mit dem jüngsten Sohn vom Simmer verlobt. So etwas verbindet. Und Heugen und Mechtersheimer sind ja alte Kumpels, schließlich genießt Heugen ja erst seit ein paar Jahren das milde Mittelmeerklima bei der Arbeit. Vorher waren beide gleichberechtigte Geschäftsführer bei der POM. Wer weiß, ob die nicht eine gemeinsame Leiche im Keller haben? Hauptsache, es läuft wie geschmiert. Und dass ein paar Mark für die Partei übrig bleiben, ist auch ganz erwünscht."
„Geld ist die Erotik der Politik."
„Wissen Sie was?" Er beugt sich über den Tisch zu mir und senkt seine Stimme. „Die hängen alle untereinander zusammen. Die großen Aufträge sind schon längst vergeben, bevor sie überhaupt ausgeschrieben werden. Und der Mechtersheimer ist so was von arrogant, Sie glauben es nicht."
„Wie kommen Sie denn darauf?"
„Ich habe den letzte Woche einmal angerufen, wie es denn mit einem Auftrag im Winterhafen-Projekt steht. Da hatten wir nämlich einmal vor drei Monaten ein Angebot für die Sanitäreinrichtungen abgegeben. Und hinter der Hand davon gehört, dass es auch der Simmer machen soll. Also habe ich einmal bei der POM angerufen und nach dem Stand der Dinge gefragt. Der Mechtersheimer hat mich gar nicht ausreden lassen und tuuuut-tuuuut, zisch-zisch in die Sprechmuschel geplärrt."
„Was soll denn das? Ist der übergeschnappt?"
„Ich habe dem nur die erste Frage gestellt. Wissen Sie, was er sagte?"
„Und?"
„Haben Sie es immer noch nicht gemerkt, Herr Brumm-Brumm? Der Dampfer ist ohne Sie abgefahren. Tuuut-tuut. Und dann legte er auf."
„Eine bodenlose Frechheit."
„Das können Sie wohl sagen. Ich bin einiges gewohnt, aber das ist der vorläufige Gipfel."
„Aber wieso macht Simmer den Auftrag? Der ist doch Rohbauer."
„So ganz sicher ist das alles ja noch nicht." Brumm senkt die Stimme. „Aber der Mann strebt mit Macht nach Höherem. Macht jetzt auch Innenausbau und auch ein Planungsbüro hat er inzwischen aufge-

macht. Direkt neben seinem Firmensitz in der Neustadt. Superplanning. Geschäftsführer ist sein Sohn Benjamin."
„Der mit der Tochter vom Mechtersheimer ...?"
„Genau."
„Dann wird sich Ihre Auftragslage in Zukunft auch ändern."
"Ändern?" Er lacht bitter. „Wir werden versuchen, möglichst viele private Aufträge zu bekommen. Sobald die Politik ins Spiel kommt, bekommen wir ohnehin keinen Auftrag mehr. Noch ist der Simmer nicht stark genug im Innenausbau, sodass wir noch was machen können. Aber wie ich den und seine Verbindungen kenne, dauert es nicht lange und er ist alleiniger Haus-und-Hof-Lieferant in Mainz für alle Gewerke."
„Und seine Planungsfirma? Pardon, diese völlig unabhängige Firma seines Sohnes Benjamin?", hake ich nach.
„Der Benjamin, der hat nichts zu sagen. Der alte Simmer sagt ihm schon, was er zu tun hat. Und er wird ihm die Aufträge besorgen. Aber das wird sich wiederum Heugen nicht gefallen lassen wollen. Da ist sicher was im Busch."
„Was meinen Sie damit?"
„Der Simmer ist nicht ohne. Wer den angeht, hat bald die ganzen Behörden auf dem Hals. Und kriegt wahrscheinlich Probleme mit seinen Kreditlinien bei den Banken. Aber auch Heugen ist ein Beißer."
„Und Mechtersheimer? Der ist doch mit Heugen verbandelt."
„Diese fette Qualle." Brumm winkt ab. „Der hat doch nur sein fett dotiertes Pöstchen, weil ihn seine Partei hingesetzt hat. Oder der Karnevalsverein, was weiß ich. Jedenfalls kann Heugen mit ihm machen, was er will. Die wirklich wichtigen Leute, das sind Heugen und Simmer. Mit beiden ist nicht gut Kirschen essen."
„Und welche Auswirkungen werden diese Machtkämpfe für Sie haben?"
„Gar keine." Sein Lächeln ist aber nicht ehrlich, sondern resigniert. „Ich kümmere mich um meine Arbeit. Und meine Kontakte. Mainz ist nicht überall."
„Mal ganz ehrlich: Wie geht es denn in Ihrer Gegend ab?"
Er schaut mir tief in die Augen: „Ganz einfach: Wer keine Kontakte pflegt, bekommt keinen Auftrag. Und nur wer schreibt, der bleibt."
„Und dann wird dem Auftraggeber auch mal zufällig und kostenlos eine Garage ans Häusle gebaut?"

„Ich nicht. Aber ich kann", er brummt ein wenig in seinen Vollbart, „Nicht für andere sprechen. Unmöglich ist es nicht."
Eine sehr diplomatische Antwort. Er hätte auch einfach „Ja" sagen können.

*

Wülfing war am Montagmorgen schon früh um sieben im Büro. Ihn nervte, dass er am Freitag niemand mehr hatte erreichen können. Zunächst zog er die Vermisstenakte von Karl Müller aus dem Archiv. In den Unterlagen waren einige Ausrisse aus den Tageszeitungen abgelegt. Der Fliesenleger verschwand, als ein weiterer Bauskandal in Mainz aufgedeckt wurde. Bei der Ausschreibung zur Unterführung vor dem Mainzer Hilton war es zu Unregelmäßigkeiten gekommen. Pläne waren verschwunden, dann mit einem anderen Ausfertigungsvermerk als externer Vorschlag wieder aufgetaucht und teuer abgerechnet worden. Die Originalpläne waren verschwunden, Angebote waren vor- und Auftragsvergaben rückdatiert worden. Und wieder einmal wusste kein Verantwortlicher etwas. Doch was sollte der Fliesenleger Karl Müller damit zu tun haben? Normalerweise spielten die höheren Chargen ihre Spielchen mit den Steuergeldern, aber nicht die kleinen Handwerker. Was der Landesrechnungshof bereits mehrfach ebenso deutlich wie folgenlos kritisiert hatte.
Endlich, um kurz nach acht, kam das erwartete Fax vom BKA. Seine Vorfreude auf einen weiteren entscheidenden Schritt zur Lösung des Falls bekam einen jähen Dämpfer. Das übermittelte Zahnschema passte nicht mit dem der Leiche zusammen.
Hektisch schlug er auch die anderen Vermisstenakten auf – wieder Fehlanzeige. Sollte ein bisher Unbekannter, nicht in Deutschland Vermisster, ermordet und dann über Jahre übel zur Schau gestellt worden sein? Als ob er über Mainz schauen sollte, ohne dass ihn selbst jemand sah. Eingezwängt und zum ewigen Schweigen gezwungen. Wülfing schüttelte sich bei der Vorstellung. Wer mochte eine solch perverse Idee haben? Die Mafia betonierte ihre Opfer ein, aber das? Vielleicht ein Verrückter? Oder war dem Mörder eine einfache „Beton-Bestattung" zu gefährlich, weil zu viele Zeugen dabei sein würden?
Aber die logistischen Anforderungen waren auch so sehr aufwändig. Es musste etwas mit dem Bau zu tun haben. Vielleicht ein ausländi-

scher Arbeiter? Vielleicht von einer Baustelle in Berlin? Die Heerscharen der Bauarbeiter dort, auch vieler Illegaler, waren für die Kollegen aus Berlin schon lange nicht mehr überschaubar. Eigentlich müssten es viele Leute wissen. Auf dem Bau wussten viele von Dingen, die sie nichts angingen. Aber machten sie auch den Mund auf? Oder aber jemand konnte das Ganze abschirmen. Wer? Und wie? Ohne diesen zufälligen Skulpturensturz wäre die ganze Sache vielleicht in hundert Jahren noch nicht ans Tageslicht gekommen.

Die einfachste Schnittstelle war die Kunstgießerei Noack. Hier wurde die Skulptur hergestellt – vielleicht bereits mit der Leiche. Handwerker sind immer früh bei der Arbeit – Kunsthandwerker vielleicht auch. Er tippte die Nummer, die noch auf Janas Schreibtisch lag, ein und brauchte nicht lange zu warten. Meister Meier war wieder direkt am Apparat und fragte, was es denn Neues mit der Skulptur gäbe. Insbesondere, ob sie inzwischen offen sei.
„Offen ist sie inzwischen, Herr Meier. Doch es ist etwas drin, das uns nicht gefällt."
„Was, wollen Sie immer noch nicht sagen?"
„Nein. Aber ich muss wissen, wie der Himmelsstürmer zusammengebaut wurde. Und wer es wann getan hat."
Meier bat um einen Moment und man hörte im Hintergrund Papier rascheln. Mit einem triumphierenden „Da haben wir's" war er wieder am Telefon.
"1995, am 7.11. ausgeliefert. Mit der Spedition direkt an die Projektleitung Kleines Haus. Was wollten Sie noch wissen?"
„Wie kann man etwas in den Hohlraum einbringen?"
„Ganz einfach, wenn die Figur noch nicht zusammengebaut ist. Die einzelnen Elemente werden ja erst zusammengeschweißt."
„Und wer hat das gemacht?"
„Bastian."
„Bastian?"
„Bastian Burger, unser damaliger Lehrling."
„Ist das eine Arbeit für einen Lehrling?"
„Normalerweise nicht, aber der war schon ungewöhnlich talentiert. Und hat schon im zweiten Lehrjahr viele Dinge ganz allein gemacht. Ein echter Schaffer, oft bis spät in der Firma."
„Können Sie mir das schriftlich geben? Kann ich mit ihm sprechen?"

„Ersteres ja, heute Nachmittag ist der Chef wieder da. Letzteres nein, der ist vor vier Jahren, direkt nach der Lehre, weggegangen. 1996. Leider."
„Und wohin?"
„Zu Ihnen!"
„Wie bitte?"
„In die Kunstgießerei Kastel. Das ist doch in Mainz, oder?"
In der Tat. Da saß ein Tatverdächtiger vor seiner Nase und er ahnte es nicht. Wülfing bedankte sich und rief sofort bei der Kunstgießerei Kastel an. Ans Telefon ging Bernd Hettinger. Ja, der Bastian Burger arbeite hier, sei heute aber noch nicht bei der Arbeit erschienen. Das sei ungewöhnlich, weil er sonst immer als Erster komme und als Letzter gehe.
Ob es eine private Telefonnummer gäbe? Hettinger wurde misstrauisch. Worum es denn ginge? Mit der Kripo habe man sonst nichts zu tun. Und er könne nicht einfach private Dinge übers Telefon herausgeben. Wülfing bedankte sich für die Infos und wollte baldmöglichst einmal selbst dort vorbeischauen. Ob das ginge? Ja, lediglich von eins bis drei sei Mittagspause. Und wenn Herr Burger komme, möge er bitte anrufen, ja? Er gab dem Kunstgießer die Nummer seines Dienststellen-Apparates. Hettinger versprach, Burger zu informieren.
Wülfing hatte seine heiße Spur. Jetzt ließ er sich nicht mehr aufhalten. Über das Telefonbuch fand er keinen Bastian Burger in Mainz. Das Einwohnermeldeamt aber hatte ihn schnell in der Goldenbrunnengasse 10 lokalisiert. Wer hatte heute noch kein Telefon? Also fragte er bei der nahe liegenden Polizeistation in der Weißliliengasse nach und eine Kollegin schaute einmal am Haus vorbei. Es gäbe eine Klingel von Herrn Burger, aber es habe niemand geöffnet. Eine alte Frau am Fenster, Frau Satter, habe gesagt, dass sie das einzige Telefon im Hause bediene. Burger sei mit seiner neuen Freundin weggefahren, fast jeden Tag komme er mit einer anderen.
Wülfing bedankte sich bei der Kollegin und überlegte. Es war schon sehr merkwürdig. Sollte jemand Burger gewarnt haben? Dann würden auch andere in Mainz von der Leiche wissen, Leute, die den Sturz der Skulptur mitverfolgt hatten. Oder sah er nur Gespenster?
Vielleicht wusste Zweipfennig etwas? Er rief in der Gerichtsmedizin an, doch Zweipfennig war nach seinem Urlaub in Meetings gefangen und versprach, zurückzurufen. So kam Wülfing vorerst nicht weiter.

Was war los? Erst lief alles zügig, und jetzt ging es nur noch schrittchenweise vorwärts. Doch es gab genug Spuren. Die nächste würde er jetzt gleich angehen. Wenn Jana kommen würde, würden sie direkt einmal über die Theodor-Heuss-Brücke nach Kastel fahren. Der Stadtplan an der Wand verriet, dass die Kunstgießerei unweit der Brücke lag, mitten in einem Wohngebiet.
Um neun kam Jana endlich. Sie machte einen recht unausgeschlafenen Eindruck, doch Wülfing fragte nicht nach. Schnell machten sich beide auf den Weg. In Kastel verfransten sie sich erst kurz in den Einbahnstraßen am Edeka-Markt und parkten ihren grauen Ford Mondeo schließlich unmittelbar vor dem Hoftor der Kunstgießerei. Hettinger öffnete und kam ihnen freundlich entgegen. Ein ruhiger, aber energischer Mann von eher schlaksiger Statur mit einem offenen, sympathischen Gesicht. Er bat sie ins enge Büro, wo kleine Bronzeskulpturen und Buchungspapiere einträchtig auf den Schreibtischen verteilt waren.
„Es ist leider etwas eng hier. Die Vorschriften verhindern eine Modernisierung unseres Betriebes, weil er in einem Wohngebiet liegt. Dabei verursachen wir praktisch keine Emissionen. Aber suchen Sie sich doch erst einen Platz, Herr Wülfing und Frau ..."
„Haller. Jana Haller. Danke, aber ich stehe auch gern. Gleich vorab die Frage: Ist Herr Burger inzwischen gekommen?"
„Leider nein. Was ist denn?"
„Wir können Ihnen noch nicht mehr sagen. Hat er einen speziellen Arbeitsplatz?"
„Nein, eigentlich nicht. Wir haben hier auf die Arbeit und nicht auf Personen bezogene Arbeitsplätze."
„Kann ich einmal in seinen Spind schauen?"
„Ja, natürlich. Sein Spind ist hier." Hettinger zeigte auf die Ecke des Büros und Wülfing nahm den Blechschrank unter die Lupe, während Haller weiterfragte.
„Was können Sie sonst über ihn sagen? Wie arbeitet er, wie kommt er mit den Kollegen aus?"
„Alles bestens. Er arbeitet von morgens bis abends. Hört nicht auf, bis er alles fertig hat. Geradezu versessen ist er manchmal."
„Versessen?"
„Er ist ein Hundertzehnprozentiger. Wenn ich nur solche Mitarbeiter hätte, wäre ich überflüssig. Das Verhältnis zu den Kollegen? Auch in

Ordnung, er ist beliebt. Was soll er denn ausgefressen haben?"
Inzwischen war Wülfing mit der Untersuchung des Spindes fertig und stellte sich zu den beiden.
„Wir brauchen Herrn Burger als Zeugen, Herr Hettinger." Er reichte ihm seine Karte. „Sagen Sie ihm, wenn er kommt oder sich meldet, dass er mich anrufen soll. Es ist wichtig. Danke für Ihre Zeit."
Wülfing und Jana verabschiedeten sich und gingen durch den Hof zurück zum Auto, neugierig beäugt von den anderen Mitarbeitern der Gießerei hinter den Fenstern zum Hof. Auch Hettinger schaute ihnen nachdenklich hinterher.
„Hast du etwas im Spind gefunden, Herbert?"
„Nein, nur die Arbeitsklamotten. Wo mag er sein?"
„Sollten wir ihn nicht zur Fahndung ausschreiben?"
„So ganz sicher ist die Sache noch nicht. Heute Nachmittag bekommen wir die schriftliche Bestätigung aus Berlin, dass er die Skulptur zusammengebaut hat. Dann haben wir etwas in der Hand. Doch sehen wir einmal nach, was Zweipfennig uns auftischen kann." Er grinste zu Haller, die ganz wie erwartet die Stirne missbilligend krauszog.
„Dass du deine makabren Scherze nicht mal sein lassen kannst."

Entgegen der gewohnten Strecke über die Kaiserstraße fuhren sie über die Rheinallee, am Fort Malakoff und Cinestar vorbei zum Gerichtsmedizinischen Institut am Pulverturm. Unterwegs rief Dr. Zweipfennig an, der seine ersten Meetings schon hinter sich hatte und nun „In die Vollen" gehen konnte. Er sagte etwas von einem interessanten Fall, wollte sich aber noch nicht darüber auslassen. So waren Haller und Wülfing gespannt auf die Ergebnisse.
Zweipfennig empfing sie bereits am Eingang, denn er hatte die beiden ganz gern. Er sah gut erholt aus. Seine weißen Haare waren noch weißer geworden und sein Gesicht zeigte eine gesunde Bräune. Er war sicher nicht so dumm, sich im Urlaub in die pralle Sonne zu legen, dachte sich Haller, die selbst am liebsten so wenig wie möglich rausging. Sie gingen direkt in den Obduktionsraum, wo die Leiche in ihrer zusammengekauerten Position auf dem Seziertisch lag. Zweipfennig hatte sie offensichtlich schon aus dem Kühlraum gefahren. Die auseinandergeschnittenen und abgebrochenen Bronzeteile lagen säuberlich auf dem Nebentisch. Haller fröstelte und auch Wülfing zeigte – ganz gegen sein sonst abgebrühtes Verhalten – eine leichte Gesichtsblässe.

Zweipfennig blieb ruhig wie immer und verteilte Gummihandschuhe. Dann zeigte er auf das Einschussloch am Nacken.
„Hier ist die Kugel eingetreten, dann in der Lunge stecken geblieben. Das Projektil haben Sie ja schon." Er deutete auf die Haut. „Die Mumifizierung zeigt, dass das Opfer unter Luftabschluss eingeschlossen war. Mehrere Jahre lang."
„Beispielsweise fünf Jahre?"
„Durchaus möglich. Es können aber auch einige Jahre mehr sein. Oder weniger. Mindestens aber zwei Jahre, schätze ich. Und noch etwas: Sehr wahrscheinlich wurde die Leiche nicht im Sommer eingeschlossen."
„Wie kommen Sie darauf?" Wülfing war verblüfft.
Der zierliche Gerichtsmediziner lächelte nachsichtig. „Entscheidend für den Grad der Verwesung sind die ersten Monate des Einschlusses. Danach sind die Verwesungsprozesse weitgehend abgeschlossen. Und das hier sieht danach aus, als ob in diesem Zeitraum die Leiche bei nicht sehr hoher, aber auch nicht sehr niedriger Temperatur gelagert wurde. Doch sehen wir einmal weiter."
Er nahm einen Teil der Kleidung in die Hand.
„Der Gips hat sich an einigen Stellen mit der Kleidung verbunden, teilweise sogar mit der Haut. Unterhalb der Hüfte der Skulptur, am Beinansatz, war eine dicke Gipsschicht."
„Gibt es irgendetwas, womit wir die Leiche identifizieren können?"
„Das Gebiss scheint mir im Moment die einzige Möglichkeit. Die Gesichtszüge sind verformt."
„Leider haben wir ihn noch nicht identifizieren können. Das Zahnschema passt nicht auf die im fraglichen Zeitraum als vermisst Gemeldeten. Können Sie mir sagen, ob die Statue noch einmal geöffnet worden ist?"
„Das kann ich Ihnen nicht genau sagen. Da müssen Sie einen Spezialisten fragen." Er deutete auf die bronzenen Teile der Figur, die wie schimmernde, deformierte Käferflügel auf dem Nachbartisch lagen. „Sie haben doch sicher einen Metaller unter den Kriminaltechnikern."
Wülfing überlegte. Fleckser war in Urlaub, blieb noch Reuffel. Der war zwar recht neu, aber was ihm an Erfahrung fehlte, machte er durch Eifer wett.
„Ich habe schon unseren Bus organisiert. Der holt die Teile um elf

ab. Darum kümmert sich unsere Kriminaltechnik. Die anderen Teile haben wir ja schon."
Wülfing sah sich schon kurz vor dem Ziel. Wenn die Statue nicht nachträglich geöffnet wurde, war Burger dran.
Pünktlich um elf kam der Kleinbus, der die sperrigen Bronzeteile problemlos aufnahm. Haller und Wülfing verabschiedeten sich von Zweipfennig und fuhren ins Präsidium. Von unterwegs rief Wülfing bereits Ronni Sander an, um ihn zu bitten, auch die junge Frau mit ins Präsidium zu bringen. Die, deren Abwehrversuche die Statue ins Schwanken und damit die Sache ins Rollen gebracht hatten. Er erreichte aber nur den Anrufbeantworter.

*

Ach, tut es gut, wenn der Schmerz nachlässt! Gestern hatte ich mit Burkhard Wiche vom ADFC eine Radtour gemacht. Die hundert Kilometer waren wohl doch ein wenig zu viel für mich gewesen. So liege ich denn immer noch im Bett, als mich ein Klopfen am Fenster weckt. Mein Nachbar Erich schaut frech herein, weil ich wieder mal die Gardinen nicht geschlossen habe.
„Aufstehen, du Langschläfer! Es ist fast zwölf! Ich habe was für dich!"
In Sizilien würde man solche Nachbarn mit der Lupara besänftigen, der abgesägten Schrotflinte. Hier aber hilft nur Fluchen und schnelles Aufstehen. Eine Minute später bin ich im Bad und zwei Minuten später stürmt er durch die Terrassentür herein.
„Du suchst doch eine Wohnung. Ich habe eine! In Ingelheim im Herstel wird ganz kurzfristig eine Dachgeschosswohnung frei. Daniela, eine Pflanzenforscherin, die sich auf Schädlingsbekämpfung mit Nützlingen spezialisiert hat, zieht zu ihrem Freund nach Karlsruhe."
„Daher kennst du sie also. Du wirst mit deinen Raubmilben noch unsere darbende Pflanzenschutzmittel-Industrie in den Bankrott treiben."
Erich grinst. Seit er mir stolz seine gesammelten Raubmilben gezeigt hat, mit deren Hilfe er so manche Spritzkampagne ausfallen lassen kann, weiß ich um seine gleichermaßen ökologischen wie ökonomischen Interessen. Und weniger Arbeit hat er auch noch damit. Er gibt mir die Adresse der Wohnungsinhaberin und kurze Zeit später sehe

ich ihn schon wieder auf seinem Fendt-Schmalspurschlepper auf dem Weg in seinen Wingert am Westerberg, Großlage Abtey.
Ich rufe Angela in ihrem Büro an, doch die Dame am Empfang meint, dass sie noch nicht da sei. Sie verbindet mich mit ihrem Bruder, der aber auch nicht weiß, wo sie ist. Merkwürdig. Ich hinterlasse meine Handynummer und Danielas Festnetznummer und bemerke, dass mein Anrufbeantworter blinkt. Herbert und Jana bitten zum Gespräch – endlich rühren sich meine Informationsquellen. Ich erreiche Cati sofort auf ihrem Handy und rufe im Präsidium zurück. Vier Uhr am Nachmittag passt allerseits. So hole ich das blonde Gift, wie ich Cati manchmal scherzhaft nenne, noch vorab an der Uni ab. Auf dem Weg klingelt mein Handy kurz vor Heidesheim, wo die Autobahn sich an Obstbaumfeldern vorbei und dann durch den Gonsenheimer Wald zum Mainzer Dreieck hochzieht. Und es öfter einmal rechts von dem stillgelegten Parkplatz auf der rechten Seite blitzt.
Ein Druck auf die Freisprecheinrichtung: Es ist Angela.
„Danke für die Wohnungsadresse. Ich habe Daniela schon erreicht und treffe mich heute Abend mit ihr."
„Wo warst du denn die ganze Zeit?"
„Ach, jetzt hat es mich doch erwischt, Ronni. Ich glaube, ich habe mich verliebt. In Bastian."
„Bastian?"
„Ach, den kennst du ja noch gar nicht."
Und ich will ihn auch nicht kennenlernen, nehme ich mir vor. Schon wieder eine Chance weniger, die ohnehin keine war. Ein wenig sauer bin ich trotzdem, murmele etwas von „Viel Glück" und drücke das Gespräch weg. Cati wartet schon an der Bushaltestelle an der Saarstraße. Sie springt schnell ins Auto, bevor der nachfolgende Bus uns anhupt, und wir fahren direkt zum Valenciaplatz.
Sommerzeit ist auch immer Parkzeit. Viele Mainzer sind in den Urlaub aufgebrochen und haben so das Parkplatzangebot entscheidend verbessert. Leider nur scheinen jedes Jahr mehr Autos aus dem Urlaub zurückzukommen als weggefahren sind. Nach den Sommerferien ist es regelmäßig schwieriger als vorher, einen Parkplatz zu bekommen. Aber noch sind wir mitten in der schulfreien Zeit und die Parklücken zwischen den Alleebäumen der Goethestraße verschwenderisch groß. Der Mann an der Pforte ist gut drauf und hat demonstrativ Flugtickets auf seinen Arbeitstisch gelegt. Wann es denn losginge, frage ich

ihn, während er die Ausweise in Verwahrung nimmt und die Bilder registriert. Morgen, am Dienstag, nach der Domrep, wie die Dominikanische Republik inzwischen auch sprachlich verhunzt wird. Bei den günstigen All-inclusive-Preisen wird der Staat in der Karibik wahrscheinlich nach Mallorca das achtzehnte Bundesland. Der Deutsche an sich denkt halt auch im Urlaub kostenbewusst.
Doch an Entspannung unter Palmen ist für uns nicht zu denken, sondern an harte Arbeit. Jana holt Cati und mich an der Pforte ab und runzelt die Stirn. Ob da so etwas wie Eifersucht zu sehen ist? Doch sofort geht sie zur Tagesordnung über und lotst uns in Wülfings Büro. Wir verteilen uns auf die Bürostühle, während Jana wieder einmal ihren Übersichtsplatz am Fenster bezieht. Cati ist etwas nervös, weil das alles für sie noch neu ist.
Die Ausmaße der nagelneuen Kaffeemaschine lassen vermuten, dass hier ein beträchtlicher Teil der Nestlé-Produktion aus dem benachbarten Industriegebiet am Industriehafen landet. Die Kanne ist fast leer, sodass der Feierabend wohl kurz bevorsteht.
„Gratuliere, Herbert und Jana", eröffne ich das Gespräch. „Ihr habt den Fall ja schon fast gelöst."
„Wer hat dir denn das gesteckt? Du, Jana?" Herbert schaut scharf zu Jana, die seinem Blick problemlos standhält.
„Halt, ich habe nur gesehen, dass ihr euch auf einen frühen Feierabend eingestellt habt." Da habe ich mal wieder ins Schwarze getroffen, scheint es.
„Na gut, Ronni. Aber erzähle du mir erst einmal, was dir so aufgefallen ist. Und was du noch nicht", er hält die Samstag-Ausgaben von Bild, AZ und MRZ hoch, „In ganz Mainz und Umgebung verbreitet hast."
„Mein Wissensstand ist noch nicht viel weiter als dort beschrieben. Der Verwesungsgeruch, das Kleinkaliber-Geschoss, der Gips."
„Woher weißt du, dass es Gips ist?" Jana schaltet sich verblüfft ins Gespräch ein.
„Jetzt wissen wir es also tatsächlich", grinse ich, während Wülfing tadelnd zu Jana schaut. „Es hat mit meinem ersten Auto zu tun, einem Kadett B Coupé. Heiße Kiste mit fünfundfünfzig PS."
„Bleib doch mal beim Thema!"
„Bin ich doch. Die Idee hatte eigentlich der Autohändler Luxem in Koblenz-Ehrenbreitstein. Er kaufte immer reichlich Gips in unserem

Geschäft. Damit spachtelte er die Rostlöcher an Autos zu und lackierte drüber. Das Zeug füllt Hohlräume gut aus, wackelt und klappert nicht. Was so lange gut ging, bis einer seiner Kunden gegen einen Baum fuhr. Und in einer Gipswolke stand."
Wülfing und Jana schauen sich an. Offensichtlich habe ich ihnen etwas verraten. Leider ruft bereits die Vorstellung von staubendem Gips in mir einen Niesreiz hervor. Ich bin so ziemlich auf alles allergisch und fingere nach einem Tempo. Doch in meiner Hosentasche spüre ich kein Taschentuch, sondern die Patronenschachtel der Kanis. Ich lege sie locker auf den Tisch und komme dann durch zum Papiertaschentuch. Herbert und Jana machen große Augen.
„Was ist denn das, Ronni?" Herbert greift sich gleich die Schachtel. „Hast du Munition dabei?"
„Nein, die ist leer." Ich koste meine Recherchenerfolge aus. „Aber das dürfte die Munition sein, die verwandt wurde. Oder?"
Wülfing schüttelt den Kopf und die Schachtel auch. „Wie hast du das denn wieder herausbekommen?"
„Och, ein kleiner Besuch beim Schützenverein."
„Die Schachtel ist aber nicht leer!" Er öffnet sie und dreht sie um. Der Haifischzahn kullert heraus. „Was ist das?"
„Ein fossiler Haifischzahn aus Rheinhessen. Bei Fossiliensammlern beliebt. Den habe ich auf dem Theatervorplatz gefunden."
„Doch nicht etwa in der Bronze?"
„Nein, der lag nur so rum. Und daneben waren typische Kalksteine aus dem Mainzer Becken. Ich nehme an, dass er daher stammte."
„Aber ausschließen kannst du nicht, dass er mit dem Himmelsstürmer dahin kam?"
„Nein, ich bin ja erst gekommen, als der Himmelsstürmer vor mir niederkam."
„Dann" – Wülfings Miene wird ernst – „Gebe ich das erst einmal der Spurensicherung. Vielleicht eine Spur."
„Von den Zähnen gibt es Tausende. Und der ist nicht mal besonders groß!"
Ich wollte doch mit dem Haifischzahn meinen Sohn Dominik überraschen.
„Macht nichts. Wenn wir ihn nicht brauchen, bekommst du ihn wieder."
Doch ich will auch etwas wissen.

„So, jetzt dürft ihr mir etwas erzählen. Ihr wisst doch sicher mehr."
Jana ergreift das Wort. „Ronni, hier können wir dir diesmal noch nicht viel sagen."
„Also sucht ihr jemand Bestimmten und wollt ihn nicht warnen."
„Wie heißt es so schön? No comment." Jana lehnt sich bequem zurück und lässt mich zappeln. „Doch kommen wir zu Cati ..."
„Jäger." Cati reckt sich, sodass ihre einsachtzig scheinbar bis zur Decke reichen und Wülfing bewundernd hinschaut. Auch Jana sieht hin, aber mit ganz anderem Blick.
„Hatten Sie den Eindruck, dass es dieser Herr Mechtersheimer darauf abgesehen hatte, die Statue aus dem Gleichgewicht zu bringen?"
„Worauf dieser geile alte Sack es abgesehen hatte, ist wohl klar, oder?"
Cati ist plötzlich richtig trotzig. Wollte Jana Cati ärgern? Eifersucht ist eine Leidenschaft, die mit Eifer sucht, was Leiden schafft ...
Wülfing fängt meinen Hilfe!-Blick sofort auf und zieht das Gespräch an sich.
„Es scheint mir auch eine Verkettung von Umständen zu sein, die den Himmelsstürmer aus dem Gleichgewicht brachte. Es bleibt die Frage, ob Sie Anzeige wegen sexueller Belästigung erstatten wollen."
„Und wenn ich das mache? Dann sagt der Mechtersheimer seinen Spezis Bescheid und ich kann meine Aushilfsjobs vergessen. Und ob die Anzeige zu irgendetwas führt, ist auch längst nicht ausgemacht. Da steht doch Aussage gegen Aussage. Dann lassen wir es lieber gleich."
Wülfing sieht mich nachdenklich an. Cati hat recht. Irgendwie sitzen diese Leute immer am längeren Hebel. Wann würde er seinen ersten Anruf von oben bekommen, die Ermittlungen etwas „Moderater" zu betreiben? Am besten ist es, wenn die Presse über die Öffentlichkeit genügend Druck macht.
„Ronni, wie Jana schon sagte, wir können dir jetzt noch nicht mehr sagen. Wahrscheinlich machen wir morgen Nachmittag eine Pressekonferenz. Da kannst du mehr erfahren. Für heute danke ich dir und Frau Jäger für die Hilfe. Der Tipp mit dem Gips war schon sehr gut. Er diente wohl wirklich zur Fixierung der Leiche in der Skulptur ..."
Wir verabschieden uns. Wülfing schüttelt jedem noch die Hand, während Jana nur ein lockeres „Tschüss" vom Fenster loslässt. Ich setze Cati noch am KUZ im Winterhafen ab. Die angekündigte Salsa-Nacht ist nichts für mich. Die Räume sind verqualmt und das Publikum zu

jung. Über dreißig bist du out und über vierzig so was von Grufti, dass kein Moschusparfum den Modergeruch überdecken würde. Erst ab fünfzig wirst du wieder für Antiquitätenjäger und Fossiliensammler interessant. Aber nur, wenn man auch eine entsprechende Wertanlage ist.

*

„Eigentlich haben die uns auch nicht viel sagen können", resümierte Wülfing. „Und du scheinst etwas Persönliches gegen Cati zu haben."
Jana zuckte die Schultern. „Eigentlich haben wir doch schon einiges herausbekommen. Bisher habe ich allerdings diesen Mechtersheimer immer noch nicht erreicht. Seine Sekretärin murmelt jetzt etwas von morgen."
„Das kommt mir spanisch vor. Der hat doch vielleicht einen Wink bekommen."
„Fehlt noch der dämpfende Anruf von oben, oder?"
„Noch habe ich nichts gehört, würde mich aber nicht wundern." Wülfing richtete sich entschlossen aus seiner bequemen Lümmelposition im Sessel auf. „Also sehen wir, dass wir schnell vorankommen. So schnell, dass es zu spät für ein Bremsmanöver wird."
„Wenn wir den Burger morgen nicht erreichen, sollten wir ihn zur Fahndung ausschreiben. Wenn der mit den anderen zusammenhängt, weiß er vielleicht schon Bescheid."
„Noch sind wir zu früh dran. Aber vielleicht gibt es Neues vom Michael Woll." Wülfing telefonierte in die Kriminaltechnik. Die Untersuchung der Skulpturenteile sei fast abgeschlossen, so ein Herr Eukum. Ob Wülfing schon mal vorab ...? Na klar. Der Hauptkommissar schüttelte den Kopf, legte die Hand auf die Sprechmuschel und murmelte etwas von „Neu oder Urlaubsvertretung. Kennst du den Eukum?" zu Haller. Auch die schüttelte den Kopf.
Die Untersuchung habe ergeben, so Eukum, dass die Skulptur nach der Fertigstellung nicht noch einmal nachträglich geöffnet wurde. Die Schweißnähte seien genau gearbeitet und optimal angebracht. Wülfing fragte, ob er sicher sei. Ein klares Ja, der Bericht komme in einer halben Stunde.
„Da haben wir's, Jana. Der Burger dürfte dran sein. Unser Techniker ist sich sicher."

„Sollen wir dann schon mal nach ihm fahnden?"
„Nein, vielleicht meldet er sich ja wirklich, wenn er nichts ahnt. Wir können ja öfter mal bei ihm im Haus anrufen und in der Kunstgießerei. Wenn sich morgen Vormittag nichts tut, dann schreiben wir ihn aus."

*

Bastian Burger kam am späten Nachmittag zurück in seine Wohnung in der Goldenbrunnengasse. Er war noch benommen von dem erfüllten Wochenende in Angelas Wohnung und vergrub sich in sein Bett. In der Kunstgießerei stand heute sowieso nichts Wichtiges an. Morgen würde er wieder mit fließendem, glühendem Metall arbeiten. Angela saß schon wieder am Schreibtisch und sichtete die hinterlassenen Nachrichten. Sie rief Daniela an und machte für den gleichen Abend einen Besichtigungstermin aus. Die Wohnung war sehr modern geschnitten, mit großem Wohn-/Schlafbereich und einer zwar kleinen, aber funktionalen Küche. Sie übernahm sie gern und konnte schon am nächsten Tag einziehen. Daniela war bereits in Karlsruhe bei ihrem Michael eingezogen.

*

Als Bastian am Dienstagmorgen in die Kunstgießerei Kastel kam, wurde er mit Hallo empfangen. Auf die Frage, wo er denn gewesen sei, grinste er nur vielsagend, was bei seinen weiblichen Kolleginnen gemischte Gefühle auslöste. Bernd Hettinger sah sein Wegbleiben locker, schließlich konnte er sich seit Jahren zuverlässig auf Bastians Fähigkeiten stützen. Dann fiel ihm der Besuch der Kripo ein.
„Du sollst wohl den Zeugen machen." Er gab ihm Wülflings Karte. „Ruf doch einfach einmal an. Komisch ist, dass sie schon deinen Spind unter die Lupe genommen haben."
Bastian runzelte die Stirn und rief an. Wülfing war gleich dran und versprach, sofort zu kommen, er möge bitte auf ihn warten. Bastian schaute fragend zu Hettinger, doch der zuckte auch nur die Schultern. Sie gossen sich erst einmal einen Kaffee ein und planten die nächsten Vorhaben. Die Gedenkplatte zur Hexenverbrennung von Wanda Pratschke, die in Hofheim aufgestellt werden sollte, war noch nicht fer-

tig. Die einzelnen Segmente der sicher mehr als hundert Kilo schweren Tafel mussten optimal verbunden werden.
Eine Aufgabe, für Bastian mit seinen ausgefeilten Schweißkenntnissen wie geschaffen. Gerade als Hettinger die zweite Tasse Kaffee eingießen wollte, klingelte es. Offensichtlich hatte es Wülfing von der Kripo eilig. Er kam mit seiner Kollegin Jana Haller. Wülfing begann formell.
„Wir haben ein paar Fragen an Sie und möchten Sie bitten, mitzukommen, damit wir uns ungestört unterhalten können."
„Worum geht es?" Bastian war erst einmal verblüfft. Erst das super Wochenende, dann Kripo?
„Im Wesentlichen um Ihre Tätigkeit bei Noack in Berlin."
„Was soll denn passiert sein, was die Kripo interessiert? Und was wir nicht hier besprechen können?" Er ließ nicht locker und Wülfing wurde langsam ärgerlich, während Haller ihn in seiner komplett schwarzen Kluft immer noch interessiert musterte.
„Es wird ein längeres Gespräch. Bitte kommen Sie freiwillig mit. Sonst müssen wir Sie einstweilig festnehmen." Haller mischte sich ins Gespräch ein und ließ keinen Zweifel an der unausweichlichen Konsequenz. „Sie können auch einen Anwalt zum Gespräch bitten oder jetzt noch jemand anrufen."
Bastian überlegte. Einen Anwalt? Weshalb? Aber Angela sollte Bescheid wissen. Er rief in ihrem Büro an. Da sie gerade auf einem auswärtigen Termin war, hinterließ er die Telefonnummer von Wülfings Karte für den Rückruf.
Hettinger hatte die Entwicklung der Dinge mit steigender Besorgnis verfolgt und sah mit betroffener Miene zu, wie Bastian zwischen den beiden Kripo-Beamten durch das Hoftor nach draußen ging und in einen neutralgrauen Vectra stieg. Wie lange würde Bastian dort bleiben? Vielleicht war er ja am Nachmittag wieder da. Bis dahin hatte das Schweißen der Gedenktafel Zeit.
Burger musste mit Haller auf dem Rücksitz des Vectra Platz nehmen. Das war bei seinen langen Beinen kein Vergnügen und lediglich die Gesellschaft der jungen Frau entschädigte ihn etwas dafür. Die Situation war indes nicht erfreulich. Immer noch war ihm unklar, was die Kripo überhaupt wollte. Das aber erkannte er sehr schnell, als sich am Eingang Haller von ihnen trennte, und er von Wülfing zum Erkennungsdienst geführt wurde. Seine Fingerabdrücke wurden abgenommen und mit einer Vorlage verglichen. Auch ein Daumenabdruck

wurde mit einer schnell angerührten Gipsmasse genommen. Wülfing sprach mit dem Beamten und nickte dann. Als er zurückkam, gingen sie wortlos in sein Büro im dritten Stock.
Dort hatte Haller inzwischen einen Kampf mit Sekretärin Goldfessel hinter sich, deren miese Laune die Sahara vereist hätte. Schließlich stellte sie doch zu Mechtersheimer durch. Der war offensichtlich inzwischen benachrichtigt worden und entschuldigte sich mit dringenden Terminen am Montag. Er habe ganz kurzfristig einen Termin im Ausland wahrnehmen müssen. Aber was den Auftrag für den Himmelsstürmer betraf: Den habe sein damaliger Kompagnon Heugen gegeben. Nach Abstimmung mit den Kulturgremien. Weil es doch um Steuergelder gehe. Da müsse man das Gemeinwohl auch im Auge haben, nicht wahr, Frau Kommissarin? Haller blieb beim Thema: Wie sie Herrn Heugen finden könne? Der, so wurde ihr beschieden, sei 1996 zum Geschäftsführer der International Planning IP mit Sitz in Palma de Mallorca avanciert. Leider. Aber immerhin arbeite man weiterhin eng mit ihm zusammen. Haller wollte schon sagen, dass sie sich das schon gedacht hatte, verzichtete aber darauf. Sie wusste, was sie wissen wollte, bedankte sich fürs Erste und legte auf, als Wülfing mit Bastian hereinkam.
Wülfings Zimmer lag nach Süden. Die Sonne flutete auch schon am Vormittag so herein, dass Haller die Jalousien komplett herunterließ. Die gestreiften Schattenmuster an der Wand erzeugten eine träge Atmosphäre.
Nachdem sich alle niedergelassen hatten, eröffnete Wülfing das Verhör:
„Sie wissen also nicht, worum es gehen könnte, Herr Burger? Denken Sie doch einmal an Ihre Berliner Zeit."
„Nein, ich weiß immer noch nicht, was Sie wollen." Sollte er Alimente schuldig geblieben sein? Er hatte doch seine Kondom-Vorräte stets auf dem neuesten Stand gehalten.
„Sie hatten doch bei der Kunstgießerei Noack gearbeitet. Richtig?"
Bastian nickte.
„Und dort haben Sie Bronzeskulpturen zusammengeschweißt."
Eine klare Feststellung, aber Bastian wusste immer noch nicht, worum es ging. Er schaute fragend Haller an, die aber neutral zurückschaute.
„Dazu gehörte auch der Himmelsstürmer, der hier in Mainz aufgestellt wurde."

Wülfing kam genüsslich zum Kern der Sache. Seine Recherchen waren wasserdicht, er war sich sicher.
„In dieser Skulptur fanden wir gestern eine Leiche. Nach unseren Ermittlungen haben Sie die Skulptur zusammengebaut. Auch haben wir Ihre Fingerabdrücke im Innern gefunden. Was haben Sie dazu zu sagen?"
„Logisch, ich habe die Bronze ja zusammengeschweißt. Aber eine Leiche war da nicht drin. Hundertprozentig."
„Wie soll sie denn hineingekommen sein?"
„Das weiß ich nicht. Als ich sie beim Noack zusammenschweißte, war sie völlig leer. So wie eine Hohlkörper-Plastik halt ist. Es kann sie höchstens jemand nachträglich geöffnet und dann die Leiche hineingesteckt haben."
„Sehen Sie, genau da liegt das Problem. Unsere Kriminaltechniker sagen, dass eben dies nicht geschehen sei. Die Schweißnaht ist perfekt. Und Sie waren derjenige, der sie verschweißt hat."
„Das ist doch Unsinn. Fragen Sie Herrn Hettinger, der kann es Ihnen bestätigen."
„Das ist kein Unsinn, Herr Burger." Wülfings Ton wurde schärfer. „Auch wir haben unsere Spezialisten. Ich nehme Sie vorläufig fest. Sie werden bald dem Haftrichter vorgeführt. Und ich rate Ihnen dringend, einen Anwalt zu Rate zu ziehen."
Bastian war wie betäubt. Das konnte doch alles nicht wahr sein! Da klingelte das Telefon an Wülfings Platz. Unwirsch nahm er den Hörer ab und reichte ihn Bastian:
„Für Sie!"
Es war Angela, die offensichtlich seine Nachricht erhalten hatte.
„Sag mal Bastian, was ist los? Sehen wir uns heute Abend?"
„Nein, ich bin hier bei der Kripo. Bitte besorge mir einen Anwalt."
„Wieso?"
„Die wollen mich in einen Mordfall hineinziehen. Das stimmt aber ...."
Wülfing nahm ihm schnell den Hörer aus der Hand.
„Das reicht, Herr Burger. Sie dürfen keine weiteren Informationen nach draußen geben." Und dann in den Hörer: „Für die weitere Korrespondenz wenden Sie sich bitte an einen Anwalt."
Als Bastian in Gewahrsam genommen und in die Zellen im Keller des Polizeipräsidiums geführt wurde, war er wie betäubt. Die nackten,

kahlen Wände, die fahle Neonbeleuchtung und die kalten Eisentüren ließen ihn zusammenzucken. Er kniff sich in den Arm, doch es war kein Albtraum. Widerstandslos ließ er sich in die kleine Zelle führen. Als sich die Zellentür hinter ihm trocken knallend schloss, konnte er den Verlust der Freiheit erst überhaupt nicht realisieren. Es konnte doch nicht wahr sein, dass er ohne Grund inhaftiert wurde. Dieser Irrtum musste sich bald aufklären. Sicher.

Wülfing und Jana beratschlagten derweil über die weitere Vorgehensweise. Die Nummer auf der Taschentuchpackung konnte noch nicht identifiziert werden, die anderen Fingerabdrücke in der Skulptur auch nicht. Die Berliner Kollegen hatten keine Übereinstimmung der unbekannten Abdrücke mit einem Mitarbeiter der Kunstgießerei Noack gefunden. Und der Gipsabdruck des Daumens konnte nicht zweifelsfrei den einen oder anderen Fingerabdrücken zugeordnet werden. Der Daumenabdruck vom Erkennungsdienst passte recht gut zu dem in der Skulptur, aber eindeutig? Eindeutig war das nicht.

Ob Burger, der ja offensichtlich lange allein in der Kunstgießerei arbeitete, einen Fremden hereingelassen hatte? Für eine Inhaftierung von Bastian Burger reichte es auf jeden Fall. Sie beantragten bei der Staatsanwaltschaft einen Haftbefehl, den sie auch gleich bekamen.

Noch am Nachmittag wurde Bastian dem Haftrichter vorgeführt. Erst fünf Minuten vorher durfte er den Anwalt sprechen, den Angela kurzfristig rufen konnte. Josef Bühler, einen alten Freund ihres Bruders. Seit Jahren war er eine bekannte Figur an den Mainzer Gerichten, sah aber dem Termin mit Ungewissheit entgegen. Infolge der Kürze der Zeit hatte er fast keine Gelegenheit, sich mit seinem Mandanten auszutauschen. Die Sache schien ihm nicht aussichtslos, doch das erforderte sicher Zeit. Eine Haftbeschwerde werde er selbstverständlich einlegen, doch bis das übergeordnete Gericht zusammentreten würde, sei normalerweise nichts zu machen. Und das könne etliche Wochen dauern.

Der Richter? Der sei erst seit zwei Wochen hier, man munkele, dass er schnell und unorthodox entscheide. Vielleicht eine Chance, vielleicht ein Nachteil? Normalerweise sei dieser Haftprüfungstermin nicht das, was ein Normalbürger sich darunter vorstelle. Allzu oft würde lediglich der Haftbefehl vorgelesen, in der Juristensprache nannte sich das eröffnet, sachliche Erwägungen aber nicht durchgeführt. Auch Angela war bei diesem Gespräch dabei. Ihre Bestürzung hatte sich inzwischen

in Kampfeswillen gewandelt. Ihren Bastian würde sie da herausholen. Koste es was es wolle. Sie umarmten sich kurz. Sie musste draußen bleiben, als Bastian und Bühler in das Sitzungszimmer gingen.
Der Richter Justus Clemens entpuppte sich als wuchtiger Mann mit energisch vorgerecktem Kinn, der die Eintretenden mit durchdringendem Blick musterte. Verblüfft stellte er fest, dass er fast einen Doppelgänger vor sich sah. Bis auf den Altersunterschied von etwa dreißig Jahren und die Richterrobe auf der einen und das schwarze T-Shirt mit schwarzer Hose auf der anderen Seite. Vielleicht lag es an dieser Ähnlichkeit, dass er sich so intensiv mit dem Fall beschäftigte. Was Bühler verblüffte. Auch Bastian schöpfte Hoffnung.
Dennoch: Die Argumente der Kripo wogen schwer. Wer außer Bastian sollte die Leiche in die Skulptur gebracht haben? Zumal er keine Aussagen darüber machen könne oder wolle, ob jemand sonst mit ihm daran gearbeitet habe. Die Fingerabdrücke der zweiten Person seien – auch das habe die Berliner Kripo inzwischen ermittelt – nicht einem anderen Mitarbeiter der Kunstgießerei Noack zuzuordnen. Die Skulptur sei auch nicht wieder geöffnet worden, wie das kriminaltechnische Gutachten beweise. Selbst wenn er nicht selbst der Mörder sei, was beim derzeitigen Ermittlungsstand durchaus möglich wäre, müsse er doch die Personen benennen können, mit denen er die Leiche eingeschweißt habe. Dem konnte auch Bühler nichts entgegensetzen und er beschwor Bastian, entsprechende Auskünfte zu geben. Doch Bastian reagierte mit einer Mischung aus Trotz und Unschuldsbewusstsein. So war denn nach einer Viertelstunde alles vorbei. Bastian wurde von Wülfing und Haller herausbegleitet und über die Straße in die Justizvollzugsanstalt gebracht.
Auf das Klingeln öffnete der Vollzugsbeamte die Stahltür in den engen Eingangsflur. Nackte Wände. Gitter. Enge. Die Eingangstür fiel mit einem endgültigen Geräusch zu. Bastian sperrte sich, versteifte sich, doch nun war es zu spät. Er war drin, in einer Welt, deren Ausweglosigkeit so offensichtlich und in ihrer Fremdartigkeit seinem Drang nach Freiheit so extrem entgegengesetzt war wie nur irgendetwas. Weg von der glühenden Atmosphäre der Gießerei. Weg aus der Zeitlosigkeit rheinhessischer Landschaft. Weg aus Angelas liebevoll umfangenden Schoß.
So musste sich ein Raubtier fühlen, das von Tierfängern seiner Freiheit beraubt, im Käfig seine Kräfte, seine Krallen und Zähne verlor.

Vergeblich wollte er zwei Schritte zurück in den Tag gehen. So nah und doch so unmöglich. Betäubt ließ sich Bastian in den Vorraum führen, wo er seine Wertsachen abgab. Der Metalldetektor erkannte sogar seinen Kugelschreiber, der darauf hin ebenfalls in die Kiste kam. Entwürdigend! Auch Haller war bei der ganzen Prozedur scheinbar nicht sehr wohl zu Mute, wie ihre prüfenden Blicke verrieten, die Bastian aber gar nicht wahrnahm. Wülfing ging mit stoischem Gleichmut den häufig gegangenen Weg ins Innere der JVA, wie das Gefängnis im Amtsjargon bezeichnet wurde, vor.
Es fielen noch mehrere Türen und Gitter zu, bis sie ins Geschäftszimmer kamen, und jedes Mal zuckte Bastian aufs Neue zusammen. Die Unausweichlichkeit der Situation erschreckte ihn. So hatte er sich das nicht vorgestellt. Zwar erwachte er langsam aus seinem Schock, als seine Formalien geprüft wurden und er von Wülfing und Haller an die Justizvollzugsbeamten übergeben wurde, aber es war zu spät. Seine letzte Verbindung zur Außenwelt riss ab, als die beiden Kripobeamten ihn verließen. Haller schaute vorsätzlich neutral, biss sich aber auf die Lippe, während Wülfing seinen stoischen Gleichmut nie verlor. Der Job würde weitergehen. Nächster Punkt auf der Tagesordnung war die Pressekonferenz. Gut, wenn man dann schon einen dringend Tatverdächtigen präsentieren konnte.
Zu spät, zu spät. Auf dem Hauptgang drangen die Geräusche aus dem Vollzugsbereich auf Bastian ein. Sie verhießen wenigstens ein wenig Leben in dieser Trostlosigkeit uniform gestrichener und gefliester Wände. Er kam in eine der Zugangszellen direkt neben dem Geschäftszimmer. Das milchige Fenster war gekippt und so weit oben an der Wand, dass ein Ausblick nicht möglich war. Eine Pritsche. Resopal-Tisch, Stuhl, Waschbecken, Toilette. Schaumstoff-Matratze mit Leinenüberzug, Handtuch, Bettlaken, Klopapier. Als sich die Tür hinter ihm schloss und der Schlüssel mit einem widerlich schmatzenden Geräusch sein Eingeschlossensein besiegelte, zerriss das Hoffnungsgespinst vollends. Wut brach durch. Er trat gegen die Eisentür, trommelte gegen die Wände. Zwar kam ein Beamter und schaute durch die Türklappe, doch er mahnte nur zur Ruhe. Und ließ ihn wieder allein. Bastian musste erst einmal das Geschehen verdauen. So schnell wie er drin war, würde er wieder herauskommen, das schwor er sich.

*

Nachdem sich die Gefängnistür hinter Bastian geschlossen hatte, gerieten Angela und Bühler in einen Disput.
„Das kann doch nicht wahr sein. Bastian ist kein Mörder. Holen Sie ihn da raus! Und ich will ihn sofort besuchen!"
„Langsam, Frau Graber. Sie sind keine Angehörige und haben deshalb kein Anrecht auf einen Besuch. Auch habe ich schon Haftbeschwerde eingelegt. Allerdings sind die Argumente der Kripo nicht so leicht von der Hand zu weisen." Der Rechtsanwalt zog die Stirn kraus. „Der zentrale Punkt scheint mir zu sein, dass die Kriminaltechniker feststellten, dass er derjenige war, der die Leiche in die Skulptur einschweißte. Er dagegen sagt, es sei eben durchaus möglich, eine Skulptur wieder so zu öffnen, dass man es nachher nicht nachweisen kann. Was auch sein Arbeitgeber, die Kunstgießerei Kastel, bestätigen könne."
„Und natürlich glaubt der Richter der Polizei."
„Das ist so üblich. Die Kripo hat natürlich ein anderes Standing als wir vor Gericht. Wir müssen halt warten."
„Nein, das sehe ich nicht ein. Ich rufe Ronni an. Der hat die Drähte zur Presse. Wollen wir doch mal sehen, was dabei herumkommt."
Sprach's und ließ Bühler stehen, der ihr auf ihrem Weg zum Auto nachdenklich hinterher schaute. In mancher Beziehung ganz der Bruder, der bis zu seinem Unfall auch so stürmisch voranging. Hoffentlich hatte sie Erfolg mit dem Ingenieurbüro. Denn mehr als zwanzig Arbeitsplätze hingen daran.

*

Die Nacht war grausam gewesen. Bastian hatte kein Auge zugemacht und sich auch nicht hingelegt. Die Pritsche der Zugangszelle war unbequem genug. Ein Brett, darüber eine dünne Schaumstoffauflage, deren Sauberkeit sehr zu wünschen übrig ließ. Aber die Härte war es nicht, die Bastian wach hielt. Die Freiheit fehlte ihm. Noch nicht einmal die Sterne konnten ihm Trost spenden, denn das in der oberen Ecke angebrachte Fenster ließ selbst diese Verbindung zur Welt nicht zu. Er ließ die ganze Nacht das Licht brennen und saß am Tisch, den Kopf zwischen den aufgestützten Armen geborgen. Höhnisch grinsten ihn die braunen Fliesen rund um die Waschstelle und die braunbeige gestrichenen Wände an, bereit, sich sofort über ihn zu legen, sobald er einschlafen würde. Ihn unter einer schweren, klebrigen Masse zu ersticken.

Ab und zu öffnete sich eine Klappe der Tür, jemand schaute wortlos herein und verschwand dann wieder. Die am Abend noch herumschwirrenden Wortfetzen in den unterschiedlichsten Sprachen waren längst verstummt. Nur ab und zu durchbrachen Schritte oder ein metallisches Klacken die drückende Stille. Er konnte sein Herz fühlen, es hören, wie es scheinbar unbeirrt gegen die engen Wände anpochte. Wie war er hierher gekommen? Wie in einem schlechten Film lief der gestrige Tag erneut in ihm ab, ruckelnd und mit Streifen. Ein Grauschleier, der sich über die Erinnerung an seine Freiheit legen wollte. Auch über die Momente mit Angela. Er würde kämpfen müssen. Aber wie? Er hatte keine Verbindung nach draußen. Noch nicht einmal seinen Anwalt konnte er erreichen; Angela hatte er seit dem Gericht nicht mehr gesehen.
Erst gegen Morgen wurde er etwas ruhiger, als draußen die Helligkeit allmählich zunahm und dann in einem unmerklich gestreckten Moment die Lampe in der Zelle mit ihrem tröstenden Licht übertraf. Heute würde er mit einem anderen Häftling zusammengelegt werden. Wer mochte das sein? Normalerweise würde er mit jedem fertig werden, aber seine psychische Verfassung war angeknackst, die Verunsicherung saß tief.
Als mit einem scharfen Klack die Zellentür aufging und das Essen wortlos hineingeschoben wurde, schrak er aus seinen Gedanken hoch. Doch schon ging die Tür wieder zu und der schlagartig auflebende Geräuschpegel im Rest der Anstalt versetzte die Luft in Schwingung. Fast war er dankbar dafür, auch wenn ihn dieses Gefühl erschreckte.

*

Auf dem Weg zur Kripo-Pressekonferenz nach Mainz klingelt mal wieder das Handy. Es ist Angelas Nummer und so melde ich mich gleich informell:
„Hallo Angela."
„Ich brauche dich. Bastian ist im Gefängnis. Unschuldig. Bring das in die Presse. Bitte!"
Nanu, was ist denn da geschehen? Bastian ist ja ihre neue Beziehung. Schadenfreude verbietet sich da trotz Eifersucht, ist aber dennoch natürlich.
„Ich bin auf dem Weg zur Kripo-Pressekonferenz und habe wenig

Zeit. Es geht um die Leiche in der Plastik, den Himmelsstürmer. Wir können uns ja danach treffen."
„Genau darum geht es. Bastian soll darin verwickelt sein. Das kann nicht sein. Auch die Kunstgießerei weiß, dass er es nicht sein kann. Mach was!" Sie ist ganz schön energisch. Zeit, dass ich sie bremse.
„Langsam, langsam. Ich tue, was ich kann. Vielleicht kommst du einfach als meine Volontärin mit zur Pressekonferenz."
„Geht das denn?"
„Ich denke schon. Ich komme dich gleich mit dem Auto abholen, OK?"
Ich fahre an der Abfahrt Hechtsheim ab und biege an der Klopsbraterei links zum Ortskern ab. Angela wartet vor dem großen Doppelhaus, in dem das Büro eine Hälfte einnimmt, während der Bruder in der anderen Hälfte wohnt. Der Umzug in die Ingelheimer Wohnung wird wohl nur so Stück für Stück stattfinden. So viel Drumherum braucht nicht jeder sofort. Schließlich sind die wichtigsten Utensilien für eine Ehe bekanntermaßen Bett, Herd und Fernseher. Nachdem sie sich angeschnallt hat, fahre ich gleich weiter.
„Was passiert auf einer Pressekonferenz, Ronni?"
„Stimmt, das ist noch neu für dich. In diesem Fall wird die Polizei Stellung zum Fortgang der Ermittlungen nehmen. Und dabei präsentiert sie gern Erfolge, beispielsweise einen Tatverdächtigen."
„Also Bastian", kommt es zornig vom Beifahrersitz.
„Sieht so aus. Aber sehen wir einmal, was es sonst noch so gibt. Vielleicht brauchen sie ja auch die Hilfe der Presse. Zum Beispiel bei der Fahndung nach weiteren Personen. Und bitte halte dich zurück, auch wenn du auf die Kripo sauer bist. OK?"
Sie stimmt mir zu, während wir durch die radarverseuchte Breite Straße Richtung Mombach fahren. Über die Mombacher Straße und die Bahnunterführung sind wir pünktlich am Valenciaplatz. Parkplätze gibt es wieder reichlich und so trudeln wir sogar fünf Minuten vor der Zeit im PK-Raum ein. PK heißt eine Pressekonferenz im Journalisten-Jargon.
Jana und Wülfing sind noch nicht da, wohl aber sind auf dem Tisch einige Dinge aufgebaut, die von einem grimmig aussehenden Polizeimeister bewacht werden. So langsam komme ich mit den Dienstabzeichen klar. Also scheint es darum zu gehen, Erfolge vorzuweisen, aber auch Fragen zu stellen. Eine gute Konstellation. Ich lichte schon einmal

alle ausgelegten Gegenstände ab. Einen Teil der Skulptur, aufgeschnitten. In diesen engen Hohlraum war die Leiche eingesperrt worden. Das ging sicher nur, so lange die Leichenstarre noch nicht eingesetzt hatte. Gipsreste auf der Bronze deuten die Position der Leiche an. Die Trennschnitte mit einer Flex gehen voll durch einige Nähte, an denen der Himmelsstürmer zusammengeschweißt worden war.
Die Schnittstelle glänzt im Neonlicht. Na klar, warum bin ich noch nicht gleich drauf gekommen? Schnell montiere ich einen Polarisationsfilter auf das Objektiv und mache einige Makrofotos mit unterschiedlichen Einstellwinkeln. Damit kann ich vielleicht erkennen, ob sie erneut geöffnet wurde oder nicht.
Ein paar Kleidungsfetzen des Toten sind teilweise mit Gips verklebt, teilweise etwas rötlich-schwärzlich, vor allem am Hemdkragen. Dazu eine leere Packung Marlboro und eine halb volle Packung Tempo-Taschentücher, wie man sie tausendfach in Supermarkt-Regalen findet. Was das wohl soll? Vielleicht sind Hautpartikel des Toten drauf? Allerdings eine handschriftliche Nummer: 10101167. Mit Kuli, der auf dem glatten Kunststoff ab und zu einmal aussetzte. Dazu der normale Werbesermon in Tempoblau: durchschnupfsicher. soak-through-secure. extra résistante. Mich dauern die Übersetzer, die die Werbe-Erfindung „durchschnupfsicher“ weltweit in die Landessprache transferieren müssen. Ich mache auch hier einmal ein paar Fotos, wieder mit dem Polarisationsfilter, den ich erst danach wieder abschraube.
Punkt drei sind auch die anderen Kollegen komplett eingetroffen und Wülfing und Jana erscheinen auf der Bildfläche. Die Pressekonferenz beginnt ganz formell mit „Guten Tag, meine Damen und Herren von der Presse ...”, den Rest spare ich mir gern. Interessanter ist Janas Reaktion, als sie Angela neben mir sieht. Sie schießt tödliche Blicke abwechselnd auf mich und meine Begleiterin ab. Die wiederum feuert Blitze zurück. Da sieht man geradezu die Funken fliegen. Au weia, was mag das noch geben? Die beiden haben sich schon bei Gericht gesehen, vermute ich.
Wülfing kommt erstaunlich schnell zur Sache. Ja, man habe einen dringend Tatverdächtigen, den er aber noch nicht nennen könne. Ja, er sei schon in Haft. Nein, die Leiche sei noch nicht identifiziert.
Welche Bedeutung die Taschentücher hätten, frage ich.
Neben der Zigarettenschachtel sei das alles, was in der Kleidung gefunden worden sei. Leider gäbe es keine Hautpartikel darauf, die man

gentechnisch untersuchen und bestimmen könne. Die handschriftliche Nummer sei wohl keine Telefonnummer, jedenfalls keinem bekannten Anschluss zuzuordnen. Nach dem Stand der Ermittlungen auch keine Kontonummer, keine Pfandhausnummer, keine Schließfachnummer. Vielleicht eine Chiffrenummer aus der Bekanntschaftsanzeigen-Spalte, frage ich mehr scherzhaft und ernte Gelächter von den Kolleginnen und Kollegen. Nein – auch Wülfing muss lachen – das habe man noch nicht überprüft. Wolle es aber gern tun, diese fordernde Aufgabe sogar selbst übernehmen. Wieder ein Lacher. Sonst gäbe es keine Papiere, kein Monogramm.
Ich flüstere kurz mit Angela: „Die sind noch gar nicht so weit. Und verstecken sich nur hinter ihrer Fröhlichkeit. Da graben wir einmal nach." Sie nickt begeistert und ich fürchte schon, ihr zu viel Hoffnung gemacht zu haben. Schon um halb vier ist die PK zu Ende und ein kleines Blitzgewitter begleitet Wülfing und Jana nach draußen. Die Meute ist zufrieden und auch Wülfing und Jana gebärden sich wechselweise wie zurückhaltende Experten und stolze, weil erfolgreiche Jäger. Dennoch: Ich kenne die beiden zu gut. Ganz wohl fühlen sich beide nicht in ihrer Haut. Scheinbar ist auch für sie das Eis ein wenig dünn, auf dem sie sich bewegen. Was steckt dahinter? Ich hoffe, sie morgen ans Telefon zu bekommen.
Dann fahre ich mit Angela zur Ein-Stunden-Entwicklung bei Prisma in Gonsenheim. Mit den Polarisationsfilter-Fotos dürfte ich meinen Kollegen ein wenig voraus sein, deren programmgesteuerte Automaten für Schnappschüsse optimal sind, fürs kreative Arbeiten aber unbrauchbar. Herrn Engel triggere ich von unterwegs schon einmal an. Der Mann ist Terminkummer gewohnt und für gute Kunden macht er fast alles. Schnell sind wir den Diafilm los und ich gehe mit Angela noch ein wenig über die dicht mit Rüben bestandenen Felder neben dem Gewerbegebiet spazieren. Sie will natürlich ihren Bastian aus dem Knast holen. Warum soll ausgerechnet ich dabei helfen?
„Nett ist nix für's Bett", rutscht es mir raus.
„Was meinst du da?"
„Ach, nur so ein dummer Gedanke. Ich bin schon wieder mal so lange allein. Und auf der Suche."
„Beziehungen sind schwierig. Und mit uns wird das nichts, so gern ich dich mag." Sie legt den Arm um mich, drückt mich kurz und lässt dann wieder los. „Ich muss mich schon richtig verlieben. Aber erzähl

mal: Was meintest du damit, dass die Polizei noch nicht so weit ist?"
„Es ist mehr so eine Ahnung. Zwar haben sie schon einiges erreicht, aber erstaunlicherweise noch nicht die Leiche identifiziert. Das wundert mich."
„Freitag bis Dienstag. Sie hatten fünf Tage Zeit. Eigentlich genug."
„Genau. Diese Differenz ist nicht allein mit den Sommerferien zu erklären. Zumal die Kripo bei Mordfällen einen enormen Personal- und Materialaufwand betreibt. Alle Verschwundenen sind in Deutschland zentral erfasst. Wenn die trotzdem noch keine Identifikation haben, steckt mehr dahinter. Vielleicht ist die Leiche stark verstümmelt. Oder vielleicht ein Ausländer, der nicht erfasst ist."
„Kann das Bastian nützen?"
„Versuchen können wir's." Ich schaue auf die Uhr. Wir sind schon fast eine Stunde unterwegs. „Du sagtest schon, dass die Kunstgießerei Kastel beweisen kann, dass es auch ein anderer gewesen sein kann. Dann sollten wir auf jeden Fall einmal dort hineinschauen. Es ist erst halb fünf. Der Film müsste fertig sein."
Die Dias sind tatsächlich schon eingerollt in meinem Fach. Eine Sekunde später liegen sie auf dem Leuchttisch. Mit der Lupe sieht der Schnitt durch die Schweißnaht normal aus, aber etwas stört mich. Was, kann ich aber nicht sagen. Auf dem Tempopäckchen ist die achtstellige Nummer. Ich notiere 10101167. Daneben auf der Seite ist zudem eine winzige Chargennummer, die zu entziffern zwar mühsam, aber möglich ist. Ich fingere nach meinem Stift. Angela interpretiert meine tastenden Bewegungen richtig und drückt mir Papier und Stift in die Hand: 1019177304140602. Auf den anderen Fotos finde ich nichts Außergewöhnliches, außer Janas scharfem Blick auf dem Podiumsfoto.
„Die sehen wir uns alle heute Abend noch einmal mit dem Projektor an, aber schaue ruhig jetzt schon einmal drüber." Ich reiche Angela die Lupe. „Vier Augen sehen mehr als zwei."
„Hmmh, das hier sagt mir nichts. Hier, die achtstellige, handschriftliche Nummer kommt mir irgendwie bekannt vor, aber ich weiß nicht, warum. Vielleicht fällt es mir noch ein."
Inzwischen bemühe ich meine grauen Zellen. Im letzten Jahr hatte ich mich mal in der Binger Weinstube „Zur Sonne" mit Joe getroffen, meinem Kommilitonen aus dem Chemiestudium. Der arbeitet seit zwei Jahren bei Procter & Gamble in Schwalbach in der Qualitätskontrolle.

Bei lecker-deftigen Baguettes und einem Riesling hatte ich noch darüber gelacht und gemeint, für eine konsequente Tempotaschentuch-Kontrolle müsse er wohl ständig Schnupfen haben. Heute brauche ich ihn dringend. Wie kann ich ihn auf der Arbeit erreichen? Auf einer Tempopackung aus meiner Tasche finde ich die Servicenummer vom Hersteller. Joe erwische ich gerade noch vor dem Feierabend. Er wundert sich über meinen Anruf, aber als ich ihm meinen Wunsch erzähle und die Nummer von der Packung nenne, geht ihm ein Licht auf.
„Gestern habe ich beim Essen von meinem Chef gehört, dass die Kripo da eine Chargennummer wissen will. Der hat das dann den offiziellen Weg in die Niederlande weitergeleitet. Und das kann dauern!"
„Kannst du das für mich etwas schneller machen? Vielleicht kennst du jemand in der Zentrale?"
„Na gut, weil du es bist. Das Produktionsplanungssystem läuft rund um die Uhr. Ich rufe dich in etwa einer Stunde an, OK?" Er legt auf.
Inzwischen hat Angela die Dias durchgeschaut und nichts Auffälliges mehr gefunden. So schleichen wir durch den Feierabendverkehr nach Kastel und kündigen von unterwegs unser Kommen per Handy an. Eine Frauenstimme sagt, dass wir gern kommen können; Herr Hettinger käme auch bald. Als wir an der angegebenen Adresse sind, denke ich, dass ich in der falschen Gegend bin. Eine Wohngegend, nicht weit vom Bahnhof Kastel, wo Burkhard am letzten Sonntag seine ADFC-Radtour zum Planetenweg startete. Doch das große Klingelschild belehrt mich eines Besseren. Als wir in den Hof gehen, bleibe ich erst einmal fasziniert stehen.
Die Zeit scheint stehen geblieben zu sein. Es ist ein Backstein-Haus im Hinterhof, an dessen weiß getünchter Fassade sich wilder Wein hochrankt. Die schon recht tief stehende, leicht rötliche Sonne spiegelt sich in Bogenfenstern, deren kleine Einfachglasscheiben durch Stege verbunden sind. Nur blau und rot angestrichene Eingangstore zu den Werkstattbereichen stören den fast venezianischen Charakter. Zur verträumten Stimmung passend kommt ein sonderbares Wesen aus dem roten Tor, eine Mischung aus Engel und Schneefrau, scheint mir. Die langen blonden Haare fallen locker über die Schultern und sind ebenso wie der rote Arbeitsoverall mit Gips überpudert.
Blaue Augen strahlen mich an, als sie ihre Hand ausstreckt: „Hallo Herr Sander, wir hatten telefoniert. Mein Name ist Petra Walter." Dann erst begrüßt sie Angela an meiner Seite. Sie bemerkt ihren klei-

nen Lapsus selbst und geht locker darüber hinweg. „Kommen Sie doch herein, ich zeige Ihnen schon einmal etwas vom Betrieb." Wir folgen ihr. Auch hinter dem roten Tor scheint die Zeit stehen geblieben zu sein. Es herrscht das scheinbar ungeordnete, aber sehr wohl planvolle Chaos eines kreativen Betriebes, wie mir Petra – wir sind gleich per Du – erläutert. In diesem Bereich werden die Gussformen für das Wachs-Ausschmelzverfahren hergestellt.

„Das war Bastians Spezialität. Vereinfacht gesagt, werden von der Urform Abgüsse gemacht, Negativformen. Diese werden mit Wachs in der erforderlichen Dicke ausgekleidet. Darauf kommt dann eine weitere Form. Im eigentlichen Guss schmilzt das Wachs dann weg und die Bronze füllt den entstehenden Raum aus. Aber da kommt ja Bernd. Ich reiche Sie mal weiter."

Tatsächlich kommt der sympathische Mittvierziger mit schlenderndem Schritt näher und stellt sich zu uns. Der hagere, bärtige Mann strahlt eine große Ruhe aus. „Petra sagte mir schon, dass wir noch einmal Besuch bekommen. Hoffentlich holen Sie mir nicht auch noch die letzten Mitarbeiter weg." Er schüttelt uns die Hände, kann aber über seinen eigenen Witz nicht lachen. „Wie kann ich Ihnen helfen, Herr ..."

„Sander. Meine Begleiterin ist Frau Graber. Wir sind befreundet und sie bat mich um Hilfe. Sie will Bastian Burger aus dem Gefängnis holen."

„Das ist sicher auch unser Interesse. Was wirft man ihm denn vor?"

„In seiner Berliner Zeit schweißte er den Himmelsstürmer zusammen, der hier in Mainz aufgestellt wurde. In dieser Plastik wurde nun eine Leiche gefunden. Bastian sagt, dass keine Leiche drin gewesen sei, als er zuschweißte. Die Kripo sagt, nach ihm hätte keiner mehr die Skulptur geöffnet. Und da unzweifelhaft eine Leiche drin war, steht er unter dringendem Tatverdacht. Wenn wir aber ..."

„Nachweisen, dass die Skulptur sehr wohl geöffnet wurde, würde das Bastian entlasten. Und er käme frei."

„Und wie machen wir das?" Jetzt soll der Spezialist einmal sein Wissen herausrücken, doch erst einmal kratzt er sich am Bart und zieht die Stirn kraus.

„Das ist nicht so einfach. Wenn es ein Spezialist macht – und Bastian war so einer – dann wird die Schweißnaht so gut, dass man von außen nichts erkennt. Ein wenig Patina drüber, abgeschliffen und das Ganze

ist perfekt. Von innen sieht man dann auch nichts Relevantes."
„Das genau ist die Krux. Die Kripo sagt, man sieht keine erneute Öffnung. Und dass Bastian die Skulptur zusammengebaut hat, ist unstrittig. Daher war er es – für die Kripo. Wir aber sagen, dass es sehr wohl möglich ist, die Schweißnaht zu öffnen, ohne dass man etwas sieht. Das aber glaubt die Kripo nicht. Und so schmort er weiter. Ich habe mal einige Dias gemacht, die uns vielleicht weiterhelfen. Einen kleinen Leuchttisch und eine Lupe zum Betrachten habe ich auch dabei."
Ich packe alles aus und gebe ihm die Dias zum Betrachten. Die Bilder mit dem Polarisationsfilter betrachtet er besonders intensiv und ich frage gleich nach: „Können Sie Gefügeveränderungen durch einen zweiten Schweißvorgang erkennen?" Doch er schüttelt nur den Kopf und schaut weiter, nimmt die nächsten Dias, kommt wieder zu den ersten zurück.
„Sagen Sie mal, Herr Sander, was macht denn der Gips eigentlich in der Skulptur?"
„Wir vermuten, dass er zum Fixieren der Leiche verwandt wurde. Kann das irgendwie mit einer zweiten Öffnung zu tun haben?"
„Wenn es da Querbezüge gäbe, hätte sie die Kripo wohl schon gesehen. Die haben immerhin das Original. Nein, da kann ich Ihnen nicht helfen."
Wir verabschieden uns und fahren Richtung Innenstadt. Und haben schon wieder eine Hoffnung weniger.

*

Nach dem Frühstück wurde Bastian aus seiner Zelle abgeholt. Das Klingeln der Schlüssel, der metallische Schlag des Türriegels und das gierig schmatzende Schließgeräusch waren ihm inzwischen vertraut, wenn er sich auch nie damit anfreunden würde. Es jagte ihm so oder so einen Schauer über den Rücken. „Zelle 444, mit Aussicht auf den Hof", hörte er den Beamten brummeln, der ihn durch eine weitere vergitterte Sicherheitsschleuse in den Vollzugstrakt brachte.
Dort begrüßte ihn zunächst eine alte Glocke, die die verschiedenen Renovierungsphasen der hundert Jahre alten Strafanstalt überstanden hatte und nun wohl so etwas wie Nostalgie verbreiten sollte. Als ob irgendjemand hierhin freiwillig zurückkehren würde! Über ihm spannten sich Netze, die verhindern sollten, dass Dinge von den obe-

ren Stockwerken nach unten geworfen wurden und dort jemand verletzten. Über Eisentreppen ging es immer weiter nach oben, bis in den vierten Stock. Vorbei an den scheinbar endlosen Zellenreihen. Die Hitze des Tages kroch langsam in die Flure, doch noch war es früh am Vormittag und die Sonne hatte noch nicht ihren höchsten Stand erreicht. Da war es wieder, das Gefühl der Ausweglosigkeit. Jeder Schritt brachte ihn weiter in den Schlund eines Molochs, der Menschen gierig schluckte und sie nach einer mehr oder weniger langen Zeit mit Frust und Hoffnungslosigkeit eingespeichelt wieder ausspuckte. Da brauchte es in vielen Fällen des Etiketts „Vorbestraft, Häftling" nicht mehr.
Unwillkürlich zuckte er zurück, als sie an Zelle 444 waren. Der Beamte schaute durch die Sichtklappe, öffnete dann die Tür und schob Bastian in die Zelle. „Da geht's zum Professor." Danach schloss sich die Tür wieder hinter ihm. Er schaute sich um. Die Zelle war nur geringfügig größer als die Zugangszelle, aus der er kam. Zwei Pritschen übereinander, Waschstelle und ein ziemlich verdreckter Abtritt.
Am Tisch saß ein Mann, dessen leicht stechende Augen mit ihrer Energie einen Kontrast zu seiner nach außen getragenen Fassade der Hoffnungslosigkeit bildeten. Er achtete offensichtlich auch im Knast darauf, gut gekleidet zu sein, auch wenn das sicher nicht immer einfach war. Augenscheinlich war er früher etwas beleibter, denn seine Hose und seine Jacke waren besonders um den Bauch herum sehr weit. Die schon teilweise ergrauten halblangen Haare hatte er zu einem kleinen Pferdeschwanz im Nacken zusammengebunden. Ein klarer Gegensatz zu den überwiegenden Kurzhaarschnitten der anderen Insassen.
Zuerst herrschte Schweigen, beide mussten erst einmal ihre Gedanken sammeln. Bastian ließ sich auf der Pritsche nieder und starrte die Wand an. Wie würde es weitergehen? Es war der „Professor", der schließlich das Schweigen brach.
„Willkommen im Knast! Ich bin der Bertold. Die anderen nennen mich Professor." Er stand auf und streckte Bastian die Hand hin. Der schaute ungläubig nach oben und schüttelte sie dann, sagte aber immer noch nichts.
So fuhr sein Zellengenosse fort. „Du bist das erste Mal hier, stimmt's? Du brauchst nichts zu sagen, ich kenne das. Allein und vergessen von der Welt, verrottest du vor dich hin. Ich habe auch einmal gedacht, ich bin etwas Besseres. Jetzt sitze ich schon sechs Monate in U-Haft und weiß immer noch nicht warum. Was hast du denn gemacht?"

Doch Bastian schüttelte immer noch den Kopf und starrte weiter die Wand an.
„Na gut, das interessiert hier ja ohnehin niemand. Die Schließer machen ihren Job und ich mache meinen." Schließer? Das waren wohl die Vollzugsbeamten. „Die sind froh, wenn sie alles geregelt bekommen und nicht für die Gerichtsentscheidungen den Kopf hinhalten müssen." Der Professor lachte sarkastisch. „Und ich sitze auf dem Trockenen. Sehr sinnvoll, hier seine Zeit zu vertrödeln, während draußen die Aufträge weglaufen. Wenn die mich noch lange hier behalten, kann ich meinen Job ganz an den Nagel hängen."
„Welchen Job denn?" Bastian schaute Bertold seitlich an.
„Du taust ja schon auf. Du wirst es nicht glauben, aber ich bekam mal einen rein, der drei Tage lang gar nichts sagte. Das war die Hölle. Jetzt kannst du mir ja wenigstens sagen, wie du heißt."
„Bastian. Und was hast du gemacht?"
„Wie die Leute schon sagen: Professor. Oder zumindest so ähnlich. Stichwort Erwachsenenbildung. Bis dann die Gaby kam."
„Gaby?"
„Die wollte mich heiraten und ich sie. Ich habe ihr ein schönes Konto eingerichtet und eine Wohnung gemietet. Dann bekamen wir Krach und ich bin erst einmal für eine Woche zu einem auswärtigen Termin. Als ich zurückkam, wurde ich von einem Sondereinsatzkommando oder so mit vorgehaltener Waffe auf offener Straße zu Boden gestreckt. Sie hatte sich wohl nach ein paar Tagen überlegt, dass ich sie vergewaltigt hätte. Dann hätte ich eine geladene Waffe im Auto, was die Polizeiaktion erforderte. Noch am selben Tag haben sie mich in Bielefeld eingebuchtet."
„Und? Hast du sie ...?"
„Blödsinn. Nichts gibt es, nicht die geringsten Spuren einer Vergewaltigung. Die wollte nur noch mal richtig absahnen, bevor ich die Kurve kratze. Hundert Riesen Schmerzensgeld, dann würde sie alles zurückziehen. Habe ich nicht gemacht. Hätte ich vielleicht doch."
„Wenn du unschuldig bist, brauchst du das doch nicht. In dubio pro reo."
„Ach, ein Intellektueller, sieh an. Deshalb hat die Anstaltsleitung dich auf meine Suite gelegt. Die legen die Leute so zusammen, dass es wenigstens passt, wie sie sagen. Immerhin ein vernünftiger Zug." Die Stimme des „Professors" bekam einen spöttischen Klang. „Du musst

noch ein wenig vom Leben lernen, scheint mir. Hast wohl zu viel Frauenknastfilme gesehen. So wildromantisch-lesbisch geht es hier nicht ab. Und woanders auch nicht. Natürlich kann es mal passieren, dass mal was reinkommt. Ist ja auch sinnvoll." Er lacht. „Man lernt kleine Vergünstigungen zu schätzen. Weshalb bist du hier?"
„Die wollen mir einen Mord anhängen."
Der „Professor" pfiff durch die Zähne. „Das hätte ich dir gar nicht zugetraut. Das ist gut für die Hierarchie. Mord steht ganz oben, das sind die schweren Jungs. Da haben die meisten Respekt. Als Kinderschänder wirst du rangenommen."
„Rangenommen?"
„Du weißt wohl nicht, was hier in Viererzellen abgeht, wenn da die passenden Jungs zusammen sind? Wer da unten durch ist, wird durchgezogen. Flach gelegt und von hinten aufgepumpt."
„Und woher wissen die anderen, was du gemacht hast?"
„Zuerst einmal wissen es die Sozialarbeiter und die Schließer. Wenn die dich auf dem Kieker haben, dann plaudern die mal kurz. Und den Rest erledigen die lieben Mitsitzer."
Bastian schüttelte sich. Wie war er in diese Welt gekommen? Und viel wichtiger: Wie kam er hier wieder raus?
„Ich weiß schon, was du denkst." Der Professor schaute ein wenig mitfühlend. „Du willst hier raus, ganz schnell raus. Mit Anwalt, mit Geld, mit Argumenten. Mein Rat: Vergiss es."
„Wieso, verdammt noch mal? Ich habe nichts getan. Es läuft auch eine Haftbeschwerde."
„Was denkst du, was ich seit sechs Monaten mache? Der Untersuchungsrichter in Bielefeld war absolut einseitig und hat krampfhaft nach allem gesucht, was er mir anhängen kann. Meine Schreckschusspistole – immerhin war die tatsächlich im Auto – war eine Bedrohung für die Allgemeinheit. Die Gummibärchen für meine Tochter aus erster Ehe waren ein klarer Hinweis auf Pädophilie. Und der Stadtplan, wo ich die Kindergärten markierte, die ich für sie anschauen fuhr, belegte dies in verschärftem Maß!"
„Und wie bist du von Bielefeld hier runter gekommen?"
„Na wie schon, du Anfänger. Mit der grünen Minna. Hast du noch nie diese grünen Busse mit den Sehschlitzen gesehen? Da sitzt du eingepfercht wie ein Esel auf engstem Raum mit einem Mitinsassen. Kannst dich nicht bewegen und nur mit großer Mühe einmal nach

draußen schauen. Bekommst den Rauch von den anderen ins Gesicht geblasen und deine Beine schlafen dir ein. Während die Passanten neugierig von draußen gaffen, welche Schwerverbrecher hier kutschiert werden."
„Ist das normal, dass man verlegt wird?"
„Das machen die so, wie es passt. Bei mir war das allerdings so, dass mein Wohnort Mainz ist. Und deshalb ist die Justiz hier zuständig. Aber die Reise ging nicht direkt nach Mainz. Nicht, dass du glaubst, dass Zeit hier eine Rolle spielt. Zuerst nach Hannover, dann nach Kassel, wo übrigens der dreckigste Übergangsbereich war, den ich überhaupt sah, und schließlich nach Mainz." Sein Gegenüber machte eine Pause. „Und diese Woche gibt es den nächsten Haftprüfungstermin. Länger dürfen die mich wohl nicht in U-Haft halten."
„Und? Kommst du raus?"
„Weiß ich nicht. Immerhin gibt es etwas Hoffnung, da der Untersuchungsrichter und der Staatsanwalt aus Bielefeld den Fall nicht mehr weiterbetreiben. Und hier gibt es einige Richter, die sich ein eigenes Urteil bilden. Durchaus auch gegen die Staatsanwaltschaft. Aber alles Glückssache. Wen hast du denn?"
„Clemens, Justus Clemens."
„Aha, für mich alten Lateiner also der gerechte Sanfte. Und wie ist der?"
Bastian schüttelte den Kopf. „Der hat sich zwar Mühe gegeben, wenn man das so sagen kann. Hat die Staatsanwältin auf einige formale Fehler aufmerksam gemacht. Und durchaus die Gründe hinterfragt. Aber als Aussage gegen Aussage stand, einfach der Kripo geglaubt. Keine Chance."
„So ist das halt. Hast du Geld dabei?"
„Nur zweihundert."
„Dann kannst du es wenigstens hier eine Weile aushalten. Mit Geld kannst du Tabak kaufen und mit Tabak kannst du alles kaufen. Richte dich schon mal auf einen längeren Aufenthalt ein."
„Aber die Haftbeschwerde ..."
„Dauert noch. Wird bei einem übergeordneten Gericht entschieden. Aber jetzt brich mal nicht zusammen." Der Professor hatte gesehen, dass Bastian blass wurde. „Du gefällst mir. Wenn ich rauskomme, kümmere ich mich ein bisschen um dich. Damit du nicht der Gefangenen-Hilfe von dieser Neonazi-Frau aus Gonsenheim anheimfällst."

„Danke für das Angebot, aber ich habe Freunde, die sich draußen um mich kümmern."
„Vielleicht erreichen sie was. Aber mach dir mal keine Hoffnungen. Im Knast braucht alles seine Zeit." Dann kam der nächste Lärmschwall. „Jetzt ist Hofgang. Die Schließer kommen gleich."
Kurz darauf wurde erst das Schloss jeder Zelle geöffnet. Die Zellen blieben durch die Riegel aber noch geschlossen. Als alle Zellen aufgeschlossen waren, gingen die Beamten noch einmal durch und entriegelten nacheinander alle Zellentüren. Ein ratschendes, knallendes Geräusch, das die gegen Mittag stickige Luft durchschnitt und von dem Stimmengewirr der austretenden Gefangenen abgelöst wurde.
„Na los, wir haben eine Stunde. Ist gesetzlich vorgeschrieben." Der Professor zog Bastian mit nach draußen, dann die Treppen runter und in die stickige Hitze des Hofes. Jetzt konnte Bastian wenigstens für ein paar Minuten den Himmel sehen und ihm kam er so vor wie ein blaues Bett, in das er sich gern fallen lassen würde. Hinter der Hofmauer würde jetzt vielleicht Angela warten und ihn mitnehmen wollen. Ihm graute davor, wieder in den Bau zurück zu müssen. Doch die Hofmauer war selbst für seine Kräfte zu hoch. Der Professor, der seinen prüfenden Blick beobachtete, zog ihn am Arm:
„Vergiss es, das sind mehr als fünf Meter. Hier kommst du leider nur zum Eingang wieder raus. Der letzte Fluchtversuch liegt schon mehr als zehn Jahre zurück." Mit Schritten maß Bastian den Hof aus, argwöhnisch beäugt von den anderen Gefangenen. Doch seine kräftige Figur imponierte den anderen und es gab keine Pöbeleien. Nach nur einer halben Stunde, die Bastian erst unendlich lang und dann unerträglich kurz vorkam, mussten sie wieder in die Zellen. Wieder das Umlegen der Riegel, dann das Abschließen. Ratsch, Ratsch, Ratsch – Ratsch! Danach gab es das Essen. Bastian aß nichts, was sein Zellengenosse mit einem Kopfschütteln kommentierte.
„Du glaubst wohl immer noch, du kommst bald raus. Vergiss es und iss etwas."
Doch Bastian ließ sich nicht umstimmen. Nach dem Mittagessen legte sich der Professor zum Nickerchen hin. Bastian setzte sich auf den Stuhl am Tisch und starrte in den schmalen Streifen blauen Himmel.

*

Auf dem Rückweg von Kastel grübele ich so, dass ich fast die Vorfahrt auf dem Brückenkreisel missachte und ein anderer Autofahrer vorsorglich bremst. Es muss doch etwas geben, das ...
Das Handyklingeln reißt mich aus meinen Gedanken. Erst bin ich ungehalten über die Störung, dann erkenne ich Joes Nummer auf dem Display.
„Was ist, Joe? Hast du etwas herausbekommen?"
„Na logo. Ganz kurz, weil es für dich so eilig ist: Das Päckchen wurde 1995 produziert." Ich lasse schon alle Hoffnung fahren, doch er erzählt weiter. „Und zwar im Dezember." Das ist der Schlüssel! Bastian muss rauskommen.
„Können wir das schriftlich bekommen?"
„Leider nein, nur auf schriftliche Anfrage mit Begründung."
„Danke Joe, du hast ein gutes Werk getan!" Ich jubele so, dass Angela schon sicherheitshalber ins Lenkrad greift. „Wir haben gewonnen!"
„Wieso?" Sie kann es noch kaum glauben.
„Der Himmelsstürmer wurde im November 1995 ausgeliefert! Die Tempos aber sind vom Dezember 1995! Damit muss die Skulptur später geöffnet worden sein – und Bastian muss frei kommen!"
„Dann fahren wir sofort zur Kripo", entscheidet sie für mich. Auf dem Weg zum Valenciaplatz rufe ich bereits bei Wülfing an, der eigentlich heute einmal pünktlich Feierabend machen will, aber meinem Drängen nachgibt. Auch Jana ist noch da.

Der Empfang in Wülfings Büro ist im Gegensatz zu sonst ziemlich frostig. Herbert bleibt hinter seinem Schreibtisch sitzen und hat demonstrativ die Ellbogen aufgestützt. Jana schaut insbesondere Angela mit einem Blick an, der einen Waffenschein erfordert.
„Hallo Herbert, hallo Jana", eröffne ich das Gespräch sehr moderat, um etwas die Wogen zu dämpfen. „Danke, dass ihr euch Zeit für uns nehmt."
„Es ist unsere Pflicht, Ronni. Aber wir müssen Berufliches und Privates sauber trennen. Wir haben eine Person in dringendem Tatverdacht, die dir oder dir nahestehenden Personen" – sein Blick schwenkt zu Angela – „Persönlich bekannt ist. Das ist nicht einfach so auf der Freundschaftsschiene zu regeln."
„Ich weiß. Aber wir können euch helfen – was in unserem Interesse ist. Wir haben nämlich herausgefunden, dass Bastian Burger nicht der

Täter gewesen sein kann."
Mir ist klar, dass das ein Affront gegen seine Arbeit ist.
„Und wie willst du das begründen?" Seine Zornfalten verheißen nichts Gutes. Jana verlässt ihren Beobachtungsplatz am Fenster und baut sich demonstrativ neben ihm auf.
"Über die Tempopackung können wir nachweisen, dass die Skulptur nach November 1995 erneut geöffnet wurde. Die Chargennummer der Herstellerfirma ist eindeutig identifiziert worden. Sie ist vom Dezember 1995."
Wülfing und Jana schauen sich fragend an.
„Meinst du die lange Nummer? Wir haben beim Hersteller schon angefragt, aber noch keine Antwort bekommen."
"Ich schon – ich habe da meine Connections."
„Bitte holen Sie Bastian aus dem Gefängnis!" Angela schaltet sich ins Gespräch ein.
„So schnell geht das nicht." Wülfing wiegt den Kopf. „Zunächst einmal ist dieses Gespräch nur durch das besondere Vertrauensverhältnis zu Herrn Sander so möglich. Dann brauchen wir diese Angabe schriftlich von der Herstellerfirma. Ronnis Quelle genügt uns da nicht. Und schließlich muss die Staatsanwaltschaft die Aufhebung des Haftbefehls beantragen und der Richter muss das veranlassen. Heute Abend geht das so oder so nicht mehr, die Leute sind einfach nicht da."
„Dann morgen Früh."
„Wir werden es versuchen, aber es wird frühestens Nachmittag. Zuvor aber müssen wir die Bestätigung von der Tempo GmbH haben oder wie sie sonst heißt. Für heute hast du uns genug beschäftigt, Ronni. Wenn es sonst nichts Neues gibt, bitte ich euch, uns jetzt arbeiten zu lassen."
Erleichtert gehen wir. Angela will noch insistieren, ob es nicht doch heute schon möglich ist, aber ich schiebe sie rechtzeitig aus dem Zimmer. „Ich weiß, dein Bastian sitzt unschuldig drin, aber ich darf den Kontakt zu Herbert und Jana nicht überstrapazieren."
Wir sind schon auf der Treppe, als Herbert mich noch einmal zurückwinkt. Bewusst ohne Angela.
„Ronni, es gibt noch ein Problem: Frau Graber ist ja Chefin des Büros, das uns das beste Konzept für unser Stadion vorgelegt hat. Es bringt mich in Teufels Küche, wenn sie erfährt, dass ich ..."
„Ich verstehe dein Problem, Herbert", beruhige ich ihn. „Mal ganz

abgesehen davon, dass andere Leute keine Probleme haben, ihre Beziehungen spielen zu lassen: Für Angela Graber lege ich meine Hand ins Feuer."

„Und du sagst nicht, dass ich im Vorstand von Gelb-Weiß bin." Eine klare Verpflichtung.

„Na klar."

So fahren wir dann nach Hause. Sie in ihre neue Wohnung im Ingelheimer Herstel und ich ein Stück weiter Richtung Gau-Algesheim.

*

In Wülfings Büro ging es derweil hoch her. Jana war dafür, Bastian Burger in Untersuchungshaft zu halten und argumentierte damit, dass es ja trotzdem Querverbindungen zum Täter geben könne. Aber für Wülfing war klar, dass sich der dringende Tatverdacht nicht aufrechterhalten ließ. Der entscheidende Punkt beim Haftbefehl war, dass die Statue nicht mehr geöffnet worden war. Und dieser war nun hinfällig. Da neue Gründe draufzusatteln, um jemand in Untersuchungshaft zu halten – diesen Schuh wollte er sich nicht anziehen. Der Richter würde das auch nicht durchgehen lassen.

Wenn es so war, wie Sander sagte, dann musste die ganze Geschichte neu aufgerollt werden. Eukum von der Kriminaltechnik hatte ihn blamiert, wenn auch sicher ohne Absicht. War die Leiche mit den neuen Eckdaten zu identifizieren? Immerhin war das Zeitfenster jetzt neu zu setzen. 1996 bis 2000 – diesmal würde er alle Fälle mitnehmen und keinen auslassen. Wer weiß, welche Tücken noch darin steckten. Es lag auch auf der Hand, dass die Leiche in Mainz in die Plastik kam und nicht in Berlin. Denn zum Zeitpunkt, an dem das Tempotaschentuch gekauft wurde, war die Plastik bereits in Mainz. Auch wieder ein sehr starkes Indiz. Aber ein Beweis? Wofür? Dass auch in Mainz Menschen umgebracht wurden? Das war leider nichts Neues. Und bei allen Überlegungen wurde er den Verdacht nicht los, dass dieser Bastian Burger dennoch irgendetwas mit dem Fall zu tun hatte. Seine Nase juckte – und es waren nicht die Vorboten eines Heuschnupfens.

Sie erwogen noch eine halbe Stunde die Argumente für und wider, schickten ein weiteres Fax an Procter & Gamble mit der Bitte, die Zuordnung der Chargennummer zu beschleunigen. Das Archiv im eigenen Haus war schon seit fünf nicht mehr besetzt. Hier hinterließen sie eine Nachricht mit der Bitte um sofortigen Rückruf. Auch zum BKA faxten sie die Bitte nach den Daten, insbesondere den Zahnschemata der nach 1996 vermissten Personen, ausdrücklich bundesweit. Dort lief auf dem Fahndungscomputer gerade die wöchentliche Datensicherung, sodass ein Mitteilungsfax um Geduld bis zum folgenden Tag bat, Mittwoch. Bastian Burger würde bis dahin im Gefängnis ausharren müssen. Mindestens.

*

Zu früh gefreut! Als Wülfing am Mittwoch sogar noch vor sieben ins Büro kam, erwartete er insgeheim das Fax vom BKA. Oder wenigstens das vom Tempo-Hersteller. Aber sein Schreibtisch war immer noch in derselben malerischen Unordnung wie am Vorabend um halb neun und das Faxgerät bis auf ein Angebot von original englischen Wachslederjacken zu überhöhten Preisen leer. Natürlich war auch Jana noch nicht da. Das war vielleicht auch gut so. Ihre Eifersüchteleien wegen Ronni und seiner Bekannten machten die Arbeit nicht leichter. Vielleicht hatte sie ihn doch noch nicht so ganz verdrängt?

Wenn dieser Bastian Burger unberechtigt drin saß, dann war das ausgesprochen peinlich. Sollte er eine neue Pressekonferenz ankündigen? Lieber nicht. Mit Eukum musste er sprechen. Auch der war um diese Zeit schon da. Schlechtes Gewissen?

„Sagen Sie mal, Herr Eukum. Sie haben mir da eine ganz schöne Suppe eingebrockt."

„Tut mir leid, Herr Hauptkommissar", kam es kleinlaut zurück. „Ich habe schon von Frau Haller gehört, dass die Skulptur noch einmal geöffnet worden sein muss."

Jana musste Eukum noch am Abend angerufen haben.

„Haben Sie eine Erklärung dafür?"

„Immer noch nicht. Es gibt nur eine Schweißnaht, keine Abweichung an irgendeiner Stelle. Die Schweißnaht ist perfekt, absolut perfekt. Ihr Herr Burger beherrscht sein Handwerk. Auch Kollege Woll ist da. Wir zerbrechen uns den Kopf, was tatsächlich geschehen ist."

„Hoffentlich funktioniert der Rechner beim BKA bald wieder. Auch unser eigenes Archiv ist noch nicht besetzt. Dienstbeginn ist erst um acht."

Wülfing beendete das Gespräch. Er hasste es, zu warten, doch was blieb ihm übrig? Aber es dauerte nicht lang: Punkt acht kam das Fax von Procter & Gamble: Das Tempo-Päckchen wurde am 17.12.1995 produziert und gleich ausgeliefert. Dann kam das Fax vom BKA. Wülfing brauchte nicht weit auszuholen. Bereits das dritte Zahnschema passte auf die Leiche: Es war Torsten Kühn, bis zu seinem Verschwinden am 1. Mai 1996 Abteilungsleiter im Hochbauamt Mainz.

*

„Das also ist der Bronze Kern." Jana, die ihm über die Schulter geschaut hatte, wusste nicht so recht, ob sie sich über das Ergebnis freuen sollte. „Wer hat den Fall damals bearbeitet?"
„Wer schon? Ich natürlich. Wenn ich mich richtig erinnere, war es damals schon merkwürdig genug. Da kommt jemand jahrelang pünktlich zur Arbeit und plötzlich ist er weg." Wülfing erinnerte sich an einen seiner Misserfolge. „Und du kommst nicht weiter. Die Kollegen wissen nichts. Die Mitbewohner wissen nichts. Eine Familie gibt es nicht und eine Partnerin auch nicht. Noch nicht einmal in einem Verein ist der Kühn gewesen. Er soll sich aber für Geschichte interessiert haben. Hier liegt eine Eintrittskarte für eine Sonderveranstaltung im Römisch-Germanischen Zentralmuseum, die wir damals in seinem Schreibtisch fanden. Wenn ich mich recht erinnere."
„Schon merkwürdig. Aber vielleicht weiß heute jemand mehr."
„Nach mehr als vier Jahren? Aber vielleicht bringt es ja doch was. Mach du bitte die Presseinfo fertig und schicke sie an die Journaille. Auch an deinen Ronni", setzte er anzüglich hinzu, was Jana mit einem bösen Blick beantwortete. „Ich hole erstmal den Burger aus dem Knast."
Als Polizeiobermeister Stork aus dem Archiv anrief, war Wülfing bereits unterwegs zur Staatsanwaltschaft, um die Haftfreilassung für Bastian Burger zu erwirken. Doch der zuständige Staatsanwalt steckte in einem Stau fest und kam erst halb zehn ins Büro. Er stimmte der Aufhebung gleich zu und leitete das Schreiben per Fax an das Geschäftszimmer des Haftrichters weiter. Justus Clemens hatte bereits wieder Termine, denn in der Urlaubszeit zogen leer stehende Häuser magisch Diebe an.
So legte seine Sekretärin erst einmal das Fax auf seinen Schreibtisch. Als Clemens wieder ins Geschäftszimmer kam, war sie in der Mittags-

pause. Er staunte nicht schlecht. Am Vortag in U-Haft und heute wieder frei! Er unterzeichnete sofort die Aufhebung des Haftbefehls und faxte sie zu Wülfing, der es ins Geschäftszimmer der Justizvollzugs-Anstalt weiterleitete und die Information gleich an Ronni Sander weitergab. Doch im Gefängnis war gerade viel zu tun. Einige Neuzugänge erforderten die ganze Aufmerksamkeit der Justizvollzugs-Beamten. So dauerte Bastians Freilassung etwas länger als sonst üblich.

*

Kurz nach zwei näherten sich plötzlich Schritte der Zelle 444. Schloss und Riegel schnappten mit diesem hässlichen Geräusch auf. Schlagartig wurde es in den Nachbarzellen still und der Professor, der gerade ein Nickerchen machte, wachte so schnell auf, dass er mit dem Kopf an das Oberbett stieß. Was war los?
„Kommen Sie mit, Herr Burger. Sie sind frei."
Bertold konnte es kaum glauben und Bastian schon gar nicht. In aller Hast packte er seine Sachen zusammen und war schon auf dem Gang, als er bemerkte, dass er sich noch nicht von seinem Zellengenossen verabschiedet hatte. „Verhandlung Donnerstag 11 Uhr", rief der ihm noch nach, während der Schließer unerbittlich die Zellentür verriegelte. Auch wenn sich Bastian bemühte, seine Aufregung nicht zu zeigen, stolperte er fast auf der Treppe. Die Formalitäten im Geschäftszimmer zogen sich für ihn hin wie tagealter Kaugummi auf der Rolltreppe eines Kaufhauses. Um halb drei war er endlich in der vorletzten Sicherheitsschleuse, den Karton mit seinen Wertsachen unter dem Arm. Und als er endlich die Stahltür zur bereits im Schatten liegenden Straße durchschritt, erschien ihm der Himmel gleißend hell. Auch Angela war da. Und Ronni Sander, der den Moment auf ein Bild bannte. Und bei aller Freude etwas betrübt schaute. So also schaute Angelas Lover aus.

*

Wülfing war sauer. Seine Erfolge waren zerstoben wie der Staub des Mombacher Hartplatzes in einem Herbststurm. Zwar wurde er den Verdacht nicht los, dass des Rätsels Lösung in der Statue zu finden war, aber er wusste keinen schlüssigen Ansatzpunkt. Erwartungsgemäß war

auch an dem Haifischzahn nichts zu erkennen gewesen, was der Sache auf Anhieb dienlich war. Er hatte ihn beim geologischen Landesamt abgegeben. Ein Dr. Winfried Kuhn hatte ihn eindeutig als Zahn eines Sandhais aus dem Tertiär identifiziert. Mit großer Sicherheit aus dem Mainzer Becken.
Darauf war Wülfing noch einmal Burgers Daten durchgegangen. Burger stammte aus Volxheim, ging in Bad Kreuznach aufs Gymnasium. Nach diesen Informationen hatte er sich mit Kuhn auf die Kies- und Sandgrube Eckelsheim als mögliche Fundstelle geeinigt. Aber diese Information nutzte nichts, denn auch Kuhn bestätigte, dass es diese Zähne häufig gäbe und sie ausgesprochen oft gesammelt würden. Eine Zuordnung über Mikrofossilien sei leider auch nicht möglich. Zudem war im Nachhinein überhaupt nicht festzustellen, wo der Zahn herkam. Zwar haftete ihm ein wenig Gipsstaub an, aber der konnte auch aus der Wolke stammen, die sich nach dem Absturz rund um die Skulptur gebildet hatte. Einen Beweis, dass der Zahn in der Skulptur war, gab es nicht. Und wenn Burger den Zahn in die Skulptur gebracht haben sollte, wäre er sicher nicht so dumm, das zuzugeben.

*

Auch am folgenden Morgen war Wülfing nicht gut drauf. Seufzend machte er sich an die übliche Recherchen-Arbeit. Zusammen arbeiteten sie einen Fragenkatalog aus. Wann wurde die Statue nachträglich geöffnet? Und wie? Denn sie war wohl kaum ohne Aufsehen auf einem der höchsten Dächer von Mainz auf- und wieder zuzuschweißen.
Der erste Fragenkomplex klärte sich schnell durch eine Rückfrage bei der POM. Wülfing überließ das Gespräch Jana und hörte mit. Mechtersheimers Affinität zu Frauen war ja sattsam bekannt. Vielleicht ließ er sich ja aus der Reserve locken?
Doch Mechtersheimer hatte offensichtlich bereits auf den Anruf gewartet und die wichtigsten Daten vorliegen. Woher die plötzliche Kooperationsbereitschaft? Doch diese Frage war jetzt nicht aktuell. Eher die Daten: Der Himmelsstürmer war am 7.11.1995 ausgeliefert worden. Diesen Termin kannte Wülfing schon von der Kunstgießerei Noack. Aufgestellt worden sei er aber erst am 31.10.1996, also fast ein Jahr später. In dieser Zeit konnte viel geschehen sein. Und weiter: Wo denn die Skulptur – fast hätte er Leiche gesagt! – in dieser Zeit gelagert

worden sei. Das, beschied Mechtersheimer, könne er nicht sagen. Die POM besitze und verwalte so viele Objekte in Mainz, darunter auch Parkhäuser und Hallen, dass er da keinen Überblick habe. Sein Kollege Heugen in Mallorca aber, der könnte es wissen.
Haller erfragte die Nummer, bedankte sich und rief gleich bei Heugen an. Auch der wusste offensichtlich schon Bescheid über die laufenden Ermittlungen, war wohl von Mechtersheimer instruiert worden. Seine Überraschung über den Anruf jedenfalls schien nicht nur Haller gespielt. Auch sie hatte sich inzwischen ein wenig mit dem Umfeld beschäftigt, um nicht fehlgeleitet zu werden. Wo aber der Himmelsstürmer gelagert worden sei, das, so beschied Heugen, wisse er heute nicht mehr. Das sei schon so lange her. Und jetzt in Mallorca genieße er vor allem das Klima. „Mit fünfzig hat man noch ein paar Jahre vor sich, meine Liebe!", kam es selbstbewusst vom anderen Ende der Leitung.
„Sie führen die International Planning, die in Mainz – sagen wir mal – häufig mit Aufträgen bedacht wird."
Heugen lachte. „Das lässt sich wohl nicht verheimlichen. Wer rastet, der rostet, wissen Sie."
Haller hatte genug. Sie dankte für die Auskunft, beendete das Gespräch und überlegte.
„Du hast ja mitgehört, Herbert. Ich finde, die mauern."
„Die Kommunikation zwischen den alten Spezis funktioniert wie geschmiert. Wie sagte Mechtersheimer beim ersten Gespräch? Man arbeite weiterhin eng zusammen."
„Zum gegenseitigen Wohl, logisch. Aber es scheint doch merkwürdig, dass ausgerechnet Heugen, der so Kunstbeflissene, angeblich nicht weiß, wo er den Himmelsstürmer über mehr als ein Jahr lagerte. Vielleicht gibt es da einen Lieferschein bei Noack?"
Sofort rief Wülfing in Berlin an. Meister Meier, der offensichtlich in den Ferien die Sekretärin vertrat, holte die Unterlagen. Ja, die Auslieferung sei wie geplant per Klein-LKW erfolgt und der Lieferschein sei unterschrieben. Leider unleserlich, aber mit einem Stempel der POM. Wo abgeladen worden sei, gehe daraus nicht hervor. Und der Fahrer sei bereits 1997 ausgeschieden und unbekannt verzogen. Ein Brief mit der Einladung zur Weihnachtsfeier sei bereits im selben Jahr mit diesem Vermerk zurückgekommen. Das war's.
Wülfing bedankte sich bei Meier und maulte Jana an: „So weit waren wir schon vorher. Sollen wir jetzt alle Immobilien durchgehen? Und

woran erkennen wir, welche es war? Wie wäre es zur Abwechslung mal mit neuen Ideen?"
„Jetzt mach mal halblang. Ich habe keine Lust, deinen Frustabtreter zu spielen. Irgendwelche Spuren außen an der Statue haben die Jahre im Freien längst abgewaschen. Irgendein typischer Dreck im Innern, der auf ein Gebäude hinweist? Woll hat nichts gesagt."
„Aber dafür hat er etwas anderes." Woll hatte sich während des Gespräches offensichtlich an die wie immer halb offen stehende Tür geschlichen, trat nun ein und legte Wülfing einige Seiten Papier auf den Tisch. „Die Geschossuntersuchung vom waffentechnischen Labor. Eine Kleinkaliber-Kurzlaufwaffe. Mit einigen Macken im Lauf."
„Das klingt vielversprechend. Im Archiv habt ihr das Geschossbild nicht?"
„Nein, leider nicht. Aber die Waffe hat schon einiges hinter sich, ist häufig geschossen worden. Das ist typisch für eine Sportpistole, ebenso das Kaliber Zweiundzwanzig. Auf dem schwarzen Markt im Osten sind solche Pistolen unüblich."
„Das klingt gut. Sportschützen gehören sicher zu den am besten erfassten Personen in der Bundesrepublik." Jana schaltete sich vom Fenster aus ein. "Überprüfen wir doch gleich einmal alle möglicherweise Beteiligten. Burger, Mechtersheimer, Simmer, Heugen."
„Da wäre noch was." Woll meldete sich wieder. „Ich weiß nicht, ob es eine Rolle spielt, aber auch Killer und Agenten bevorzugen eine Zweiundzwanziger. Klein, handlich, leise, neun Schuss. Und absolut tödlich, wenn man schießen kann."
„Was die ja können. Und wenn sie nicht gleich treffen, gibt es noch acht Schuss Reserve." Wülfing hatte zwar im eher betulichen Mainz noch nicht mit solchen „Kunden" zu tun gehabt, wusste aber trotzdem Bescheid. „Sonst noch etwas?"
Woll schüttelte den Kopf und machte sich auf den Rückweg, während Jana die ermittelten Personen abtelefonierte.
Burger war nicht zu erreichen, auch nicht bei Frau Graber. Simmer und Heugen bestritten, jemals eine Pistole besessen zu haben. Nur Mechtersheimer war ein recht aktiver Sportschütze gewesen, bekannte er. Allerdings habe man ihm vor einigen Jahren seine Pistole aus dem Wagen gestohlen, eine Zweiundzwanziger, die auch er schon gebraucht erworben habe. Wann der Diebstahl gewesen sei? Er wisse es nicht mehr so genau, wahrscheinlich 1996. Ob er das gemeldet habe?

Ja, bei der Schutzpolizeiinspektion Innenstadt. Die Waffe sei aber nicht wiedergefunden worden. Ob sie etwas anderes wisse? Allerdings schieße er in der Zwischenzeit ohnehin nicht mehr, sodass es nicht so wichtig sei.
Jana bedauerte, dass sie auch keine weiteren Informationen habe und beendete das Gespräch. Schnell fand sie heraus, dass die Waffe am 22.4.1996 als gestohlen gemeldet worden war. Sie schaute Wülfing triumphierend an. „Die nächste Spur! Mechtersheimer hatte eine Waffe desselben Typs und Kalibers. Die wurde im Mordjahr gestohlen und ist nicht wieder aufgetaucht."
„Prima. Das kann, muss aber nicht die Tatwaffe sein. Ohne Waffe können wir nicht das Projektil zuordnen. Und wir wissen leider immer noch nicht, wo die Statue in der Zwischenzeit war." Wülfing überlegte. „Die ist ziemlich groß in zusammengebautem Zustand. Und ziemlich schwer. Sie wurde an bisher unbekannter Stelle über fast ein Jahr gelagert und in dieser Zeit auf- und wieder zugeschweißt."
„Ich werde von der POM eine Liste ihrer Immobilien 1996 anfordern."
„Oder besser der Hausmeister. Denn die wissen normalerweise alles, was um sie herum vorgeht."
Die Sekretärin Goldfessel fragte zwar offensichtlich zuerst bei Mechtersheimer zurück, faxte aber dann erstaunlich schnell die angeforderte Liste der Hausmeister. Wülfing pfiff durch die Zähne.
„Das sind ja nicht weniger als fünfzig Hausmeister! Für mehr als vierzig Objekte! Vom Parkhaus über Einkaufspassagen bis zum Kurfürstlichen Schloss."
„Willkommen auf der Hacienda der Großgrundbesitzer!", ergänzte Jana sarkastisch. „Dann legen wir mal los!"
Bis zum Feierabend hatten sie sich endlich durchtelefoniert. Wie der Zufall es wollte, war der Letzte auf der alphabetischen Liste Hausmeister Wirth, der zusammen mit seinem Kollegen Haag das Kurfürstliche Schloss an der Rheinallee betreute. Am Telefon war allerdings Fritz Umminger, der schon seit längerem die beiden etatmäßigen Hausmeister im Urlaub vertrat. Umminger erinnerte sich daran, dass der Himmelsstürmer vor einigen Jahren aus dem Keller zum Aufstellen abgeholt worden war. Von einem Fahrer der POM. Er habe eine ganze Zeit lang nicht weit vom Aufzug gelegen. Wie er da hineingekommen war, wusste er allerdings auch nicht.

*

Ist mir Bastian sympathisch? Nein, entschieden nein! Wie kann sich Angela nur in solch einen Macho vergucken? Und ich habe ihr noch dabei geholfen, ihn schnellstmöglich aus dem Knast zu bekommen! Natürlich mache ich zunächst ein paar Fotos, natürlich wissen meine Kollegen nichts von seiner Entlassung, natürlich habe ich die Story exklusiv. Natürlich wird das wieder ein paar Kröten auf mein Konto bringen, wenn ich auch auf den Fotos die Gesichter verdecken muss. Und außerdem werden es Wülfing und Jana überhaupt nicht schätzen, dass ich ein Geschäft aus ihrem Misserfolg mache. Die werden eher richtig sauer sein.
Wie aber geht die Geschichte weiter? Wer steckt wirklich hinter dem Mord? Ich muss an meine Infoquellen bei der Kripo. Aber wie? Diesmal brauchen sie mich nicht. Oder doch? Wie wäre es, wenn ich den Bericht etwas zahmer abfasse und die Kripo schone? Über die Erfolge schreibe und die Misserfolge verschweige? Oder Misserfolge zu Erfolgen ummünze? Statt „Tatverdächtiger aus Haft entlassen. Kripo recherchierte schlampig." eher schreibe „Kripo deckt Gutachtenfehler auf. Tatverdächtiger schnell wieder frei." Wahr ist beides ...
Ich entscheide mich für Variante zwei. Sie lässt meine Drähte offen. Schließlich ist die Geschichte erst am Anfang. Und ich will meine Story verkaufen. Also fahre ich zunächst aus der brütenden Hitze der Mainzer Innenstadt nach Hause, wo ich in luftigen 200 Metern über dem Meer meinen Text verfasse. Ein Fax erwartet mich bereits. Aha, die Kripo hat nun die Leiche identifiziert, weiß aber immer noch nicht weiter. Interessant. Also rein in die Tasten:

Leiche identifiziert. Himmelsstürmer-Mord noch ungelöst. Tatverdächtiger wieder frei.

Die intensiven Recherchen der Mainzer Kripo unter Leitung von Hauptkommissar Herbert Wülfing und Kommissarin Jana Haller entlasteten den bereits inhaftierten Tatverdächtigen im Himmelsstürmer-Mord. Er wurde unverzüglich frei gelassen. Die in der Skulptur eingeschlossene Leiche wurde inzwischen als Torsten Kühn aus Mainz identifiziert, verschwunden am 1. Mai 1996. Derzeit hüllt sich die Kripo in Schweigen, um die weiteren Ermittlungen nicht zu gefährden. Sie sind jedenfalls in vollem Gange. Ein baldiger Erfolg ist wahrscheinlich, wie aus internen Quellen verlautet – wenn auch noch nicht sicher. Hinweise zum Verschwinden von Torsten Kühn bitte an die Kripo Mainz oder jede andere Polizeidienststelle.

Bild: Entlassung des Tatverdächtigen aus dem Untersuchungsgefängnis in der Diether-von-Isenburg-Straße.

Noch schnell den Text ab an die Tageszeitungen. Erstaunlicherweise übernimmt auch die Koblenzer Rhein-Zeitung meine E-Mail. Offensichtlich ist der Himmelsstürmer-Mord auch überregional interessant. Wichtig für meine Finanzlage und eine Verpflichtung, am Ball zu bleiben. Doch am Samstag fliege ich mit den Kindern in den Urlaub nach Mallorca. Das geht natürlich vor. Aber vielleicht ist bis dahin das meiste ja gelaufen. Und wenn nicht, muss ich halt bei Jana und Wülfing öfter mal anrufen und dann meine Berichte per E-Mail an die Zeitungen geben. Gute Kontakte sind Gold wert. Oder Geld ...

Der Tag war anstrengend gewesen. Ich entspanne mich bei der Urlaubsplanung. Mein Nachbar Erich wird Meerschweinchen und Fische versorgen. Was braucht ein alleinreisender Vater mit zwei Kindern in Mallorca? Eine liebe Begleiterin! Ist aber leider Fehlanzeige. Dafür ist wenigstens das Packen einfach, denn das prima Mittelmeerklima vereinfacht die Kleiderfrage entscheidend. Und so beginne ich schon einmal und lege kurze Hosen und T-Shirts in einen Koffer und vergesse auch die Taucherbrillen und Flossen nicht. Endlich einmal wieder so richtig ausspannen. Das Reisebüro hat mir das Hotel „La Concha Park" in Paguera empfohlen.

Ruhig sei es, aber dennoch strandnah, kinderfreundlich und kein Massenwohnquartier. Der Flug geht am Samstag um sieben Uhr abends ab dem Flughafen Hahn. Der ehemalige Militärkomplex wird in begrenztem Maße als Ausweichflughafen für Frankfurt genutzt. Einen Wettbewerb wird es aber nie geben. Schließlich betreibt die Frankfurter Flughafen AG inzwischen auch den Hahn – und die wird einen Teufel tun, sich selbst Konkurrenz zu machen. So bleibt der Lärmpegel im Hunsrück niedrig und die Preise auch. Für weniger als einen Hunderter gibt es Flüge nach England und Irland. Auch einige Ferienflieger nach Mallorca nutzen die Piste im Hunsrück.

Doch noch gilt es, das Restprogramm abzuarbeiten. Der Innovations-Förderpreis im Kurfürstlichen Schloss ist ein Pflichttermin. Der allerdings durch pfiffige Lösungen auch für mich seinen Reiz hat. Denn die

liegen mir natürlich nahe, besitze ich doch selbst ein Patent. Kurz nach zehn ruft Angela an. Ihr Bastian will morgen um elf bei einem Gerichtsverfahren dabei sein, in dem es um den Professor geht. Welchen Professor? frage ich. Doch das weiß sie wohl selbst nicht so genau. Sie möchte mich aber dabeihaben. Mit der Presse im Hintergrund würde sich vielleicht der Richter mehr Mühe geben. Und sicher sei es auch ein interessanter Fall.
Wie komme ich eigentlich dazu, immer anderen Leuten zu helfen? Doch Angelas Stimme besänftigt mich wieder und ich beschließe, den morgigen Besuch im Schloss mit einem Gerichtsbesuch fünfzig Meter weiter zu verbinden. Ein langer Tag steht mir bevor.

*

„Was soll denn das?"
„Habe ich etwas falsch gemacht, Herr Mechtersheimer?" Frau Goldfessel zuckte unwillkürlich zurück, nachdem sie ihrem Chef die druckfrische Tageszeitung auf den mehr als vier Quadratmeter großen Schreibtisch gelegt hatte. Doch Mechtersheimer fing sich schnell wieder und schaute sie prüfend an.
„Wer wollte gestern die Liste unserer Hausmeister?"
„Ein Hauptkommissar Wülfing von der Kripo." Ihr wichtigstes Kapital war ihr Gedächtnis. Es war ausgezeichnet, wenn die Chefs etwas wissen wollten, und litt an galoppierender Schwindsucht, wenn Unbefugte fragten. Ihre Loyalität eben war es, die ihre wechselnden Chefs bei der POM schätzten. „Ist damit etwas nicht in Ordnung?"
Doch Mechtersheimer winkte ab und seine Chefsekretärin – sie legte immer Wert darauf, als solche bezeichnet zu werden – entfernte sich diskret. Der Chef brütete etwas aus.
Mechtersheimer legte die Titelseite der AZ vor sich und strich sie nachdenklich glatt. Wer war der Tatverdächtige? Das Foto zeigte einen großen, kahlköpfigen Mann mit abgewandtem Gesicht in den Armen seiner Frau oder Freundin, aber auch deren Gesicht war nicht genau zu erkennen. Lediglich im Hintergrund waren Tür und Fenster des Gefängniseingangs zu erkennen. Wülfing war der Kommissar, um den es ging. Gestern angerufen hatte zwar eine Frau Haller, aber die arbeitete wohl nur mit am Fall. Und nun ermittelte dieser Wülfing direkt vor seiner Nase. Fragte nach den Abläufen in seinem Schloss, nach der

Skulptur auf seinem Theater. Der vermisste Torsten Kühn. Der hatte die POM ganz schön geärgert und war plötzlich verschwunden. Eigentlich passend, aber die Erleichterung von damals wich nun der Besorgnis. Denn seine Pistole war damals ebenfalls verschwunden. Und auch das wusste dieser Wülfing schon, denn er hatte es ihm selbst erzählt. Wenn der weiter ermittelte, wer weiß, wohin das führte? Nein, dem musste er einen Riegel vorschieben. Er griff zum Telefon und rief eine Handynummer, die nicht öffentlich bekannt war.
Obwohl die Position seines Gesprächspartners durchaus prominent war. Paul Simmer war nämlich eine zentrale Figur in der Mainzer Bauwelt. Nur, dass er seine Fäden gern im Hintergrund zog und in seinem Mainzer Büro weniger oft anzutreffen war als in seinem schlossähnlichen Domizil in der Nähe von Bechtolsheim. Simmer war ein bedächtiger Mann, der seine Chancen sorgfältig auslotete und dann gezielt nutzte. Und so hörte er sich zunächst die Klagen seines Geschäftspartners geduldig an.
Diesen Kommissar zu beruhigen, war eine einfache Sache für Leute mit Kontakten und kostete ihn nur einen weiteren Anruf. Aber Simmer dachte weiter. Und vor seinen Augen entspann sich ein Szenario, das den Expansionsplänen seines Sohnes eine erhebliche Dynamik verleihen würde. Denn er wusste, wer die Pistole hatte. Er rief seinen Geschäftspartner Eugenio Escopeta in Sóller an. Ein in Mallorca populärer Mann, den der Bauboom ganz nach oben gespült hatte.

*

Auf dem Weg von meinem Stammparkplatz in der Rheinallee zum Schloss umkurve ich mit dem Klapprad vergnügt harmlose Spaziergänger, die ich mangels Schelle nicht vor mir warnen kann. Und so erschrecken sie erst, wenn ich schon vorbeigehuscht bin. In weniger als fünf Minuten bin ich an dem Barockoko-Bau und stelle mein rostiges Radl dekorativ neben den Nobelkarossen der Veranstaltungsgäste ab, die bereits vor mir eingetroffen sind.
Mit Schreibmappe, Sprachaufzeichnungsgerät und Fotosachen düse ich erst einmal in den ersten Stock, wo die Veranstaltung gerade beginnt.
Mit vielen wohlgesetzten Worten heben Wirtschaftsminister, Oberbürgermeister, Sparkassen- und IHK-Präsidenten die Wirtschaftsförde-

rung von Rheinland-Pfalz und speziell von Mainz hervor. Tatsächlich ist das Investitionsklima in der Landeshauptstadt bundesweit vorbildlich, die bürokratischen Wege sind kurz. Gerade vor einigen Wochen hatte ich einen Bericht über eine erfolgreiche ambulante Klinik gemacht. Die war nach fast einjährigem Kampf mit Superbürokraten der Stadt Frankfurt kurzerhand nach Mainz umgezogen und hatte tatsächlich binnen einer Woche alle erforderlichen Genehmigungen bekommen. Wie meinte der Klinikleiter im Interview: „Einige Ämter in Hessen führen Krieg gegen die Bürger."

Dann kommt das Standardprogramm: Fotos mit dem kleinen 135-Millimeter-Tele bei Blende 2,8 und Blitz. Von unten nach oben. Die kleine Blende macht es dem Blitz leicht und verleiht dem Foto Tiefe, weil der Hintergrund im Wortsinne ausgeblendet wird. Die erhöhte Position der Vortragenden verdeutlicht die Machtposition: Schaut her, ich bin wer. Wenn dann dazu noch die energisch geschwungene Hand oder Faust – je nach Temperament – kommt, ist das perfekte Pressefoto fertig. Zumindest aus Sicht der Politiker und Wirtschaftsbosse. Ein Foto am Mittelmeerstrand mit dekorativ vereinzelten Speckfalten wäre dem Image nicht so förderlich.

Nach einer halben Stunde habe ich genug gehört und fotografiert. Wie steht es auf jeder Kirchenkanzel: Hier darf über alles gepredigt werden, nur nicht über fünfzehn Minuten. Ähnliches sollte man auch auf die Stehpulte bei solchen Veranstaltungen schreiben. Wobei bei 10 Rednern die Redezeit pro Redner maximal zwei Minuten betragen sollte. Also beschließe ich, einmal nach unten zu sehen, wo die Preisträger an kleinen Ständen ihre prämierten Ideen und Produkte vorstellen. Dazu kommen die IHK und andere Fördermitglieder wie die Sparkassen. Ob auch Erika wieder da ist? Bei der Veranstaltung im Vorjahr hatte ich eine interessante Mitarbeiterin aus dem Beratungsteam der Sparkasse kennengelernt. Fast hätte sich damals eine heiße Beziehung entwickelt, aber die fiel teilbegründeter Eifersucht zum Opfer. So blieb die Erinnerung an eine mehr als zweistündige Knutscherei auf dem Schotterparkplatz vor der Pizzeria Europa in Gau-Algesheim. Damals hatte mir der acht Grad kalte Nieselregen nichts ausgemacht. Es gibt Situationen, wo es immer schön warm wird.

Doch Erika ist nicht da und ich schaue mich einmal um. Gerade spreche ich mit einer Preisträgerin, die eine Pferdepension im Selzbachtal

bei Ingelheim gegründet hat, als ich durch das Fenster ein mir wohlbekanntes Auto vorfahren sehe. Was suchen Wülfing und Jana hier? Ich gehe gleich zum Eingang. Sie werden verblüfft sein, mich zu sehen, doch dem ist nicht so.
„Na Ronni, wieder mal auf Tour?", begrüßt mich Wülfing ganz locker, während Jana immer noch ein wenig biestig schaut.
„Na klar." Ich klopfe auf meine Fototasche. „Und was macht ihr hier?"
„Wir wollen mal in den Keller schauen."
„Aber du kannst nicht mit", setzt Jana hastig hinzu.
„Warum nicht? Ich arbeite gerade an einer Reportage über den Mainzer Untergrund, wusstest du das nicht? Vielleicht hat hier jemand eine Leiche im Keller, wer weiß?"
Ich lasse mich doch nicht so leicht abschütteln. Wülfing grinst und tatsächlich erscheint kurz danach ein netter Mann im Arbeitsdress. Sein ausufernder Schlüsselbund lässt nur den Schluss zu, dass es der Hausmeister sein muss. Herr Umminger, er stellt sich kurz vor, studiert Chemie in Mainz und arbeitet schon seit Jahren in den Semesterferien als Aushilfe für die etatmäßigen Hausmeister, die ihren wohlverdienten Urlaub nehmen. Er ist verblüfft, dass wir zu dritt sind. Wahrscheinlich waren ihm nur zwei Personen angekündigt worden. So führe ich mich kurz ein.
„Mein Name ist Sander. Ich arbeite gerade an einer Reportage über den Mainzer Untergrund. Kann ich mit in den Keller kommen?" Der Hausmeister stimmt zu, noch bevor Jana protestieren kann. Wülfing kommentiert kopfschüttelnd die Grabenkämpfe zwischen uns beiden. So fahren wir gemeinsam mit dem Lastenaufzug in den Keller des Schlosses.
Tatsächlich ist der Keller nur noch in Teilen original erhalten. Im Zweiten Weltkrieg diente er als Luftschutzraum und auch das Weisenauer Standesamt war hier untergebracht. Da wurde wohl so manche Kriegsehe geschlossen. Durch Bombentreffer wurde das Schloss schwer beschädigt und auch der Keller in Mitleidenschaft gezogen. Nach dem Krieg wurden die Gewölbe nur teilweise restauriert. Und so besteht die Decke über uns abwechselnd aus gemauerten Gewölben und rauen Betondecken, allesamt weiß getüncht.
Die Rohre der Heizungsanlage schlängeln sich vor uns an den Wänden entlang und führen uns tiefer in den Keller hinein, vorbei an ab-

gestellten Gerätschaften und Dekorationen der alljährlich im Schloss stattfindenden Fassenachtsveranstaltungen. Auch die Bestuhlung der Säle im Erdgeschoss und Obergeschoss wird offensichtlich bei Bedarf hierhin ausgelagert, wie ordentlich gestapelte Stuhltürme zeigen. Reichlich Platz gibt es hier im vorderen Teil, nahe am großzügig dimensionierten Aufzug. Umminger zeigt auf eine Stelle, wo jetzt Fahnen der Mainzer Carnevalvereine sauber eingepackt stehen:
„Hier lag die Skulptur. Auf dem Boden." Offensichtlich hat ihn Wülfing schon vorher die wichtigsten Dinge gefragt. Er sieht, wie Wülfing auf dem Boden nach Spuren sucht und schüttelt den Kopf. „Dieser Bereich wird mehrfach pro Jahr gereinigt. Da finden Sie nichts mehr. Die alten, kleinen Gewölbe werden dagegen nur selten genutzt. Und da wird entsprechend weniger gereinigt."
„Wahrscheinlich ist die Skulptur mit dem Aufzug transportiert worden", meint Herbert. Dem Typenschild nach verkraftet der Aufzug 1500 Kilo.
„Sehr wahrscheinlich. Die Treppe ist normalerweise abgeschlossen und wird nur noch im Ausnahmefall genutzt."
„Also gut, Ronni." Herbert wendet sich wieder an mich. „Wenn du schon da bist, kannst du mit nach Auffälligem suchen."
„Beispielsweise ein irgendwie zum Himmelsstürmer gehörendes Teil?"
„Beispielsweise. Wir gehen vor."
Und so wandern wir um die nächsten Ecken, in die erhaltenen Gewölbegänge hinein. Sie sind deutlich enger als der Bereich um den Fahrstuhl, aber immer noch groß genug, eine größere Statue liegend zu transportieren. Links geht eine Stahltür mit der Aufschrift „Notausstieg" ab. Sie endet an einer Wand, die wohl nach dem Krieg zugemauert wurde, als der Luftschutzkeller nicht mehr gebraucht wurde. Hier wurde also in den letzten Jahren nichts herein- oder heraustransportiert. Weiter geht der Weg nach rechts, wieder wird es enger. Dort erwartet uns als Überraschung ein Büstenfriedhof.
Goethe und Schiller schauen uns an, auch ein Christusgesicht und Napoleon lassen grüßen. Ein Hauch Ägypten darf nicht fehlen, denn einige Nasen sind wie bei der Sphinx abgeschlagen. Sonst aber sind die Büsten gut erhalten und malerisch mit dem Staub der Jahrhunderte überzogen. So sieht es zumindest aus. Dahinter eine durchbrochene Wand. Umminger leuchtet mit der Taschenlampe hinein. Der Licht-

kegel trifft auf Mauerschutt, wohl aus der Trümmerzeit des Schlosses nach dem Krieg. Schnell ist meine Olympus gezückt und einige Fotos mit Blitz sind im Kasten. Dazu noch ein paar Langzeitbelichtungen, die ohne Blitz die Kelleratmosphäre besser wiedergeben. Mangels Stativ lege ich die Kamera auf die Fototasche und löse mit Selbstauslöser aus. Die drei anderen schauen erst interessiert zu und unterhalten sich dann weiter.

„Da haben wohl mal welche nach einem Schatz gesucht und die Wand durchbrochen." Umminger grinst. „Doch da ist nichts. Und die Büsten und Reliefs sind Abgüsse der Formen im Großen Saal. Ganz einfach. Zwar interessant, aber", er wendet sich an Wülfing, „Deshalb sind Sie wohl nicht hier?"

„Nein, wir suchen etwas Auffallendes. Der Himmelsstürmer ist hier immerhin über ein Jahr gelagert und wohl auch bearbeitet worden. Hätten Sie eine Bearbeitung bemerkt?"

„Das hängt von der Jahreszeit ab. Im Herbst, Winter und Frühjahr gibt es viele Veranstaltungen. Da müssen Dinge hinauf- und hinuntertransportiert werden. Auch die Heizung wird regelmäßig kontrolliert. Aber im späteren Frühjahr, so ab Mai, läuft nicht mehr so viel. Und da kommen wir nur noch alle paar Wochen herunter."

„Haben Sie irgendwelche Geräte zum Schweißen hier?"

Umminger schüttelt den Kopf. „Ich kann zwar schweißen, aber das ist wirklich nicht unser Job. Wenn Schweißarbeiten erforderlich sind, holen wir die entsprechenden Handwerker, die ihre Geräte mitbringen. Elektroanschlüsse bis Starkstrom sind natürlich hier vorhanden. Ebenso Wasser."

„Wir müssen weiter, Herr Umminger. Zum Abschluss noch die Frage: Wer hat außer Ihnen noch Zugang zum Keller?"

„Normalerweise die Hausmeister. Aber wir sind so knapp besetzt, dass beispielsweise bei Krankheit oder besonderen Veranstaltungen immer wieder Aushilfskräfte kommen. Auch ich bin ja nur in der Urlaubszeit hier. Außerdem liegen Schlüssel bei der POM, der das Schloss gehört."

*

Die Nacht nach seiner Freilassung verbrachte Bastian bei Angela in ihrer Ingelheimer Wohnung, doch es war nicht die erhoffte Entspan-

nung. Selbst in der sehr offenen Wohnlandschaft konnte er nicht richtig schlafen, obwohl er nach der durchwachten Gefängnisnacht todmüde war. Immer wieder schreckte er auf, knirschte mit den Zähnen. So konnten beide nicht die Nacht genießen.
Nach der Enge der Zelle war Bastian Angelas Wohnung zu eng, viel zu eng. Sie schliefen miteinander, aber er konnte keinen Schlaf finden. Schon morgens um sechs weckte er sie.
„Ich will raus. Kommst du mit?"
„Wohin?" Gähnend strich sich Angela die Haare aus dem Gesicht.
„In die Grube, ins Meer."
Angela wollte weiterschlafen, aber auch ihren Bastian nicht schon wieder aus den Armen verlieren. Also entschied sie sich doch dafür, ihn zu begleiten. Um halb sieben waren sie schon im Auto und eine halbe Stunde später in der Kies- und Sandgrube Eckelsheim. Doch selbst um diese Zeit war schon jemand da, wie ein Geländewagen mit dem Signet des Geologischen Landesamts verriet. Am Rand der Grube stand ein Mann, der trotz seines Bartes sehr jugendlich wirkte. Wache Augen hinter einer Metallbrille. Dazu Geländekleidung aus einem T-Shirt und mit dem unvermeidlichen, an der robusten Hose festgeschnallten, Geologenhammer.
„Das ist sicher einer der Geologen, die die Brandungszone betreuen", erklärte Bastian seiner Begleiterin, die das nur mit einem Gähnen beantwortete. „Den kann ich gleich ein paar Dinge fragen. Komm doch mit."
Bastian stieg aus und ging direkt auf ihn zu.
„Mein Name ist Burger. Sie sind vom Geologischen Landesamt?"
„Ja." Ein kräftiger Händedruck von dem geländegängigen Intellektuellen. „Winfried Kuhn."
„Ich beobachte die Grube seit Jahren, habe aber noch keinen Experten fragen können. Meinen Sie, Sie könnten mir und meiner Lebensgefährtin einen kurzen Überblick über die Geologie hier geben?"
„Kein Problem. Das Naturdenkmal ist für alle da. Ich fahre sowieso die Grube mit unserem Opel Campo ab." Er schaute zum Geländewagen. „Steigen Sie einfach dazu. Da kann ich schon einmal für die nächste Führung üben."
Bastian ließ sich das nicht zweimal sagen und winkte begeistert Angela zu sich. Zusammen stiegen sie auf die Dreier-Sitzbank im Geländewagen und Kuhn kurvte den nächsten steil ansteigenden Feldweg hoch.

Festland
Eltvi
Oestrich-
Winkel
Ingelheim
Rüdesheim
Rhein
Bingen
Gau-
Algesheim
Selz
Nahe
Tertiär-
Meer
Kreuznach - Bucht
Wiesbach
Wörrstadt
Bad Kreuznach
Rhein-
grafenstein
Insel
Wöllstein
Höllberg - Insel
Scharberg-
Insel
Horn-Insel
Steigerberg-
Insel
Eichelberg-
Insel
Feilbingert
Bucht
Hochstätten-Straße
Alzey
Vorholz-Halbinsel
Festland
Alsenz
Weinheim-Bucht
Offenheim-Bucht
20
30

„Ich beginne mit einer kurzen Einführung, OK? Danach sehen wir uns in dem Bereich um, in dem Sammler nach Haifischzähnen suchen. Übrigens nicht legal, denn die Grube ist Privatbesitz."
Nach kurzer Fahrt hielt er am westlichen Rand des Steinbruchs neben einem Bauwagen. Der Blick war atemberaubend. Die steile Abbruchkante zur Sandgrube war nur durch einen alten Zaun gesichert, der von Wildkräutern durchzogen war.
„In der Grube", Kuhn deutete auf den nördlichen Hang, „Sehen Sie das so genannte Kliff am Steigerberg. Eine europaweit und vielleicht sogar weltweit einzigartig erhaltene und aufgeschlossene Brandungszone aus dem Tertiär."
„Brandungszone?" Angela wurde langsam munter.
„Eine Küstenform, die von anbrandenden Wellen geprägt wird. Sie müssen sich vorstellen, dass wir hier auf einer Insel stehen." Er strich mit seinem Arm in weit ausholender Geste von Osten über Süden nach Westen. „Vor fünfunddreißig Millionen Jahren war der Steigerberg eine Insel mit subtropischem Klima. Auch die anderen Hügel, die Sie sehen, ragten damals aus dem Meer. Eichelberg-, Scharberg- und Höllberg-Insel und wie sie alle heißen. Der nächste ist der halb abgebaute Hügel an der Ölmühle auf dem Weg von Neu Bamberg nach Wöllstein. Stellen Sie sich ein Meer vor, hundert bis hundertfünfzig Meter tief. Berstend von Leben. Eine üppige Fauna und Flora mit Korallen, Seekühen und auch teilweise riesigen Haifischen. Gegen die unsere heutigen Weißen Haie wie harmlose Karpfen aussehen würden."
„Aber hier vom Hügel aus sind es doch nur etwa fünfzig Meter bis zur Ebene unten", warf Angela ein, der die Sache offensichtlich Spaß zu machen begann.
„Richtig, richtig." Kuhn war begeistert, so gute Zuhörer zu haben. „Der alte Meeresboden ist von Sedimenten über fünfzig Meter dick überdeckt. Und auch das Kliff am Steigerberg wäre überdeckt, wenn der Kiesabbau nicht die Deckschichten abgeräumt hätte. Hier" – er stampfte mit dem Fuß auf den Boden – „Genau hier brandeten Wogen an. Zerrieben Gesteine zu Sand. Erzeugten Brandungshohlkehlen, Rinnen und Strudellöcher im Rhyolith, dem roten Lavagestein, das so typisch für die Umgebung von Bad Kreuznach ist. Und heute noch genauso leuchtet wie vor vielen Millionen Jahren."
„Wo findet man hier am leichtesten Haifischzähne?" Angela hatte

schon davon gehört, dass es in sein sollte, die Zähne der alten Räuber zu sammeln.

„Steigen Sie ein, ich fahre Sie hin. Aber bitte graben Sie keine Löcher. Der Kiesgrubenbetreiber sieht das gar nicht gern. Gerade letzte Woche hatte sich kurzfristig ein Baggerlader in einer von Sammlern ausgebuddelten Grube festgefahren." Sie kletterten in den Campo und Kuhn rührte im Getriebe auf der Suche nach der Allrad-Einstellung. Schließlich hatte er sie gefunden und es ging langsam, aber stetig einen steilen Hang hinauf, bis sie in einem Teil der Grube stehen blieben und ausstiegen.

„In diesem Teil scheinen die Hobbysammler am aktivsten zu sein", erläuterte der Geologe. „Wir können ja einmal schauen, ob etwas am Hang abgebrochen ist und oberflächlich herumliegt."

Sie stapften auf der Suche nach 35 Millionen Jahre alten Zähnen durch den Sand. Angela hatte das Sammelfieber gepackt und als sie tatsächlich zwei Zähne entdeckte, war sie glücklich. Doch Kuhn mahnte zum Aufbruch, er hatte noch weitere Termine.

„Eine letzte Frage noch, Herr Kuhn", bat Angela. „Warum ist das Meer heute nicht mehr hier?"

„Weil es Hebungen und Gebirgsauffaltungen gab, die die Verbindung des Mainzer Beckens mit dem nördlichen Meer unterbrachen. Das Tertiärmeer trocknete so nach und nach ein."

„Und die Pflanzen und Tiere auch."

Kuhn lächelt pfiffig. „Wer sich nicht umstellen kann, der geht zu Grunde."

Er verabschiedete sich zur Landesgartenschau in Kaiserslautern, während Bastian und Angela noch eine Stunde in der Grube blieben und die Freiheit und Ruhe genossen. Sofern nicht gerade ein LKW Bauschutt ablagerte. Später suchten sie noch einmal nach Haifischzähnen und Angela konnte ihre Sammlung auf fünf Prachtexemplare vergrößern.

Dann drängte die Zeit, weil der Gerichtstermin des Professors bevorstand. Auf dem Weg über Gau-Algesheim bemerkte sie das Reisebüro Fun Travel. Kurz entschlossen fragte sie nach LastMinute-Angeboten und fand noch zwei Plätze im Urlaubsflieger nach Mallorca. Abflug Samstag Nachmittag um zwei ab Flughafen Hahn. Dann ging es nach Mainz. In das Gericht direkt gegenüber dem Gefängnis, das Bastian noch in unguter Erinnerung hatte.

*

Aus dem Keller des Kurfürstlichen Schlosses wieder aufgetaucht, entkette ich mein Fahrrad, um die paar Meter zum Gericht in der Diether-von-Isenburg-Straße zu fahren. Radfahrer wie ich sind halt zu faul zum Laufen. Tatsächlich bin ich ausnahmsweise mal zu früh und was habe ich davon? Ich muss warten! Auf dem Flur vor dem Sitzungssaal sitzen schon Angela und Bastian. Bastian, der mir immer noch suspekt ist. Vielleicht, weil er hat, was mir fehlt? Ein richtiger Kraftbolzen, selbstbewusst und sicher, ein Macho erster Güte. Und Angela ist ihm wohl verfallen, wie wahrscheinlich schon viele Frauen vorher. Auch wenn er mich mit Handschlag begrüßt, warm werden wir nicht miteinander. Müssen wir auch nicht. Angela jedenfalls ist sichtlich froh, dass ich gekommen bin und umarmt mich demonstrativ.

Punkt elf kommt ein älterer Mann in Anwaltsrobe mit zwei Polizisten und einem Mann, der durch seine große Statur und seine straff nach hinten gebundenen Haare Respekt erregt, an uns vorbei. Der Anwalt grüßt kurz Angela und auch Bastian, der wiederum wortlos dem Häftling zunickt. Angela fängt meinen fragenden Blick auf:

„Der Anwalt ist Josef Bühler." Sie wendet sich an Bastian. „Ich wusste gar nicht, dass er auch den Professor verteidigt. Habt ihr nicht darüber gesprochen?"

„Die Zeit in der Zelle war ja nur kurz. Und man ist darin wie betäubt."

Direkt hinter den Polizisten gehen auch wir hinein und nehmen im Zuschauerbereich Platz.

Außer uns ist kein Zuschauer anwesend und die Rollen vor dem Richtertisch sind klar verteilt. Links der Tisch mit diesem „Professor" – auch ich habe mir diese Bezeichnung schon angewöhnt – samt seinem Anwalt, rechts die Staatsanwältin und in der Mitte thront der Richter, dessen wuchtiger Körper durch die Richterrobe noch betont wird. Er sitzt mit dem Rücken zum Fenster, sodass das Gegenlicht seine Gesichtszüge nicht immer klar erkennen lässt und seine Glatze fast mit einem Heiligenschein versieht. Er mustert die Zuschauer genau und hebt nur unmerklich die Augenbrauen, als er Bastian erkennt.

Zuerst trägt die Staatsanwältin ihre Anklage vor. Es sei ein klarer Fall von Vergewaltigung, einer Tat, an deren psychischen Folge viele Opfer noch jahrelang oder sogar lebenslang litten. Der Angeklagte – sie vermeidet es peinlich, den neben seinem Anwalt sitzenden „Professor" mit seinem Namen anzusprechen – habe dabei eine besondere Brutalität besessen. Hätte sich das Opfer nicht so energisch gewehrt, hätte er sie auch noch anal vergewaltigt! Auch die aufgefundenen Gegenstände wie das Krokodil, die Bonbons im Auto und die Karte mit den Kreisen um die Kindergärten zeigten, dass der Angeklagte ein vom Sextrieb gesteuerter Täter sei. Um die Gesellschaft vor diesem gefährlichen Mann zu schützen, sei eine Freiheitsstrafe von fünf Jahren zu verhängen.

Justus Clemens hört sich den Vortrag mit scheinbar unbewegter Miene an und zieht nur an manchen Stellen kurz die Augenbrauen hoch. Dann gibt er dem „Professor" Gelegenheit zur Erwiderung.

„Nun sagen Sie mal, wie Sie das Verfahren sehen, Herr Röder."

Dabei bemerkt er süffisant und mit einem Seitenblick zur Staatsanwältin, dass es eine Form der Höflichkeit sei, jemand mit seinem Namen anzusprechen. Auch vor Gericht. Der Vorsitzende Richter ist zwar erst recht kurz in Mainz, hat aber seine Vorstellungen schon deutlich gemacht.

Bertold Röder heißt der „Professor". Diesen Namen hatte ich schon auf dem Anschlagszettel vor dem Gerichtssaal gelesen. Da stand dann nicht nur „Angeklagter".

Röder erklärt, dass er das Opfer sehr wohl kenne und auch mit ihr verlobt war. Aber er habe sie nie vergewaltigt. Er sieht das Verfahren als eine Rache seiner ehemaligen Verlobten. Er hatte ihr zur Verlobung ein Auto gekauft, eine Wohnung gemietet und ein Bankkonto eingerichtet. Als er ein halbes Jahr später die Trennung angekündigt habe, sei sie außer sich gewesen und habe ihn bedroht. Er sei kurz darauf zu einer einwöchigen Geschäftsreise aufgebrochen. Als er zurückkam, habe ihn ein Einsatzkommando auf der Straße niedergestreckt. Der Rest sei bekannt.

Sein Anwalt Bühler führte dazu aus, dass das Motiv der angeblich vergewaltigten Ex-Verlobten auch dadurch deutlich werde, dass sie nach seiner Abfahrt sofort das Konto leer geräumt hatte und bei einer Zahlung von 100.000 Mark Schmerzensgeld auf eine Anzeige verzichtet hätte. Auch sei der Hergang der angeblichen Vergewaltigung nicht in sich schlüssig und der Angeklagte habe ein Alibi für den Zeitraum, den seine ehemalige Verlobte für die Vergewaltigung genannt hatte. Diese Zeugen seien jedoch vom Untersuchungsrichter in Bielefeld und

der dortigen Staatsanwaltschaft nicht gehört worden.
Der Richter sitzt auch bei diesen Ausführungen zurückgelehnt in seinem Richterstuhl. Scheinbar völlig entspannt. Was mag er denken?
Nach den Ausführungen von Bühler herrscht zunächst völlige Stille, in der Justus Clemens die Anwesenden taxiert. Einen nach dem anderen. Dann doziert er in einem sehr verbindlichen Ton, der keinen Widerspruch duldet.
„Wir haben hier einen Fall, wie er leider oft vorkommt. In vieler Hinsicht. Zum einen gibt es leider viele Vergewaltigungen in Deutschland. Und eine Vergewaltigung ist ein böses Verbrechen, das streng geahndet werden muss. Da hat die Staatsanwaltschaft völlig recht." Ein Blick auf die Staatsanwältin, die dieses Lob gern auf sich nimmt.
„Ebenfalls häufig", Clemens fährt fort, „Ist es, dass das Gericht zwei völlig unterschiedliche Darstellungen bekommt. So auch in diesem Fall." Ein Blick zur Staatsanwältin und zu Röder und Bühler. „Und genau hier beginnt die Arbeit des Gerichts. Unterstützt von der Staatsanwaltschaft und den Organen der Polizei."
Er macht eine bedeutungsschwangere Pause. Jeder spürt, dass jetzt gleich etwas kommt, das die Sache entscheidet.
„Und – was viele vergessen mögen – auch ein Richter kann ermitteln. Und dies habe ich hier einmal getan. Denn die vielen Widersprüche haben mich – ich gebe es zu – gereizt. Vor allem störte mich, auch da bin ich offen, dass Herr Röder die Vergewaltigung zu einem Zeitpunkt verübt haben soll, für den er Alibizeugen benennt."
Wieder eine Pause. Auf der Anklagebank ist Bühler verunsichert und auch der „Professor" ist offensichtlich ratlos. Ebenso die Staatsanwältin. Worauf will der neue Richter hinaus?
„Nun ist zunächst einmal zu werten, dass Herr Röder ein bisher unbescholtener Mann ist. Es ist also nicht davon auszugehen, dass er in seinem Bekanntenkreis Personen kennt, die das Risiko eines Meineides auf sich nehmen würden, um ihm aus der Patsche zu helfen. Ich habe die von ihm genannten Zeugen angehört."
Die Staatsanwältin ist erstaunt und will einen Protest loswerden, doch der Vorsitzende Richter lehnt das mit einer Handbewegung ab.
„Lassen Sie mich das weiter ausführen. Die Zeugen hatten einen guten Leumund und bestätigten auch, dass sie mit Herrn Röder am fraglichen Tag zusammen waren. Nur, es gab eine zeitliche Lücke. Und da der angebliche Tatort und der Aufenthaltsort von Herrn Röder eng

beieinander lagen, blieb da diese Ungewissheit. Ich aber mag keine Pattsituationen."

Jetzt war wieder Stille und die Staatsanwältin richtete sich in dem Maße auf, in dem die Anspannung beim „Professor" und seinem Anwalt zunahm. Jedem war klar, dass nun die Entscheidung kam.

„Also habe ich mich gefragt, wie es mit dem Alibi der angeblich Vergewaltigten steht. Ganz profan formuliert: Wo war SIE, als sie nach ihren eigenen Angaben vergewaltigt wurde? Und da half mir ein kleines Detail: Wie sie eben hörten, hatte sie das Geld von dem gemeinsamen Konto abgehoben. Und zwar in mehreren Etappen. Nicht am Schalter, sondern über einen Geldautomaten. Die aber werden videoüberwacht. Und die Bank war mir gern behilflich und hat die entsprechenden Bilder gezeigt."

Ein versteinertes Gesicht bei der Staatsanwältin. Vorfreude auf der Anklagebank.

„Wie ich an der Reaktion auf der Anklagebank sehe, ist sich Herr Röder keiner Schuld bewusst." Clemens lächelte. „Und wie wäre es, wenn jemand anders das Geld abgehoben hätte?"

Doch er wollte Röder nicht noch länger im Wechselbad der Gefühle halten.

„Das Geld hat tatsächlich ein anderer abgehoben. Aber da das ohne Geheimnummer nicht geht, war die angeblich Vergewaltigte dabei. Sie übersah dabei, dass es in den Geldautomatenräumen nicht nur eine Videokamera gibt, sondern mehrere, die sich gegenseitig überwachen. Nun könnte sie ja kurz danach zum Opfer geworden sein, weil die Bank nur etwa einen Kilometer von der Wohnung entfernt ist. Aber die Aufnahmen waren sogar so scharf, dass man sah, dass die besagte Frau gerade eine Karte von einem Kosmetikstudio um die Ecke in die Tasche steckte."

Clemens kam rasch zum Ende.

„Dieses Studio hatte auch automatische Kabinen mit sekundengenauer Abrechnung. Sauber auf der Karte gestempelt, die die Kripo dort auf meine Bitte sicherstellte. Und danach – das bestätigte mir die Chefin, die ihre Arbeitskräfte einteilen muss – gönnte sich die besagte Dame noch eine Maniküre. Kurz gesagt: Die behauptete Vergewaltigung hat nicht stattgefunden. Herr Röder ist sofort freizulassen. Etwaige zivilrechtliche Schadensersatzansprüche und die Haftentschädigung sind in anderen Verfahren zu klären. Die Verhandlung ist geschlossen."

Nach einer halben Stunde ist alles vorbei: Freispruch. Der „Professor" bleibt zunächst wie betäubt sitzen und starrt ungläubig den Richter an, der sich seinerseits an dem verblüfften Gesicht der Staatsanwältin weidet. Als die Juristen hinausgehen, kommt auch die Mutter des Freigesprochenen herein, die offensichtlich inzwischen gekommen war und vor der Tür gewartet hatte. Die Anspannung wäre für die alte Dame wohl nicht zu ertragen gewesen. Auch Josef Bühler ist sehr zufrieden, seinen Mandanten herausbekommen zu haben. Für die Haftentschädigung wird mal wieder der Steuerzahler aufkommen müssen. Nicht die Frau, die mit ihrem ehemaligen Verlobten – für Außenstehende so offensichtlich – nur Geld machen wollte.
Ein Knüller für die Zeitung wird das trotzdem nicht werden. Der Schutz der Prozessbeteiligten geht vor. Und der „Professor" wird auf Publicity dieser Art bei der Wiederaufnahme seiner Arbeit dankend verzichten können, die genug unter seiner erzwungenen Abwesenheit litt. Ob meine Anwesenheit den Richter beeindruckt hat? Ich glaube nicht. So geht denn jeder zufrieden seiner Wege: Angela mit Bastian, der Ex-Häftling mit seiner Mutter und der Richter geht wahrscheinlich mit der Staatsanwältin einen Kaffee trinken.
Damit bleibt der Himmelsstürmer-Mord der wichtigste Aufhänger für die Presseberichte. Was kann ich mit meinen Schlosskeller-Recherchen anfangen? Auf Anhieb wenig, bis auf die Tatsache, dass die POM wieder mal drinsteckt. Aber alle maßgeblich Beteiligten werden nicht nur eine, sondern mehrere gemeinsame Leichen im Keller haben und sich gegenseitig decken. Wie ist das Kartell des Schweigens zu brechen? Mit dem Rad fahre ich in der Augustinerstraße und langsam fällt die beklemmende Gerichtsatmosphäre von mir ab. Mit einem Putendöner, der der BSE-Problematik Tribut zollt, lasse ich mich auf einer Bank nahe dem Eiscafé Weber nieder und schaue dem Treiben der Passanten zu.

*

Als Wülfing mit seiner Kollegin mittags wieder ins Büro kam, erwartete ihn eine Überraschung. Eine kleine Haftnotiz, die mitten auf seinem Monitor prangte. Dringend Rückruf! Die Unterschrift war unleserlich, aber für Eingeweihte durchaus identifizierbar.
„Was will denn der Chef von mir?" Wülfing schaute fragend zu Jana

und griff zum Hörer. Die Lautsprecheinrichtung hatte er sicherheitshalber ausgeschaltet und so bekam seine Kollegin von außen zunächst nur mit, wie sein Gesicht immer länger wurde. Zwar leistete er Widerstand und betonte die Schwierigkeit der Ermittlungen nach so vielen Jahren, doch nachher sprach nur noch sein Chef. Bis Wülfing mit einem „Jawohl, Chef" den Hörer auflegte und sich in seinen Stuhl zurückfallen ließ. Er brauchte offensichtlich eine Pause, um seine Gedanken zu sortieren, und blieb bis nach dem Mittagessen in der hauseigenen Kantine schweigsam. Jana ließ ihm diese Zeit und sie fragte erst, als sie wieder im Büro waren.
„Und was wollte der Alte? Der hat dich wohl ganz schön angepfiffen."
„Wenn der wenigstens alt wäre. Diese jungen Karrieristen mag ich jedenfalls überhaupt nicht."
„Ich weiß, die haben dich vor fünf Jahren übergangen."
„Das ist es nicht, glaub mir. Aber der will beim Himmelsstürmer mitmischen. Wie es denn käme, dass dieser Burger wieder draußen sei. Wo doch seine Fingerabdrücke direkt neben der Leiche seien."
„Wieso hat der sich damit überhaupt beschäftigt? Sonst dürfte ihn das wohl kaum interessieren."
„Es kommt noch besser. Ich soll gefälligst weiter in diese Richtung ermitteln."
„Na ja, vielleicht ist er es ja doch gewesen. Dass er es in Berlin nicht war, heißt ja nicht, dass er nicht später dann doch ..."
Wülfing wischte ihren Einwand mit einer Handbewegung beiseite.
„Warte, jetzt kommt's! Ich soll den Mechtersheimer gefälligst nicht mit meinen fehlgeleiteten Ermittlungen belästigen. Schließlich sei das ein hoch angesehener Bürger der Stadt und ein bedeutender Politiker."
„Aha, der berühmte Stich ins Wespennest. Und du hast nachgegeben."
„Was soll ich tun? Soll ich auf meine letzten paar Jahre noch einen Kleinkrieg im Amt anfangen?"
„Komm, gib's zu. Du willst den Fall lösen, egal, wer es ist."
„Logisch. Und ich weiß auch schon wie." Ein spitzbübisches Grinsen überzog Wülfings Gesicht, ein Ruck ging durch seinen Körper. „Wo war noch die Nummer von deinem Freund Ronni?"

*

Mein neues Handy ist klasse. Nicht, weil ich mehr Anrufe von aufregenden Frauen bekommen würde. Sondern weil es einen Vibrationsalarm hat! Und der ist unüberfühlbar, vor allem in der linken vorderen Hosentasche einer engen five-pocket-Jeans. Wer also vibriert mich da kurz vor der Christuskirche in der Kaiserstraße an, während ich gerade auf meinem Rad zurück zum Auto fahre? Eine aufregende Frau? Natürlich nicht: Nach dem Anhalten erkenne ich Herberts Telefonnummer.
Was will er? Wenn ich in der Nähe bin, würde er sich freuen, wenn ich vorbeischaue. Na klar, mache ich doch sofort! Die verkehrsberuhigte Wallaustraße entlang ist es ein Katzensprung zum Polizeipräsidium. Herbert wartet mit einem verdächtigen Grinsen auf mich, während Jana demonstrativ an ihrem Schreibtisch arbeitet und nur kurz mit einem „Hallo Ronni" aufsieht, als ich hereinkomme.
„Nun, was liegt an, Herbert? Oder hast du mich bloß zum Kaffee eingeladen?"
„Kannst du auch haben. Willst du?" Ich schüttele den Kopf und er fährt fort. „Wie du weißt, ist Burger und damit unser Hauptverdächtiger wieder frei. Die anderen Indizien gehen in Richtung POM als Bauherr des Kleinen Hauses, speziell die Herren Mechtersheimer und Simmer, die du ja beide kennst."
„Ja und?"
„Wir haben da ein Problem, bei dem du uns" – ein kleiner Seitenblick auf Jana – „Helfen kannst. Es geht vor allem um die, sagen wir mal, gesellschaftlichen Hintergründe. Beispielsweise wissen wir, dass Ferdinand Heugen von der POM 1994 den Himmelsstürmer bestellt hat."
„Heugen? Den kenne ich gar nicht."
„Nun, der ist einerseits aus dem Geschäft, aber andererseits mitten drin. Und die Querverbindungen sind, wie du weißt, ausgesprochen ausgeprägt. Das erleichtert nicht unbedingt die Ermittlungen." Er schaut mir direkt in die Augen. „Du aber könntest geräuschloser vorgehen."
„Hast du einen Wink von oben bekommen?"
„Dazu kann ich nichts sagen."
„Und du denkst, die hohen Herren würden sich wahrscheinlich über etwas Hofberichterstattung freuen. Und plaudern."
„Wäre doch nicht verkehrt? Eitelkeit kommt vor dem Fall."
„Klingt nicht uninteressant, wenn ich weiterhin gut informiert werde."

„Dann hätte ich eine kleine Bitte." Er grinst gönnerhaft, wie immer, wenn er einen Hintergedanken hat.
„Und welchem Krokodil soll ich ins Maul fassen?"
„Hättest du nicht Lust, mal einen Bericht über die POM zu machen?"
„Und?"
„Wie wäre es, wenn Mechtersheimer auf einem Hochglanz-Aufmacherfoto unterschreibt?"
Ich schaue verständnislos.
„Aber so, dass seine Fingerabdrücke gut zu erkennen sind", ergänzt er genüsslich.
„Wenn ich dich recht verstehe, brauchst du Mechtersheimers Fingerprints." Bei mir fällt der Groschen manchmal etwas langsamer. „Weil ihr irgendwo welche gefunden habt, die seine sein könnten. Beispielsweise im Himmelsstürmer."
„Beispielsweise. Gut kombiniert."
„Und zweitens bekommt ihr sie auf dem Dienstweg nicht, weil kein Richter eine entsprechende Genehmigung ohne stichhaltigen Grund ausschreibt. Und weil ihr Druck von oben bekommen habt."
„Das hast du gesagt." Er lächelt anerkennend, während es Jana offensichtlich zu viel Lobhudelei ist.
„Aber es gibt einen Haken: Ich fahre übermorgen mit meinen Kindern nach Mallorca. Der erste richtige Urlaub nach vier Jahren Trennung. Da bin ich erst mal eine Woche nicht da."
„Wie sich das trifft." Aha, Herbert weiß von meinem Urlaub und hat ihn gleich mit in seine Pläne eingebaut. „Was du noch nicht weißt: Heugen sitzt in Palma. Als Geschäftsführer der International Planning. Und da mir Jana von deinen Plänen erzählt hat – offensichtlich telefoniert ihr doch noch ab und zu – dachte ich mir: Vielleicht kannst du ihn ja zum Interview locken. Jana würde zwar auch gern am Strand bräunen", ein lockerer Seitenblick zu seiner Kollegin und ein wütender Blick zurück, „Aber eine längere Dienstreise nach Mallorca wird uns sicher nicht genehmigt. Ich gebe dir ein paar Punkte, die uns besonders interessieren."
„Auch seine Fingerabdrücke?"
„Wenn du sowieso schon da bist ..."
„Das habt ihr euch", mein Blick schwenkt von Jana zu Herbert, „Gut ausgedacht. Wie soll das konkret gehen? Ich fahre übermorgen und

morgen ist schon Freitag. Ist Mechtersheimer überhaupt da?"
„Bis Freitagmittag schon. Danach auf dem Bodensee. Also dachte ich mir", er schaut mich direkt an, „Du besorgst die Fingerabdrücke spätestens morgen."
„Ein Hochglanzfoto, vielleicht vom Kleinen Haus", überlege ich laut. „Darauf die Unterschrift von Mechtersheimer und dann vom Großen Haus mit Unterschrift von Heugen. Dabei fassen sie bestimmt auch die Rückseite an. Telefonieren die öfter?"
„Stark anzunehmen."
„Dann machen wir einfach einen Kombi-Bericht. Die Macher von Mainz oder so. Bilder habe ich in meinem Fundus vorrätig. Gibt es Tricks, damit die Fingerabdrücke gut herauskommen?"
„Gib uns einfach so schnell wie möglich die Fotos und wir präparieren sie. Woll ist bis sieben da. Da hast du einen guten Informationsvorsprung, oder?"
Dem muss ich zustimmen und ich besorge schnell Fotos aus meinem Archiv. Ein Anruf bei der POM: Mechtersheimer ist da, hat aber wenig Zeit. Ich kündige mein Kommen für siebzehn Uhr an, wobei ich ihn wirklich nur kurz um eine Unterschrift für einen Pressebericht bitten möchte. Frau Goldfessel scheint von ihm ein OK zu erhalten und sagt zu.
Zunächst aber fahre ich zu den Erkennungsdienstlern, die einen durchsichtigen, leicht klebrigen Film auf die Rückseite meiner Fotos sprühen. Dann steht Mechtersheimer auf meiner Fahrtliste. Er kennt mich von meinem ersten Bericht noch, obwohl dieser schon ein paar Jahre zurückliegt. Ein gutes Personengedächtnis ist in dieser Position sicher Gold wert. Als ich ihm von meinem Besuch in Mallorca erzähle, sagt er mir spontan, dass ich seinen Freund Heugen dort grüßen solle.
Zum Abschied bitte ich ihn um eine Unterschrift auf dem Foto. „Bitte groß und repräsentativ! Und bitte keine Fingerabdrücke auf die Vorderseite." Wenn der wüsste, wie ich das meine. Ich packe das Foto an den Seiten und lege es ihm auf die flache Hand, sodass fast alle seine Finger sich gut abzeichnen müssten. Er legt es vorsichtig auf die Granitplatte seines tonnenschweren Schreibtisches und unterzeichnet schwungvoll mit schwarzem Filzstift. Dann überlasse ich ihn seinen Terminen. Schon fünfzehn Minuten später liefere ich beim Erkennungsdienst im Polizeipräsidium das Bild ab und gehe hoch zu Wülfing. Die faxen das Ergebnis gleich zum BKA nach Wiesbaden, aber

ohne Namensnennung. Wenn es rauskäme, dass Wülfing einfach so die Fingerabdrücke von einem der wichtigen Männer der Landeshauptstadt genommen hat, wird er nicht lange auf seine Pensionierung warten brauchen. Jana wühlt mit gebücktem Kopf in Papierkram herum und will offensichtlich nicht gestört werden.
Wir warten beide schweigend auf das Ergebnis, während sich draußen die Wolken immer weiter zusammenziehen. Eine knisternde Spannung ist in der Luft, aber noch sind die Wolken nicht gerissen. Da klingelt das Telefon. Wülfing hebt ab, fragt noch mal nach und legt dann auf.
„Entwarnung. Mechtersheimer ist es nicht. Ist überhaupt nicht in der BKA-Datei. Aber vielleicht Heugen?"
„Es wäre ungewöhnlich, wenn einer der hohen Herren sich selbst die Hände schmutzig gemacht haben sollte."
„Je weniger Mitwisser, desto besser. Und von ganz allein kommt niemand nach oben. Das schaffst du nur als Günstling oder mit erheblichem Ellbogeneinsatz."
„Mechtersheimer ist Typ eins, Heugen wohl eher Typ zwei. Nach allem, was man auf der Straße hört."
„Würde ich auch sagen. Also sei bitte vorsichtig. Und gute Reise mit deinen Kindern. Hier hast du meine Fragen und Heugens Telefonnummer."
Er reicht mir ein Blatt Papier, das ich nur kurz überfliege und in die Jackentasche stecke. Dazu packe ich in Gedanken schon einmal mein offiziöses Jackett sowie das Bügeleisen dazu ein. Jana schaut mir nachdenklich hinterher, aber mehr als ein „Tschüss und grüß die Kinder von mir" ist nicht drin. Auf der Fahrt nach Hause beschäftigt mich vor allem die Frage, ob ich meinen Urlaub nicht unnötig mit etwas Geldverdienen belaste. Wird Heugen überhaupt anbeißen?

*

„Fühlst du dich wohl dabei, Herbert?" Jana schaute kritisch zu Wülfing hinüber, nachdem Sanders Schritte auf dem Flur verklungen waren. „Er hat die Kinder dabei und diese Leute sind bei der Wahl ihrer Mittel nicht zimperlich. Wir haben das Problem jeden Tag, für uns ist das normal. Aber so ...?"
„Trau dem ruhig etwas zu. Ein paar Fotos, ein paar unverfängliche

Fragen. Der weiß schon, wie er es macht."
Wülfing ging zum Fenster und schaute der untergehenden Sonne nach Westen nach. Die Schwüle in der Stadt war greifbar und die Platanen in der Goethestraße bildeten nur eine optische Erfrischung. „In Mallorca reisen ja ständig Promireporter rum, wenn du in den bunten Blätterwald schaust. Baulöwen haben sie aber bisher wohl weniger oft abgelichtet. Schätze, Heugen wird Nachholbedarf haben."
„Und womit willst du den Chef becheftigen?"
„Was haben wir gegen diesen Bastian Burger in der Hand? Eigentlich nur eins: Den Himmelsstürmer. Irgendetwas haben wir übersehen. Bestimmt. Wir gehen morgen mit Woll noch einmal Schritt für Schritt durch sein Innenleben, während Ronni den Heugen an seiner Eitelkeit packt."
„Und was ist, wenn der doch Lunte riecht?"
Jana stellte sich neben ihn ans Fenster und sah in die träge Luft hinaus. Es roch nach Gewitter.

*

Auch die zweite Nacht nach seiner Freilassung konnte Bastian nicht gut schlafen. Zwar war es im Ingelheimer Herstel frischer als in seiner Wohnung in der Stadt, aber dennoch war auch hier die Luft in ihrer dichten Schwere förmlich zu greifen. Schwüle überall, die Luft stand. Um zehn legte sich dann auch noch die Dunkelheit wie ein undurchdringlicher Schleier über die Gegend. Längst waren die sonst aufdringlich kläffenden Hunde in den Nachbarhäusern ruhig geworden. Wie auf Kommando fanden heute keine Grillaktivitäten statt, stattdessen wurden die Stühle in Erwartung des Unwetters bereits beiseite geräumt.
Als Angela um Mitternacht ins Bett ging, legte er sich neben sie, konnte aber mit ihren Liebkosungen nichts anfangen. Ihr Streicheln über sein Gesicht, seine Brust, seinen Bauch bis zu seinen Lenden erregte ihn heute nicht. Er schwitzte, fühlte sich erschöpft und doch nicht müde. Als sie einschlief, war er immer noch wach und starrte durch das Dachfenster auf den dunklen Himmel. Es waren keine Sterne zu sehen. Irgendwann dämmerte er weg, doch er wälzte sich so unruhig hin und her, dass Angela im Halbschlaf von ihm weg auf die andere Seite ihres roten Futons rutschte.

Morgens gegen vier zog ein Unwetter über Ingelheim und warf dicke, fette Tropfen an die Scheibe des Dachfensters, die beim Zerplatzen Blasen warfen. Eine ganze Blitzserie tobte über der Stadt und entlud die trockene, staubige Spannung der letzten Wochen in schnellem Stakkato. Bastian wachte schon von den ersten Donnerschlägen auf. Er tastete nach Angela und spürte mit Erleichterung ihren tief in die Decken vergrabenen Körper. Mit fröstelnder Faszination sah er dem Toben des Gewitters zu und roch das durch die gekippte Balkontür hereindringende Ozon. Die Tropfenfolge wurde immer dichter, während die Blitze langsam über Ingelheim hinwegzogen. Schließlich wanderten die Donnerschläge immer weiter weg und ein Wolkenbruch flutete den letzten Staub aus der Luft auf die Dächer, die Straßen, die Erde und schließlich in den Rhein.
Auch wenn ihm das Gewitter gut tat und er danach ein wenig Entspannung und einen leichten Schlaf fand, so weckten Bastian doch bereits die ersten Sonnenstrahlen. Er stand leise auf und ging die Treppe hinunter ins Wohnzimmer. Den Telefonstecker hatte er schon am Vorabend herausgezogen, als zweimal hintereinander ein gewisser Daniel angerufen und nach der Vormieterin gefragt hatte. Auf dem Tisch lagen die Prospekte, die Angela vom Reisebüro mitgebracht hatte. Das Hotel La Concha Park schien wohl ein kleines, gemütliches Hotel zu sein. Nicht eine von diesen Bettenburgen direkt am Strand. Die ebenfalls abgebildeten Glasboden-Boote sahen ebenso wie die Prospekte der Inselrundfahrten mehr nach Rentnervergnügen aus. Ob er sich da nicht langweilen würde? Hauptsache, er würde vergessen. Und außerdem war Angela ja dabei…
„Komm ins Bett!" Er schaute nach oben, auf die Galerie, wo Angela inzwischen aufgetaucht war und ihn rief. Sie fuhr sich verschlafen mit der Hand durch ihre ungeordneten Haare und strich sich scheinbar zufällig über ihr Sleep-Shirt, das gerade bis zum Ansatz der Beine ging. Darunter trug sie keinen Slip, sodass Bastian sich augenblicklich auf den Weg die steile Treppe hinauf machte. Was sie mit einem wissenden Lächeln kommentierte, das ihr ausgesprochen gut stand.

*

Ein Rumoren, das Schlagen von Deckeln und das Brummen einer Hydraulik wecken mich. Es ist Freitag. Nicht irgendein Freitag, sondern

der Freitag, an dem ich meine Kinder holen darf. Der unbefriedigende Zweiwochen-Rhythmus fällt perverserweise zusammen mit der Restmüllabfuhr. Immer, wenn die grauen Tonnen geleert werden, fahre ich hundertzwanzig Kilometer, um meine Kinder zu holen und ein paar Gefühle aufzufüllen.
Zuvor rufe ich Heugen in Mallorca an. Ich bekomme seine Sekretärin ans Telefon, die sich in akzentfreiem Deutsch meldet. Offensichtlich hat sie an ihrem Telefondisplay meine Nummer abgelesen. Nachdem ich ihr mein Anliegen erläutert habe, verspricht sie einen Rückruf noch am Vormittag. Zum Privatanschluss könne sie selbstverständlich nicht durchstellen. Also fasse ich mich in Geduld und packe meine Urlaubssachen weiter, den Großteil hatte ich ja schon vor zwei Tagen zurechtgelegt. Irgendwo zwischen T-Shirts und Socken klingelt das Telefon. Auf dem Display taucht die 0034 als Vorwahl auf – Heugen!
„Guten Tag, Herr Sander. Sie baten um Rückruf?"
„Danke für Ihre schnelle Reaktion, Herr Heugen. Ich werde morgen für eine Woche nach Mallorca fliegen und würde gern mit Ihnen ein Interview für die Silenzium machen."
„Die kenne ich nicht." Ein unüberhörbares Misstrauen in der Stimme.
„Ein Regionalmagazin, das in Bad Kreuznach herausgegeben wird. Ich bringe Ihnen gern ein Exemplar mit." Immer noch ein abwartendes Schweigen am anderen Ende der Leitung und so fahre ich fort. „Unsere Leser sind an außergewöhnlichen Personen interessiert. Wenn Sie so wollen, an den Mächtigen, Reichen und Schönen. Aber sie müssen einen Bezug zu ihrem Umfeld haben. Herr Mechtersheimer von der POM macht auch mit."
„Der Alfred? Warum sagen Sie das nicht gleich? Ich war früher einmal Stadtrat in Bad Kreuznach!" Er hat angebissen und ich lasse ihn weiterreden. „In Mallorca bin ich jetzt seit etwa vier Jahren. Aber ich arbeite bei wichtigen Projekten immer noch mit Mainz zusammen. Was wollen Sie denn machen?"
„Ein Interview, ein paar Bilder ..."
„Auch von meinem privaten Wohnsitz? Am besten ja." Heugen lässt mich gar nicht zu Wort kommen. „Wissen Sie, wie wäre es am Dienstag nächster Woche? Ich lasse Sie abholen. Wo wohnen Sie?"
Ich nenne ihm mein Hotel und wir bestimmen fünf Uhr am Nachmittag als Termin. Sicher sind bei schon langsam untergehender Sonne

auch auf Mallorca die Lichtverhältnisse günstig zum Fotografieren. Die grelle Mittagssonne ist der Tod jedes guten Fotos. Ich bin mir sicher, dass Mechtersheimer und Heugen sich abstimmen werden, aber das ist kein Problem. Wo lasse ich die Kinder? Das Hotel ist kinderfreundlich, es wird schon funktionieren. Außerdem sind sie ja auch beide nun schon groß, neun und elf, „... zusammen zwanzig!", wie sie immer wieder betonen.
Bevor ich weiterpacke, teile ich meinen Teilerfolg Wülfing mit. Er wünscht mir viel Glück und sagt, er würde mich am Dienstagabend einmal anrufen, um zu erfahren, wie es gelaufen ist. Und er meint, dass er bis zu meiner Rückkehr wohl auch ein ganzes Stück weiter gekommen sein wird. Was das bedeutet, sagt er nicht.

*

Das Abholen der Kinder im tiefsten Taunus gestaltet sich erfreulich problemlos. Im Gegensatz zu den Vorjahren liegen sogar auch die Kinderpässe bereit. Der Familienhund Flocki begrüßt mich mit wildem Schwanzwedeln und Freudentänzchen. Linda und Dominik sind ganz aufgeregt. Schnell packen wir die notwendigen Sachen und unse-ren Schäfchen-Hund ins Auto und fahren nach Hause. Ich wähle den gemütlichen Weg durchs Wispertal, vorbei an dem alten Gebäude der Riesenmühle, der Alten Villa, einem gehobenen Restaurant, und der Laukenmühle mit ihren Fischteichen. In die Seitentäler führen gewundene Straßen zu Orten wie Wollmerschied oder Niederglattbach. Am Rhein entlang fahren wir bis Rüdesheim und nehmen dann die Fähre nach Bingen.
Zunächst warten wir, bis ein paar voll beladene Frachtschiffe sich die starke Strömung heraufgekämpft und uns damit die Passage frei gemacht haben. Der Antrieb der Fähre ist sehr interessant, ein Patent der Schottelwerft in Spay am Rhein. Dem Fährkapitän macht es offensichtlich auch Spaß, seinen doch recht ungestalten Fahrzeugträger vor der Einfahrt in den Binger Hafen ein wenig tanzen zu lassen. Problemlos vollführt die Fähre eine 180-Grad-Drehung, sodass das ganze Panorama der Binger Rheinseite wie im Filmschwenk vor uns abläuft. Rheinabwärts sind noch das Schweizer Haus und Burg Rheinstein zu sehen, davor dominiert der Mäuseturm, der jetzt im Hochsommer scheinbar nur noch inmitten einer großen Pfütze steht. Rheinveren-

gung und Naheaufstauung haben den Strom weitgehend vom Turm getrennt. In der Ansicht der Stadt ragen die Burg Klopp und weiter rheinauf die Rochuskapelle hervor. Es ist schön, sich im Sommer die kühle Rheinluft um die Nase wehen zu lassen, doch schon bald müssen wir wieder ins Auto, weil die Fähre mit einem vernehmlichen Ruck anlegt. Es sind nur ein paar Kilometer nach Hause, die wir gemütlich auf der Landstraße von Gaulsheim nach Gau-Algesheim gondeln.
Die Luft ist zwar klar nach dem Gewitter der letzten Nacht, aber die Sonne „Zieht Wasser". Sie scheint in der Ferne durch kleine Wolkenfenster und es sieht tatsächlich so aus, als ob sie mit ihren Strahlen etwas von der Erde aufnimmt. Wird es hier regnen, wenn wir nach Mallorca fliegen? Doch zunächst einmal breiten sich die Kinder zuhause aus und spielen mit ihren Freunden und Freundinnen aus der Nachbarschaft, während ich noch einmal die Papiere kontrolliere. Mein Nachbar Erich wird die Fische und Meerschweinchen versorgen, wie die letzten Jahre schon. Auch unsere Freundin Hilde kommt vorbei und holt Flocki zu einer Verwöhnwoche mit Familienanschluss in Nackenheim ab. Ihr Bärchen wird sich auch freuen. Er ist schon fast blind und lahmt auf allen Vieren, aber wenn er Flocki erkennt, springt er herum wie ein junger Hirsch. Auf die Hormone ist Verlass.
Gegen Abend wird die Luft immer drückender und tatsächlich entlädt sich in der Nacht ein Wolkenbruch tropischer Dimensionen, der die rötlich braune Erde von den Weinbergen über die Feldwege in die Breitgasse spült.
Es ist nicht so viel Wasser, dass die Feuerwehr ausrücken müsste, aber plötzlich heult die Sirene auf dem Rathaus los. Ein Blitz setzte eine Scheune auf dem Weg nach Nieder-Hilbersheim in Brand. Fasziniert schauen die Kinder und ich vom Dachfenster aus mit Ferngläsern dem Feuerschein zu. Nach etwa zwei Stunden hat die Freiwillige Feuerwehr den Brand unter Kontrolle. So gespenstisch, wie die Flammen aufzüngelten, so heimlich verlöschen sie jetzt. Schließlich zeigen nur die sich entfernenden Blaulichter der Löschfahrzeuge an, dass hier etwas nicht in Ordnung gewesen war. Es ist kurz nach zehn. Zeit, die Kinder ins Bett zu bringen. Nach einer Gute-Nacht-Geschichte aus dem Dschungelbuch schlafen Linda und Dominik gleich ein.

*

Nachdem Sander gegangen war, geriet Wülfing fast mit Woll in die Wolle. Auch wenn er gegenüber Jana so cool tat: Wohl war ihm beim Himmelsstürmer-Mord überhaupt nicht. Klar, sein Chef hatte schon lange keinen Bezug zum rauen Alltag mehr und balgte sich mit Politikern herum, die Einfluss auf die Arbeit nehmen wollten. So wie in diesem Fall. Aber dennoch…

Hatte er, Hauptkommissar Wülfing, drei Jahre vor der Pensionierung etwas übersehen? Oder Jana? Oder Woll? Der aber reagierte auf Wülfings Anruf wie von der Tarantel gestochen. Was das solle? Ob er ihm die Schuld an seinen Problemen zuschieben wolle? Jana hörte mit, sah ihren Herbert rot anlaufen und griff schlichtend ein. Mit weiblicher Intuition, angewandter Psychologie und ein wenig Flirten holte sie Woll wieder auf einen normalen Erregungspegel herunter und auch Wülfing brachte sie mit einem scharfen Blick zum Schweigen.

So traf man sich dann am späten Nachmittag in der Kriminaltechnik zur Aussprache, auf dem Tisch die Reste der Skulptur. Und ging noch einmal genau alle Punkte durch.

Der Daumenabdruck? Kann oder kann auch nicht vom Burger stammen. Die anderen Abdrücke? Nicht identifiziert, nicht in der BKA-Kartei. Die Reihenfolge der Fingerabdrücke? Stets Burgers Abdrücke unter den anderen, ganz eindeutig. Oder aber einzeln, dann aber meist von nicht so guter Qualität, vielleicht weil jemand unabsichtlich darüber gestrichen hatte, was wiederum bestätigen würde, dass jemand nach Bastian dran gewesen war. Wo war der Fehler? Nach einer halben Stunde ging man wieder auseinander. Wülfing hatte das Gefühl, gegen eine imaginäre Wand zu laufen. Er fühlte sich der Lösung nahe und doch wieder fern. Er schlief in der Nacht schlecht, fühlte sich wie beim Kampf gegen Windmühlenflügel. Immer, wenn er einen Ansatz fand, war die – enttäuschende – Erklärung schon da. Lag es am Alter? Doch er biss sich fest und ging Samstag früh wieder in die Kriminaltechnik. Allein mit sich und den Resten des Himmelsstürmers betrachtete er noch einmal alle Fingerabdrücke.

Es waren viele Abdrücke, meist von bester Qualität. Sowohl die von Burger als auch die unbekannten. Der Daumenabdruck? Nicht brauchbar, solange die anderen Abdrücke nicht identifiziert waren. Dann noch eine ganze Menge schlechter erhaltener Abdrücke von Burger, teilweise einzeln, teilweise über den guten. Aber es waren noch genug gute übrig. Burger war eindeutig identifiziert. Aber es nützte

nichts. Wülfing ging mittags seufzend nach Hause, genauso schlau wie vorher.
Am Nachmittag grillte er in einer zweistündigen Regenpause auf der Terrasse seine heiß geliebten Spare Ribs. Wenn nur nicht immer das Fett so spritzen würde! Und die Holzkohle nicht für schwarze Finger sorgen würde. Als Elviras Enkel Sandro zu Besuch kam, drückte er ihm aus Spaß einen schwarzen Fingerabdruck auf die Stirn. Er war aber nicht perfekt, denn das Fett hatte an einigen Stellen die Rußpartikel überdeckt. Und so entstanden Lücken im Abdruckbild, die Wülfing aber nicht weiter beachtete. Erst nach der geliebten ran-Sendung mit den aktuellen Bundesliga-Spielberichten, so gegen acht Uhr, durchzuckte es ihn wie ein Blitz.
Burger hatte zweierlei Fingerabdrücke: Gute und schlechte. Die schlechten aber waren immer über den guten. Und die Statue war geöffnet, die Leiche hineingepackt und dann mit Gips fixiert worden. Der Gips aber hatte die Fingerabdrücke teilweise undeutlich gemacht. Also hatte Burger noch einmal in die Skulptur gegriffen, nachdem der Gips drin war. Das heißt, auch nachdem die Leiche drin war. Dann hatte Burger vielleicht, nein höchstwahrscheinlich, selbst die Skulptur zugeschweißt! Und – das lag auf der Hand – auch aufgeschweißt.
Warum aber hatte er dies beim Verhör nicht gesagt? Sehr verdächtig. Burger war sein Hauptverdächtiger und blieb es. Er musste wissen, wer die Leiche hineingetan hatte, wer der unbekannte dritte Mann war. Wülfing rief sofort im Präsidium an und ließ sich die Telefonnummer von der Goldenbrunnengasse 10 geben, in der Burger wohnte. Doch der Anschluss war nicht besetzt. Sein Anwalt war nicht erreichbar, die Kanzlei nicht geöffnet. Und auch bei seiner Freundin, Frau Graber, meldete sich nur der Anrufbeantworter. Wo war Burger? Wülfing schrieb Burger zur Fahndung aus. In ganz Binnen-Deutschland. An das neue Bundesland im Mittelmeer dachte er zunächst nicht.

*

Der Samstagmorgen weckt uns mit dem lauten Geplätscher von Regentropfen auf unserem Teich. Das Wetter scheint umgeschlagen zu sein und tatsächlich regnet es den ganzen Tag. Es ist wirklich Zeit, in die Sonne zu fliegen. Strahlend zücke ich die Flugtickets, als wir uns von unseren Nachbarn und Hausmitbewohnern verabschieden. Als

wir dann auf die A 60 und anschließend die A 61 Richtung Koblenz einbiegen, fahren wir den Gischtfahnen der anderen Autos und Lastwagen auf ihrem Weg nach Norden hinterher. In Rheinböllen verlassen wir die Autobahn und fahren auf der gut ausgebauten B 50 an Simmern und Kirchberg vorbei. Entlang dieser Straße gibt es neben der Landwirtschaft auch einige leistungsfähige Bauunternehmen, deren Autos ich oft auf der Autobahn sehe. Morgens brummen die neunsitzigen Kleintransporter von Mercedes, Ford und VW über die A 60 zu den Baustellen im Mainzer Becken. Abends wieder zurück. Trotz des Standort-Nachteils sind sie mit ihren einheimischen Arbeitskräften meist absolut wettbewerbsfähig mit den „Platzhirschen" vor Ort. Freilich haben sie nicht deren Beziehungen und so bleiben allzu oft nur die Krumen vom Tisch der Großen...
Auch hier ist das Wetter nicht besser als bei unserer Abfahrt und im Dauerregen übersehen wir fast die Ausfahrt zum Hahn. Dann geht es noch über ein paar kleine Straßen und schon sind wir da! Aus dem Regen taucht die Kulisse des ehemaligen Militärflughafens mit seinen gedrungenen Gebäuden auf. Welch ein Kontrast zur Glas-Licht-Glitzerwelt des neuen Frankfurter Terminals! Hier im Hunsrück geht es um einiges direkter und damit auch bequemer zu. Flugzeuge sind noch nicht zu sehen. Die verstecken sich wohl auf dem Flugfeld, das hinter dem Tower liegt. Das Terminal ist ein kleines, flaches Gebäude direkt vor uns, das in Frankfurt allenfalls als Frühstücksquartier der Taxifahrer dienen könnte.
Die lokalen Politiker kitzeln den konvertierten Fliegerhorst teilweise zum Hoffnungsträger für die ganze Region hoch, während viele Anwohner um ihre Hunsrücker Ruhe fürchten. Ein Interessenkonflikt, dessen Ende noch nicht abzusehen ist. In jedem Fall ist der Hahn jetzt, beim Millenniumswechsel, noch ein richtig gemütlicher Flughafen. Sehr vorteilhaft sind die kostenlosen Parkplätze vor dem Terminal, ganz anders als in den exorbitant teuren Parkhäusern am Frankfurter Flughafen. Ich finde auch schnell einen freien Parkplatz und gehe mit meinen beiden Lieben die paar Schritte ins Gebäude.
Dort setzt sich die familiäre Atmosphäre fort. Nur wenige Schalter gibt es hier und die Hektik hält sich in Grenzen. Linienflüge gibt es auch: Ryanair fliegt für wenig Geld nach London, Glasgow und Shannon in Irland. Charterflieger nutzen den Hahn vor allem, um bleiche Deutsche gen Süden zu transportieren. So wie uns. Ein Flugzeug sehe

ich immer noch nicht, nur einen lächelnden Steward, der mein Ticket betrachtet und das kümmerliche Gepäck eincheckt. Dann warten wir nach der rigorosen Sicherheitskontrolle in der Abflughalle auf den Transport. Auch diese von recht bescheidenen Ausmaßen.
Während meine beiden Lieben mit wenig Erfolg auf der Suche nach Spielkameraden herumstrolchen, mustere ich unsere Mitflieger, die eine bunte Mischung abgeben. Neben den Gröltouristen, die ihre Absichten schon vor dem Flug offen kundgeben, sind es viele Mütter, Väter, meist jeweils allein mit ihren Kindern. Intakte Familien scheinen langsam Mangelware zu werden. Dazu kommen aufgeregt glucksende Schülerinnen, wohl auf ihrem ersten Trip in den balearischen Sündenpfuhl. Was man da so wohlig schaudernd in den Pseudoreportagen des Fernsehens mitbekommt, das muss Schulmädchen nun selbst erleben! Das Rauchverbotsschild in der „Abflughalle" wird konsequent von einigen Nikotinabhängigen missachtet, die sich verschämt vor der Toilette herumdrücken. Ein Telefon für den internen Dienstgebrauch an der Wand und ein kleiner Tisch daselbst stehen am Ausgang. Das Boarding Gate Modell Hahn sozusagen.
Dann die Durchsage: „Der Flug FTI 008 nach Palma startet voraussichtlich mit fünfzehn Minuten Verspätung. Das Boarding beginnt jetzt. Bitte halten Sie Ihre Boarding Cards bereit."
Tatsächlich erscheinen zwei uniformierte Damen, die ich noch vom Check-In-Counter in der Vorhalle kenne, und prüfen unsere Tickets und Boarding-Karten. Draußen rollen zwei Gelenkbusse vor. Deshalb also war das Ticket so billig, denke ich sarkastisch. Doch tatsächlich bringen uns die Busse nicht direkt nach „Malle", sondern aufs Flugfeld. Vorbei an verwaisten Kontrollpunkten und Sperren aus der Zeit, als auf dem Hahn noch Phantoms und Tornados im Kampfanstrich Alarmstarts übten. Mit ihren kerosinverseuchten Abgasfahnen die Luft schwängerten und den Lärmpegel im Startbereich auf unerträgliche Werte trieben.
Der Flieger wartet bereits, steht scheinbar verlassen auf dem Flugfeld. Keine an die Einstiegsluken angedockten Rüssel, die Passagiere ungesehen und treppenlos ins Terminal hinein- oder hinausspucken. Am Heck prangt triumphierend eine stilisierte bunte Palme, offensichtlich ein Subcharter von FTI. Genauso muss er aussehen, der Prototyp des Pauschaltouristen-Fliegers. Für fünfhundertneunundneunzig direkt in den Sand vor den Ballermann. Dann eine Woche Sangría bis zum

Abwinken und mit sonnenverbrannter Haut zurück.
Hier regnet es immer noch. Die letzten Mitglieder des Putzgeschwaders verlassen gerade den Flieger und wir flitzen schnell in den trockenen Innenraum. Die Luft riecht noch verbraucht. Der Flieger kommt wohl gerade zurück aus Mallorca und macht seinen letzten Flug für heute. Ohne Nachtflugverbot wäre auch im Hunsrück rund um den Hahn keine Ruhe mehr.
Die Flugbegleiterinnen, einige sicher jünger als das Flugzeug, geben sich redlich Mühe und haben bald alle Passagiere auf ihre Sitzplätze verfrachtet. Dominik bekommt den Fensterplatz auf dem Hinflug, Linda auf dem Rückflug, haben wir ausgemacht. Ich sitze am Gang. Auch hier nerven die Saufbrüderschaften, die jedem deutlich mitteilen müssen, dass sie sich die nächsten Tage durchgehend volllaufen lassen werden. Gut, dass der Flug nur zwei Stunden dauert. Dann ertönt die Stimme des Flugkapitäns. Sicher gehört zur Pilotenausbildung auch ein Training in Stimm-Modulation, denn der Pilot hat diesen leicht rollenden, mitunter betont locker näselnden Ton drauf, der die Flugpassagiere in die Sicherheit seiner meist männlich behaarten Hände wiegen soll.
Ein Gong. Dann „Guten Tag meine Damen und Herren." Die Sprechpause lässt er schon mal weg. „Wir heißen Sie herzlich willkommen an Bord unserer Boeing 737 zu unserem Flug nach Mallorca. Die Lufttemperatur in Palma beträgt dreißig Grad, die Wassertemperatur fünfundzwanzig Grad. Wir wünschen Ihnen einen angenehmen Flug. Bitte beachten Sie die Sicherheitshinweise der Flugbegleiter."
Die Wiederholung des Textes in Englisch erspart er sich, da ohnehin nur Deutsche an Bord sind. Derweil beginnen die Flugbegleiter schon ihre Turnübungen mit Atemschutzmasken und Schwimmwesten zu einer Stimme vom Band. Während ich mit halbem Ohr zuhöre, rollen wir auf der Taxiway, also der Zubringerstraße zum Take-off, dem Startpunkt. Noch etwas Funkverkehr mit dem Tower und dann geht es los.
Obwohl die Düsen mit voller Leistung hochheulen, kommt der voll beladene Flieger zunächst nur langsam auf Touren. Dann wird er immer schneller, die Nase hebt sich und wir werden beim Abheben leicht in die Sitze gepresst. Unter uns sieht man noch die grünen Wiesen in der Umgebung des Flugplatzes und dann tauchen wir in die milchiggrauen Wolken ein.

"Über den Wolken ... muss die Freiheit wohl grenzenlos sein ..." von Reinhard Mey sollte zur Standardbeschallung in jedem besseren Flieger gehören. Sobald wir die Wolkendecke durchstoßen haben, empfängt uns der Sonnenschein mit einer Intensität, die Nichtflieger wohl nur auf einem hohen Berg empfinden können. Während sich der Flieger von der Luft weiter nach Süden tragen lässt, geht die Sonne unglaublich klar im Westen unter und wirft ihre Röte verschwenderisch von oben auf die Wolken.
Nach etwa zwei Stunden verändert sich der vorher gleichbleibend hohe Ton der Düsen zu einem tieferen Summen und ein leichtes Gefühl der Schwerelosigkeit markiert den Übergang zum Sinkflug. Gut getimt kommt die Stimme des Chefpiloten. Wir sind bereits im Landeanflug auf Palma de Mallorca, zehn Minuten zu früh.
Kaum fünf Minuten später tauchen schon die Lichter des Flughafens auf. Ein kurzes, leichtes Sinken, dann ein leichter Ruck und die Lichter der Landebahn huschen seitlich an uns vorbei. Gelandet! Im Ausrollen erkennen wir die enormen Ausmaße des Terminals. Es ist schon spät. Fast alle der steril weiß-beigen Gänge sind verwaist, die meisten Schalter sind geschlossen. Meine beiden Schätze dackeln treu und brav neben mir her. Nur Linda kann sich manchmal ein „Wann sind wir denn endlich da? Das nervt!" nicht verkneifen. In der Gepäckausgabe tanzen Hartschalenkoffer, Rucksäcke und Tauchutensilien ein lustiges Ringelreihen. Unser Gepäck kommt bald und wir passieren die Passkontrolle so reibungslos, wie es sich für ein scheinbar eingedeutschtes Bundesland gehört. Dann gehen wir vor das Terminal, um nach unserem Bus zu suchen. Die Luft ist warm, aber nicht schwül. Mallorca, wir sind da!

*

Am Sonntag lief die Fahndung nach Burger in Deutschland auf Hochtouren. Seine Wohnung in der Goldenbrunnengasse war verwaist. Die Richterin Ulrike Radling hatte Bereitschaftsdienst und schrieb nach Anhörung der Argumente sofort den Durchsuchungsbefehl aus. Doch auch die Polizei fand keine verwertbaren Hinweise auf seinen Aufenthaltsort. Angela Grabers Bruder in Hechtsheim war sehr unwirsch, als er um zehn Uhr Besuch von der Kripo bekam. Dennoch teilte er den Beamten ihre neue Telefonnummer mit. Dort meldete sich niemand.

Angelas neue Adresse kannte ihr Bruder noch nicht. Es war im Endeffekt Wülfings Beharrungsvermögen zu verdanken, dass er über die Telefonnummer schon am Mittag ihre neue Adresse im Herstel herausfand. Auch für diese Wohnung schrieb die Richterin einen Durchsuchungsbefehl aus. Aber auch hier war Burger nicht.
Allerdings lagen auf dem Tisch Prospekte von Mallorca, dem Marineland und der Touristenpromenade in Arenal. Auch die Nachbarn, die die Blumen gießen sollten, erzählten, dass Frau Graber mit diesem kahlköpfigen Mann nach Mallorca geflogen sei. Wohin? Das wüssten sie nicht. Wann? Gestern, am Samstagnachmittag. Vom Hahn aus. Wülfing wusste nun genug. Was machte Burger in Mallorca? Hing das mit Heugen zusammen? Merkwürdig viele Zufälle auf einmal ...
So viele Maschinen flogen nicht vom Hahn nach Mallorca, sodass Wülfing schnell die Chartergesellschaft herausfand. Die Schalter waren in der Ferienzeit den ganzen Tag besetzt und so hatte er bereits nachmittags die Passagierliste in Händen. Eine Frau Graber und ein Herr Graber. Das konnte eigentlich nur Burger sein. Doch leider konnte er das Reiseunternehmen nicht erreichen, die Zentrale war erst wieder am Montag früh besetzt. Dennoch heftete Wülfing das Fax ab und schrieb Burger auch ohne die Hotel-Information zur Interpol-Fahndung aus. Es galt keine Zeit zu verlieren.

*

Während wir am Terminal auf den Bus warten, schauen wir den anderen Pauschaltouristen zu, die mehr oder weniger desorientiert zwischen den großen Bussen der Reiseunternehmen hin- und herirren. So nach und nach leert sich der Parkplatz, aber unser Bus ist noch nicht da. Ich werde schon ein wenig unruhig, da kommt eine junge Frau auf uns zu. Vater mit zwei Kindern hatte ich angegeben und so stehen wir denn auch da vor dem teilerleuchteten Terminal, neben unseren zwei malerisch gestapelten Koffern.
„Willkommen in Mallorca. Ich bin Christine Landua vom Hotel La Concha Park. Der Bus steht im Parkhaus. Ich konnte leider nicht vorfahren."
Ich stelle mich und die Kinder vor, während Linda ein vernehmliches „Endlich!" von sich gibt. Ganz schön frech, meine Kleine. Dominik träumt schon wieder und wir müssen darauf achten, dass er uns nicht

im Gewirr des Parkhauses verliert. Der Minibus ist nur für uns und wir machen uns ordentlich breit, während unsere Fahrerin uns geschickt und sicher durch das Zentrum von Palma mit seinen stimmungsvoll beleuchteten historischen Kirchen fährt.
Nach Palma geht es dann noch ein paar Kilometer westlich nach Paguera und um Mitternacht sind wir im Hotel. Es ist klein und gemütlich, sauber und gepflegt.
Draußen zirpen die Zikaden in den hohen Kiefern, während die warme Luft vom Landesinnern mit ihren trockenen Düften am Hotel vorbei zum Meer streicht, das wir während der Fahrt kurz gesehen haben. Auch die restlichen Bewohner des Hotels scheinen schon zu schlafen, bis auf die eines der benachbarten Zimmer, wo offensichtlich zwei Sexualakrobaten die ganze Nacht ihre Liebesspiele treiben. Dominik interessiert es nicht weiter, aber Linda kichert, wenn wieder ein Stöhnen oder ein kurzer, unterdrückter Schrei durch die offenen Fenster herüberdringt. Bald schlafen meine beiden Lieben ein, doch ich liege noch lange wach. Wie gern wäre ich mit einer Geliebten hier. Der Austausch von Zärtlichkeiten und Körpersäften ist irgendwo in den Nebenzimmern immer noch im Gange, als ich endlich einschlafe. Mit dem Gefühl, dass die Einsamkeit leider immer wieder meinen Lebensweg begleiten wird.
„Papa! Aufstehen, alte Schlafmütze!"
Linda schüttelt mich energisch, während ich schlaftrunken versuche, mich zu orientieren.
„Was ist denn los?"
„Bis um halb zehn gibt es Frühstück. Und jetzt ist es neun. Dominik sitzt schon beim Frühstück."
Da haben die beiden also schon das Hotel erkundet und Dominik sich schon selbst versorgt. Das Frühstück will ich nicht verpassen, also dusche ich schnell und ziehe mich an, während Linda mit Wann-bist-du-endlich-fertig-?-Miene auf mich wartet. Als wir nach unten kommen, zeigt uns Dominik freudestrahlend seinen Tisch, ohnehin gut erkennbar an dem Krümelkranz auf der Tischplatte, den Stühlen und dem Boden. Während wir uns am üppigen Buffet bedienen, schaue ich mich einmal um, um vielleicht die Sexual-Aktivisten zu identifizieren. Aber Fehlanzeige: Um uns herum sitzen fast nur ausgeschlafene Pärchen mittleren Alters mit Kindern. Die Bettakrobaten werden wahrscheinlich noch in den Federn liegen.

Da fällt mir ein dummer Witz ein, den mir eine Bekannte mailte: Welche Speise lässt das sexuelle Verlangen einer Frau schlagartig erlöschen? Der Hochzeitskuchen!
Als wir nach dem Frühstück aufbrechen, sehe ich das Hotel zum ersten Mal von außen im Tageslicht. Es liegt schnuckelig am Rande von Paguera auf einer kleinen Anhöhe, sodass die Luft hier stets etwas in Bewegung ist. Im Hinterland flimmert die ausgetrocknete Erde des mallorquinischen Sommers. Es sieht so aus, als ob hier noch viel Platz ist. Wo aber sind die Touristenmassen? Gibt es hier wirklich Sauerkraut und Rippchen zu Sangría? Bald werde ich es wissen.

*

Das Fax von Interpol landete am Sonntagnachmittag in der comisaría in Palma. Comisario Pedro Valla musterte die Beschreibung und gab sie an seine Kollegen in den Stationen auf der Insel weiter. Von Puerto de Campos im Süden bis Alcudia im Norden. Von Cala Ratjada im Osten bis Sóller im Westen. Dazu die Anfragen an die Hotels, welche Gäste denn gestern gekommen seien. Doch durch die große Anreisewelle und die manuelle Erfassung der Gäste kamen am Sonntag noch keine Rückmeldungen. In Paguera hielt sein Kollege Ribaldo Conejo bald darauf die Augen nach einem wirklich auffallenden Pärchen offen. Einem großen, muskulösen Mann mit Glatze in Begleitung einer großen, schönen Frau. Er hatte einen geschulten Blick und konnte aus einem scheinbar unübersichtlichen Gewimmel von Leuten normalerweise gut einzelne Individuen herausfischen. Doch er hatte keinen Erfolg.

*

Eugenio Escopeta mochte Ferdinand Heugen nicht, mehr noch: Er hasste ihn. Escopeta tönte schon lange, dass er den Alemán in seine Schranken weisen würde, der seine Geschäfte auf der Insel ungeniert immer mehr ausdehnte. Dessen Plus war POM-Geschäftsführer Mechtersheimer, der seine mediterran interessierten Investoren an Heugen weiterleitete. Da hatte Escopeta bisher machtlos zusehen müssen. Doch nun bekam er von seinem alten Freund Simmer die freundliche Anregung, einmal bei Heugen anzuklopfen. Escopeta erkannte die Chance, sich seines lästigen Konkurrenten zu entledigen und zugleich zum Ansprechpartner für deutsche Investoren zu werden. Das und nicht weniger hatte ihm Simmer versprochen. Wie würde Simmer aber Mechtersheimer ausschalten? Die deutschen Angelegenheiten sollte sein Freund Paul selbst regeln. Seine, Escopetas, Aufgabe war, die Sache in Mallorca zu regeln. Es war ihm eine Freude und Ehre zugleich, diesen hochmütigen Alemán Heugen aus dem Geschäft zu boxen, der mit seiner Protzjacht schon mehrfach in Sichtweite seiner Finca provozierend vor der Küste von Sóller gekreuzt hatte.

*

Bastian und Angela hatten nach dem Zwei-Uhr-Flug vom Hahn schon am frühen Samstagabend im Hotel in Mallorca eingecheckt. Sie warfen ihre Koffer auf das Bett und gingen Hand in Hand an den Strand. Die Sonne stand schon tief, doch der Strand war noch sehr belebt. Glasboden-Boote brachten die Tagesausflügler von Andraitx und anderen malerischen Hafenorten zurück. Licht und Sonne taten beiden sehr gut. Angela hatte in den Monaten nach ihrer Rückkehr von München zu viel gearbeitet und holte nun nach, was ihr fehlte. Bastian saß der Schreck der Untersuchungshaft immer noch in den Gliedern, was seinem Ego überhaupt nicht guttat. Da waren es schon eher die Blicke anderer Frauen am Strand von Paguera, deren unverhohlenes Interesse ihm behagte. Auch Angela merkte das, maß dem aber keine besondere Bedeutung bei. Denn sie war es, die ihn hatte. Was ihr Selbstwertgefühl steigerte.
Nach einem guten Abendessen in dem gemütlichen Strandrestaurant, das am nächsten zur Bootsanlegestelle lag, war ihr Appetit aufeinander so groß geworden, dass sie es kaum noch bis in ihr Hotelzimmer schafften, um dort die Nacht hindurch ihrer Lust freien Lauf zu lassen. Sie schliefen erst am Sonntagmorgen ein und die Raumpflegerin fand die beiden um elf noch schlafend. Sie schloss leise die Tür und beschloss, nachmittags erneut nach dem Zimmer zu sehen.
Kurz vor zwei wachten Bastian und Angela auf. Sie hatten einen Bärenhunger, zogen sich schnell an und genossen ein üppiges Mittagessen. Dann gingen sie gleich wieder aufs Zimmer, wo sie den Rest des Tages mit ihrer Lieblingsbeschäftigung verbrachten. Als die Raumpflegerin wiederkam, hörte sie vom Gang eindeutige Geräusche, so-

dass sie taktvoll den Raumpflegedienst auf Montag verschob. Erst spät in der Nacht, als nebenan ein Vater seine Kinder ins Bett gebracht hatte, schliefen Bastian und Angela völlig erschöpft ein.

*

Unser Sonntag am Strand ist sehr erholsam. Es ist erstaunlich, mit welcher Schnelligkeit die relaxte Atmosphäre mich aus meinem Arbeitsstress holt. Welches Vergnügen das einfache, süße Nichtstun macht. Mit Dominik nach Muscheln zu tauchen. Mit Linda in der leichten Brandung herumzutoben. Im Schatten einer Pinie „Die Detektivin" von Nikola Hahn zu lesen und sich so ins Frankfurt des 19. Jahrhunderts versetzen zu lassen. Übermorgen steht der Termin bei Heugen auf dem Programm. Aber wann ist schon übermorgen? Am späten Nachmittag haben die Kinder genug vom Wasser und wir strolchen die Strandpromenade entlang. Hier gibt es tatsächlich Rippchen mit Kraut, Rindswürste mit Löwensenf und original oberbayerische Semmelknödel. Oder sollte ich wie Karl Valentin Semmelnknödeln sagen?
Noch ein feines Essen am Strand und wir gehen mit leckerem Fisch im Bauch und Sand in den Schuhen zurück ins Hotel. Vorbei an den weiß getünchten Häusern, den betonierten, steilen Straßen, den riesigen Bettenburgen. Dominik hat schon Eidechsen auf der Mauer und eine Ameisenstraße unter den großen Pinien im Hof entdeckt, die er mit wissenschaftlicher Gründlichkeit auf ihre Funktion untersucht. Wir toben noch ein wenig im Pool herum, bis es dunkel wird, und gehen dann ins Zimmer. Heute muss ich nicht mehr vorlesen, die beiden fallen todmüde ins Bett. Das Pärchen von nebenan ist diesmal nicht zu hören und so schlafe auch ich bald ein.

*

Wülfing knurrte zufrieden. Bald hatte er ihn. Das Büro des Reiseveranstalters hatte er bereits um zehn erreicht und er hatte binnen fünf Minuten die Information, die er brauchte. Er brachte gleich ein Fax an die spanischen Kollegen auf den Weg, in dem stand, dass sie zunächst in Paguera nachfragen sollten. Im Hotel La Concha Park. Nach Bastian Burger, eventuell eingetragen unter dem Namen Graber. Die

spanischen Kollegen faxten sofort ins Hotel weiter und mussten kurz danach einen Verkehrsunfall abwickeln, den ein Touristenbus auf dem Weg vom Flughafen ins Hotel verursacht hatte. Er hatte einen Gasflaschen-Transporter geschnitten, der daraufhin ins Schleudern gekommen und umgestürzt war.
Es gab in diesem Fall zwar keine Personenschäden, aber die Erinnerung an die Feuerkatastrophe mit mehr als einhundert Toten auf einem spanischen Campingplatz vor einigen Jahren war noch so frisch, dass allen Beteiligten der Schrecken ins Gesicht geschrieben stand.
Die Bergung gestaltete sich entsprechend schwierig und dauerte bis in den späten Nachmittag hinein. Beim Schichtwechsel fiel das Burger-Fax dann in der Hektik unter den Tisch.

*

Das Gefühl der Zeitlosigkeit ergreift mich schon nach zwei Tagen auf der Sonneninsel. Nach dem Kalender ist heute Montag, aber es ist kaum zu spüren. In Deutschland ist Montag ganz anders als Sonntag. Die wieder aufbrandende Geräuschkulisse des Berufsverkehrs, das Hasten der Leute nach der erzwungenen Sonntagsruhe. In Mallorca ist der Unterschied zwischen Wochenende und Arbeitswoche geringer.
Der Klangteppich ist gegenüber Sonntag fast unverändert. Lediglich die Müllabfuhr, die offensichtlich zu Wochenbeginn die Abfalltonnen leert, addiert ihren bescheidenen Anteil auf den sonst unverändert niedrigen Geräuschpegel. Der Morgenwind bewegt sachte die leichten, weißen Vorhänge vor den Fenstern. Es wird auch heute wieder ein schöner, sonniger Tag werden. Es ist noch nicht neun Uhr, aber ich stehe schon auf und ziehe mich an. Ob Dominik und Linda bereits beim Frühstück sind?
Auf dem Gang höre ich Geräusche aus dem Nebenzimmer. Vielleicht tauchen heute unsere Nachbarn beim Frühstück auf? Gemütlich folge ich dem Geruch nach frisch aufgebrühtem Kaffee und Kakao die Treppe hinunter.
„Papa, da bist du ja endlich!" Linda kommt von draußen hereingestürmt und springt mir auf den Arm. „Dominik und ich haben schon gegessen. Wann gehen wir an den Strand?"
„Langsam, ich möchte auch erst etwas essen. Sagen wir in zwanzig Minuten."

„Zwanzig Minuten, pah. Und nachher sind es zwanzig Stunden, zwanzig Jahre, zwanzig Millionen Trillionen Jahre." Sie rennt wieder nach draußen zu Dominik, der offensichtlich neue Tricks an der Ameisenstraße unter der großen Pinie ausprobiert.
„Ronni, was machst du denn hier?" Eine bekannte Stimme von der Treppe. Das darf doch wohl nicht wahr sein! Angela ist hier! Sie kommt mit sicheren Schritten auf mich zu und drückt mich, was Linda, die es von draußen beobachtet, sofort wieder herlockt.
„Habe ich mir's doch gedacht. Von wegen zwanzig Minuten." Demonstrativ drückt sich meine Kleine zwischen Angela und mich, schubst Angela gar ein wenig weg. „Wir wollen endlich an den Strand."
„Na, junge Dame. Du bist ja heute gut drauf." Angela versucht, sich zu wehren.
„Papa hat es versprochen. Und was man versprochen hat, muss man auch halten!"
Linda dreht sich auf dem Absatz um, saust wieder zu Dominik und behält uns mit Seitenblicken im Auge.
„Bist du allein hier?", nehme ich den Gesprächsfaden wieder auf.
„Nein, Ronni. Bastian ist mit."
„Natürlich."
„Natürlich. Jetzt sei doch nicht sauer."
Recht hat sie. Im Urlaub sind sexuelle Erlebnisse meist besonders intensiv. Wie gern wäre ich und nicht dieser Mensch, der da gerade die Treppe herunterkommt, an Angelas Seite. Auch und gerade im Bett. Er grinst, als er Angela und mich zusammen sieht. Das Grinsen eines Siegers.
„Hallo Ronni. Welche Überraschung. Komm, lass uns zusammen frühstücken."
Er ist nett und frech gleichzeitig. Halt ein perfekter, erfolgreicher Chauvi. So frühstücken wir gemeinsam, aber das Gespräch geht nicht über das übliche Urlaubsgeplätscher hinaus. Alle fünf Minuten kommt Linda und zeigt demonstrativ auf die Wanduhr. So schlinge ich mein Frühstück schnell hinunter und bin danach mit meinen beiden Lieben wie abgesprochen auf dem Weg zum Strand. Froh, der verkrampften Situation bei Tisch entronnen zu sein.
Nach unseren Erfahrungen von gestern brauchen wir unbedingt auch eine Taucherbrille für Linda, die in den strandnahen Lädchen nur schwer zu finden ist. Die haben meist nur Billigstware, die im Nor-

malfall unbrauchbar und im ungünstigsten Fall sogar gefährlich ist. Mit etwas Glück finden wir nach einer halben Stunde eine geeignete Brille, die wir gleich im Meer ausprobieren. Dominik sucht mit neuen Freunden in den Felsen nach Krebsen und Fischen, während Linda mit einigen Mädchen im Sand nach Muscheln wühlt. Nach einer halben Stunde ziehe ich mich mit meinem Buch auf eine schattige Bank zurück.

Der Tag verrinnt und die Ausflugsboote kommen und gehen, während die Sonne zunächst scheinbar unbeweglich im Zenit steht und sich am späteren Nachmittag mit zunehmender Schnelligkeit auf den Weg Richtung Westen macht. So ganz eingelullt bin ich noch nicht. Ich denke an den morgigen Termin mit Ferdinand Heugen. Wer beaufsichtigt die Kinder derweil? Angela kann mir ja auch einmal einen Gefallen tun, vielleicht auch die Hotelangestellte. Wo mag Heugen wohnen?

Meist ein wenig abseits der Straße, aber vereinzelt auch direkt an der Küste neben den Massenquartieren habe ich inzwischen einige weiße, mit roten Ziegeln gedeckte Häuser gesehen. Sie sind mit unterschiedlich hohen weißen Mauern umgeben. Der Blick aufs Anwesen ist nur durch das gewöhnlich ebenfalls weiße, schmiedeeiserne Tor möglich. Meist sieht man einen dekorativ vor dem Eingang geparkten roten italienischen Sportwagen oder eine Nobelkarosse aus deutschen Autoschmieden.

Das ist wohl eine dieser berühmten Fincas, wie sie in den bunten Boulevardblättern in Deutschland beschrieben werden. Die ehemaligen Bauernhäuser mit ihrem rustikalen Charme sind schon seit einigen Jahren bei der meist deutschen Schickeria absolut in. Damit im Gleichklang sind die Immobilienpreise auf Mallorca geradezu explodiert. Ob Heugen auch da mitmischt? Würde mich nicht wundern, denn auch andere aus der Branche ziehen nach ihrer offiziellen Pensionierung noch munter weiter an den Drähten im Beziehungsgeflecht. Schließlich ist eine liebevolle Zuwendung gerade im Alter besonders wichtig…

Um fünf leert sich der Strand etwas und auch wir gehen zunächst in unser hübsches, kleines Hotel und duschen die Sonnencreme ab. Nach einer kleinen Ruhepause wollen wir in einem der Strandrestaurants essen und in den Abend bummeln. Wir sind jetzt schon zwei Tage hier und wissen noch nicht, wie es um die Felsenecken herum aussieht.

Auf der Strandpromenade werde ich von einer hübschen Frau angesprochen. Sie ist offensichtlich geschult in Gesprächsstrategie.
Stufe 1: Gefällt mir Mallorca? (Gewürzt mit einem einladenden Lächeln) Na klar, oder? Das dient der Erzeugung einer positiven Stimmung.
Stufe 2: Wo ich denn wohne? (Noch einmal dieses Lächeln, oh Mann!) Da denkt Mann gleich an ein kleines Abenteuer und nennt bereitwillig sein Hotel. Das erzeugt eine Erwartungshaltung.
Stufe 3: Was es denn koste? (Diesmal legt sie ihre Stirn in nachdenkliche Falten) Diese Frage packt des Deutschen Sparsinn und leitet über zum Kern der Sache. Na ja, sage ich, nicht so sehr teuer, aber ...
Stufe 4: Sie selbst wohne in einer tollen Ferienanlage. (Ein strahlendes, zufriedenes Lächeln mit Überzeugungskraft) Das sei sehr günstig und jede Menge nette Leute seien da. Mann denkt: Genau das suche ich auch. Am besten Frauen im richtigen Alter. Erwartungshaltung bestätigt.
Stufe 5: Heute Abend sei ein Treff mit Gewinnspiel. Da sei sie auch. Ob ich auch? (Fragendes Lächeln mit einem Seitenblick auf die Kinder) Klar ich auch, denkt der Mann. Wenn dann die Kinder ...
Stufe 6: Diese Frau kann auch Gedanken lesen (Ganz selbstverständlich und seriös glätten sich die Lachfältchen auf ihrem hübschen Gesicht und sie tut das Organisatorische mit einer Handbewegung ab). Selbstverständlich könne ich auch die Kinder mitbringen. Gerade Singles mit Kindern würden den Freiraum schätzen, denn eine Kinderbetreuung sei ebenfalls da.
Stufe 7: Überreichen eines Prospekts. Wir sehen uns heute Abend, oder? Zum Abschluss noch ein verheißungsvolles Lächeln und ein Nachblicken, als ich mit den Kindern weitergehe. Welcher ohne Begleiterin reisende Mann könnte da widerstehen?
Wenn mich Linda nicht nachdrücklich ins Bein petzen würde.
„Au!", rufe ich. „Was soll das, Tiger, bist du wieder eifersüchtig?"
„Immer bla, bla, bla. Und an die Kinder denkst du nie."
„Magst du nicht heute Abend da vorbeischauen?"
„Nein, lieber Muscheln sammeln. Und außerdem habe ich Hunger!"
„Genau." Auch Dominik schaltet sich nun ins Gespräch ein. „Ich auch!"
Wo ist das nächste Restaurant, in dem es etwas Gutes zu essen gibt? Nach dem überall groß angepinselten Eisbein mit Sauerkraut oder

einem Jägerschnitzel mit Pommes steht mir wirklich nicht der Sinn. Doch es gibt tatsächlich auch noch spanische Restaurants und wir lassen uns im ersten nieder. Für mich steht wieder Fisch auf der Speisekarte, während die Kinder nur Pommes mit Ketchup ordern. Während wir aufs Essen warten, studiere ich den Prospekt, den mir die Frau in die Hand gedrückt hat.
Ziemlich schnell geht mir ein Licht auf: Es geht um Timesharing-Komplexe. Also Immobilien, die anteilig verkauft werden. Nicht ein tatsächliches Haus oder eine Wohnung, sondern ein Wohnrecht für eine gewisse Zeit. Ein Teich, in dem sich viele Haie und wenig Karpfen tummeln. Im Fernsehen gab es schon einige Berichte darüber, aber in natura habe ich es noch nicht gesehen. Das schaue ich mir heute Abend einmal an. Eine gute Vorbereitung für den Heugen-Termin morgen Nachmittag um fünf Uhr.
Nach dem Essen schlendern wir den betonierten Weg am Strand entlang. Die Sonne ist längst untergegangen und nur am Horizont leuchtet noch matt ein Zinnoberrot. Der Wind weht jetzt nicht mehr frisch vom Meer aufs Land, sondern trägt den heißen Tag über die Strände und Felsen hinaus aufs Wasser. Die Promenade ist gut beleuchtet, sodass wir auch ein wenig durch den Sand gehen können, wo die meisten Liegestühle verwaist sind. Auf einigen etwas abseits stehenden Liegen sind Liebespärchen in mehr oder weniger heftiger Umklammerung. Vereinzelt streifen Polizisten über den Strand, die das rege Treiben im Auge behalten wollen.
Wir klettern über einen Felsen und sehen einigen Brandungsfischern zu, die in der vollmondhellen Nacht ihre Leinen auswerfen. Das Klettern auf den zerklüfteten Felsen ist umständlich, aber sicher. Und so turnen Dominik vor und Linda hinter mir herum, bis wir bei den einheimischen Anglern stehen. Sie haben mit ihrer malerisch bunten Ausrüstung schon einige Fische an Land gezogen. Immer wieder werfen sie ihre Grundangeln aus und fühlen im Mondlicht an der gespannten Leine, ob ein Fisch angebissen hat.
Doch der Rhythmus der an die Felsen klatschenden Wellen ist etwas unharmonisch und so langsam frischt der Wind auf. Das ist aber eher angenehm als bedrohlich. Nach einer halben Stunde zieht einer der Angler, ein mittelgroßer, vielleicht fünfzigjähriger Mann mit sonnengegerbter Haut, seinen nächsten Fisch ans Land. Ein bräunlicher Bodenfisch, erkennbar an den Barten, die mich an die Backenbärte auf

Militärfotos aus der Kaiserzeit erinnern. Genau identifizieren kann ich ihn aber nicht, dazu sind meine Anglerkenntnisse zu rudimentär. Dominik hilft eifrig beim Lösen des Fisches vom Haken, und ich habe schon Bedenken, dass er ihn aus Mitleid ins Wasser wirft. Aber der Fischer legt ihn in einen Korb, wo er mit glotzenden Augen und nach Luft schnappend neben den anderen Fischen sein Leben aushaucht.
„Jetzt habt ihr genug gesehen. Kommt endlich!"
Linda drängt energisch zum Aufbruch. Wir klettern auf einem anderen Weg um die Felsen herum, neben uns einen, vielleicht ein bis zwei Meter tiefen, mit Felsen durchsetzten Flachwasserbereich. Nach meinen Schnorchel-Erfahrungen findet sich in solchen Untiefen eine reichhaltige Fauna und Flora, die ich mir bei nächster Gelegenheit anschauen will. Wir klettern eine Erosionsrinne hoch, die der Regen in einen weichen Uferbereich gefressen hat, hinauf auf den Trampelpfad über den Klippen. Nur ein paar hundert Meter weiter liegt die Ferienanlage, deren Prospekt ich mitgenommen habe.
Auf dem dortigen Tennisplatz herrscht ein reges Menschengetümmel. Einige Fünfhundert-Watt-Halogenstrahler am Drahtzaun tauchen die Szene in grelles Licht. Die abgewetzte Stimme eines Animateurs, der mit dem Mikrofon so etwas wie Stimmung erzeugen will. Offensichtlich werden Wetten abgeschlossen. Interessiert gehe ich näher. Im Zentrum des Interesses stehen vier auf Schienen aufgebaute Kunststoff-Pferdchen. Sie werden scheinbar über einen Zufallsgenerator per Elektromotor angetrieben. Aufgalopp für einen sonst langweiligen Abend?
Die abgeflachten Mienen der Anwesenden, die meisten der Hauskleidung nach Bewohner der Anlage, sprechen jedenfalls Bände. Einige johlen, wenn sie irgendeinen kleinen Preis gewonnen haben, aber der Animateur überschlägt sich dann geradezu. Etliche Kinder turnen auch herum, Einheimische sehe ich nicht. Auf mich macht das alles einen ziemlich abstoßenden Eindruck. In ein fremdes Land zu kommen, bedeutet für mich, zu Gast bei interessanten Leuten zu sein. Sich nicht auf das Braten in einem anderen Liegestuhl unter derselben Sonne zu beschränken. Nicht mit Landsleuten von morgens bis abends zusammen in einer Wohnanlage mit Pool herumzuhängen.
So bin ich froh, dass Linda mal wieder zum Aufbruch drängt. Inzwischen schieben sich immer wieder dunkle Wolken vor den Mond, sodass es in den unbeleuchteten Ecken neben den Lampen der Strand-

promenade nun sehr dunkel wird. Der Wind frischt weiter auf, die Brandungswellen kräuseln sich ein wenig mehr. Wenigstens bilde ich es mir ein, getragen von einer Stimmung, die nicht mit dem Wind aufs Meer weht, sondern von da draußen zu mir kriecht. Doch noch ist es warm und das Treiben auf einigen Liegestühlen am Strand wird im Schutz der Dunkelheit zunehmend heftiger. Mitunter trägt der Wind kurze, unterdrückte Schreie und ein entspanntes Stöhnen zu uns. Auch ein kurzer, wilder Schrei ist darunter, der in seiner Eindeutigkeit und Lautstärke einige Leute angestrengt ins Dunkle spähen lässt. Ein Polizist wird aufmerksam und geht mit seiner Taschenlampe in die Dunkelheit. Ob er die Lustgewinnler erwischen wird? In Spanien ist die Öffentlichkeit in diesen Bereichen empfindlich.
Meinen beiden habe ich schon auf die erste Anfrage hin erklärt, worum es geht. Wenn wir jetzt wieder was hören, lauscht Linda interessiert und Dominik äfft die Geräusche nach. Worauf Linda ihrerseits schimpft, dass er sie ärgert. Es wird Zeit, dass die Kinder ins Hotelbett kommen.
Zurück in unserem Zimmer sind die beiden sich liebenden Geschwister schnell eingeschlafen und ich lese den mitgebrachten SPIEGEL. Mit einem Thema, das mich sehr interessiert.
„Das Ende aller Träume. In Mallorca wollen immer mehr Deutsche leben – doch immer mehr werden auch betrogen. Nicht selten von den eigenen Landsleuten."
Jetzt fehlt nur noch ein Bild von Heugen daneben, doch den Gefallen tun mir die Redakteure des in Hamburg ansässigen Magazins dann doch nicht. Es geht um kleinere Geschäfte, um ein paar hunderttausend Mark. Wie die über Jahrzehnte ersparte Altersversorgung eines Rentnerehepaars aus dem Ruhrgebiet, die in Betrügertaschen landete, für meinen Interviewpartner am folgenden Tag Peanuts. Es ist an der Zeit, sich einmal Wülfings Fragenliste genauer anzusehen. Das Foto lege ich gleich raus.

Aufgabenverteilung Mechtersheimer-Heugen
Warum ist Heugen nach Mallorca gegangen?
Wie kam er auf die Statue beim Kleinen Haus?
Wer hatte damals den Auftrag gegeben?
Wie kam es zu den Bauverzögerungen?
Wer lagerte den Himmelsstürmer im Schlosskeller ein?

Das ist harter Tobak, den es sorgsam zu verpacken gilt. Und so baue ich die Fragen in ein wesentlich umfangreicheres Konzept für den Termin am Folgetag ein und überprüfe noch einmal meine Kamera. Ob Angela und Bastian da sind und auf meine Kinder aufpassen können? Ich klopfe nebenan, doch bekomme keine Antwort. Und es dringen auch keine Geräusche aus dem Zimmer. Wo sind die beiden Akrobaten? Ob sie sich am Strand vergnügen? Ein heftiger Regenschauer rauscht kurz nach Mitternacht nieder und ich schließe das Fenster, damit die Kinder keinen Zug bekommen.

*

Geschäftsführer Volkmar vom La Concha Park hatte sich am Montag freigenommen und seine Schwester Heidemarie organisierte das Hotel an diesem Tag. Auch die Hälfte des Personals hatte frei, sodass die gelernte Hotelfachwirtin aus Deutschland alle Hände voll zu tun hatte. Irgendwann zwischen Frühstück und Mittagstisch hörte sie ein elektronisches Piepsen aus dem Regal und das schabende Geräusch, wie sich ein Blatt in die Lücke zwischen dem Faxgerät und der rau verputzten Wand klemmte. Es rollte sich auf, wie es das Thermodruckpapier von der Rolle so zu tun pflegt. Danach piepste es noch einmal und wieder kam ein Fax. Da das Hotel für die nächsten Monate ausgebucht war, konnte es nichts Dringendes sein. Sie nahm sie dennoch heraus und legte sie ins Büro. Dabei rutschten die Faxe ineinander und sahen wie eines aus.

Nach dem Mittagessen für ihre Gäste waren die anderen Hotelgäste zum Strand ausgeflogen, bis auf das Pärchen im ersten Stock, diesen Kojak mit seiner langhaarigen Freundin.

So machte Heidemarie ein kleines Nickerchen in ihrem Raum direkt neben dem Hoteleingang, der als Büro diente, wo aber auch eine kleine Liege stand. Sie war müde, nickte schnell ein und entgegen ihrer ursprünglichen Absicht, die nur eine halbe Stunde Siesta vorsah, schlief sie bis fast um fünf. Sie stand erst auf, als ihre Köchin Maria in der Küche mit den Töpfen zu klappern begann und die ersten Gäste hungrig vom Strand zurückkamen.

So bekam sie auch nicht mit, dass das Pärchen aus dem ersten Stock inzwischen aufgestanden und zum Strand gegangen war. Auch Polizist Ribaldo Conejo hatte seine Montagschicht beendet und war pünktlich zu Hause bei seiner Frau und seinen zwei kleinen Gören. Sonst hätte er vielleicht heute den großen, muskulösen Mann und die schöne Frau mit ihren langen Haaren in ihrem luftigen Sommerkleid gesehen, die die steile Straße vom Ortskern herunterkamen. Und nach denen er schon gestern erfolglos Ausschau gehalten hatte. Sie kehrten erst in einem gemütlichen Strandrestaurant ein und bummelten dann Händchen haltend die Strandpromenade hinunter.

*

Eugenio Escopeta war ein Mensch, der seinen spanischen Sinn für das Schöne und Angenehme mit einer ganz und gar preußischen Pflichtauffassung verband. Das war – neben der Tatsache, dass ihm sein Vater große Ländereien im Süden von Mallorca überlassen hatte – der Schlüssel zu seinem Erfolg gewesen. So war es für ihn logisch, sich gleich am Montagmorgen um den Auftrag seines Geschäftspartners Paul Simmer, den er immer nur Paulito nannte, zu kümmern. Zunächst fragte er einmal unverbindlich in Puerto de Andraitx nach, wer denn bei Ferdinand Heugen arbeitete. Und kam schnell auf Rosita, das Hausmädchen, und Abdenago, den Gärtner. Beide waren nicht besonders gut auf ihren Chef zu sprechen und verrieten gern, dass dieser am Dienstag Besuch von einem Alemán bekommen würde, einem Journalisten, und am Mittwoch Wasserski fahren wolle. Donnerstag sei ein längerer Ausflug aufs offene Meer geplant.
Escopeta schob Dinge nicht gern auf die lange Bank. Vielleicht war ja der Besuch des deutschen Journalisten ein Fingerzeig. Er fragte noch weiter in dem Hafenstädtchen herum und fand heraus, dass auch der örtliche Bootsverleiher nicht gut auf den Großprotz aus dem Wirtschaftswunderland zu sprechen war. Manuel Molinero, so munkelte man, habe es ihm übelgenommen, dass seine Schwester Maria einmal im Vertrauen auf eine hohe Rendite in ein später nie fertig gestelltes Hotel investiert hatte. Ein Hotel, für das Heugen die Projektdurchführung organisiert hatte. Außerdem, so tuschelte man, sei der Verleiher auch mit Schmugglern verbandelt, die seine Superschnellboote für den Import afrikanischer Wirtschaftsflüchtlinge in die EU nutzten.
Escopeta brauchte nicht lang zu überlegen. Er rief Manuel Molinero schon am Montagnachmittag an und schlug ihm ein Geschäft vor. Dieser stimmte zu, dass Heugens Wasserski Laufen am Mittwoch eine

gute Gelegenheit sei, diesem hochnäsigen Deutschen einmal zu zeigen, wer der Herr im Hause sei. Und zwar so, dass er froh sein könne, wieder nach Deutschland zu kommen. Am besten wäre es natürlich, wenn ...
Escopeta brauchte nicht weiterzusprechen, Molinero verstand auch so. Über die Bezahlung war man sich schnell einig: Escopeta versprach, Molineros Schwester Maria eine Garage und eine Mauer auf ihrem Grundstück in Puerto de Andraitx zu bauen, zu dem eine ausgesprochen hübsche Windmühle gehörte. Auch für deren Renovierung, versprach Escopeta, wolle er gern zwei Leute für zwei Monate abstellen. Wie das so üblich sei, unter Freunden.
Molinero hatte in der Tat seine Kontakte. Und fand bald einen Mann, der in der Nacht von Dienstag auf Mittwoch einen schnellen Jetski aus seinem Bootsverleih stehlen würde. Die Zündkabel kurzzuschließen, sei kein Kunststück. Und auch Heugens Gärtner, Abdenago, war gern bereit, seinem Chef eins auszuwischen. Doch eigentlich musste er nicht viel anderes tun, als Heugen weit genug von seiner Sundancer Jacht wegzuhalten.

*

Morgens um zehn leerte sich das Hotel. Nach dem Frühstück waren alle Gäste unterwegs zum Strand. Geschäftsführer Volkmar setzte sich ins Büro und schaute die Post durch, zuerst die Faxe. Das erste war eine Buchungsanfrage für die Folgewoche, die er kurzerhand mit „Ausgebucht bis September" zurückfaxte. Das zweite war die Fax-Anfrage der Polizei in Palma nach Bastian Burger. Den aber hatte man seit Montag Nachmittag nicht mehr gesehen. Er ging selbst in den ersten Stock und klopfte an die Tür. Als niemand antwortete, schloss er die Tür auf. Doch das Zimmer war offensichtlich unbenutzt, wenn auch das Reisegepäck noch dastand. Er ging wieder ins Büro und rief die Polizeistation in Palma an. Dort erinnerte man sich nun der Interpol-Anfrage und fand Bastian Burger überraschend schnell – im Zimmer von Gabriel Valla, der gerade die letzte Nacht festgenommenen randalierenden Deutschen verhörte.

*

Irgendetwas ist heute Morgen anders. Verschlafen drehe ich mich um und schaue aufs Nachbarbett, wo Dominik und Linda friedlich schlafen. Sie schnauft ein wenig durch die Nase, ganz leise. Dominik liegt zum Fenster hin. Seine dünnen blonden Haare bewegen sich ein wenig von dem kühlen Luftzug, der auch die Gardinen hin und her wiegt. Es ist ein wenig kühler als sonst, obwohl die Sonne mit ungebrochener Macht wieder in den Zenit eilt. Auch die Geräuschkulisse ist heute etwas dünner, dafür gibt es einen tieferen Ton, der gestern noch nicht da war. Die gestern sporadisch am Himmel auftauchenden Wolken sind wieder verflogen. Vom Balkon aus sind einzelne Wasserpfützen auf dem Hotel-Vorplatz zu erkennen. Auf dem Weg zum Frühstück klopfe ich am Nachbarzimmer an, aber Angela und Bastian sind scheinbar nicht da. Auch beim Frühstück sind sie nicht zu sehen. Der Hotelchef weiß nicht, wo sie sind und verspricht, dass sich heute Nachmittag das Personal gern um Dominik und Linda kümmern wird – sofern nötig. Und so gehe ich frohen Mutes mit meinen beiden an den Strand.
Über die flachen Häuser der Strandpromenade hinweg erkenne ich die Fahnen der Strandüberwachung. Heute flattern nicht die grünen, sondern die gelben Fahnen im Morgenwind. Baden ist also derzeit nur für geübte Schwimmer zu empfehlen. Als wir um die Ecke kommen, bemerken wir schnell warum: Bis zu zwei Meter hohe, sandfarbene Brecher donnern auf den Strand. Im knöcheltiefen Wasser stehen ganze Menschentrauben, die immer wieder ein paar Schritte vor gehen und ein paar zurück, wenn die nächste Woge kommt. Weiter draußen lassen sich Schwimmer von den Wogen auf und nieder tragen. Dominik und Linda haben erst ein wenig Angst, kommen dann aber doch mit mir ins kniehohe Wasser.
Hier klatscht uns das Wasser gegen die Beine und versucht, uns den Halt zu nehmen, wenn es zurückströmt. Doch das kann uns nicht erschüttern. Während Linda lieber am Strand bleibt, gehe ich mit Dominik ein wenig weiter hinaus.
Die hohen Wellen machen ihm zunächst gehörig Angst, aber als er sieht, dass mir nichts passiert, kommt er nach. Wir lassen uns von den in Strandnähe mit Sand gesättigten Brechern überrollen und sind schon nach einer Woge mit Sand paniert. Sand in den Haaren, den Ohren und in der Badehose. Es reibt bedenklich ums Gemächt. Kurz entschlossen schwimmen wir noch ein wenig weiter hinaus, wo im Wasser wieder das Meeresblau dominiert und die Wellen uns nur noch

sanft heben und senken. In den Wellentälern sehen wir nur Wasser um uns, dann wieder, auf einem Wellenhügel, liegt der ganze Strand vor uns.
Nach zehn Minuten haben wir genug und lassen uns zurück Richtung Strand treiben. Brecher spülen uns ruckweise an den Strand. Linda spielt mit einigen Freundinnen Wellenfangen. Als sie Dominik und mich kommen sieht, warnt sie uns fürsorglich vor den nächsten Wogen. Nach diesem Abenteuer ist Dominik sehr stolz auf seine Schwimmkünste und hat seinen schnell zusammengefundenen Freunden eine Menge zu erzählen. Dann sind sie wieder Krebse und Muscheln sammeln an den Felsen, während ich zum Tauchen weiter hinausschwimme. Die Unterwasserwelt ist direkt an der Küste in Aufruhr. Die Fische bedienen sich an losgerissenen Pflanzenteilen. Nur wenig tiefer ist dagegen von den Ausläufern des nächtlichen Sturms nicht viel zu spüren. Auch hier, im Mittelmeer, gibt es Haie, deren Zähne sich nun in desorientierte Fische graben und die vielleicht in ein paar Millionen Jahren ein Geologe aus einer Sandgrube scharrt. Auch hier gibt es überall an der Felsenküste Brandungszonen, die denen in Eckelsheim verblüffend ähneln. So große Haie wie vor 35 Millionen Jahren gibt es heute nicht mehr. Ein großes Maul und das wahrscheinliche Fehlen von Fressfeinden schützten nicht vor dem Aussterben. Die kleineren Arten aber konnten sich anpassen und sind bis heute äußerst aktiv.
Ob der Sturm ein Signal ist? Sollte ich plötzlich abergläubisch werden? Unbewusst beschäftigt mich der Nachmittagstermin bei Heugen offensichtlich schon. Da meine beiden Lieben unter Aufsicht beschäftigt sind, klettere ich noch einmal auf den Felsen, an dem gestern die Angler saßen. Vor dem Gewitter beißen Fische besonders gut, sagten sie mir. Heute ist am Fuß des Felsens niemand zu sehen. Die Brandung gischtet durch die Felsen und Spalten und wirft ihre Spritzer mit dem Wind weit nach oben. Der Regen hat rötlich-braune Erde durch die Erosionsrinne in den Flachwasserbereich neben den Felsen gespült. Sie färbt das Wasser milchig braun und überzieht die Algen mit einer erstickenden Schicht.
Die Zeit verfliegt, langsam werden die Wellen flacher und die Grüppchen an der Wasserlinie zerstreuen sich. Ich sammle meine Minis ein. Nach dem Essen gehen wir wieder an den Strand, wo die grüne Badefahne wieder aufgezogen ist. Jetzt traut sich auch Linda ins Wasser und tobt mit mir in der Restbrandung herum. Um vier sind wir wieder

im Hotel, der Termin rückt näher. Meine Kinder rennen gleich vor in Richtung Pool und ordern ganz cool den täglichen Kakao „Aber kalt!" im Vorüberrennen.
Als ich ins Foyer komme, erwartet mich eine Überraschung. Angela sitzt da und schaut mich mit großen, geröteten Augen und verheultem Gesicht an. Von ihrem Bastian ist nichts zu sehen.
„Da bist du ja endlich!" Und schon wieder ein Schluchzen. Ich setze mich neben Angela auf die bequeme Zweiercouch und lege den Arm um sie. Doch sie stützt sich mit ihren Ellbogen auf die Knie und starrt geradeaus.
„Bastian ist wieder im Knast!"
„Und wieso?"
„Gestern Abend sind wir noch am Strand gewesen. Und als es dann schüttete, sind wir mal nach Arenal gefahren. Schinkenstraße und so weiter. Und dann" – sie verkrampft die Hände – „gab es Zoff."
„Und weshalb?"
„Bastian hatte was getrunken. Und dann haben mich mehrere besoffene Deutsche angemacht, so Bodybuilder-Typen."
„Und Bastian hat den Beschützer gespielt." Das kann ich mir gut vorstellen. Mein Schnitzel esse ich lieber alleine, wird sich der Supermacho gedacht haben. Gegen seine Kampf-Kenntnisse, die er auch verbal mir gegenüber schon raushängen ließ, dürften die anderen keine Chance gehabt haben. „Und die Möchtegern-Casanovas ungespitzt in den Boden gerammt."
„Genau." Ein wenig Stolz auf ihren Begleiter kommt schon durch. „Und dann kam die Polizei und hat alle vier mitgenommen."
„Ja, aber das ist doch eine alltägliche Sache in dieser Umgebung. Zugegebenermaßen leider. Immerhin sollte er doch nach dem Erfassen der Personalien wieder freigelassen werden."
„Das ist es ja gerade." Sie schnäuzt heftig in ein Tempo. „Nachdem sie seine Personalien hatten, gab es plötzlich große Aufregung und sie haben ihn sofort in eine Zelle gesteckt."
„Warum denn das?"
„Etwas Genaues haben sie mir nicht gesagt. Nur, dass es einen internationalen Haftbefehl gäbe. Er würde so schnell wie möglich nach Deutschland abgeschoben."
Das ist natürlich ein Schock, nicht nur für Angela. Wahrscheinlich steckt Wülfing dahinter. Was hat er entdeckt? Was weiß er, was ich

nicht weiß? Es kann für den Heugen-Termin wichtig sein. Ist Angela auf einen Verbrecher hereingefallen? Ich muss schnell mit Mainz telefonieren. So langsam rinnt mir die Zeit durch die Finger. In einer Viertelstunde will Heugen kommen. Und ich muss noch meine Sachen zusammensuchen. Immerhin hat Angela jetzt Zeit für Dominik und Linda, wenn auch aus unerfreulichen Gründen. Will sie meine Minis betreuen? Aber ja, sie stimmt sofort zu. Die Ablenkung kann sie brauchen. Dem Lärmpegel von draußen nach sind meine beiden gerade in einer wilden Wasserschlacht mit Monstern und Urtieren.
Sie geht gleich zum Pool und ich hole meine Fototasche samt Diktiergerät. Zuletzt noch das präparierte Bild des Großen Hauses des Mainzer Staatstheaters in meine Schriftmappe, sorgfältig in eine Klarsichthülle verpackt. Dann versuche ich, Wülfing ans Telefon zu bekommen. Doch er und Jana sind unterwegs. Kaum habe ich aufgelegt, höre ich das Knirschen von Kies unter schweren Reifen. Ich gehe mit meinen Sachen schon zum Eingang und staune nicht schlecht, als ein blauer Rolls-Royce vorfährt. Ein braun gebrannter, großer Mann in glatt gebügelter, weißer Golfkleidung mit dem aufgestickten Krokodil steigt aus. Er sieht meine Verblüffung, ruft dann „Herr Sander?" und als ich stumm nicke „Willkommen auf Mallorca!" Heugen ist pünktlich.

*

Als Wülfing sich mit Jana auf den Weg in die Kantine machen wollte, brummte das Fax in seinem Büro. Eine Nachricht der spanischen Polizei in durchaus internationalem Englisch.
„Bastian Burger ist festgenommen."
Jana las schon einmal den Inhalt vor, als sie das Blatt aus dem neuen Normalpapier-Fax holte. Sie hatten es erst seit einem Monat. Vorher mussten sie die Faxe immer kopieren, weil sie verblassten. Dafür mussten sie jetzt immer darauf achten, dass die Tintenpatrone nicht leer war. „Da wird sich der Chef aber freuen", setzte sie spitzbübisch hinzu.
„Ich weiß, was du meinst." Wülfing fand die Situation auch unerfreulich. „Aber was soll ich machen? Er ist nun mal unser Hauptverdächtiger."
„Und du glaubst, dass er weiß, wer die Leiche hineingebracht hat.

Warum aber sagt er es dann nicht?"
„Vielleicht, weil er weniger Angst vor uns als vor dem Anderen hat."
„Glaube ich nicht. Der und Angst."
„Oder weil er sich sicher ist, dass wir es auch so herausfinden. Und uns überhaupt verachtet."
„Ein gefährliches Spiel. Oder er deckt jemand, dem er verpflichtet ist."
„Ebenfalls möglich. Aber egal wie, irgendwann wird sein Leidensdruck so groß sein, dass er auspackt. Eigentlich müssen wir nur warten."
„Ronni wird nicht ganz so glücklich darüber sein, dass du Burger schon wieder aus dem Verkehr gezogen hast."
„Wenn Heugens Fingerabdrücke passen, holt er Burger wohl wieder raus. Das weiß er. Also drücken wir ihm die Daumen."

*

So ist es also, in einem Rolls-Royce Corniche über die Strandpromenade zu rollen. Mit einem Schaut-mal-her-ich-hab-es-geschafft-Siegerlächeln auf den Lippen. Vorneweg die riesige, hellblau-metallic lackierte Motorhaube mit der polierten Emily auf der Kühlerspitze, über uns der Himmel von Mallorca. Die Fenster sind völlig in den Türen versenkt. Ein wichtiges Merkmal von wirklich guten Cabrios, hat er mir erklärt. Dazu weiße Ledersitze, Chromarmaturen im Wurzelholz-Armaturenbrett und was des Schnickschnacks noch mehr ist. Das Holzlenkrad gefällt mir weniger. Es dürfte im Falle eines Unfalls eine erhebliche Verletzungsgefahr in sich bergen. Und der Platz im Innenraum steht in krassem Missverhältnis zur riesigen Karosserie. Auf den Rücksitzen dürften allenfalls meine Kinder Platz finden. Aber die sind sowieso nicht dabei. Als ich ihnen und Angela Tschüss sagte, schauten sie nur einmal kurz, verschwanden gleich wieder im Pool und hinterließen ihre nassen Fußabdrücke auf den Terracotta-Fliesen.
Nun also gehöre ich für ein paar Stunden zu den Reichen und Mächtigen der Insel. Eine interessante Perspektive. Ob ich mich davon korrumpieren ließe? Natürlich ist das Journalisten-Salär karg, wenn denn überhaupt regelmäßig vorhanden. Aber was muss man eigentlich alles tun, um in Heugens Position zu kommen? Heugen, der neben mir mit gönnerhafter Miene durch den noch recht moderaten Verkehr von Paguera nach Puerto de Andraitx fährt. Den linken Arm locker auf

die Tür gelegt, die rechte Hand locker auf dem höchsten Punkt des Lenkrades. Ganz der lockere Manta-Typ. Nur auf anderem finanziellen Niveau. Oder einfach der Gröpaz, der größte Planer aller Zeiten.
„Was interessiert Sie am meisten, Herr Sander? Meine Firma, meine Jacht, meine Finca? Alles am Ort."
„Sagen wir, ein Bild der Jacht im Hafen und eines Ihres Firmengebäudes genügt. Sie haben doch wahrscheinlich Fotomaterial für Ausschreibungen?" Er nickt und ich fahre fort. „Das Bild der Jacht im Hafen könnte ich selbst machen. Am wichtigsten ist die Finca. Sie spiegelt wohl am deutlichsten das typisch mallorquinische Flair. Leben Sie da allein?"
Er lacht laut. „Aber nein. Diese Insel bringt zwar viele gute Früchte hervor. Aber Carmen, meine Lebensgefährtin, ist aus Deutschland. Und jetzt ist sie zum Shopping nach Palma. Ist es für sie wichtig, dass sie ...?"
„Später einmal. Aber im aktuellen Bericht für die Silenzium möchte ich die Brücke vom ehemaligen Geschäftsführer der POM zum erfolgreichen Unternehmer schlagen. Herr Mechtersheimer erwähnte in einem Telefongespräch auch Ihre Kunstkenntnisse."
„Ja, der Alfred. Wir ergänzen uns gut." Er unterbricht kurz und biegt auf die C 719 zum Coll d'Andritxol ab. Der schwere Wagen neigt sich etwas zur Seite und beschleunigt dann wieder. „Vielleicht kommt er auch in paar Jahren hierher. Aber geeignete Immobilien sind immer schwerer zu finden."
Die Strecke wird steiler und führt in Serpentinen die dünn mit Pinien und Ginsterbüschen bestandenen Hänge hinauf. Die flirrende Hitze weicht mehr und mehr einem angenehm kühlen Luftzug. Schließlich steuern wir in eine geteerte Zufahrtsstraße.
„Auch das mit den Straßen kann hier ein Problem sein. Die Behörden denken mitunter, dass eine Spur für Eselkarren reicht. Wenn man da nicht den richtigen Mann kennt, kann man sich am Ende die Zufahrt zum Haus noch selbst teeren."
Ja, ja, man hat es schon schwer auf Mallorca. Dieser Eindruck verstärkt sich noch, als wir am Tor ankommen. Natürlich ist es schmiedeeisern und natürlich genauso weiß wie die sicher zwei Meter hohe Mauer um das Grundstück. Ein Haus ist noch nicht zu sehen. Dafür aber zwei Dobermänner, die uns mit gespannter Körperhaltung fixieren, ohne einen Laut zu geben. Heugen drückt auf einen Knopf am

Armaturenbrett. Das Tor öffnet sich lautlos, lautlos gleitet der Rolls hinein, lautlos schließt sich das Tor wieder. Ohne zu bellen, aber sehr aufmerksam laufen die beiden schwarzen Hunde neben dem Auto her. Sonst ist keine Menschenseele zu sehen, obwohl der sauber geharkte Kies in der Einfahrt und die gepflegten Blumenrabatten einen Gärtner verraten. Noch ein paar Meter weiter und wir sind vor dem Haus.
Ein altes Bauernhaus, zumindest von außen. Eine großzügige Zufahrt, auf der schon zwei Autos parken. Ein weißer Mercedes S-Klasse und ein recht betagter Pegaso mit einem ganzen Bündel roter Gasflaschen auf der Ladefläche.
„Ah, Achim ist da. Und offensichtlich auch sein Freund Pedro. Warum müssen die sich immer so dämlich hinstellen?"
Heugen weicht ein wenig auf die Wiese aus und stellt missvergnügt fest, dass auch sie ausweicht. Und zwar unter dem Reifendruck seiner schweren Nobelsänfte eindeutig nach unten. Wohl durch den Regen vom Vortag.
„Der Gärtner wird es schon richten." Er bemerkt meinen fragenden Blick. „Sie wissen natürlich nicht, wer Achim und Pedro sind. Achim Sewers ist mein Steuerberater und Pedro heißt eigentlich Peter Lincke. Pedro versorgt die Fincas hier in der Gegend mit Gas. Zum Kochen, Heizen und so weiter. Sie wissen schon."
Ich nicke. Klar weiß ich schon. Ich habe auch ein kleines Gartenhäuschen. Auch mit vier Wänden und Dach. Und ich lagere sogar meinen Rasenmäher darin.
Heugen steuert zur Seite, wo sich hinter halbhohen Pinien eine offensichtlich nachträglich gebaute und üppig dimensionierte Garage verbirgt. Zwei Doppelgaragentore, von denen Heugen das rechte wählt. Ein Griff zum Armaturenbrett und es öffnet sich. Wir fahren hinein und parken neben einem hochglanzpolierten Ferrari, die Hunde bleiben draußen. Den Platz neben der Maranello-Schleuder belegt ein chromstrotzender Chevrolet Cherokee Geländewagen. Was hatte ich sonst erwartet? Ein Platz ist leer. Wohl, weil diese Carmen shoppen ist.
„Ja, sehen Sie, man muss hier immer vorsichtig sein." Heugen hat meinen besorgten Blick zu den Hunden sehr wohl bemerkt. „Erfolg macht Neider. Und es ist ja so schwierig, Personal zu finden. Zuverlässiges Personal. Sie wissen doch, was ich meine?"
Wohl wahr, ich nicke bestätigend. Auch mich plagt dieses Problem

schon lange, sodass ich heute auf Hosenträger verzichte und nur noch Gürtel trage.
„Aber man bemüht sich ja immer, den Leuten entgegenzukommen. Will ja auch etwas für die Gesellschaft tun."
So wie mir: Schreib du mal schön und verdiene ein paar Kröten damit, wenn du beschreibst, wie ich in Saus und Braus lebe. Ein paar Rufe dringen auf die Terrasse und ich wende meinen Kopf.
„Das ist das Hausmädchen." Heugen bemerkt mein Aufhorchen. „Sie ruft die Hunde hinein. Abdenago ist wohl schon weg, er hat heute seinen freien Nachmittag. Einmal die Woche. Er ist mein Mädchen für alles. Gärtner, Chauffeur und so weiter. Aber das Hausmädchen ist sicher in der Küche und bereitet das Abendessen vor. Nun, dann haben wir das Haus fast für uns allein. Die Gartenbewässerung läuft ohnehin automatisch."
Das ist bei mir auch so, bin ich versucht zu sagen, aber wieder nicke ich nur anerkennend und folge ihm die paar Meter ins Haus. Die rau verputzten und weiß gestrichenen Wände verbreiten einen rustikalen Charme. Dazu kommen sorgfältig restaurierte einheimische Möbel, die ich interessiert mustere. Sie sind ganz schwarz, wie Mahagoni. Wohl aus einheimischen Hölzern gekehlt und geschnitten. Dann schwarz gebeizt. Der Boden ist Marmor bester Qualität von einem fast sterilen Weiß, sauber verlegt. Offensichtlich hat Heugen das ursprüngliche Bauernhaus komplett umgebaut, ohne auf die Kosten zu sehen.
Wir kommen in einen großen Raum, der mit schweren Ledersesseln bestückt ist. An den Wänden einige Bilder von Miró. Originale? Würde mich nicht wundern. In der Kaminecke finden sich bayerische Landschaften, großformatige Ölgemälde. Unwillkürlich erwarte ich einen Jodler, der aber nicht kommt. Es wäre auch zu schön, arrrrriiiiibaaa übers Tal schallen zu hören statt jodeladelöööö...
Zum Tal hin öffnet sich eine große Fensterfront. Ihr vorgelagert ist eine offensichtlich nachträglich angebaute Terrasse mit einer bunten Mischung von Plastiken und einer großen Sitzgruppe. Zum Meer hin schließt sich ein türkis-blau schimmernder Swimmingpool von beachtlichen Ausmaßen an, dessen Wasseroberfläche sich durch die am Rand angebrachten Massagedüsen kräuselt.
Der Blick nach Süden und Westen ist überwältigend. Vor uns in flimmernder Hitze die rötlichbraune Erde, weiß hervorschimmernde

Felsen, tiefgrüne Pinien. Dahinter das Mittelmeer, das sich in seiner abnehmenden Bläue zum Horizont hin von uns wegkrümmt. Der Aufwind den Hang hinauf bringt etwas Kühle und den Geruch nach trockener Erde. Ein Platz, den sich sicher nur die leisten können, die ganz früh oder ganz reich nach Mallorca kamen. Bei Heugen ist sicher Letzteres der Fall. Erstaunlich, wie viel man als Geschäftsführer der POM verdient – oder besser – zugeschanzt bekommt.
Heugen entschuldigt sich und verschwindet hinter einer Schwingtür, sodass ich mir die Terrasse genauer ansehen kann. Auf der rechten Seite steht die Bronze eines Esels, ähnlich der Plastik im Mainzer Volkspark neben dem Hotel Favorite. Sie schaut geradewegs nach Westen in Richtung Puerto de Andraitx. Direkt daneben ein großes Teleskop, das ebenfalls auf den Hafen ausgerichtet ist. Einige große Jachten sind da zu erkennen. Im Zentrum des Bildes eine Sundancer 460, deren große Beschriftung auch auf diese Entfernung lesbar ist. Auf einem Sockel steht ein Objekt, wie es mein Freund Norman aus Kastel aus Schrott zusammenbastelt, den er im Rhein findet. Von ihm wird sie aber nicht sein. Es muss ein bekannter Name dahinterstecken. Auch Miró machte solche Dinge aus Material, das er am Strand von Mallorca fand. Warum also nicht auch diese? Zumal im Innenraum die anderen Mirós hängen.
An der anderen Terrassenseite ein goldener Diskuswerfer, wie er sonst als Vorgarten-Dekoration angeboten wird. Aber in Gold statt Gips? Sicher nur vergoldet. Die Schwingtür geht wieder auf und ein fröhliches Lachen dringt nach draußen. Heugen ist wieder da.
„Bitte entschuldigen Sie, ich habe gerade ein paar Worte mit meinem Steuerberater gewechselt."
Ich spreche eher mit meinem Lebensberater, nachdem ich meine Schulden gezählt habe, denke ich mir und sage folgerichtig: „Ja, es ist nicht immer einfach im Leben. Sie haben doch bestimmt viel Mühe aufgewandt, sich ein solch schönes Heim zu schaffen."
„Das können Sie laut sagen. So schön die Aussicht hier ist: Sie müssen alles selbst schaffen. Kein Strom, kein Gas, kein Wasser. Sie müssen Brunnen bohren, einen Stromgenerator heranschaffen und einmal in der Woche kommt Pedro. Und damit der mit seinem Laster nicht die Einfahrt kaputtfährt, müssen Sie den Untergrund verstärken lassen."
„Da sind Sie sicher froh, dass Sie das alles in Ihrem Unternehmen planen können."

„Natürlich. Aber Sie müssen auch jemand kennen, der jemand kennt, der jemand kennt. Sonst kommen Sie nicht weiter. Die Einheimischen nennen es „Enchufe" – Steckdose."
„Mit wie viel Volt wird die betrieben?" Dieses Prinzip ist mir doch irgendwie sehr vertraut.
„Betriebsgeheimnis. Genug jedenfalls."
Er macht zu. Etwas Lauerndes kommt in seinen Blick, der Tonfall ist abgekühlt. Merkwürdig, wo er doch sonst keine Gelegenheit auslässt, sich über die schwierigen Umstände auf der Insel zu beklagen. Doch ich sollte den Bogen nicht überspannen. Die Sonne ist gerade richtig zum Fotografieren, und ich muss auch an die Arbeit denken.
„Ihre Finca ist ein Traum, keine Frage." Ich wechsele das Thema, und er lächelt geschmeichelt. „Lassen Sie uns jetzt die Bilder machen."
Bereitwillig lässt sich Heugen von mir auf der Terrasse hin und her bugsieren. Ich verschieße aus Sicherheitsgründen zwei Filme. Denn eine zweite Chance gibt es bei solchen Gelegenheiten meist nicht.
Nach einer halben Stunde ist das volle Fotoprogramm durch: Baulöwe neben Strandplastik (der Liebhaber moderner Kunst), durchs Fernrohr sehend (der weitsichtige Planer), vor seinem Haus (der stolze Besitzer), in der Kaminecke unterm Watzmann in Öl (der Heimatverbundene), vom Hausmädchen bedient (der Lebemann), auf dem Kotflügel seines Ferrari (der flotte Hirsch), im Gespräch mit dem Journalisten (der Weltgewandte, hier helfen mir mangels Kollege Stativ und Selbstauslöser). Dazu noch ein paar Übersichtsfotos von der Halle. Summ, summ, summ, klick, klick, klick, fertig ist das Mediengesicht.
„Die Fotos sind im Kasten." Ich packe die Olympus in die Fototasche. „Gehen wir über zum Interview?"
„Setzen Sie sich, Herr Sander." Er lädt mich mit ausladender Geste in die Sitzgruppe ein.
Am besten, ich fange mit dem Strandmüll an. Vielleicht ist Heugen von meiner Fachkenntnis beeindruckt und wir haben einen guten Einstieg ins Interview. Vielleicht liege ich auch daneben? Dann wäre es auch kein Beinbruch. Jedenfalls sieht er sich als großer Kunstmäzen, klar. Wir setzen uns.
„Bevor ich es vergesse – Herr Mechtersheimer hat es auch schon unterschrieben." Ich reiche dem nun sehr lockeren Baulöwen das präparierte Foto zur Unterschrift.
Er nimmt es wie erhofft und unterschreibt mit Schwung. Ganz anders

als die krakelige Signatur Mechtersheimers. Heugens Fingerabdrücke könnten den Fall lösen – oder auch nicht. Während ich das wichtige Stück nach der Unterschrift sorgfältig verstaue, bringt das schwarzhaarige Hausmädchen mit unterwürfigem Blick eine Karaffe Sangría und stellt zwei Gläser auf den Tisch. Er verabschiedet sie mit einem Klaps auf den Po und kommentiert meinen tadelnden Blick. „Rosita ist schon eine echte Perle. Steht mir den ganzen Tag zur Verfügung und liest mir jeden Wunsch von den Augen ab."
Ob nachts wohl auch, wenn seine Carmen mal nicht da ist, frage ich mich. Doch ich muss mit dem Bericht beginnen. „Darf ich das Gespräch auf Band aufnehmen?"
„Sie dürfen, mein Lieber, Sie dürfen."
„Zunächst zu Ihrer Mainzer Zeit. Erzählen Sie doch einmal Ihren beruflichen Werdegang. Bis Sie nach Mallorca gingen."
„Ich habe Jura studiert und mich schon vor dem Studium politisch engagiert. Kurz nach dem ersten Staatsexamen wurde ich Stadtrat in Bad Kreuznach. Dann kam ich nach Mainz in den Vorstand der Landesrundfunkanstalt und wurde schließlich Geschäftsführer der POM. Mit meinem Kollegen Mechtersheimer von der anderen großen Partei. Sie wissen schon, welche ich meine."
Ja, das ist schon sehr deutlich, wie in Mainz bis vor einigen Jahren die Gelder brüderlich aufgeteilt wurden. Doch seit ein paar Jahren ist der Konsens aufgekündigt. Und jetzt haben die gierigsten Haie die Pfründe geschluckt und hungern die Wettbewerber aus. Die Kleineren aber wie Angela mit ihrem Ingenieurbüro haben das Nachsehen, wenn sie nicht den Richtigen kennen.
Eine weitere Facette in dem Spiel ist die Parkplatzbewirtschaftung. Die Geschäfte in den Innenstädten murren über die horrenden Parkgebühren, die ihre Kunden in die Märkte auf der grünen Wiese treiben. Doch in der Öffentlichkeit benennt man solche Dinge natürlich anders, spricht von Platzknappheit. Also weiter im Fragetext:
„Ein Schwerpunkt Ihrer Arbeit bei der POM war die Ansiedlung von industriellen Unternehmen und Dienstleistern, beispielsweise Fernseh- und Multimedia-Unternehmen. Dazu waren Sie stets auf der Suche nach Investoren. Wie haben Sie diese davon überzeugt, nach Mainz zu kommen?"
„Das erfordert schon einiges an Überzeugungskraft und – ich nenne es mal so – Landschaftspflege." Ein mildes Lächeln mir dummem Frager

gegenüber. „Eine vernünftige Planung, gute Rahmenbedingungen, kurze Wege. Ja, vor allem kurze Wege."
„Stichwort Rahmenbedingungen. Ihr Kollege Mechtersheimer empfand Sie als besonders kunstinteressiert. Spielte das eine Rolle in Ihrer Arbeit?"
„Aber unbedingt!" Kunst ist offensichtlich ein Lieblingsthema von Heugen. „Sie können keine hoch qualifizierten Arbeitsplätze in der Diaspora schaffen. Sie bekommen nur da gute Leute hin, wo Sie auch die entsprechenden Freizeitangebote bieten."
„Beispielsweise Theater."
„Richtig. Das Große Haus und das Kleine Haus des Staatstheaters, das zieht. Umso bedauerlicher, dass der Himmelsstürmer heruntergefallen ist." Aha, Mechtersheimer hat ihn schon instruiert. „Und eine Leiche war darin. Wie bedauerlich! Wissen Sie denn inzwischen, wer es war?"
„Der Täter ist noch unbekannt. Die Kripo ermittelt. Und das Opfer wurde inzwischen als ein Herr Kühn vom Hochbauamt identifiziert."
„Sehr bedauerlich, sehr bedauerlich." Heugen schaut mir taxierend in die Augen, doch ich leite das Gespräch gleich weiter.
„Wie kam der Himmelsstürmer eigentlich aufs Dach? Er ist dort oben kaum zu erkennen gewesen."
„Ach, wissen Sie, es gab da so einige Leute, die ihn nicht – umgebungsgemäß fanden. Nicht wollten, dass er unten auf dem Vorplatz oder am Höfchen steht. Und da haben wir ihn auf das Dach gestellt."
„Kannten Sie diesen Herrn Kühn eigentlich?"
„Vielleicht, aber es ist schon ein paar Jahre her. Sehen Sie, ich kann mir nicht jeden Abteilungsleiter eines Bauamtes merken."
Da hat er sich verraten. Denn Kühns Position hatte ich ihm nicht gesagt. Kann ich das ausschlachten? Kaum – herausreden kann er sich immer noch. Beispielsweise hätte es ihm Mechtersheimer sagen können. Also frage ich vorsichtig nach:
„Es ging da wohl um die Unterführung am Mainzer Hilton."
„Das kann durchaus sein. Aber", sein Blick bekommt wieder etwas Drohendes, „Ich dachte, Sie wollen mich in meinem neuen Umfeld vorstellen. Das Interview bekommt jetzt eine Wendung, die mir nicht gefällt."
„Entschuldigen Sie." Ich muss darauf achten, nicht erst auf- und dann herauszufliegen. „Wie ging es in Ihrer Karriere weiter?"

"1996 bekam ich ein Angebot von meiner jetzigen Firma. Die International Planning suchte dringend einen Geschäftsführer für die Aktivitäten in Deutschland. Unter meinem Vorgänger lief das nicht so gut. Und so bin ich nach Mallorca übergesiedelt."
„Und haben den Laden auf Vordermann gebracht?"
„Jährliche Steigerung der Auftragseingänge im Schnitt um zwanzig Prozent. Ist das nichts?"
„Eine enorme Entwicklung. Wie fühlen Sie sich hier in Mallorca?"
„Bestens, mein Lieber, bestens."
„Aber nach Mainz kommen Sie auch noch?"
„Sicher. Wenn größere" – er zögert – „Verhandlungen bevorstehen. Sonst kümmern sich die Leute von der POM um alles. Mechtersheimer und Simmer. Ein starkes Team, sagen viele."
Andere denken eher an einen Kraken, der überall seine Saugnäpfe drin hat, denke ich mir, behalte es aber für mich.
„Sonst halten mich meine Geschäfte hier fest." Heugen lächelt selbstbewusst.
„Gab es da nicht böses Blut, als ein so kompetenter Macher in die Privatwirtschaft wechselte?"
Igitt, ich rutsche auf meiner eigenen Schleimspur entlang.
„Wohl, aber das waren nur Neider. Tatsächlich kommt auf diesem Weg wichtiges Know-how in die Wirtschaft. Das ist für beide Seiten positiv."
Da muss ich ihm recht geben. Für den Wechsler und die Wirtschaft auch. Der weinende Dritte ist der Bürger, der die überhöhte Zeche zahlen muss. Das Verfahren ist ebenso alt wie erprobt. Spektakulär wird es nur, wenn irgendein besonders hohes Tier es besonders ungeschickt macht. Wie dieser exkanzlerdicke EU-Kommissar Bangemann. Er war in der EU zuständig für Telekommunikation und wechselte einfach aus dem Amt zu einer Telefongesellschaft. Just eine, die er vorher zu kontrollieren hatte. Eine spanische, wenn ich mich nicht irre. Selbst das wäre kein Skandal geworden, wenn er nicht auch noch – manche sagen vor Gier – die Kündigungsfristen nicht eingehalten hätte. Oder der Chef der Deregulierungsbehörde, der nach der Versteigerung der UMTS-Lizenzen kurzfristig einen – sicher auch finanziell – interessanten Job in der Industrie bekam. Doch kommen wir einmal wieder auf den Pfad der berichterstattenden Tugend zurück. Und legen die nächste Schleimspur.

„Das Objekt auf der Terrasse – ist das ein Miró?"
„Ein Original, wie die Gemälde im Innern." Besitzerstolz. „Sie sind zwar teuer, aber ihr Geld wert. Der Künstler wohnte übrigens in der Nähe. Doch wir sollten zum gemütlichen Teil des Tages übergehen. Haben Sie jetzt genug Material?"
Ich nicke.
„Dann auf einen gelungenen Bericht." Er hebt sein Glas und prostet mir zu. Auch ich erhebe mein Glas und nehme den ersten Schluck. Die eisgekühlte Sangría schmeckt süffig und erfrischend. Heugen bemerkt mein anerkennendes Gesicht.
„Das ist nicht das Zeug, was die in Deutschland im Supermarktregal haben. Echte Sangría schmeckt nur frisch: Frischer Rotwein, frische Früchte, eisgekühlt." Er prostet mir erneut zu, aber ich mache erst einmal Pause, zumal sich seitlich am Haus eine Tür öffnet. Zwei Männer kommen auf die Terrasse. Zunächst ein großer, schwerer Mann mit vollem, kurz geschnittenem Haar und aufrechtem Gang, sicher über einsneunzig groß, der trotz der Hitze einen entspannten Eindruck in seinem weißen Anzug macht. Ihm folgt ein mittelgroßer Blonder Ende Vierzig, mit Schnauzer und dauergewellten Haaren, die eine längst nicht mehr vorhandene Fülle vortäuschen sollen. Er trägt einen leicht verschmutzten, rötlichen Overall, auf dem ich irgendetwas mit „Gaz" entziffere. Das dürfte der Lasterfahrer sein.
Beide steuern zielsicher auf Heugen zu, der uns gleich vorstellt. „Achim Sewers, mein Steuerberater. Der beste auf Mallorca." Er dürfte wohl für die Steckdosen zuständig sein, wie hießen sie noch auf Mallorquín? Réchaud? Egal, wichtig ist, dass er weiß, wie er es macht. „Und Peter Lincke, der mein Anwesen mit seiner Energie versorgt. Auch ein guter Freund." Nach der Begrüßung setzen wir uns wieder und Rosita bringt neue Sangría.
„Darf ich noch ein Bild mit Ihren Freunden machen?" Der Gesellige im Kreis der Freunde fehlt noch in meiner Fotosammlung.
„Machen Sie nur, machen Sie nur." Heugen hat nichts dagegen, Sewers auch nicht. Nur Lincke schaut ein wenig skeptisch, kann sich aber dem Gruppenzwang nicht entziehen. „Und kommen Sie doch mit aufs Bild. Rosita kann es ja machen. Rosiiiita!"
Tatsächlich kommt sie gleich und ich weise sie kurz in die Kamera ein. Sie wundert sich zwar, dass ich den Blitz bei der noch großen Helligkeit einsetze, aber die Gegenlicht-Aufhellung zu erklären, ist jetzt

nicht notwendig. Sie blitzt pflichtgemäß, gibt mir die Kamera und verschwindet wieder im Haus. Dem Tellerklappern nach ist sie wieder in der Küche tätig.
„Damit hätte ich mein Pflichtprogramm beendet, Herr Heugen. Ich möchte Sie mit Ihren Freunden nicht stören." Ich beginne meine Abschiedsprozedur, doch er unterbricht mich gleich.
„Aber nicht doch, Herr Sander. Es ist noch früh. Genießen Sie mit uns den Sonnenuntergang. Ihre Kinder sind doch gut versorgt. Erzählen Sie jetzt doch einmal aus Ihrem Job. Wir alle" – sein Blick streicht über Lincke und Sewers – „Fühlen uns zwar hier wohl, aber wie sieht denn ein deutscher Journalist unsere Insel?"
„Das Bild ist sicher überwiegend positiv. Tolles Klima, nette Leute, wunderschöne Landschaft." Er hört huldvoll lächelnd meinen Ausführungen zu. „Und nicht zuletzt ziehen die vielen Promis, die sich hier niedergelassen haben einiges Interesse auf sich."
„Ja, über Boris und Claudia wird hier auch viel geredet."
„Die Kehrseite ist, dass da, wo viel Geld ist, auch die Kriminalität nicht weit ist. Vor kurzem gab es sogar einen Mord in der Schinkenstraße, über den viel geschrieben wurde."
„Ja, da ging es wohl um Schutzgelderpressung. Und man muss hier wirklich vorsichtig sein, wenn man es zu etwas gebracht hat." Beifallheischend schaut er sich in der Runde um, und Sewers pflichtet ihm mit einem besorgten Nicken bei.
„Es ist nicht so einfach wie in Deutschland. Sie mögen das vielleicht als Luxus empfinden, aber wir müssen unsere Grundstücke und Häuser gut sichern. Und dennoch gibt es immer wieder Ärger."
„Wie letzte Woche", pflichtet ihm Lincke bei, der sich in seinem Sessel bequem ausstreckt. „Da haben ein paar Bauern mit ihren Treckern die Einfahrt blockiert. Einfach so."
„Wieso blockiert?", hake ich nach.
„Angeblich, weil das Schwimmbad zu viel Wasser braucht und die Felder verdorren. Dabei ist das gleichzeitig ein Feuerlöschteich. Und das Wasser muss ich mit meiner UV-Anlage erst aufwändig entkeimen. Aufs Grundstück trauen sich die Bauern wegen der Hunde nicht. Und so blockieren sie die Einfahrt."
„Die sind nur sauer, weil sie uns damals ihre verfallenen alten Häuser, mit denen sie nichts mehr anfangen konnten, verkauft haben. Und jetzt würden sie das Hundertfache bekommen. Glauben sie." Heugen

schaltet sich wieder ein. „Die machen sich überhaupt keine Vorstellung, was es kostet, so einen alten Steinhaufen wiederherzurichten. Und zwar im traditionellen Stil. Wie es sich gehört. Die sollten froh sein, dass wir mit viel Geld die mallorquinische Baukultur erhalten."

„Und was haben die mit dem Geld gemacht? Haben sich neue Betonklötze gebaut, die denen jetzt schon wieder nicht mehr gefallen." Lincke redet sich in Rage. „Aber denen habe ich's gezeigt."

„Gezeigt?" Was meint er damit?

„Na ja, mit meinem Laster habe ich die Ackerdinger einfach zur Seite geschoben." Lincke grinst. „Kann schon sein, dass dabei eins umgefallen ist. Aber wir Deutschen halten zusammen, nicht?"

„Prost!" Sewers erhebt sein Glas und ich muss zwangsläufig mitprosten. So ist das also. Von Integration keine Spur. Die Spannungen kann ich mir lebhaft vorstellen. Und die scharfen Hunde am Tor haben auch ihren Grund. Trotz der Hitze fröstelt es mich. Die Schatten der Pinien werden schnell länger und reichen nun schon bis zur Hauswand, deren Weiß den gelblich-roten Schimmer der untergehenden Sonne auf die mittlerweile vom Alkohol geröteten Gesichter wirft. Es ist wirklich Zeit zum Aufbruch. Dominik und Linda werden sich langsam fragen, wo denn der Papa bleibt.

Heugen hat auch schon einiges getrunken. Als ich ihm sage, dass ich jetzt wirklich aufbrechen möchte, überlegt er kurz und ruft Rosita. Nachdem er kurz mit ihr gesprochen hat, wendet er sich wieder an mich.

„Vielen Dank für Ihren Besuch, Herr Sander. Rosita wird Sie ins Hotel bringen, wenn Sie einverstanden sind. Und falls Sie Lust haben: Morgen laufe ich Wasserski. Um vier vor Paguera. Damit Sie näher dran sind, können Sie gern auf meine Jacht kommen. Haben Sie Lust?" Als er merkt, dass ich zögere, setzt er gleich hinzu. „Natürlich nur, wenn es mit Ihren Kindern passt."

Das Angebot reizt mich. Zwar möchte ich mich nicht mit ihm zu eng verbandeln. Andererseits war ich schon bei ihm zuhause und was ist da noch dabei? Mal life auf einer Protzjacht, im Hintergrund das Meer. Fotos direkt vor Ort, in entschieden besserer Qualität als die meiner Paparazzi-Kollegen. Die lungern mit ihren großen Teleobjektiven mitunter wochenlang am Strand oder Wasser herum, um mal ein textilfreies Foto eines Prominenten zu schießen. Am effektivsten mit neuer Begleitung, von der die weltweite Klatschgemeinde noch nichts weiß.

Ich sage ihm, dass ich mich über das Angebot freue, aber erst einmal mit meinen Kindern sprechen muss, die ihren Papa im Urlaub vor allem für sich haben wollen. Er gibt mir seine private Visitenkarte. In schnörkeliger Schrift ist seine Telefonnummer und natürlich das Handy aufgelistet. Ich bedanke mich und verabschiede mich von ihm und dann von Lincke und Sewers, die ihre Sangría-Gläser schon wieder nachgefüllt haben. Ein merkwürdiges Gespann, diese drei.
Rosita wartet schon an der Terrassentür und geht mit mir zu ihrem unter einer Pinie seitlich vom Haus geparkten roten Fiat Panda. Ich lasse mich in den schmalen Beifahrersitz fallen. Als wir losfahren, laufen die Hunde mit federnden Schritten neben dem Auto bis zum Tor vor, das sich automatisch öffnet und wieder hinter uns schließt. Wir fahren vorsichtig die Serpentinen bergab. Neben den weißen Linien am Fahrbahnrand geht es teilweise atemberaubend abwärts. Die Aussicht ist auch hier fantastisch. So langsam löst sich in mir eine latente Spannung, die ich auf Heugens Anwesen spürte, und ich versuche, mit Rosita ein Gespräch zu beginnen. Doch sie antwortet mir einsilbig, wirft nur ab und zu einen kurzen, misstrauischen Blick zu mir. Ich kann mir vorstellen, dass ihr der Job bei Heugen keinen großen Spaß macht.
Auf halber Strecke kommt uns mit aufgeblendeten Scheinwerfern ein Golf Cabrio mit heruntergefahrenem Verdeck entgegen. Rosita zischt nur „Carmen" und fährt ein wenig zur Seite, damit Heugens Lebensgefährtin gut vorbeikommt. Auch dieses Verhältnis dürfte nicht so gut sein. Der Neid auf Heugens Lebensstil hatte sich bei mir von Anfang an in Grenzen gehalten und nun lerne ich nach und nach kennen, in welchem Umfeld er wirklich lebt. Das ist sicher auch ihm klar, denn er schützt sich mit Zäunen und Hunden. Umgibt sich mit seinen Freunden. Arbeitet eng mit den Behörden zusammen, was immer das heißen mag. Er versteckt sich und protzt gleichzeitig. Eine gefährliche Mischung. Rosita neben mir bleibt schweigsam. Nachdem wir die Serpentinen hinter uns gelassen haben, fädelt sie sich in den regen Verkehr der Küstenstraße ein.
Paguera kennt sie gut. Ob sie hier aufgewachsen ist? Als sie mit dem Panda in den Innenhof des Hotels einbiegt, kommen Dominik und Linda schnell nach draußen gelaufen. Sie fallen mir nacheinander um den Hals. Da taut die Mallorquinin auf und strahlt. Doch sie muss zurück zu Heugens Domizil in den Bergen – das Abendessen des Pat-

rons wartet. Als sie mit dem kleinen Wagen wieder aus dem Hof fährt, kommt auch Angela an den Hoteleingang. Ihre Hoffnungen sind klar, aber sie ahnt auch schon, dass ich nichts erreicht habe. Dennoch fragt sie nach.
„Na, wie ist es gelaufen, Ronni?"
„Wie erwartet. Heugen hat gute Kontakte zu den Behörden und ist sicher verstrickt in diese Baugeschichten. Und offensichtlich gibt es nicht Wenige, die ihm seinen Lebensstil neiden. Du kannst dir das ja morgen einmal anschauen. Morgen will er Wasserski laufen. Und hat mich dazu auf seine Jacht eingeladen."
„Und wirst du gehen? Ich kann mich um Dominik und Linda kümmern."
Die begeisterte Zustimmung meiner beiden tut ihr sichtlich gut.
„Ja, ich denke, ich gehe." Ich muss konsequent am Ball bleiben. Als ich mich auf den Wülfing-Deal eingelassen hatte, ahnte ich schon so etwas. „Aber ganz wohl ist mir dabei nicht."
An der Rezeption liegt eine Nachricht für mich. Ein Herr Wülfing hat um viertel nach fünf angerufen und würde es morgen früh gegen neun wieder versuchen. Wahrscheinlich wollte er pünktlich aus seinem Büro. Bestimmt hockt er jetzt bei einem kühlen Bier mit seinen Gelb-Weiß-Kameraden in Mombach zusammen und diskutiert über die Dribbeltechnik ihres neuen Flankengottes. Alfonso arbeitet in der Gärtnerei am Mombacher Waldfriedhof. Ihn zeichnet, wie er mir einmal sagte, eine typisch spanische Spielfreude aus.

*

Rosita bog kurz hinter Paguera rechts von der Hauptstraße ab. In einem kleinen Tal stand – von der Straße uneinsehbar – ein altes Haus, dessen Schuppen von örtlichen Bauern zum Abstellen einiger Feldmaschinen über den trockenen Sommer genutzt wurde. Das Haus selbst war recht klein und aus Feldsteinen aufgebaut, die mit Mörtel grob verfugt waren. Obwohl es sehr alt war, befand es sich in recht gutem Zustand. Das Dach war offensichtlich erst vor kurzer Zeit repariert worden. Einzelne Ziegel stachen mit ihrem frischen Rot zwischen den halb bemoosten und verblichenen älteren heraus. Rosita wurde schon erwartet.
Abdenago begrüßte seine Geliebte kurz und heftig. Sie musste aber

bald wieder weiter, um beim Alemán aufzutischen. Ihr Partner führte in der Nacht noch mehrere Telefongespräche mit einem Bootsverleih in Paguera. Die Gespräche waren kurz. Weniger, weil die Handy-Kosten so hoch gewesen wären, sondern weil die Informationen vorher bereits im Wesentlichen abgestimmt worden waren.

*

Guten Morgen, Mallorca! Von draußen schimmert ein helles Blau durch die dünnen Gardinen. Ein dünnes und zartes Blau, das stetig an Intensität gewinnt. Bald wird es harte Kontraste zu den weißen Felsen und grünen Pinien bilden. Es ist schon fast acht, Frühstück gibt es ab sieben. Dominik schläft noch, mit dem Kopf seitlich zum Fenster hin und halb geöffnetem Mund, Linda schnauft ein wenig und hat sich in ein Bettdecken-Knäuel vergraben.

Ob ich sie wecken soll? Wozu, es ist Urlaub. Die beiden stehen sowieso bald auf und kennen den Weg nach unten. Spätestens heute Morgen muss Wülfing anrufen. Vielleicht schon früh? Ich beschließe, beim Frühstück auf den Anruf zu warten, und steige in Shorts und T-Shirt. Auf dem Weg nach unten klopfe ich nebenan an Angelas Tür, doch sie antwortet nicht. Sie schläft wohl noch. Im Entrée schmökere ich die spanischen Zeitungen durch. Mit meinen rudimentären Kenntnissen entziffere ich etwas von einem Mord an einer deutschen Millionärin in Andraitx.

Der Zeitung nach muss der Mord gestern, also am Dienstagmorgen, geschehen sein. Bastian war zu diesem Zeitpunkt aber schon in Auslieferungshaft, kann es also nicht gewesen sein. Wieso komme ich überhaupt auf solche Gedanken? Ich bemerke, dass es keine gute Idee war, den Urlaub mit anderen Dingen als Ausruhen zu befrachten. Der Rest der Zeitung enthält nur allgemeine Informationen und – natürlich – einen umfangreichen Immobilienteil. Was werden mehrere Millionen Besucher pro Jahr hier lassen? Es dürfte weit in die Milliarden gehen.

„Hi, Ronni." Das Klappern von leichten Sandalen auf der Steintreppe. Angela ist heruntergekommen und setzt sich zu mir an den Frühstückstisch.

„Bastian geht dir im Kopf herum." Keine Frage, eine Feststellung. Sie sieht richtig zerknautscht aus, auch ihre Shorts und das T-Shirt. Die Haare sind kurzerhand nach hinten zum Pferdeschwanz gebunden.

Fürs Zöpfchenflechten hatte sie heute sicher keinen Nerv.
„Können wir ihn besuchen?" Auch ihr Tonfall ist längst nicht mehr fröhlich, sondern resignativ.
„Du bist keine Angehörige. Aber vielleicht kann Wülfing ja was organisieren."
„Der hat ihn doch erst hinter Gitter gebracht. Bastian lügt nicht. Bastian ist unschuldig!" Endlich kommt wieder mehr Leben in das zerknautschte Gesicht.
„Warte mal ab", versuche ich sie zu beruhigen. „Um neun will Wülfing anrufen."
Es sind noch fünfzehn Minuten, doch zunächst einmal kommen Dominik und Linda, die sich schon auf den Nachmittag mit Angela freuen. Was sie nicht davon abhält, eine Krümelparty auf dem Boden zu veranstalten.
Kurz vor neun ist es dann soweit: Das Telefon im Büro klingelt und Volkmar nickt durch die offene Tür in meine Richtung.
„Hi, Ronni." Wülfings altvertraute Stimme. „Es war gestern wohl ein schöner Abend."
„Wie man's nimmt. Auf jeden Fall ist Bastian Burger wieder hinter Gittern. Das war wohl deine Aktion."
„Erraten. Zwar wissen wir immer noch nicht, ob er der Mörder ist, aber er hat zumindest gelogen." Seine Stimme klingt sehr bestimmt. „Woher weißt du eigentlich von seiner Verhaftung?"
„Wir sind" – ich räuspere mich – „wir waren Zimmernachbarn im Hotel. Können wir ihn besuchen?"
„Da dürfte ja auch Frau Graber nicht weit sein. Und somit darf ich dir keine Informationen geben. Tut mir leid, Ronni. Vielleicht so viel: Er wird wohl am Samstag wieder rückgeführt." Immerhin eine Info für Angela. „Hat es bei Heugen funktioniert?"
„Ja, bestens. Soll ich das Bild per Post senden?"
„Wann kommst du zurück?"
„Samstag."
„Dann bringe es gleich mit. Die Post ist mir da zu unsicher und zu langsam."
„Heute Nachmittag bin ich auf Heugens Jacht."
„Na, da hast du ja was für deine Leser. Du solltest auch mal mehr über Gelb-Weiß Mombach bringen. Das zieht!"
„Denkst du." Ich muss lachen. „Sprechen wir am Samstag drüber.

Magst du mal bei mir vorbeikommen? Dann gebe ich dir gleich das Bild."
„Mal sehen."
„Oder sehen wir uns am Flughafen?"
„Kein Kommentar, aus Sicherheitsgründen."
Er legt auf.
Angela ist nicht begeistert über die Aussichten, die ich ihr erläutere. Entlassung: Fehlanzeige. Besuch: Dito. Immerhin: Am Samstag wird er ausgeliefert. Wir fliegen am selben Tag zurück. Auch mit demselben Flug? Es gibt viele Charterflüge jeden Tag nach Mallorca. Und auch wieder zurück. Doch bis dahin ist es noch weit und ich darf mir Angelas Probleme nicht zu sehr zu Herzen nehmen. Mal wieder mein Abgrenzungsproblem, würde Jana treffsicher diagnostizieren. Hilft mir nur alles nicht.
Eine richtige Urlaubsstimmung will beim Frühstück nicht aufkommen. Direkt nach der letzten Tasse Kakao rufe ich Heugen an, dass ich gern die Einladung zum Wasserski annehme. Als Treffpunkt machen wir den Anlegeplatz für die Glasbodenboote in Paguera aus, um drei. Linda mault schon im Hintergrund „Immer musst du telefonieren. Wann gehen wir endlich?", doch dann brechen wir wirklich auf.
Zum Meer sind es nur dreihundert Meter – ein leichter Spaziergang mit Kindern, Strandutensilien und Fototasche. Ich genieße Angelas Begleitung. Es ist schön, nicht immer allein mit den Kindern unterwegs zu sein. Hier ein wenig Aufpassen auf die Kinder und da ein paar nette Bemerkungen sind Labsal für meine Single-Seele. Auch Dominik und Linda freuen sich über unsere Begleiterin, die jeden Unsinn am und im Wasser mitmacht. Ich entspanne mich lieber im Schatten bei Douglas Adams' „Per Anhalter durch die Galaxis" mit seinem köstlichen Humor. Kishons Blaumilchkanal in der Blau-Milchstraße sozusagen.
Ab und zu kommen die Kinder und Angela an meiner schattigen Bank vorbei und sandverkrustete Hände angeln nach einem belegten Brötchen oder einer Getränkeflasche. Irgendwann haben alle genug vom Herumtollen und setzen sich neben mich. So entsteht dann das Bild einer perfekten Familie – Vater, Mutter, Junge, Mädchen – friedlich in Bücher vertieft. Leider nur eine Scheinwelt.
Diese Idylle geht kurz nach drei zu Ende. Von einer weiter draußen liegenden Jacht löst sich ein Boot und nähert sich mit hoher Geschwin-

digkeit dem Anlegesteg. Das dürfte Heugens Abholkommando sein. Meinen Kindern sage ich kurz auf Wiedersehen, aber die interessiert es nicht sehr, sie schmökern weiter. Ich gehe vor zum Landungssteg, wo das Beiboot in einer scharfen Kurve verlangsamt. Ein 60-PS-Mercury-Außenborder dient als Antrieb. Kein Vergleich zum Boot meines Freundes Rolf mit seinem 6-PS-Außenborder. Der kam noch nicht einmal gegen die Rheinströmung bei Koblenz an.
An Bord des Mittelmeer-Flitzers ist ein braungebrannter und durchtrainierter Einheimischer in Khaki-Shorts und T-Shirt mit IP-Aufdruck. Er strahlt Angela mit einem gewinnenden Lächeln an, begrüßt mich mit „Mister Sander?", und als ich nicke, mit einem „I'm Abdenago. Welcome". Angela ist nicht sehr angetan von dem Mittelmeer-Adonis und macht ungerührt mit der zweiten Kamera ein paar Fotos, als ich mit dem Rest meiner Fotoausrüstung zu ihm ins Boot steige. Kaum sitze ich, gibt der Leichtmatrose wieder Gas. Schon kommt das nächste Glasbodenboot und der Kapitän droht von der Brücke, als er uns an seinem Steg sieht.
Doch Heugens Boot beschleunigt schnell und springt gewagt über die ufernahen Wellen hinweg, bevor das Wasser glatter wird und Abdenago kurzfristig Vollgas gibt. Der Wind kräuselt das Wasser nur wenig und das Meer atmet friedlich. Nur der Fahrtwind zaust uns kräftig. Wie schnell mögen wir sein? Fünfzig, sechzig Stundenkilometer bestimmt. Heugens Jacht liegt nur etwa fünfhundert Meter vor dem Strand. Die Sundancer 460 hat – natürlich – den Namen Carmen. Er prangt unübersehbar auf einem vergoldeten Schild am Bug. In Zeiten häufig wechselnder Beziehungen ist der gemeine Skipper längst dazu übergegangen, den Namen der Angebeteten nicht mehr direkt auf den Rumpf zu pinseln.
Abdenago, der offensichtlich nicht nur das Gärtnern beherrscht, zwingt das Beiboot in einer abenteuerlich engen Kurve nahe ans Heck der Carmen. Eine 15-Meter-Jacht in Mittelmeertypischer offener Bauweise mit großer Pantry und wenig Kojen. Ein Partyschiff, könnte man sagen. Oben der Kommandostand, wo die Freizeitskipper die Gashebel der spritfressenden Maschinen mit großer Geste umlegen können. Ich recke den Hals für einen ersten Blick, aber entgegen dem gängigen Klischee sonnt sich keine Badenixe dekorativ am Bug. Es sieht nach einer Männerpartie aus. Heugen zieht gerade den Neopren-Anzug über und dehnt sich. Sewers und Lincke sitzen im Schatten und nippen an

der offenbar unvermeidlichen Sangría, beide in legerer Golfkleidung. Wir legen an der heckseitigen Badeplattform an, die bereits im Schiffsaufbau integriert ist und auch die Antriebsschraube verdeckt. Wasserski stehen schon da und auch eine Leine, wie ich sie in Rositas Auto sah.

„Kommen Sie an Bord, Herr Sander." Heugen zieht gerade die Schuhe an.

Die große Jacht liegt ruhig, sodass ich keine Probleme habe, mit meiner Fototasche auf die Mahagoni-Planken zu kommen und Heugen die Hand zu schütteln. Sewers und Lincke grüßen nur lässig mit der Hand und widmen sich ihren Drinks.

„Wissen Sie, Wasserski ist meine Leidenschaft. Nicht nur immer golfen, golfen, golfen. Wasserski hält fit. Haben Sie schon einmal ...?"

„Nein, das kenne ich nicht. Auch wenn es richtig Spaß machen soll. Ein Produktmanager eines Unternehmens, für das ich auf freier Basis schreibe, fährt in seiner Freizeit begeistert Wakeboard. Und kommt voller Elan nach dem Wochenende zur Arbeit."

„Genauso ist es auch hier." Er hat inzwischen seine Schuhe angezogen und richtet sich wieder auf. „Ein guter Ausgleich zum Stress. Sie glauben ja nicht, wie aufreibend die Vertragsverhandlungen sind, bis ein großes Projekt unter Dach und Fach ist. Doch jetzt geht es los."

Mit seinen Spezis auf der anderen Tischseite dürften Vertragsverhandlungen doch wohl kein Problem sein, oder?

Inzwischen liegt das Boot in Position und der Motor blubbert mit tiefem Ton vor sich hin. Die Zugleine treibt schlaff im Wasser, der hölzerne Griff liegt auf der Badeplattform bereit. Heugen packt ihn und springt ins Wasser. Abdenago dreht den Motor leicht hoch. Die Leine strafft sich und Wasser tropft herunter, als das üppig motorisierte Beiboot Heugen bei mittleren Drehzahlen aus dem Wasser zieht.

Dann Vollgas. Zuerst etwas widerwillig, dann zunehmend schneller nimmt das Gespann Fahrt auf. Zuerst rauschen die beiden in geringem Abstand parallel zum Strand. Das gefällt mir gar nicht, denn ich schwimme gern weiter hinaus. Und der Gedanke, von einem nahe am Strand fahrenden Boot überfahren zu werden, ist mir sichtlich unangenehm. Vor wenigen Jahren wurde der Schauspieler Götz George beim Schnorcheln überfahren und litt lange an den Folgen. Ich bezweifle inzwischen, dass der Besuch auf der Jacht eine gute Idee war. Doch was soll ich machen? Weg von hier komme ich derzeit nicht. Ich

bin zum Beobachten verdammt, während Sewers und Lincke im Hintergrund ungeniert über die körperlichen Vorzüge der Köchin Rosita diskutieren. Satzfetzen wie „Die Spanierin an sich", „Feurig, bestimmt auch im Bett" und „Kinderlieb. Viele Bambini" vermengen sich in meinem Ohr zu einem menschenverachtenden Einheitsbrei, während ich durch das Objektiv Heugen fokussiere. Er steht nicht ganz sicher auf seinen Brettern, hält sich aber wacker.
Inzwischen ist er nicht mehr allein. Ein Jetski-Fahrer im Neopren-Anzug mit Kapuze treibt sich in seiner Nähe herum und spielt die weit überlegene Geschwindigkeit seines Wassergefährts aus. Er überholt Heugen rechts wie links, lässt sich wieder zurückfallen und beginnt das Spiel von Neuem. Diese Jetskis sind völlig übermotorisierte schwimmende Zweisitzer mit bis zu 125 PS serienmäßig. Die Art Motorräder fürs Wasser erreicht leicht Geschwindigkeiten von über einhundert Stundenkilometern. Heugen hat Mühe, die Balance in den Wellen zu halten, die der Wasserrowdy erzeugt. Er droht dem Kapuzenmann mit der Faust, doch der reagiert nur in dem Sinne, dass er Heugen immer näher kommt und ihm fast von hinten über die Wasserski fährt. Abdenago fährt derweil weiter seine Schleifen vor der Küste. Merkt er nichts oder will er nichts merken?
Schnell schieße ich die ersten Fotos, denn da scheint sich eine Auseinandersetzung anzubahnen. Der Jetski kommt immer näher, kreuzt fast unmittelbar hinter Heugen seine Spur und nutzt die Wellen des Zugbootes für einen Sprung. Heugens Wut weicht langsam aber sicher der Panik. Er schreit und gestikuliert wild mit einem Arm. Endlich dreht sich Abdenago um und reagiert mit einer plötzlichen Kursänderung zur Jacht, sodass das Seil für ein paar endlose Momente schlaff herunterhängt und Heugen schlagartig Geschwindigkeit verliert. Er zieht, er zerrt an der Leine. Seine Bewegungen werden immer hektischer, er brüllt, er wirft einen Arm nach oben, versucht den tödlich schnellen Wasserflitzer im Auge zu behalten. So als könnte er ihn mit den Augen fixieren und seinen Motor zum Absterben bringen.
Doch es bleibt eine trügerische Vorstellung. Der Jetski wendet kurz und kommt dann direkt in Heugens Spur mit irrwitziger Geschwindigkeit auf die Jacht zugeschossen. Inzwischen ist Abdenago wieder auf Kurs, die Leine strafft sich schlagartig. Zu schnell spannt sie sich, zu gewaltig ist der Ruck.
Heugen rutscht der Griff aus der Hand, er lässt das Seil los, kämpft mit

rudernden Armen um sein Gleichgewicht und gleitet, vom Schwung getragen, noch vielleicht zehn Meter weiter. Doch da ist der Jetski schon da. Obwohl Heugen mehr als hundert Meter von der Jacht weg ist, höre ich ihn schreien, während der Motor des Jetskis noch einmal wütend aufkreischt. Er trifft Heugen am Oberkörper und sein Schrei verstummt. Ich bilde mir ein, das Knirschen von Knochen zu hören, doch das kann auf diese Entfernung eigentlich nicht sein. Abdenago erkennt die Situation, wendet das Boot und fährt auf Heugen zu, während der Jetski-Fahrer mit halsbrecherischer Geschwindigkeit die Küste westwärts rast und hinter dem Cabo Andritxol verschwindet.

*

Vom Schrei alarmiert, sind auch Sewers und Lincke aus ihrer Sangría-Fröhlichkeit aufgewacht und starren nun zum Beiboot, wo sich Abdenago offensichtlich damit abmüht, Heugen zu bergen. Sein Neopren-Anzug sollte ihn sicher über Wasser halten, doch ob Heugen den Rammstoß überlebt hat? Der schlaffe Körper im Boot verheißt nichts Gutes. Ich drücke auf den Auslöser, doch der Film ist zu Ende. Völlig mechanisch habe ich Foto für Foto des Dramas aufgenommen. Auch am Strand ist offensichtlich etwas bemerkt worden, denn eine Menschenmenge starrt gezielt zu unserer Jacht und einige Schwimmer sind zu uns unterwegs. Am Anleger der Glasbodenboote erkenne ich Angela und auch Dominik und Linda sind neben ihr. Ich winke ihnen zu und erleichtert winken sie zurück. Linda hüpft hoch, während sie die Arme schwenkt, damit ich sie besser sehe.

Inzwischen ist Abdenago mit dem Beiboot fast bei uns angelangt. Heugens schlaffer Körper liegt neben ihm, ein Lebenszeichen ist nicht zu erkennen. Endlich löst sich auch Sewers aus seiner Starre und ruft per Handy die Polizei an, während auf seine Anweisung Lincke den Motor startet. Nach einem kurzen Wortwechsel mit Sewers fährt Abdenago sofort mit dem Boot zum Anleger der Glasbodenboote.

Polizisten rennen die wenigen Meter auf dem Uferweg und drängen die Menge am Anleger zurück. Inzwischen ist Abdenago fast am Anleger und auch wir nähern uns mit der „Carmen“. Ob das eine gute Idee ist? Lincke und Sewers haben schon reichlich Sangría getrunken. Und Anlegemanöver sind nicht so einfach. Also tuckern wir langsam näher und halten respektvollen Abstand. Die Polizisten sind zufrieden.

Am Wendehammer der Strandstraße ist inzwischen ein Krankenwagen aufgetaucht. Sanitäter springen heraus und rennen mit einer Bahre heran. Die Polizisten haben inzwischen Heugen an Land getragen, doch er gibt keine Lebenszeichen von sich. Ein Rinnsal Blut läuft aus seinem Mund. Der Rammstoß des Jetski muss wohl schwere innere Verletzungen verursacht haben. Zwar haben deren Staustrahl-Triebwerke keine Schraube, die Götz George seine schlimmen Verletzungen zufügten, aber der Rammstoß reichte sicher aus. Wie der Körper unter dem Neopren-Anzug aussieht, mag ich mir nicht vorstellen. Die Sanitäter versuchen Wiederbelebungsmaßnahmen, doch sie geben es bald auf. Als ein dicklicher, älterer Herr auf der Szene erscheint, an seinem umfangreichen Koffer unschwer als Arzt zu erkennen, ist schon alles gelaufen. Der Arzt schüttelt nur noch den Kopf, eine Decke wird über Heugen geworfen.
Für uns ist noch nicht alles gelaufen. Abdenago hat inzwischen das Beiboot an der Jacht verzurrt und die „Carmen“ sicher am Anleger angedockt. Jetzt können wir aussteigen und die Polizei nimmt uns in Empfang. Während Sewers und Lincke betroffen wirken und der Sangría erst einmal entsagt haben, macht Abdenago ein seltsam unberührtes Gesicht. Fast scheint es, dass er sich freut.
Die Polizisten kommen zuletzt zu mir, um die Personalien aufzunehmen. Ein Zweierteam, sehr selbstbewusst. Einmal Typ der Nette mit offenem Gesicht, einmal Typ Macho mit voll verspiegelter Sonnenbrille, dünnem Schnauzer und Kinnbart. Die Uniform mit grauer Hose und hellgrauem Kurzarm-Hemd sitzt tadellos und lässt beim Netten den Ansatz einer behaarten Brust erkennen. Beide sind fast so groß wie ich. Beide mit Standardpolizisten-Haarschnitt unter der leicht nach vorn ins Gesicht gezogenen Mütze. Hier zählt der Gesetzeshüter noch etwas und Widerworte gibt es nicht. Der Nette hat mich längst als Deutschen erkannt:
„Darf ich Ihre Papiere sehen?” Er spricht mich in perfektem Deutsch an und amüsiert sich offensichtlich über mein verblüfftes Gesicht, als ich meinen Personalausweis aus der Fototasche angele.
„Sie wohnen ...”, fragt er weiter, während er meinen Ausweis unter die Lupe nimmt und sein Kollege die umstehenden Bikinischönheiten taxiert. Nehme ich jedenfalls an, obwohl seine Sonnenbrille keine Augenbewegung erkennen lässt.
„Sie sprechen ja perfekt deutsch! La Concha Park.”

„Trauen Sie das uns Spaniern nicht zu?" Fast ein beleidigter Unterton, der aber durch ein breites Grinsen übertrumpft wird.
„Kölner Dialekt?"
Er grinst noch breiter und leitet dann wieder zum Dienstlichen über. „Richtig. Ihr Ausweis ist in Ordnung."
„Haben Sie nähere Angaben zum Tod des Herrn zu machen?"
„Ich bin Journalist und von Herrn Heugen auf seine Jacht eingeladen worden. Es war schlimm. Den Vorfall habe ich vollständig gesehen."
„Und auch fotografiert, vermute ich." Er schaut demonstrativ auf meine Fototasche. „Geben Sie mir bitte den Film."
Das finde ich nicht gut. Ich hatte vor, der Polizei die Bilder erst nach der Entwicklung zu geben, damit ich meine eigenen Abzüge habe, aber hier dürfte Widerstand zwecklos sein. So nehme ich meinen Film aus der Kamera und überreiche ihn.
„Wann kann ich ...", fange ich an.
„... die Bilder bekommen, wollen Sie fragen?" Er überlegt. „Wir müssen natürlich erst einmal sehen, welche Fotos für unsere Ermittlungen wichtig sind. Und wir müssen ein umfassendes Protokoll aufnehmen. Die anderen Herren scheinen wohl ein wenig zu viel Sangría getrunken zu haben, um sie jetzt zu verhören. Kommen Sie morgen um zehn auf unsere Wache."
„Das ist ungünstig." wage ich zu widersprechen. Worauf er schlagartig die Augenbrauen hochzieht. „Ich muss meine beiden Kinder betreuen. Könnten wir uns nicht im Hotel treffen?"
„Aha, das ist etwas anderes." Seine Miene ist gleich wieder so offen wie vorher. „Ich bin um zehn im La Concha Park. Die Bilder bringe ich Ihnen dann mit."
Damit bin ich erst einmal entlassen. Heugen ist inzwischen auf der Bahre abtransportiert worden und die Menschenmenge zerstreut sich unter der Aufforderung der Polizisten, wenn auch nur langsam. Schnell drängele ich mich zu Dominik und Linda durch. Es tut gut, wieder ihre Nähe zu spüren. Auch Angela strahlt. Vielleicht hatte sie befürchtet, mir würde es nun so ergehen wie ihrem Bastian?
Mein Kopf ist so kurz nach Heugens Tod noch nicht klar: War es ein Unfall – dann allerdings mit Unfallflucht – oder war es Mord? Sicher läuft inzwischen die Fahndung nach dem Jetski. Zwar gibt es auch viele Privateigner, aber die meisten dürften von Bootsverleihern in den Verkehr gebracht werden. Wieso war Abdenago so seltsam unberührt?

Wenn es Mord war – betraf es Heugens Verstrickungen innerhalb von Mallorca? Oder hatte es etwas mit dem Himmelsstürmer zu tun?
Ich bin froh, nichts direkt damit zu tun zu haben. Und gar nicht froh darüber, dass die Polizei meinen Film hat. Denn die Bilder aus Heugens Finca und die Mordfotos brauche ich gleichermaßen für meinen Bericht. Dringend.
Für heute jedenfalls ist mehr als genug geschehen. Wir vier machen in Familie und verbringen den Rest des Tages am Strand mit süßem Nichtstun – Angela und ich im Café und Dominik und Linda umlagert von ihren Freunden. Denen erzählen sie mörderische Details von der Jacht, die inzwischen sicher ebenso wie das Beiboot von der spanischen Polizei auf den Kopf gestellt wird. Mal sehen, was davon am nächsten Tag in der Zeitung zu lesen sein wird, denn inzwischen sind schon einige Reporter am Strand ausgeschwärmt, die alle Besonderheiten gierig in sich aufsaugen. Ich lasse mir ihre Visitenkarten geben. Die dürften sich für meine Fotos sehr interessieren. Und einen Beitrag zur knappen Urlaubskasse leisten.
Noch spät in der Nacht rufe ich Herbert zuhause an und teile ihm Heugens Tod mit. Er ist sichtlich überrascht und bleibt einen Moment merkwürdig still. Damit hat er nicht gerechnet.

*

Das Gefühl der Einsamkeit, des Ausgestoßenseins war wieder da. Es kroch durch das halb geöffnete Zellenfenster, strich entlang der weiß getünchten Wände, schleifte mit einem unhörbaren Knirschen über die weißen Fliesen des Bodens. Wendete an der Stahltür, stieß – wieder lautlos – gegen die Waschschüssel, schabte genüsslich am stinkenden Loch im Fußboden. Zog Spiralen, Kreise, immer enger werdende Schnüre, die sich in wissender Langsamkeit um das Klappbett legten, wo Bastian ihr erstickendes Nahen mit Entspannungsübungen erfolglos bekämpfen wollte.
Spanische Zellen waren offensichtlich von der gleichen uniformen Menschenverachtung wie in Deutschland. Und wahrscheinlich überall auf der Welt. Das Fenster so hoch, dass man nur auf dem Stuhl stehend herausschauen konnte, ein Klappbett, ein Loch im Boden als Toilette, ein Tisch, ein Stuhl und eine Waschschüssel. Dazu allgegenwärtiges Weiß. Weiß, weiß, weiß. Decke, Boden, Wände. Leere, die

nur vereinzelt durch Kritzeleien vorheriger Insassen aufgebrochen wurde, bis der nächste Maler das sinntötende, Perspektive raubende Weiß wieder komplettieren würde. Und damit die Leere wieder in ihrer umfassenden Gültigkeit bestätigen und ihn in seiner Einsamkeit einschließen würde.
Auf einer Insel im Mittelmeer, deren von eingeölten Menschenleibern wimmelnde Strände an die Seelöwenkolonien in Patagonien erinnerten. Er war nur ein paar Meter entfernt in einer trostlosen Einsamkeit, die er in der Nacht noch viel stärker spürte. Angela. Konnte ihm Angela helfen? Nein. Wie sollte sie? Wie sollte irgendjemand? Er musste sich wieder auf seine Stärken besinnen. Auf seine Kraft in der Einsamkeit. Frauen waren gut fürs Bett, für den Rest des Lebens brauchte er niemand. Niemand. Und wenn es keine Frau zum Ficken gab, würde er sich halt ein Loch in die nächste Palme bohren. Bastians Körper straffte sich. Lautlos stand er auf. Geschmeidig wie eine Katze stieg er auf den Stuhl und sah in den sternenklaren Himmel. Die Einsamkeit war nicht länger sein Feind, sondern sein Freund.
So wie damals in Berlin. Wenn ihm die anderen nicht zuvorgekommen wären: Er hätte die Mauer als Erster abgerissen. So kam er zwar erst nach der Maueröffnung nach Berlin, aber nicht zu spät. Und er sicherte sich seine Platten. Mit seiner Brechstange. Achtkantig. Fünf Zentimeter dick. Einssechzig lang. Darauf ein Zwei-Meter-Stahlrohr als Hebelverlängerung. An einem Wochenende legte er drei der graffitiverzierten Elemente um und ließ die nebenan tätigen Mauerspechte mit ihren Hämmerchen und Meißelchen als Krümelpicker erscheinen. Seine Platten lagerte er bei seinen Freunden ein, den Rollheimers auf dem Gelände des bereits 1970 stillgelegten Bethanien-Krankenhauses. Manche nannten sie obdachlos, weshalb sie in uralten Lastern oder alten Bauwagen lebten, aber das war es nicht allein. Es war eine eigene Kultur. So sahen es jedenfalls die Rollheimers. Und sie holten mit ihren uralten LKWs die Platten ab. Hievten sie mit mehr als dreißig Mann auf die alten Blechkisten. Das ganze Rollheimerdorf half mit und hatte gleich eine standfeste Abgrenzung ihrer Wagenburg. Fast direkt vor dem Eingang zum Kreuzberger Sozialamt. Wenn man nicht viele Reserven hat, denkt man halt praktisch.
Seine Brechstange ...
Trotz seiner jetzigen blöden Lage musste er grinsen. Mit seiner Stange wäre er in weniger als fünf Minuten aus seiner Zelle gewesen. Sicher

61283191
49

wäre dabei einiges zu Bruch gegangen. Er kannte kaum einen, der seine sicher dreißig Kilo schwere Stange handhaben und vor allem sinnvoll einsetzen konnte. Nur: Er hatte sie nicht.
Seine Stange…
Sein Berlin…
Ob im Tiergarten, am Wannsee oder auf den Sofas schummriger Kreuzberger Kneipen: Bastian war damals szenebekannt. Mit seinem wilden Selbstbewusstsein bewegte er sich mit traumwandlerischer Sicherheit zwischen rechts und links, wobei er zweifellos letzterem Lager zuzurechnen gewesen wäre – wenn er denn politisch interessiert gewesen wäre. War er aber nicht, denn seine Interessen lagen mehr im Zwischenmenschlichen, regieren lag ihm nicht. So wurde er von den rechten Glatzen als einer der ihren geschont und von den linken als ihnen zugehörig eingestuft – trotz seiner bevorzugt schwarzen Kleidung und seines konsequenten Haarschnitts. Die Haarschlächterei hatte ihrem Namen alle Ehre gemacht und den Scheitel frei gemacht.
Bastian machte da keine Unterschiede und hatte mit Intensität seine Ziele verfolgt. Das waren natürlich zunächst Frauen, aber auch Abenteuerreisen nach Afrika, Asien oder Südamerika faszinierten ihn. Natürlich mit üppigen Abstechern in die dortige Frauenwelt. Wenn Aids noch nicht die Runde gemacht hätte, Bastian wäre nicht zu bremsen gewesen. So aber kam er dann zurück, wenn seine Kondome aufgebraucht waren. Und er hatte sie sich gut eingeteilt, denn er hatte immer alles im Griff. Sonst wäre es ihm gegangen wie manchen seiner Freunde, die allzu verschwenderisch mit den Verhüterli umgegangen waren. Und am Ende der Reise ihre Pariser mehrfach auswuschen.
Mit 23 Jahren hatte er gerade erst das Abi gemacht, denn seine vielen Interessen hatten in den letzten Jahren leider nicht einen so geregelten Schulbesuch zugelassen, wie ihn Lehrer gern sehen würden. Schließlich kosten Reisen Geld und so war der gebürtige Rheinhesse stets auf der Suche nach guten Jobs. Nicht das Serviererlächeln vor kochenden Frittierbädern mit der Bonbontüte auf dem Kopf, nein, das hatte er nicht nötig. Er war ein naturverbundener Typ und konnte gut mit Holz umgehen.
Bereits in Volxheim hatte er bei der Renovierung von mehr als einem alten Gehöft maßgeblich Hand angelegt, eine Fähigkeit, die im illustren Berlin unbedingt gesucht war. Vor allem Strohwitwen gutbetuchter Manager hatten allzu gern nach dem Naturburschen gerufen,

wenn es um das Aufarbeiten rustikaler Kommoden und Rundungen ging. Seine manische Akkuratesse war sprichwörtlich. Was er machte, trieb er bis es nicht mehr ging. So auch hier. Und bis der Leim trocken und die Zwingen zu entfernen waren, blieb auch stets genug Zeit für ein Schäferstündchen. Seine jeweiligen Freundinnen wussten von seiner Nebentätigkeit und nahmen es mit einem Schulterzucken. Wer es nicht akzeptieren wollte, der sollte nicht mit ihm anfangen, da war Bastian ganz konsequent.
Volxheim…
Die Brechstange…
Und jetzt saß er hier im Knast.

*

Natürlich ist der Tod am Strand Gesprächsthema Nummer eins beim Frühstück. Angela hat sich von der Rezeption das täglich frische Exemplar der Última Hora ausgeborgt und ist ganz in die Lektüre vertieft. Der Aufmachung nach dürfte das das spanische Pendant zur guten alten Bild-Zeitung in Deutschland sein. Die seriöse El Mundo hat sie wohl schon gelesen.
Dominik und Linda sehen ein neues Opfer für ihre Streiche. Sie schleichen sich an und rufen gleichzeitig ein „Buh!" in Angelas Ohr. Erschrocken dreht sie sich um und meine beiden Minis freuen sich kreischend über ihren Erfolg.
„Ihr könnt einen ja gut erschrecken." Sie tut erschreckt. „Und du willst sicher wissen, was über Heugen drinsteht." Sie schaut mich an, während Dominik und Linda schon zum Buffet gehen und sich den Teller mit Jogurt und anderen Leckereien vollladen.
„Erraten."
„Zunächst scheint soweit alles geklärt. Den Jetski haben sie schon am späten Nachmittag in der Nachbarbucht gefunden. Er war in der Nacht zuvor aus einem Bootsverleih gestohlen und kurzgeschlossen worden. Den Fahrer aber haben sie noch nicht."
„Das spräche für Mord."
„Nicht unbedingt, wie der Espresso schreibt. Der Bootsverleiher klagt, dass öfter Jugendliche die Dinger für eine Spritztour klauen. Denn die Leihgebühren sind für Einheimische einfach zu hoch. Allein im letzten Monat seien ihm sieben Jetskis abhandengekommen, aber am nächs-

ten Tag wieder aufgetaucht. Die Fahrer hätten sie zwar jeweils nicht erwischt, aber die Versicherung habe immerhin die Schäden reguliert. Ein Bild vom Bootsverleiher samt Bombardier-Jetski ist groß drin."

„Klingt nach vorzüglicher PR-Arbeit." Ich kenne die Usancen im Geschäft mit der Öffentlichkeit. „Vielleicht will er auch etwas Geld über die Versicherung kassieren. Und das Beiboot? Abdenago war so merkwürdig gefasst."

„Den haben sie auch schon vernommen. Ergebnisse stehen noch nicht drin, aber er wurde schon gestern Abend wieder entlassen. Sie scheinen also nichts gegen ihn in der Hand zu haben."

„Gleich ist es zehn und der Polizist will kommen, um das Protokoll aufzunehmen. Danach könnten wir ins Marineland fahren. Die Delfinshow dort soll atemberaubend sein."

„Na klar, machen wir wieder in Familie." Angela ist mit der neuen Rolle gar nicht so unzufrieden, scheint mir. Solange Bastian im Knast sitzt, ist sie für niemand zu haben. Ob der Macho ihr das danken wird? „Da kommt übrigens dein Besuch schon."

Tatsächlich kommt mit lockerem Schritt der Nette der beiden Polizisten vom Vortag die Treppe hoch ins kühle Entrée. Wir setzen uns an einen Tisch vor dem Pool und rücken den Sonnenschirm zurecht. Er legt Block und Kugelschreiber auf den Tisch und eine Bildertasche daneben.

„So, Herr Sander. Mein Name ist Listo. Stefan Listo. Aufgewachsen in Köln-Klettenberg, Linzer Straße 44." Er lacht. „Auswanderung einmal anders, Herr Journalist. Darüber könnten Sie doch auch einmal schreiben."

„Kein schlechter Gedanke. Aber hier geht es mir um einen Bericht über Herrn Heugen und sein Umfeld. Oder vielmehr ging es mir darum."

„Das lässt sich wohl nicht verhindern", gibt er zu. „Nach dem Mord am Kneipenwirt in der Schinkenstraße und an der Millionärin in Puerto de Andraitx waren wir über viele Berichte nicht glücklich. Vor allem die Boulevard-Magazine taten so, als ob hier Verbrechen an der Tagesordnung sind. Sie sind es aber nicht. Und wir wollen gern mit der Presse kooperieren, damit das Bild, sagen wir mal, neutraler wird." Demonstrativ schiebt er mir die Bildertasche von der örtlichen Einstunden-Entwicklung hin.

„Welche Bilder fehlen?" Ich nehme sie gleich an mich.

„Sie werden staunen: Keins." Er grinst breit. „Obwohl sie einiges über den Tathergang verraten. Sie haben sogar den Rammvorgang aufgenommen. Aber natürlich haben wir auch Abzüge machen lassen."
Ich schaue die Fotos an. Die meisten sind gut, aber beim Rammvorgang war ich wohl zu aufgeregt. Das Bild ist leider verwackelt. Mist! Aber auch so dürfte mein Urlaub damit nachträglich finanziert sein. Es sei denn, jemand hat vom Strand aus dasselbe aufgenommen.
„Doch beginnen wir mit der Arbeit, Herr Sander. Wie haben Sie den Tathergang erlebt?"
„Ganz kurz: Herr Heugen fuhr Wasserski und wurde von diesem Jetski immer stärker bedrängt. Als Abdenago im Zugboot das merkte, änderte er die Richtung zur Jacht hin, aber dadurch verlor die Leine ihre Spannung. Heugen sank tiefer und verlor die Leine, als das Boot wieder zog. Der Jetski rammte ihn und raste Richtung Andraitx weg."
„Diese Schilderung deckt sich mit den Bildern. Aber wieso ließ er das Seil los? Im Schlepp wäre wohl nichts passiert."
„Heugen war vielleicht kein so guter Wasserskifahrer, wie er selbst glaubte. Vielleicht war das schnelle Bootsmanöver zu viel für ihn?"
Listo winkt ab. „Vielleicht hat Abdenago etwas die Nerven verloren. In bester Absicht. So etwas passiert leider."
„Aber der Rammvorgang sah nicht nach Zufall aus."
„Selbst wenn das so wäre: Was hätte Abdenago damit zu tun? Und mit diesen Jetskis ist schon viel passiert. Was denken Sie, wie viele Touristen sich betrunken auf diese Maschinen setzen? Haben Sie denn den Mann auf dem Jetski erkannt?"
„Der hatte einen Neopren-Anzug mit Kapuze an. Da ließ sich auf diese Entfernung nicht viel erkennen."
„Sehen Sie, das hilft uns auch nicht weiter. Und leider gibt es immer wieder einige Jugendliche, die dumme Dinge tun. Und wenn etwas passiert ist, machen sie sich schnell aus dem Staub."
„Oder in dem Fall aus dem Wasser."
„Jedenfalls gehen wir davon aus, dass es sich um einen Streich handelt, der böse ausgegangen ist."
„Aber vielleicht wurde Heugen bedroht. Seine Finca war gut abgesichert."
„Das machen die Reichen hier alle. Die haben Angst um ihren Reichtum und ihre Privatsphäre. Das darf man nicht überbewerten."
„Mord scheidet also für Sie aus?"

„Wir denken schon." Er setzt sein gewinnendes Lächeln auf. „Eine Verkettung unglücklicher Umstände. Ein Rowdystreich mit schlimmen Folgen, ein unglückliches Wendemanöver – dagegen ist niemand gefeit. Natürlich werden wir alles daransetzen, den Mann zu fassen. Denn der ist eine Gefahr für jedermann. Unsere Insel soll für Touristen immer ein sicheres Zuhause sein."
„Das ist wohl wahr. Dann werde ich den Bericht in diesem Sinne abfassen", bestätige ich und er lächelt noch breiter. „Darf ich eine Bitte äußern?"
„Wenn ich helfen kann, gern."
„Ein Freund von uns, Bastian Burger, sitzt in Abschiebehaft. Er soll übermorgen mit dem Flugzeug nach Deutschland zurückgebracht werden. Können wir ihn besuchen?"
„Darauf kann ich leider keinen Einfluss nehmen. Das ist die Polizei in Palma. Und wir hier betreuen Paguera. Tut mir wirklich leid." Sein Lächeln wird verbindlicher. „In jedem Fall danke, dass Sie uns weitergeholfen haben."
Er verabschiedet sich und geht. Nicht ohne einen Seitenblick auf Angela, die sich oben ohne am Pool sonnt. Ich sitze da und grüble. Das ist ja geradezu eine Anti-Aufklärung, was Listo hier betreibt. Da dokumentiere ich einen Vorgang, bei dem ein Mensch zu Tode kommt, in allen Details. Und einen halben Tag später ist schon klar, dass es halt so passiert ist. Pech gehabt oder dumm gelaufen. Oder auf gut Neudeutsch: Shit happens. Natürlich kann es wirklich ein Zufall gewesen sein, aber ...
„Papa guckt böse, Papa guckt böse!" Linda ruft vom Pool herüber.
„Nein, der denkt nach", ergänzt Dominik und taucht ebenfalls schnell unter, bevor ich ihn mit einer Wasserpistole treffe, die ich mir schnell vom Boden gegriffen habe. Angela setzt sich zu mir und zieht ein T-Shirt über. Das erleichtert meine Konzentration auf das Sachliche.
„Worüber denkst du denn nach?"
„Das geht mir alles zu glatt. Die wollen nicht, dass irgendetwas Negatives geschrieben wird. Schließlich lebt die Insel vom Tourismus und den Reichen, die sich hier niederlassen."
„Hast du Ansatzpunkte?"
„Der Jetski fuhr so zielgerichtet, dass ich Absicht unterstelle. Das Wendemanöver des Bootes ist zwar normalerweise durchaus verständlich. Wer wird da nicht nervös, wenn da so ein heulendes Wassergefährt

drohende Schleifen fährt? Doch alles zusammen kommt mir doch merkwürdig vor." Ich wühle die Fotos durch, ohne zu wissen, wonach. Und finde natürlich nichts Neues. Also wühle ich in den Negativen. Wieder ohne zu wissen, wonach. Aber etwas erregt meine Neugier. „Nanu, was ist das?" Ich ziehe ein halb abgeschnittenes Negativ heraus und zeige es Angela.

„Warum ist es abgeschnitten?"

„Vielleicht ist bei der Entwicklung etwas danebengegangen." Ich halte es prüfend gegen die weiße Wand, die den Hotelgarten gegen die benachbarte Appartement-Anlage abschließt. „Ein weiteres Foto von Abdenago, wie er das Boot wendet. Das hat der Entwicklungsautomat sicher nicht gemacht."

„Bilder von Abdenago haben wir genug." Angela deutet auf die auf dem Tisch herumliegenden Abzüge.

„Das genau haben wir aber nicht. Vielleicht ist da ja was drauf, was uns bisher entgangen ist. Und hier", ich halte die andere Hälfte des Negativs hoch, „Ist der Rest. Mit einem Handabzug müssten wir es bekommen. Wir wollen doch sowieso ins Marineland. Da gibt es bestimmt auch einen Filmladen."

Zunächst aber rufe ich das Büro der Última Hora an, die gleich ihren rasenden Reporter vorbeischicken. Die Bilder von der Jacht interessieren ihn, doch über den Preis müssen wir noch feilschen. Schließlich machen wir einen Vertrag auf Serviettenpapier, dass sie mir nach Veröffentlichung tausend DM auf mein Konto in Deutschland überweisen. Ich gebe ihm drei Farbabzüge und er mir einen warmen Händedruck. Die Negative und die anderen Abzüge, vor allem das zerschnittene Foto, behalte ich.

Durch die Verhandlungen erwischen wir den Bus um elf nicht mehr, aber auch der um zwölf bringt uns schnell nach Palma Nova. Leider haben wir in der Hitze des Aufbruchs die Sonnenmilch vergessen. Angela mit ihrem dunklen Teint und meine beiden Kinder stört das nicht. Aber ich werde darauf achten müssen, nicht zu viel Sonne abzukriegen.

In Palma Nova finden wir nicht weit vom Marineland ein kleines, bunt mit Agfa- und Kodakwerbung geschmücktes Lädchen. Hier bedient noch der Chef selbst den Printer, wie die Automaten heißen, die aus Negativen in weniger als einer Stunde farbige Bilder unterschiedlich guter Qualität machen. Das hängt vom Bediener der Anlage ab. Und

hier ist es ein netter älterer Herr mit grauen Haaren, die nahtlos in einen gepflegten grauen Bart übergehen. Er spricht sehr gut deutsch – mit schwäbischem Akzent. Wir sollen ihn Carlos nennen. So haben ihn auch die Colegas bei Festo in Esslingen und dann bei Daimler genannt. Dort war er 25 Jahre als Werkzeugmacher. Er wohnte die ganze Zeit in Plochingen, in der Nähe vom Bahnhof.
„Da, wo der Hundertwasser sein buntes Schloss hingebaut hat, Sie wissen?" Doch, das kenne ich auch, nicke ich. Vor zwei Jahren dann hat sich Carlos frühpensionieren lassen und in seiner Heimat selbstständig gemacht. Er versteht erst nicht, warum ich ausgerechnet das durchschnittene Negativ abziehen lassen will. Wo doch die anderen Bilder viel schöner seien! Aber dann kann ich ihn überzeugen. In zwei Stunden wird der Abzug fertig sein, ganz sicher, gibt er uns noch mit auf den Weg.
Das Marineland ist wirklich eine wunderbare Abwechselung zum Strand-Allerlei. Die Betreuer haben mit Papageien und Seelöwen sehr schöne Dressuren einstudiert, doch der Höhepunkt ist zweifellos die Delfin-Show. Randvoll mit Eindrücken wollen wir schließlich gehen, aber heute blockiert Linda, die unbedingt noch ein Eis will.
„Du hast doch schon zwei gehabt", versuche ich es ihr auszureden.
„Aber ich habe Durst." Ein bestimmendes Wort.
„Dann solltest du etwas trinken."
„Nein, ich will ein Eis. Sofort."
„Nein, wenn du nichts trinken willst, lass es. Wir gehen." Ich greife Dominik und auch Angela geht mit. Dann ein Schrei von hinten:
„Papa, du bist überhaupt nicht nützlich!" Und Linda kommt mit trotziger Miene und genau Zwölfmeterfünfundzwanzigzentimeter-Abstand widerwillig hinter uns her gedackelt. Gerade so weit, als ob sie nicht dazugehört, aber nahe genug, dass sie schnell bei uns ist, wenn sie sich unsicher fühlen sollte.
Die staubige Landstraße C 719 vor dem Marineland ist jetzt, gegen fünf, wieder belebter als in der glühenden Mittagshitze. Die Kinder sind ziemliche Hemmschuhe und ich bin froh, dass ich sie mit Angela an der Bushaltestelle „Parken" kann, sodass ich ein paar Minuten später im Fotoladen bin. Carlos hat die Abzüge fertig und die Qualität ist gut. Schnell habe ich bezahlt und flitze zurück zur Bushaltestelle, damit ich den nächsten Bus nicht verpasse.
Tatsächlich komme ich gerade recht zum Einsteigen und um sechs

sind wir zurück in Paguera. Die Kinder sind schnell wieder am Wasser, während ich mit Angela im Strandcafé den Abzug studiere. Ich lege die beiden Fotos so übereinander, dass ein komplettes Bild entsteht, doch noch kommt mir nicht die Erleuchtung.
„Abdenago schaut zur Jacht. Die Leine hängt schlaff herunter, Heugen sinkt langsam ein und der Rowdy flitzt schon auf Heugen zu. Im Hintergrund der Strand mit einigen, die offensichtlich auf den Wasserrowdy schauen", denke ich laut.
„Mach dir nicht zu viele Gedanken, Ronni."
„Nein." Ich kann durchaus hartnäckig sein. „Was haben wir übersehen?"
„Nichts. Und die Polizei hat auch nichts entdeckt. Genieße noch die letzten zwei Tage. Morgen ist Freitag und Samstag fliegen wir schon." Sie legt ihre rechte Hand auf meinen linken Arm.
„Autsch." Ich ziehe den Arm zurück. Da habe ich mir doch glatt in der Warteschlange vor dem Marineland einen Sonnenbrand geholt. Hätte ich mich doch nur vor der Sonne geschützt. Ich verstehe die Leute nicht, die sich gezielt ihren Hautkrebs am Strand holen.
„Halt!", rufe ich aus, sodass die Leute an den Nachbartischen erschrocken zu mir sehen. Doch ich kümmere mich nicht darum und rede weiter, allerdings in normaler Lautstärke:
„Abdenago wusste was."
„Wie kommst du darauf?"
„Alle schauen hin, wo etwas passiert. Nur der, der am nächsten dran ist, nicht." Ich zeige auf Abdenagos Gesicht auf dem montierten Foto.
„Vielleicht war er schon so nah an der Jacht, dass er aufpassen musste, wo er hinfuhr?"
„Nein, definitiv nicht. Und wenn man Wasserski zieht, muss man eben aufpassen, wie der Gezogene aus dem Wasser kommt."
„Der Mörder war wieder der Gärtner, wie bei Reinhard Mey."
„So ähnlich. Er hat zumindest mitgemacht, wie es aussieht. Aber macht die Polizei auch mit?"
„Ich glaube nicht." Angela schüttelt den Kopf, dass ihre Zöpfe fliegen. „Ich habe dein Gespräch mit Listo mitgehört. Und mit Bastian haben sie auch kein Pardon."
„Wer weiß, welche Enchufe dahintersteckt."
„Enchufe?"
„Steckdose – die einheimische Schattenwirtschaft. Wenn du etwas

willst, musst du jemand kennen, der einen kennt, der was zu sagen hat."
„Die gute deutsche Seilschaft, die mich aus den Ausschreibungen boxt."
„Genau."
„Können wir damit etwas anfangen?"
„Es sind nur Indizien. Aber keine Beweise."
„Und wenn nicht, kann auch Ronni Sander nichts tun. Der Retter der Witwen und Waisen", spottet Angela.
„Und der Tröster schöner Frauen", ergänze ich.
„Leider nicht, Ronni." Wieder tastet ihre Hand nach meinem Arm.
„Autsch!"

*

Für Bastian war die Nacht zum Freitag schon die dritte Nacht in der spanischen Zelle, in deren scheinbar endloser Weiße sein rastloses Hirn inzwischen feine Strukturen erkannte. Je nach Lichteinfall schimmerte an manchen Stellen, vor allem über dem Tisch, ein wenig von einer Schrift hervor, die offensichtlich übermalt worden war. Hier und da verriet eine für das ungeübte Auge kaum zu erkennende anders laufende Streichrichtung, dass der Maler gewechselt hatte. So häufig dürfte das allerdings auch nicht gewesen sein, wie eingeritzte Daten früherer Insassen verrieten, die immerhin bis ins Jahr 1997 zurückreichten. An der Türzarge konnte er durch vorsichtiges Abkratzen immerhin schon sechs Farbschichten übereinander erkennen, doch das mochten längst nicht alle sein.
Auch die Sonne bohrte sich durch in seine Zelle, wenn auch nur über etwa eine Stunde am Nachmittag, in der sie ihre Strahlen zwischen dem verwinkelt überstehenden Dach und dem sich rechts anschließenden Hauptgebäude hindurchschicken konnte. Bastian wartete inzwischen jeden Tag darauf, dass der gleißend helle Streifen erschien, sich verbreiterte und zwischen Tisch und Boden einige Zentimeter zurücklegte, bevor er wieder schmaler wurde und schließlich verschwand.
Trotz aller Bemühungen ergriff ihn in der Nacht immer wieder die Ruhelosigkeit. Die Beschäftigungslosigkeit, das sinnlose Warten taten seinem Kopf nicht gut. Es gab hier einfach nichts, mit dem er sich sinnvoll mehr als wenige Minuten beschäftigen konnte. Zwar gab es

eine Bücherei, aber die war mit ihren wöchentlichen Ausleihzeiten für die Langzeit-Häftlinge gedacht. Nur durch Zufall war ein offensichtlich falsch bestelltes Exemplar auf dem Transportwagen liegen geblieben und der Schließer hatte sich erbarmt und es ihm gegeben. Zumal es auf Deutsch war und er ein Alemán. Es sollte passen.
So kam es, dass er am Freitag, einen Tag vor der Abschiebung nach Deutschland, „Grabpflege leicht gemacht, Gräberschmuck fürs ganze Jahr" von Brigitte Lemberger erhielt. Erschienen im Weltbild-Verlag, mit beiliegender 4-Liter-Faltgießkanne, wie der Untertitel verriet. Wie kam das hierher? Ein Stempel in der inneren Umschlagseite verriet, dass es eine Spende des "Bücherwurm" in Ingelheim war. Vielleicht ein Tombola-Gewinn, der einer auf Mallorca überwinternden Oma zu Weihnachten angedient wurde? Die sich ob des makabren Zusammenhangs bedankte und es der Gefängnisbücherei in Palma vermachte?
In jedem Fall war das Buch wie neu und auch die Faltgießkanne aus tiefgrünem Kunststoff. Das Integrationswunder mit verstärktem Griff, gelochtem Ausgießer und sich willig öffnender Einfüllöffnung lag original gefaltet im Anhang. Auch wenn Bastian sich herzlich wenig für Grabpflege interessierte: Die Faltgießkanne war optimal. Sorgfältig füllte er Wasser aus seiner Waschschüssel in die Kunststoffhülle und improvisierte die erste Zellendusche in mallorquinischer Abschiebehaft.
Er fühlte sich gleich besser. Denn normalerweise duschte er dreimal täglich. Er brauchte kein Deo, wirklich nicht. Die Frauen liebten seinen Körper, seine Haut.
Frauen…
Berlin…
Beate…

Eines seiner Abenteuer auf der größten Insel im Roten Meer, wie Berlin vor der Wende genannt wurde, war Beate gewesen. Eine berückende Schönheit. Mit einsachtzig fast so groß wie er, mit unendlich langen Beinen und einer für ihre siebzehn Jahre enormen Erfahrung bei ungebremster Lust auf Experimente. In Aufzügen oder Umkleidekabinen waren sie schon gewesen. Jetzt wollte Bastian mehr. Der Platz sollte Magie ausstrahlen, seine Kraft tragen über die ganze Welt. Die ganze Stadt sollte ihm zu Füßen liegen, wenn er Beate nahm. Es

gab nur einen Platz, auf dem es sein musste: Auf dem Brandenburger Tor.
Es fokussierte die Eruption der Deutschen Wiedervereinigung in den Linsen unzähliger Fernsehobjektive und schrie auf den Titelseiten aller Gazetten der Welt zu: Hier bin ich wieder, schaut her, schaut mich an! Die Zugpferde in ihrer stürmenden Kraft, eingefroren im Moment der Ekstase in kaltes Metall. Vorwärtsstürmen gen Osten.
Bastian schauderte vor Vorfreude. Das würde er werden, der ultimative Fick. Etwas für die Nachwelt, ein weiterer Eintrag in die Familienskandalchronik. Beate brauchte er nicht zu überzeugen, sie würde jede noch so wilde Eskapade mitmachen. Heute aber nicht mehr. Freitagnacht ist es nur der halbe Spaß. Man sieht nichts und wird nicht gesehen. Morgen, Samstag früh, musste es sein.
Früh aufstehen? Kein Problem für Bastian, der Beate mit einem Morgenquickie weckte. Als sie loszogen, war es erst sechs und die S-Bahn beförderte die Arbeiter der Nachtschicht zurück nach Hause.
Beate hatte ihren kürzesten Mini an, als sie von der U-Bahn-Station "Kottbusser Tor" zur Station "Unter den Linden" fuhren. Nachdem sie die Treppen übermütig hinaufgerannt waren, erklommen beide, souverän die Verbotsschilder ignorierend, die Baustelle Brandenburger Tor. Der Überschwang der deutschen Wiedervereinigung hatte an der Nahtstelle zwischen Ost und West starke Spuren hinterlassen. Konstruktive Mängel, Pfusch bei Renovierungsarbeiten und die Luftverschmutzung taten ein Übriges, um die Siegesgöttin samt ihrem Pferdegespann zum dauerhaften Pflegefall zu machen. Die Baugerüste umgaben das Tor bis zur Plattform und machten den Aufstieg zum Kinderspiel.
Schnell zog sie ihren Slip aus, schnell presste er sie gegen die Wölbung der Rosse, die den Streitwagen zogen. Das kalte Metall ließ sie zunächst schauern, doch als er in sie eindrang, verspürte auch sie die unbändige Lust, die ihre strippende Freundin Erika ihr schon oft geschildert hatte. Dieses Gefühl der Macht, der frontalen Unberührbarkeit, der saugenden Blicke, die hilflos an einem nackten Körper hinuntergleiten, weil sie nicht von Berührung gefolgt werden können.
Bastian nahm sie mehrmals. Er hob sie hoch. Sie umklammerte ihn mit ihren Beinen und machte sein Eindringen leicht. In der wilden Ekstase rutschte sein Schwanz mehr als einmal heraus und erfuhr einen kurzen Kälteschock an der glatten Bronze, die die erstarrte Bewe-

gung so zeitlos wiedergab. Stur schauten die Bronzerösser nach vorn und die Siegesgöttin richtete ihren Blick weiterhin konstant gen Osten, während zu ihren Füßen die Großstadt erwachte und ihre Autoströme um das Tor herum- oder durch es hindurch schickte. Es war windstill, der Himmel lag bleiern über der Stadt und in der Ferne zuckten Blitze am Horizont. Noch hatte sie kein Passant entdeckt, und wenn, wäre es ihm auch egal gewesen. Trotzdem, irgendwie fühlte sich Bastian nicht wohl. Nicht, dass es ihm zu öffentlich war – da hatte er schon andere Dinge gemacht – beispielsweise in der Bettenabteilung des Kadewe. Nein, irgendetwas ließ ihn abgleiten, etwas schlecht Definierbares. Oder übertrug sich nur die Stimmung des Himmels auf ihn?

„Bastian, was ist? Wo bist du mit deinen Gedanken? Mach endlich weiter!" Beate ließ nicht locker, doch Bastian konnte und wollte sich nicht mehr konzentrieren und zog sich zurück. Irgendetwas stimmte hier nicht, störte die Harmonie der frühen Stunde, die Magie des Augenblicks. Die Gerüste? Klar, aber auch wieder nicht. Was war es dann? Donnergrollen in der Ferne zeigte das Herannahen des Gewitters und drückte die Stimmung weiter.

Schnell turnten Bastian und Beate das Tor hinunter und verschwanden in der U-Bahn-Röhre „Unter den Linden", während draußen ein Sturzregen herunterkam. Auf dem Weg nach Hause war Bastian ungewöhnlich schweigsam. Nachdenklich hielt er in der Hand das Bruchstück eines Lorbeerblatts, das er auf dem Tor gefunden und eingesteckt hatte. Beate war frustriert und ging wortlos nach Hause, während Bastian gedankenverloren und ziellos durch den Regen wanderte, bis er bis auf die Haut durchnässt war.

Am nächsten Tag hatte er bei der Tourist-Information angerufen. Wie es sich gehörte, sonntags mit netten Damen besetzt. Ja, derzeit werde das Brandenburger Tor renoviert. Natürlich auch die Quadriga, weil Andenkenjäger sie beschädigt hätten. Lorbeerblätter abgerissen beispielsweise, er wisse schon. Wer sie entworfen habe? Die Angestellte überlegte: Schadow, um 1790. Aber in jedem Fall habe es mit unendlich vielen Änderungen bis 1797 gedauert, dass sie in der damaligen Form komplett fertiggestellt gewesen sei. Auch danach habe die Quadriga eine sehr wechselvolle Geschichte gehabt. Wozu auch der Raub durch Napoleon 1807 und die Wiederkehr aus Paris 1814 gehörten.

Wer restauriere? Die Berliner Kunstgießerei Noack. Eine Gießerei mit Weltgeltung, die einen großen Anteil am Wiederaufbau der im Zwei-

ten Weltkrieg nahezu vollständig zerstörten Quadriga hatte. Bastian dankte und legte auf. Er musste noch bis Montag warten und rief Beate an. Doch der Kontakt war irgendwie schal, abgestanden. Das Abenteuer am Brandenburger Tor war das Versprechen auf Champagner eisgekühlt im Herzen der Metropole gewesen, Ekstase vor den Augen von Millionen. Doch es war nur billiger Neujahrssekt gewesen, prickelnd zwar, aber nicht moussierend. Mit Geschmack zwar, aber fade. Nicht mit diesem losgelösten Erleben. Dem glühenden Landen, das nach kurzem, harten Abkühlen verlangte. Stattdessen hart gegen Bronze gedrückt, die nicht glühend warm den Leib umfängt, sondern kältefeucht auf Distanz hält.
Und dennoch – oder deshalb? – eine Faszination ausübte, die nicht zu beschreiben war. Zwar kam Beate vorbei und sie liebten sich atemlos, denn diesen verpatzten Morgen waren sie ihren Körpern noch schuldig. Dennoch war es irgendwie mechanisch und sie wussten beide, dass ihre Beziehung zu Ende war. Sie gingen noch am selben Abend auseinander, konsequent wie beide waren.
Doch während Beate durch die Kreuzberger Kneipen tourte, blieb Bastian zuhause. Ein Fieber hatte ihn ergriffen und er konnte es kaum abwarten, am nächsten Morgen bei der Kunstgießerei Noack anzurufen. Meister Meier war gleich am Telefon. Sie wollen sich einmal unseren Betrieb anschauen? Ja, man bilde aus und gerade jetzt suche man einen Lehrling. Aha, Sie haben gerade das Abi gemacht. Das brauchen Sie zwar nicht, aber es schadet auch nicht. Wann wollen Sie vorbeikommen? Es geht auch heute schon, klar.
Bastian rieb während des ganzen Gesprächs sein Bruchstück aus Bronze in der rechten Hand mit dem Daumen. Die feine Ziselierung, das kalte, alte, beschädigte Metallstück erinnerte ihn an die Versteinerungen in seiner Heimat. Überpünktlich suchte er bereits am Nachmittag Meister Meier auf. Schnell war man sich einig gewesen und Bastian tauchte mit einem Eifer in die Arbeit, die der Meister noch nicht gesehen hatte, obwohl die mittlerweile ergrauten Haarspitzen seines Bürstenschnitts schon einige Arbeitsjahre verrieten. Bastian konnte sich ausleben, gießen, formen.

Frauen…
Formen…
Ausleben…

Bastian hatte das Heft wieder in der Hand. Er schaute nicht mehr auf die Zellenwände, sondern durch sie durch. Sah den billigen Beton, die schlampige Armierung, den blätternden Putz. Er sah durch die Außenmauer, hinaus auf die Straße, über das Gewimmel am Strand. Hinüber nach Afrika. Dorthin würde seine nächste Reise gehen.
Bald würde er nach Deutschland abgeschoben, doch der Gedanke an den Mainzer Knast schreckte ihn nicht mehr. Er hatte der Mainzer Kripo bei der ersten Vernehmung noch nicht alles gesagt. Aber Rücksicht nahm er jetzt nicht mehr. Noch ein Tag und er würde reinen Tisch machen.

*

Endlich kommt so etwas wie Urlaubsstimmung auf. Die Eingewöhnungszeit ist vorbei, und die Arbeit für Wülfing endlich auch. Die Kinder sind schon längst unten beim Frühstück und ich aale mich noch im Bett. Wenigstens ein wenig von meinem Urlaub will ich noch haben, nachdem die kleine Gefälligkeit für Herbert sich zu einem regelrechten Kriminalfall auswuchs. So richtig schön wird der Morgen, als es an der Tür klopft und Angela mich besuchen kommt. Sie sieht mein Staunen, legt die Hand auf ihre Lippen und lächelt. Dann zieht sie ihr Sleep-Shirt aus, ihren Slip lässt sie an. Wortlos legt sie sich zu mir und wir strecken unsere Körper und unsere Seelen in einer umhüllenden Nähe. „Nur ein bisschen, Ronni." Das ist alles, was sie sagt.
Sie verströmt eine große Wärme, fast eine Hitze. Meine Finger erkunden ihren Körper, was sie sich gern gefallen lässt, aber ohne darauf drängend zu reagieren. Ihre Brüste sind klein und fest und ihre Brustwarzen stellen sich unter meinem Streicheln. Doch der Kontakt bleibt flüchtig, das Kribbeln oberflächlich. Es wird nicht mehr als ein zärtliches Liebkosen, geboren aus Seelenverwandschaft und emotionalem Nachholbedürfnis. Sie ist mir verrückterweise zu nah, als dass ich wirklich mit ihr schlafen könnte und wollte und ihr scheint es auch so zu gehen. So dienen die Finger nur zum Streicheln und unsere Lippen finden sich nur mehr kurz.
Selbst ein Zungenkuss bringt nicht das Prickeln, das mit der langsamen Eroberung eines fremden Wesens, eines fremden Körpers sonst einhergeht. Wir sind uns so nah, dass wir kaum etwas sprechen, denn wir waren stets ehrlich miteinander und sind es auch jetzt. Vielleicht

haben die Machos auch deswegen Erfolg bei den Frauen, weil sie mit dem Nimbus der Fremdartigkeit den Eroberungsdrang aufrechterhalten? Erfreulicherweise lassen uns die Kinder in Ruhe, sodass wir umschlungen noch ein wenig vor uns hin dämmern.
Schließlich kommen die Kinder doch. Dominik grinst wissend zu mir und springt gleich auf unser Bett, während Linda zunächst böse schaut. Wie immer, wenn eine Frau in meiner Nähe ist. Dann schließt sie sich nach einem fast unmerklichem Zögern an und wir toben zu viert im Bett herum. Das wäre ein Familienleben nach meinem Geschmack. Aber Angelas und meine Wege sind getrennt, obwohl unsere Gefühle so nah sind.
An Ausruhen ist jetzt natürlich nicht mehr zu denken. Wir stehen auf und studieren beim Frühstück die Tageszeitungen. Die geben fast wortgetreu das wieder, was mir der Polizist Listo sagte: Ein bedauerlicher Unfall. Den Rowdy hat man immer noch nicht gefunden. Dazu Bilder von Heugens Finca, aber merkwürdigerweise hat die Última Hora keines von meinen genommen. Wie kommt das schon wieder? Hat da die mallorquinische Polizei ihre Beziehungen spielen lassen? In Deutschland könnte ich nachhaken, aber hier bin ich nur Gast. Und der Urlaub ist fast rum. So beschließe ich, mich nicht mehr um den Fall zu kümmern und mich bis zum Abflug endlich auf das zu konzentrieren, wozu ich hier bin: Urlaub.

*

In der Heugen-Finca tagte eine Krisenrunde. Carmen, Sewers und Lincke hatten sich im eher düsteren Watzmann-Zimmer versammelt. Die sonst einladende Helle der Terrasse schien ihnen plötzlich verräterisch. Carmen sah bleich aus und übernächtigt. Sie steckte sich mit zitternden Fingern ihre nächste Gauloises Blondes an, deren aufsteigender Qualm einen Nebel über die in Öl gebannte Gebirgslandschaft um den bayerischen Königssee legte. Auch Lincke und Sewers rauchten, allerdings Zigarillos aus Heugens Vorrat. Sie hatten sich wieder Sangría genehmigt, während Carmen an den Cognac-Vorrat aus der Bar ging.
Carmen, die sonst sehr auf ihr gepflegtes Äußeres achtete, hatte sich offensichtlich nicht geschminkt, sodass die Falten auf ihrem Gesicht deutlich herauskamen. Sie war schon über vierzig und die Sonne und

das Partyleben auf der Mittelmeer-Insel hatten in Verbindung mit den Zigaretten ihrer Haut nicht gutgetan. Sie war mit Heugen hierher gekommen, spürte aber schon bald deutlich, dass sein Interesse an ihr stark nachließ. Als Ausgleich hatte sie mehrere Affären in den letzten Jahren und auch Heugen selbst war kein Kostverächter, wenn er mit Rolls und Jacht auf Fang ging. Doch nach außen hatten sie den Schein gewahrt, soweit es möglich war.
Nun aber war die heile Welt zerbrochen und die Dreierrunde versuchte zu retten, was zu retten war. Man könnte es einen Kassensturz nennen. Abdenago und Rosita hatten frei bekommen und die Hunde sicherten das Anwesen gegen Fremde ab. Carmen zeigte anklagend auf die Última Hora und die El Mundo vom Vortag, deren Titelseiten den kleinen Glastisch vor dem Kamin fast vollständig bedeckten.
„Hat denn keiner mehr Respekt vor rechtschaffenen Leuten? Und die Polizei tut nichts. Als ob das ein Unfall war! Und dieser Bauer von nebenan hat mich gestern auf dem Weg vom Frisör so angegrinst, als steckte er hinter der Sache! Sag dem mal wieder Bescheid, Pedro!"
Lincke, dessen Gesicht schon jetzt, kurz vor Mittag, verdächtig von der Sangría gerötet war, fühlte sich aber nicht zu einer profunden Antwort imstande und sackte lieber in sein nächstes Glas. Nach einer peinlichen Pause mit verlegenem Ziehen am Zigarillo und der Zigarette insistierte die restblonde Mittvierzigerin weiter.
„Und wie steht es um die Finanzen? Du musst es doch wissen, Achim!"
Sewers lehnte sich in den schweren Ledersessel zurück und nahm einen tiefen Zug aus seinem Zigarillo.
„Gut. Im Wesentlichen."
„Was heißt das?" Carmen hakte gleich nach. „Ich will weg von hier. Hier ist man seines Lebens nicht mehr sicher. Wie viel ist da? Die Jacht, der Rolls, der Jeep, der Ferrari ..."
„Alles geleast, Carmen, alles geleast. Auf Firmenkosten. Da gehen jeden Monat achtzehntausend Leasing ab. Achtzehntausend und achthundertzwölf, um genau zu sein. Und die Firma kannst du wohl vergessen. Ohne die Kontakte deines" – er räusperte sich – „verstorbenen Ehemanns dürften die Aufträge künftig etwas spärlicher hereinkommen. Und die Kosten für die Angestellten laufen weiter. Auch für mich, ganz am Rande."
„So also läuft der Hase."

„Tut mir leid, Carmen, aber umsonst ist nicht einmal der Tod. Denn der kostet das Leben. Und das Leben auf Mallorca ist teuer, wie du wissen müsstest, wenn ich einmal deine Garderobe ansehe."
„Halt dich da raus. Du bist immer noch unser Angestellter. Mein Angestellter!"
„Und was wünschst du von mir, Chef?" Sewers machte es inzwischen Spaß, Carmen eins auszuwischen. Pedro hörte nur am Rande zu und vertiefte sich wieder in sein Glas. Unterschwellig war ihm bereits klar, dass sein Leben eine deutliche Änderung erfahren würde. In eine Richtung, die ihm gar nicht gefiel. Doch zunächst hatte Carmen das Wort, die mit ihren hochhackigen Schuhen auf den Terracotta-Boden stampfte.
„Aber zumindest das Haus ist da. Und das ist bezahlt und viel wert, das weiß ich genau!", sagte sie triumphierend.
„Da hast du recht, Carmen", gab Sewers zu. „Es dürfte mindestens zwei Millionen bringen. Aber so schnell verkaufen lässt sich so ein Objekt auch nicht. Vor allem nicht in der jetzigen Situation."
„Was meinst du denn schon wieder damit?"
„Zunächst einmal interessieren sich sicher die Behörden für das Anwesen. Schließlich müssen die Gehälter der Beschäftigten weiterbezahlt werden und sollen nicht dem Staat zur Last fallen. Da macht sich so ein Haus als Sicherheit ganz gut. Und erst dann, wenn es frei ist, kannst du es verkaufen. So lange musst du aushalten."
„Du weißt genau, dass ich das nicht kann. Ich will weg, weg, weg!"
„Einen besseren Rat kann ich dir nicht geben. Pedro muss sich neu orientieren, auch ich. Obwohl ich gerade vorletzte Woche einen langfristigen Beratervertrag mit Ferdinand geschlossen habe."
„Was?" Carmens Stimme schnappte fast über.
„Nun, das war schon logisch. Bei einem langfristigen Vertrag können beide Seiten besser disponieren und er ist damit auch etwas günstiger. Das muss doch auch in deinem Sinne sein."
„Was soll ich mit dem womöglich bestbezahlten Steuerberater Mallorcas, wenn ich keine Firma mehr habe, kein Auto, keine Jacht und auch kein Haus?"
„So spielt das Leben, liebe Carmen, so spielt das Leben. Leider. Aber ich komme selbstverständlich auch zur Beerdigung und Pedro sicher auch." Er stupste Lincke in die Seite, der daraufhin mechanisch nickte.

„Raus mit euch, raus!" Carmen schrie im schrillen Diskant ihren Hass heraus, ihren Zorn auf diese bodenlose Ungerechtigkeit, die ihr Leben so im Handstreich zu zerstören drohte. Sewers und Lincke gingen ruhig nach draußen und bald danach hörte sie den Mercedes über die Kiessteine der Einfahrt rollen. Doch Carmen war nicht nur wütend, sondern auch durchaus zielstrebig. Diese Eigenschaft hatte sie sich neben den spanischen Sprachkenntnissen aus ihrer alten Arbeit als Fremdsprachensekretärin bei der POM erhalten.
Zunächst öffnete sie den Safe und nahm alles heraus, was ihr wertvoll erschien. Den Schmuck, einige Bündel Pesetas, DM und Franken. Hinter einer Menge Papiere fand sie noch fünfzig Krügerrand und eine teuer aussehende Kassette in blauem Samt. Sie war abgeschlossen, die Schlüssel fehlten. Verschnörkelte Initialen AM. Merkwürdig. Vielleicht alter Familienschmuck? Sie packte die Kassette ein.
Dann fuhr sie mit dem Golf nach Palma zur Banco Balear. Sie belastete ihre Privatkonten und das Firmenkonto bis ans Kreditlimit. Es waren mehr als fünfhunderttausend DM, die sie per Blitzgiro in zehn Tranchen auf ihren Namen an die Rheinhessenbank in Ingelheim schickte. Zwanzigtausend DM packte sie in bar ein. Ihre Kreditkarten hatte sie auch noch. Als sie die Bank wieder verließ, fühlte sie sich entschieden besser. Sie ging ins Reisebüro um die Ecke und fragte nach dem nächsten freien Flug nach Deutschland. Der, so hieß es, ginge erst am Samstagvormittag, nach Hahn. Sie könne aber auch zunächst den Flug IB1729 um 17 Uhr 45 nach Barcelona nehmen und von dort um 20 Uhr 10 mit IB4518 weiter nach Frankfurt/Main. Ankunft dort 22 Uhr 20 in Terminal 2 D. Er sei allerdings dreihundert DM teurer.
Ungeduldig entschied sie sich für letztere Variante und ließ sich ein Zimmer im City Hilton Mainz, direkt neben dem Unterhaus, reservieren. Dann fuhr sie zum Flughafen, stellte den ebenfalls geleasten Golf im Parkhaus ab und stieg schon am späten Nachmittag in die Boeing 737, die die Linie nach Barcelona bediente. Die Gepäckkontrollen in Palma waren für den innerspanischen Flug relativ locker, sodass sie trotz des umfangreichen Gepäcks problemlos in die nur spärlich besetzte Maschine eincheckte. Die recht sperrige Kassette hatte sie in ihren Hartschalenkoffer gesteckt und das Geld trug sie in ihrer Leder-Handtasche von Louis Vuitton mit sich.
In Barcelona blieb sie im Transitbereich; ihr Gepäck wurde automatisch auf den Anschlussflug nach Frankfurt umgeleitet. Die McDonnel

Douglas MD77 startete pünktlich und der Flug verlief reibungslos. Kurz vor halb elf abends ging Carmen Heugen durch die Passkontrolle am Frankfurter Flughafen und war wieder in Deutschland.
Sie fuhr mit der Rolltreppe in den Gepäckbereich und wartete auf ihre Koffer. Ihr umfangreiches Gepäck erregte die Aufmerksamkeit eines Beamten des Bundesgrenzschutzes, der sie bat, die Koffer zu öffnen. Neben vielen Kleidungsstücken und Unterwäsche fand er im Hartschalenkoffer auch die Kassette mit den Initialen AM. Auch er konnte sie nicht öffnen und legte sie daher einfach unter das nächste Heimann-Röntgengerät. Es gab ein scharfes Bild, wie es typisch für diese marktführenden Geräte ist. Es zeigte eine Pistole und das offensichtlich dazugehörige Magazin. Das Bild war sogar so scharf, dass man die einzelnen Geschosse im Magazin der Pistole erkennen konnte. Und auch, dass ein Geschoss fehlte.

*

Abendstimmung in Paguera. Dominik und Linda winken aufgeregt Angela und mir zu. Sie scharen sich mit ihren Spielkameraden um einen Tintenfisch, den ein Einheimischer aus den Felsen gefischt hat. Der Oktopus ist sichtlich verängstigt und versucht sich verzweifelt in dem Eimer zu verstecken, in dem er gefangen wurde. Die intelligenten Achtfüßler sind hervorragende Jäger, haben aber eine Schwachstelle: Sie sind stets auf der Suche nach einer neuen Bleibe. Das machen sich die Fischer zu Nutze und lassen an Seilen über Nacht Krüge ins Wasser. Der Tintenfisch freut sich über sein neues Heim und wird am nächsten Morgen an Land gezogen. Mit dem Wunsch nach einer Wohnung wurden schon immer Geschäfte gemacht. Man weiß halt nicht immer, wer am längeren Faden zieht. Das Ganze erinnert mich fatal an Timesharing-Systeme. Oft genug Modelle, in denen die Immobilienhaie die Opfer nicht mehr von der Leine lassen, bis sie vollständig ausgeblutet sind.
In diesem Falle hat der Tintenfisch Glück. Obwohl er ihn sicher im nächsten Restaurant verkaufen könnte, lässt ihn der Fischer auf Drängen der Kinder wieder frei. Der Oktopus zögert nicht lange. Mit ein paar eleganten Bewegungen ist er in wenigen Sekunden in der nächsten Felsspalte verschwunden. Nun haben auch die Kinder genug und wir machen einen letzten gemütlichen Spaziergang, bevor uns Frosch

Touristik am Samstagnachmittag wieder nach Hahn fliegen wird. Das Meer rauscht wie immer, die Restaurants haben ihre Lichterketten eingeschaltet und die Strände leeren sich langsam. Lange sitzen Angela und ich oben auf dem Felsen nahe der Appartementanlage, wo die Fischer unten wieder auf Fang gehen, genau beobachtet von den Kindern. Die friedliche Idylle verdrängt die Aufregungen der letzten Tage. Morgen wird der mehr nervenaufreibende als entspannende Urlaub zu Ende gehen. Vielleicht sehen wir auch Bastian im Flugzeug wieder? Und Herbert am Flughafen?
Im Hotel liege ich noch lange wach und höre dem Wind zu, der vom Land ins Meer hinausstreicht und die Kronen der Kiefern sanft wiegt. Mallorca ist ein richtiges Paradies, mit seinem Klima und seiner Landschaft. Dabei haben wir erst einen sehr kleinen Teil der Insel gesehen. Einen Teil, der so stark vom Tourismus belagert wird, dass man kaum einen Einheimischen zu Gesicht bekommt. Beim nächsten Mal werden wir eine richtige Inseltour machen, das ist klar.

*

Am nächsten Morgen heißt es Abschied nehmen vom Strand und vom Hotel, das uns so gut beherbergt hat. Die Kinder machen sich noch einmal sandig und nass, bevor wir dann mit dem hoteleigenen Kleinbus zum Flughafen gefahren werden. Am Check-In-Counter geht es flott weiter. Wir sind noch recht früh und können uns den Platz aussuchen. Wir wählen wieder dieselbe Seite wie auf dem Hinflug, in Flugrichtung gesehen rechts. Damit können wir auf dem Rückflug die Alpen besser sehen, wenn wir über die Rhône nach Norden fliegen. Um drei sitzen wir schon im Flieger und warten auf den Abflug, Angela neben mir. Alle Passagiere des fast ausgebuchten Fluges sitzen schon. Das Handgepäck ist in den Gepäckfächern über den Sitzen verstaut, die Fasten-Seat-Belt-Zeichen leuchten.
Doch noch immer geht es nicht los. Ist der Luftraum overcrowded? Oder kein Slot in Hahn frei? Ziemlich unwahrscheinlich. Ich recke mich zum Fenster und schaue über Dominik und Linda hinweg zum Terminal. Tatsächlich, da kommt ein Polizeiwagen übers Rollfeld auf unser Flugzeug zugefahren und verschwindet in einem für mich nicht einsehbaren Winkel. Linda hat den Fensterplatz und kann alles gut sehen, sodass wir in den Genuss einer Hörreportage kommen.

„Der Wagen hält an. Zwei Türen gehen auf. Ein Mann, ein bisschen dicker Mann und eine Frau. Die machen eine Tür auf und holen einen großen Mann heraus, der seine Hände zusammenhält. Die Frau ist Jana! Jana ist da. Fliegt die hier auch mit?"
„Davon gehe ich aus, Schatz. Der Mann dürfte Herbert sein." Ich wende mich zu Angela. „Gleich siehst du Bastian wieder."
Angela will schon aufstehen, aber ich halte sie zurück. „Lass das mal besser. Wer weiß, wie gut Herbert drauf ist. Oder Jana. In Hahn sehen wir ihn sowieso."
Tatsächlich öffnet sich nur kurze Zeit später wieder die Einstiegstür und Jana taucht auf. Sie schaut sich um, sieht mich und Angela, verzieht aber keine Miene. Dann spricht sie mit der Stewardess, die nach vorn zeigt, wo noch einige freie Plätze sind, wie ich beim Einstieg gesehen habe. Als Nächstes taucht Bastian mit seinem wuchtigen Glatzkopf auf, die Hände in Handschellen. Auch er schaut sich um, entdeckt Angela und grinst ihr sein größtes Macho-Grinsen zu. Den Abschluss bildet Herbert, der Bastian nach vorn schiebt. Er erkennt mich und Angela, nickt uns kurz zu und zieht dann einen Vorhang hinter sich zu, der die Business-Class von dem Economy-Sitzen trennt.
„Warum hat Bastian so gegrinst?" Angela ist erstaunt. „Was mag da im Gefängnis passiert sein?"
„Offensichtlich scheint es ihm nicht schlecht zu gehen." Ich ziehe mich auf den kleinsten gemeinsamen Nenner zurück. „Vielleicht könnte man auch fragen, was in ihm passiert ist. Wenn er die Hände frei gehabt hätte, hätte er wohl die Finger zum V-Zeichen gespreizt."
Angela ist sichtlich verunsichert. Ihr erstes Wiedersehen mit Bastian hatte sie sich anders vorgestellt. Dominik und Linda fragen mich aus, woher ich den Mann kenne und warum er gefesselt ist. Nachdem ich es erklärt habe, sind sie zufrieden, zumal der Polizeiwagen inzwischen wieder zurückgefahren ist. Endlich starten auch die Düsen und die 737 mit der Palme auf dem Leitwerk rollt langsam zum Take-off. Schließlich starten wir mit etwa zehn Minuten Verspätung. Der Flug ist sehr schön. Die Sonne strahlt von Westen her die Alpen an, auch den Montblanc, der mit seinem gewaltigen Gipfelmassiv die anderen Bergspitzen nicht nur von der Höhe, sondern auch von der schieren Masse her dominiert.
Über den Alpen schütteln Turbulenzen das Flugzeug und den Weg zurück in die Heimat begleiten es Regenwolken und böige Winde. Die

Landung ist dafür perfekt. Butterweich landet der Pilot die 737 auf dem Hahn. Es regnet und so werden wir bereits beim Aussteigen nass. Der Vorhang zum Cockpit-Vorraum ist noch geschlossen, dahinter höre ich ein angeregtes Gespräch. Ich glaube Bastians und Herberts Stimme herauszuhören, verstehe aber nichts. Ein Bus nimmt uns auf und fährt uns zum Terminal, wo wir auf unser Gepäck warten. Immer noch ist von Bastian, Herbert und Jana nichts zu sehen. Erst, nachdem wir unsere Koffer schon zum Ausgang getragen haben, kommt auch das Dreiergrüppchen aus dem Terminal. Bastian trägt keine Handschellen mehr. Wülfing spricht mich gleich an.
„Ronni, hast du das Bild?"
„Warum hast du es so eilig? Es ist gut verpackt im Koffer." Was soll diese plötzliche Hektik?
„Es gibt ein paar neue Aspekte, aber ich kann dir noch nicht mehr sagen." Er dreht seinen Kopf zu Bastian. „Herr Burger hat interessante neue Angaben gemacht, die wir prüfen müssen. Es ist eilig."
„Soll ich die Koffer direkt hier auspacken? Mit der ganzen Schmutzwäsche?"
„Gehen wir doch in den Nebenraum vom Zoll. Da sind wir unter uns." Herbert kennt sich hier aus, war er doch schon mehrfach zu Kursen auf der Polizeischule, die ebenfalls auf dem Flughafengelände liegt.
So gehen wir dann in den Nebenraum, wo sich auch Bastian und Angela endlich wieder richtig begrüßen können, argwöhnisch beobachtet von Jana. Ich fingere zwischen den noch leicht feuchten Badesachen die Mappe mit dem eingetüteten Foto samt Heugens Fingerabdrücken heraus und gebe sie Wülfing.
„Wann kommt Burger wieder frei?"
„Wenn das stimmt, was er sagt, und die Staatsanwaltschaft mitmacht, bald. Doch zunächst muss er wieder in Haft. Am Montag sehen wir weiter. Wir müssen jetzt gehen." Er und Jana nehmen Burger in die Mitte und gehen zu ihrem direkt vor dem Terminal stehenden Vectra, ihrem neuen Dienstwagen offensichtlich. Angelas Tigra und mein Omega stehen auch nicht viel weiter. Ich frage Angela, ob sie mit zu uns kommen möchte, was ohnehin auf dem Weg nach Ingelheim liegt. Sie nimmt die Einladung gern an und die Kinder jubeln wieder.
Zuhause ist alles in Ordnung oder vielmehr in der malerischen Unordnung, in der wir losgefahren waren. Während Dominik und Linda

wieder ihr Reich in Besitz nehmen, kommt das Gespräch mit Angela nicht richtig in Gang. Sie ist irgendwie geistesabwesend und schüttelt nur den Kopf. Schließlich erzählt sie doch, was sie bedrückt:
„Ich weiß nicht, was los ist. Bastian sagt, dass er bald freikommt."
„Aber das ist doch toll. Warum freust du dich nicht?"
„Er will gleich wieder wegfahren. Um Abstand zu gewinnen. Ohne mich. Mit seinen Kumpels zum Zelten in die Sahara."
Daher weht also der Wind. Der Macho hat mal wieder Lust auf die Nächste bekommen, scheint mir. So weit, so schlecht, so gut.
„Aber weshalb kommt er wieder frei?"
„Genaues hat er nicht gesagt. Aber dass es ihm reicht, für andere den Kopf hinzuhalten."
„Das klingt vielversprechend. Das Erste weniger."
„Der Urlaub? Wahrscheinlich falle ich immer wieder auf solche Typen herein."
„Und andere magst du nicht."
„Du meinst dich." Eine Feststellung, keine Frage. „Du hast es ja gesehen. Vielleicht sind wir uns wirklich zu nahe. Schließlich gibt es auch viele Dinge, die man mit seinem besten Freund besprechen kann, aber nicht mit seinem Partner."
„Es ist für mich nicht so befriedigend, immer den Fairplay-Preis zu bekommen und zu sehen, wie andere ihren Spaß haben."
„Das glaube ich dir, Ronni." Sie lächelt aufmunternd. „Aber so ist es nun mal. Und bald machen wir einen schönen Spieleabend bei dir, zu dem ich meine Freundin Nikola mitbringe. Wer weiß?" Sie gibt mir einen Kuss auf die Wange.
„So, jetzt fahre ich aber nach Hause. Montag telefoniere ich im Büro meine Angebote ab. Vielleicht kommen wir ja doch mal in Mainz zum Zuge. Obwohl wir gerade jetzt ein Gutachten machen, das mich an meinen guten Vorsätzen zweifeln lässt."
„Raus damit."
„Wir sollten da für einen auswärtigen Auftraggeber prüfen, wieso sich die Baukosten für sein Objekt so verteuert haben. Und hatten einen Ortstermin mit Simmer und diesem Investor. Da haben wir mit einem Bandmaß vom Simmer das Aufmaß nochmal genommen. Scheinbar stimmte alles. Doch der Bau kam mir ein wenig kleiner vor als berechnet."
„Man kann sich täuschen."

„Dachte ich mir auch. Aber dann habe ich mein eigenes Bandmaß eingesetzt. Und der Bau schrumpfte ganz schnell auf das geplante und tatsächliche Maß. Dann habe ich mir Simmers Bandmaß angesehen. Es fehlten einfach zehn Meter. Meter 24 ging nahtlos in Meter 35 über. Perfekt gearbeitet, sodass man es nur sah, wenn man danach suchte."

„Früher munkelte man, dass ein paar Zentimeter am Ende abgeschnitten werden."

„Das machten einige bei privaten Bauherren. Hier geht es um ganz andere Summen. Nehmen wir einen fünfgeschossigen Bau von 50 mal 20 Meter für einen öffentlichen Bauträger. Der wird dann – wie geplant und mit einem regulären Bandmaß – 50 mal 20 Meter groß gebaut. Es wäre ja auch fatal, wenn plötzlich die Baugrenzen nicht mehr stimmen würden und das Vordach auf die Straße ragt. Aber bei der Abrechnung der Bauleistungen, dem Aufmaß, kommt dann ein manipuliertes Bandmaß zum Einsatz. Und es werden Gewerke für 60 mal 30 Meter aufgemessen. Entsprechend schnellt die Abrechnung in die Höhe. Wer macht sich schon die Mühe, die einzelnen Gewerke nachzumessen, wenn er nicht selbst betroffen ist? Steuergelder sind ja anderer Leute Geld. Das ist eben das Problem, wenn Auftraggeber und Auftragnehmer in einer Gesellschaft sitzen und ohne jede Kontrolle gemeinsame Sache zum Nachteil des Steuerzahlers machen. Dennoch sollten wir beim Mombacher Stadion gute Karten haben. Immerhin haben wir Erfahrung und die IP, die International Planning von Heugen nicht."

„Ich will dir die Hoffnung nicht rauben, aber ..."

„Ich weiß schon, was du sagen willst. Und so raubst du mir doch die Hoffnung."

„Vielleicht hilft, dass Herbert Wülfing im Vorstand von Gelb-Weiß Mombach ist. Möglicherweise können wir da eine Gegenseilschaft aufbauen."

„Versuchen wir es."

Der Zweck heiligt also die Mittel. Ein korruptes System erhält sich selbst. Um gegen die Seilschaften anzukommen, müssen wir selbst eine aufbauen. Doch die entsprechenden Leute kleben an den Schlüsselstellen mit einer Hartnäckigkeit fest, die jeden Klebstoff-Entwickler bei Henkel in Düsseldorf als Stümper erscheinen lässt.

„Das wird nicht einfach, denn je lukrativer der Job ist, umso länger

und ungenierter wird er mit allen Mitteln verteidigt. Ob es der Kanzlerposten ist oder eine zentrale Stelle bei der Auftragsvergabe im Baubereich: Da gibt es Leute, deren Dienstzeit scheinbar niemals endet. Die selbst nach zehn, fünfzehn oder zwanzig Jahren und der folgenden Pensionierung immer noch am Ball bleiben. Sich fast noch öfter als zur Dienstzeit mit ihren Seilschaften treffen."
„Wohl wahr." Angela kennt das Spielchen ebenfalls – natürlich. „Mein Bruder sieht einen vor Jahren ausgeschiedenen Geschäftsführer der POM fast wöchentlich im Gespräch mit den aktuellen Amtsinhabern. Aber nicht beim Grillen in Shorts, sondern beim Tafeln in feinem Zwirn mit den sogenannten Investoren. Und seinen Amtsnachfolgern."
„Das dürfte die – sicher viel zu mageren – Ruhestandsbezüge mit ein paar zehntausend hier und da etwas aufpäppeln. Oder einer Reise und einem Autopräsent."
„Oder es gibt eine neue Garage an der ohnehin üppigen Pensionärsresidenz. Wo die Rechnung ganz zufällig vergessen wird."
Im Film gewinnen immer die Guten. In der Wirklichkeit nicht. Und im Roman auch nicht unbedingt.
„Wie könnte man das ändern? Andere wählen?" Angelas Stimme ist ziemlich hoffnungslos. „Sobald die im Amt sind, machen sie dasselbe."
„Nein, eine wirkliche Lösung wäre es, Ämter und Gremien, in denen Aufträge vergeben werden, nach spätestens vier Jahren neu zu besetzen. Die ausscheidenden Personen aber müssten in völlig getrennte Bereiche der Verwaltung versetzt werden." In einigen wenigen Ländern gibt es so etwas.
„Da wäre der Aufschrei groß. Nein, würde man sagen, das geht nicht. So viel Sachverstand darf nicht einfach verloren gehen." Angela spielt auf die offizielle Sprachregelung an. „Doch es bleibt zu fragen, welcher Sachverstand denn zur Einsetzung in das Amt geführt haben soll. Und wo nichts ist, kann auch nichts verlorengehen. Nein, wir sollten das hier beenden. Es führt zu nichts. Vielleicht komme ich ins Büro und finde ein Schreiben, dass unser Stadionkonzept überzeugt hat. Tschüss, Ronni." Sie drückt mich noch einmal und fährt dann, ohne sich umzudrehen, mit ihrem Tigra weg.
Leider war das eben Zweckoptimismus von Angela. Denn so ein Stadionneubau ist ein öffentlich gefördertes Vorhaben. Simmer, Mechters-

heimer und Konsorten kennen die Entscheider bestens oder sind es halt selbst. Daran wird auch Angela nicht vorbeikommen. Und selbst wenn der Vorstand des Klubs die von Mechtersheimer vorgeschlagenen Pläne nicht akzeptieren und Angelas Planung vorschlagen würde, dann würde halt einfach die öffentliche Förderung gestrichen. Womit das Vorhaben fürs Erste gescheitert wäre. Die Entscheider werden ihre Fleischtöpfe bedingungslos verteidigen. Vielleicht sogar mit Mord? Wenn sie selbst sich nicht bedienen dürfen, dann auch niemand sonst. Allerdings dürften ja nach Heugens Tod die Verteilungskämpfe losgehen und eine Zeit lang den reibungslosen Geschäftsablauf lähmen. Vielleicht hat das Ingenieurbüro Graber wieder eine Chance. Es hängen nicht wenige Arbeitsplätze und Familienexistenzen daran.

*

Beim Bundesgrenzschutz im Frankfurter Flughafen war die Aufregung nicht unbeträchtlich. Da kam eine Frau mit einer Pistole im Gepäck direkt aus Mallorca und hatte offensichtlich keinerlei Probleme gehabt, mit einer scharf geladenen Waffe mehrere Gepäckkontrollen zu überwinden. Dabei hatte sie sich noch nicht einmal Mühe gegeben, die Pistole zu verstecken. Mehr noch, Frau Heugen behauptete bei der Vernehmung steif und fest, nichts von der Pistole gewusst zu haben. Was so unglaubwürdig auch wiederum nicht war, besaß sie doch offensichtlich keinen Schlüssel für die Kassette. Auch als sie alle Taschen ausleeren musste und von einer Beamtin einer Leibesvisitation unterzogen wurde, gegen die sie sich zeternd wehren wollte, tauchte kein Schlüssel auf. Zwar zwanzigtausend DM in bar und ein Bündel an Kreditkarten, aber kein Schlüssel. Und das Geld war innerhalb der EU nicht deklarationspflichtig.
So blieb es Kommissar Dietrich von der Frankfurter Kripo vorbehalten, seinem Namen alle Ehre zu machen und die Kassette so vorsichtig zu öffnen, dass keine Spuren verwischt wurden. Die Pistole war eine kleine, handliche Zweiundzwanziger. Kleinkaliber. Ins Magazin passten neun Patronen, aber nur acht Patronen waren drin. Das hatte das Röntgengerät bereits verraten. Wurde schon ein Schuss abgegeben oder wurde die Waffe nur mit acht Schuss geladen? Dietrich brachte zum Schichtende die Waffe ins waffentechnische Labor des BKA in Wiesbaden. Nachdem die Befragung von Frau Heugen keine

Anhaltspunkte für ein Verbrechen ergab, wurde sie nach Feststellung der Personalien gegen Mitternacht entlassen. Sie gab als Adresse das City Hilton Mainz an, was sich die Beamten durch einen Anruf von der Rezeption bestätigen ließen.
Carmen Heugen lieh sich bei Sixt einen Mercedes C180 und fuhr zunächst über die A 3, dann über die A 60 Richtung Mainz, vorbei am Rüsselsheimer Opel-Werk, dessen riesige Hallen und Verwaltungskomplexe so spät in der Nacht nur spärlich beleuchtet waren. Die Autobahn war fast leer und so war sie schon zehn Minuten später kurz vor Mainz. Kommissar Dietrich fuhr ihr bis zum Mainspitz-Dreieck praktisch hinterher. Er bog auf die A 671 nach Wiesbaden ab, überquerte den Main bei Hochheim und fuhr über die Abfahrt Mainzer Straße und die Äppelallee direkt zum BKA. Carmen Heugen blieb auf der A 60 und überquerte den Rhein auf der Weisenauer Brücke. Die Müdigkeit nach den Aufregungen des Tages hatten ihr zugesetzt und es war dem spärlichen Verkehr zu verdanken, dass sie unproblematisch durch die sehr engen Fahrspuren der Dauerbaustelle kam. Sie nahm die Abfahrt Innenstadt, direkt am Werk der Heidelberger Zement, dessen gigantische Silos, Produktions- und Verladeanlagen auch von dem grellen Licht der Natrium-Hochdruckdampflampen nur unvollständig beleuchtet wurden. Schon fünfundfünfzig Minuten nach der Abfahrt vom Flughafen war Carmen Heugen am City Hilton. Der Stress des Tages fiel schlagartig von ihr ab und sie schaffte es gerade noch bis auf ihr Zimmer, wo sie sich mit ihren Kleidern aufs Bett fallen ließ und sofort einschlief.
Kommissar Dietrich hatte inzwischen die Waffe an der Pforte des BKA abgegeben, dessen Doppelzaun auch nachts beleuchtet war, um den überall postierten Videokameras genug Licht für scharfe Aufnahmen zu liefern. Danach fuhr er wieder zurück nach Frankfurt. Erfreulich pünktlich nach dem Schichtende kurz vor ein Uhr morgens war er zuhause in Schwanheim, direkt gegenüber dem lila Bunker aus dem zweiten Weltkrieg. Er freute sich auf den Sonntag, auf den geplanten Ausflug mit seiner Frau. Er wollte sich mit seinem Freund Michael Woll von der Mainzer Kripo und dessen Lebensgefährtin in Bad Kreuznach treffen. Das Besuchsprogramm entsprach der Interessenverteilung bei offiziellen Anlässen. Die Frauen lockte das luxuriöse Bäderhaus in Bad Kreuznach und die Männer das Besucherbergwerk Schmittenstollen in Feilbingert, gar nicht weit weg davon.

*

Und er läuft und läuft und läuft. Und läuft. Nicht der Käfer, sondern der Öko-Lavamat 9250 sensortronic, der dekorativ die Badecke ausfüllt, in der vorher eine Yucca-Palme stand. Yucca-Palmen sind meine Lieblingspflanzen, denn meine Gießdisziplin ist leider nicht die beste. Sie vertragen monatelange absolute Trockenheit ebenso wie seltene, aber sehr heftige Regengüsse. Yuccas könnten auf dem Mars mit seinen Sandstürmen überleben und damit auch in meinem Haus. Solche extremen Bedingungen scheinen auch auf Mallorca geherrscht zu haben, denn die ganze Wäsche ist mit Sand reichlich durchsetzt. Der Menge nach müssen die in Paguera ihren Strand bald wieder mit ein paar LKW-Ladungen auffüllen.
Bei mir dagegen schluckt die Waschmaschine klaglos sandige, verschwitzte, sonnenölgetränkte T-Shirts, Hosen und Unterhosen und spuckt nach einer Stunde nasse und saubere Kleidungsstücke aus. Zwei Trommelladungen zu je fünf Kilo war also Mallorca lang. Macht zwei Kilo Wäsche pro Urlaubstag. Die Sonne hat den Wintergarten auf Venustemperaturen aufgeheizt, sodass die Wäsche im Zusehen trocknet. Heute ist Sonntag, doch nach den Erlebnissen in Mallorca haben Dominik und Linda keinen Bedarf an neuen Abenteuern und ruhen sich nur noch aus. Worunter Linda Frauengespräche mit ihren fast gleichaltrigen Freundinnen versteht, und Dominik die Asienkampagne im Siedler IV-Computerspiel. So vergeht denn der ganze Tag in aller Ruhe und auch Angela scheint sich zu entspannen, denn sie ruft nicht an. Obwohl ihr Bastian schon wieder im Knast sitzt. Ob sie mit ihren Angeboten erfolgreich sein wird?
Aber ich werde erfolgreich sein. Der Mallorca-Mord an einer ehemaligen regionalen Größe samt der zugehörigen Bilder ist natürlich ein Topthema. Für die Tageszeitungen ebenso wie die bunten Wochenmagazine, die vor allem in Friseursalons ausliegen. Und deren Storys, dieser Umgebung angepasst, oft genug an den Haaren herbeigezogen sind. Natürlich wollen die es alle exklusiv, aber das ist bei so viel Bildmaterial kein Problem. Der Mallorca-Urlaub hat sich richtig gelohnt, und ich kann mal wieder mein Auto volltanken. Also tippe ich nicht weniger als sechs Exklusiv-Berichte. Die gehen zunächst per Fax an Herbert, der sich sicher darüber freut. Fürs Selberkochen bleibt keine Zeit, und so bestelle ich bei Pino in Gau-Algesheim am Marktplatz

zwei Pizzen und einen italienischen Salat mit Thunfisch. Da kann ich machen, was ich will: Pino macht das beste Dressing.
Abends kommt dann unsere liebe Bekannte Hilde aus Nackenheim und bringt uns unsere Flocki. Sie hat sie über den Mallorca-Urlaub wieder so verwöhnt, dass Flocki gleich wieder mit ihr gehen will, als sie sich wieder verabschiedet. Doch diesmal muss sie da bleiben. Sie zieht sich beleidigt in mein Schlafzimmer zurück und gräbt zunächst die Decken in ihrem Schlafkorb gründlich um. Dann lässt sie sich mit einem langgezogenen Grunzen wie ein nasser Sack fallen und schläft gleich ein. In der Nacht weckt sie mich mitunter mit melodischen Schnarch- und Grunzlauten, was schon so manche Frau an meiner Seite irritierte. Aber das wird nicht der Hauptgrund dafür sein, dass ich schon wieder allein schlafe.

*

Wülfing und Jana fuhren mit Bastian Burger nicht gleich in die Justizvollzugsanstalt in der Diether-von-Isenburg-Straße, sondern zuerst nach Wiesbaden. Schon von unterwegs hatte Wülfing versucht, Woll zuhause zu erreichen, um Heugens Fingerabdrücke vom Bild abzunehmen, aber der war offensichtlich unterwegs. So fuhr er kurzentschlossen ins BKA auf der anderen Rheinseite und gab dort das Bild ab. Dann fuhr er ins Präsidium und Jana stellte das Diktiergerät an. Ob Burger wieder dasselbe wie auf der Rückreise von Mallorca erzählen würde? Sie war sich nicht sicher.
„Herr Burger, bitte wiederholen Sie noch einmal, was Sie uns in Mallorca und auf dem Flug erzählten“, begann Wülfing das Verhör.
„Wenn‘s denn sein muss.” Burger sonnte sich in seiner neuen Rolle als hofierter Informationsvermittler. „Ich habe mit dem Mord nichts zu tun. Aber ich habe die Statue noch einmal aufgeschweißt, nachdem sie in Mainz war. Und auch wieder zugeschweißt.”
„Wo?”
„Im Keller des Kurfürstlichen Schlosses, aber das wissen Sie ja schon.”
„Was war in der Statue zu dem Zeitpunkt des Aufschweißens?”
„Nichts. Sie war genauso leer, wie sie von Noack ausgeliefert wurde. Ich öffnete sie und ließ sie offen.”
„Und wann schweißten Sie sie zu? Wie sah sie dann aus?”

„Einen Tag später schweißte ich sie zu. Da war der ganze obere Teil mit Gips gefüllt. Ich musste sogar erst ein wenig die Schweißnaht reinigen." Er räusperte sich stolz. „Damit die Naht perfekt ist. Denn ich mache meine Nähte perfekt. Immer. Das hätten Sie mir ruhig von Anfang an glauben können."
Wülfing wollte diese Kritik zunächst übergehen, aber sein Ton wurde dennoch gereizt.
„Was glauben Sie denn, was wir denken sollen, wenn Sie uns sonst nicht die Wahrheit sagen?"
Schnell übernahm Jana das Gespräch, damit der Faden nicht abriss.
„Wer gab Ihnen den Auftrag und wie ging das vor sich?"
„Es gab da einen Anruf von jemand, der sich nicht vorstellte. Und meinte, ich könne für gute Arbeit eine Menge Geld verdienen."
„Und sagte Ihnen, Sie sollten Ihre Statue einmal auf- und zuschweißen. Für einen Tausender oder so."
„Für zwei."
„Zwei?"
„Zweitausend."
„Und Sie?"
„Na ja, ist ja nicht verboten, was dazuzuverdienen, oder? Also habe ich ja gesagt und er hat mir einen Brief mit dem Schlüssel zum Schloss und eine detaillierte Anweisung in den Briefkasten gesteckt."
„Er?"
„Eine männliche Stimme mit Mainzer Dialekt."
„Und das Geld?"
„Fünfhundert waren im Umschlag. Damit wusste ich, dass er mich nicht verarschte."
„Und die restlichen fünfzehnhundert?"
„Lagen in der Statue, als ich kam, um sie wieder zu schließen."
„Dann sind Sie also einfach hin und haben geschweißt?"
„So einfach war das auch nicht. Immerhin musste ich das WIG-Schweißgerät mitnehmen. Und die Flex. Und alles wieder zurück, ohne dass es der Chef merkt."
„WIG?"
„Wolfram-Inert-Gas. Ein spezielles Schweißverfahren. Für anspruchsvolle Schweißnähte in höchster Qualität."
„Das wissen wir schon, Herr Burger." Wülfing wollte das Gespräch nicht völlig an sich vorbeilaufen lassen. „War denn niemand da, als

Sie ins Gebäude kamen? Und was ist mit dem Schlüssel und der Anweisung?"
„Den Schlüssel habe ich, wie in der Anleitung beschrieben, in den Briefkasten des Schlosses geworfen. Und die Anleitung in den Papiermüll. Als ich kam, war niemand da. Zumindest nicht auf dem Weg in den Keller und im Keller selbst. Auch beim Zuschweißen nicht. Und das war gut so, weil das Bearbeiten der Schweißnaht mit der Flex ganz schön Krach macht. Damit die Naht auch wirklich ..."
„... perfekt ist, nicht wahr?" Wülfing und Jana sahen sich an. Der Dienst- und Urlaubsplan der Hausmeister war sicher nicht allen bekannt. Aber bestimmt der POM.
„Wann genau haben Sie den Himmelsstürmer aufgeschweißt?"
„Das war einen Tag vor dem ersten Mai."
„Am dreißigsten April also."
„Genau. Und am ersten Mai wieder zugeschweißt. Nachts."
„Und was haben Sie sich denn gedacht, als Sie so viel Geld für eine solche Arbeit bekamen, von der niemand was wissen sollte?"
„Darüber muss ich mir doch keine Gedanken machen. Hauptsache, es gibt ein paar Scheine. Außerdem kostet gute Arbeit gutes Geld. Für die Nachbearbeitung habe ich mindestens sechs Stunden gebraucht."
Jana und Wülfing schauten sich an und Burger fuhr fort.
„Sie brauchen nicht so zu schauen. Dass da eine Leiche drin ist – woher soll ich das wissen? Haben Sie schon einmal in den anderen Mainzer Plastiken nachgeschaut? Zum Beispiel in der Breitenbacherstraße. Da passen locker fünf Leichen hinein. Vielleicht ist in der Gutenberg-Statue noch etwas für Ihr Museum?"
„Sie brauchen uns nicht zum Narren zu halten, Herr Burger." Wülfing lief rot an und seine Wangen zitterten. „Auch wir machen unsere Arbeit sorgfältig!"
„In meinem Fall aber nicht. Ich habe unschuldig gesessen. Sie haben es mir ja nur zu gern angehängt, oder, Herr Hauptkommissar? Ihre Techniker wussten ja alles viel besser als wir Praktiker."
Wülfing wollte schon explodieren, aber Jana stellte sich schnell neben ihn und legte ihm die Hand auf die Schulter. " Sie hätten uns auch eine Menge Arbeit erspart, Herr Burger, wenn Sie uns früher die Wahrheit gesagt hätten."
„Damit Sie mich beim Finanzamt und bei meinem Chef verpfeifen? Das WIG ist sein Ein und Alles."

„Das mit dem Finanzamt können Sie über eine Selbstanzeige straflos regeln. Und Ihr Chef hat ja bis heute nichts bemerkt. In jedem Fall müssen Sie erst einmal wieder in die JVA. Morgen sprechen wir mit der Staatsanwaltschaft."
Burger zuckte mit den Schultern. „So etwas nennt man wohl Bürokratie."
"Ärgern Sie mich nicht zu sehr." Wülfing war von der Reise noch gestresst und wollte gleich wieder losfauchen, aber Jana legte ihm erneut ihre Hand auf die Schulter und er zügelte sich. Schweigend lieferten die beiden Bastian Burger in der Diether-von-Isenburg-Straße gegenüber dem Gericht ab und waren froh, als sie wieder dem düsteren, engen Gebäude entronnen waren. Dagegen war das Büro am Valenciaplatz doch unendlich viel besser – trotz der Hitze. Am komfortabelsten, weil kühlsten, hatten es freilich die Autos in der Tiefgarage.
Sonntagnachmittag. Draußen brütete die Hitze über dem Asphalt und drinnen die Kripo über Problemen. Inzwischen war das Fax von Ronni Sander mit dem Bericht für die AZ da. Wülfing und Haller studierten es, aber es enthielt nichts für sie Neues. Das Fax vom BKA, auf das sie eigentlich warteten, war noch nicht da. Scheinbar brütete da auch irgendjemand irgendwie über irgendetwas, dachte sich Jana. Und füllte die Kaffeekanne mit einer Extraportion koffeinhaltigen Kaffeepulvers.
„Als ob wir nichts Besseres zu tun hätten, Herbert."
„Was?"
„Nichts, ich habe nur laut gedacht. Wann kommt endlich das Fax?"
Sie mussten noch fast eine Viertelstunde warten, bis endlich das Fax vom BKA kam. Die Fingerabdrücke vom Innern des Himmelsstürmers und vom Bild mit der Unterschrift stimmten überein. Also war Heugen der ominöse Zweite gewesen, der die Leiche in die Skulptur gepackt und das Opfer wohl auch ermordet hatte. Wülfing und Jana starrten konsterniert auf das Fax. Da war die Lösung nach wochenlanger mühsamer Arbeit, aber sie war enttäuschend, denn Heugen war ja bereits vor einigen Tagen ermordet worden. War es das schon gewesen?
Doch das Fax enthielt noch eine weitere wichtige Information: In der Nacht von Freitag auf Samstag war eine Waffe auf dem Frankfurter Flughafen beschlagnahmt worden. Auf ihrem Magazin fanden sich Fingerabdrücke, die mit denen auf dem anderen signierten Foto über-

einstimmten, das Wülfing vor etwa einer Woche eingesandt hatte. Sie seien allerdings bis heute noch nicht identifiziert, beschied das BKA. Wülfing und Jana wussten genau, dass es Mechtersheimers Fingerprints waren, aber sie waren vorsichtig genug, das nicht dem BKA mitzuteilen. Sie konnten sich unschwer vorstellen, dass dieser Herr Himmel und Hölle in Bewegung setzen würde, um sie vom Fall entbinden zu lassen, wenn er merkte, dass sie ihm auf den Fersen waren. Wahrscheinlich, sogar fast sicher, hatte Mechtersheimer seine Finger im Spiel gehabt!

Sie riefen sofort bei den Kollegen in Wiesbaden an. Die Waffe war inzwischen identifiziert. Eine Kleinkaliber-Pistole, eine Zweiundzwanziger. Der Fabrikationsnummer nach identisch mit der von Mechtersheimer als gestohlen gemeldeten Waffe. Nein, keinerlei Fingerabdrücke auf der Oberfläche. Schmauchspuren zeigten aber, dass aus der Waffe geschossen wurde, bevor sie in der Kassette gelagert wurde. Also hatte der Schütze Handschuhe getragen, was auch durch die teilweise fehlende Ablagerung der Pulververbrennungspartikel bestätigt wurde.

Es waren tatsächlich einmal neun Kugeln gewesen. Und der Knüller kam noch: Das Geschossbild stimmte exakt mit dem Projektil überein, mit dem Torsten Kühn ermordet wurde. So exakt, dass es als sicher galt, dass nach dem Mord aus dieser Waffe nicht mehr geschossen worden war. Denn bei weiterem Einsatz und unachtsamem Transport hätten sich weitere Riefen bilden können.

„Klasse, Herbert. Das ist ja die reinste Achterbahn. Heugen und Mechtersheimer scheinen das perfekte Tandem zu sein – über den Tod hinaus. Einer schießt und einer gipst."

„Oder Heugen war für beides verantwortlich. Immerhin sind auf der Waffe selbst keine Abdrücke. Weder seine noch Mechtersheimers", gab Wülfing zu bedenken. „Nur auf dem Magazin. Oder hat Mechtersheimer doch geschossen und vergessen, seine Abdrücke auf dem Magazin abzuwischen?"

„Und Heugen hat sich zur vorauseilenden Absicherung umbringen lassen, um seinen Kollegen nicht belasten zu müssen? Nein, das ist auch ziemlich unwahrscheinlich. Ich glaube, wir müssen alles noch einmal Schritt für Schritt durchgehen. Oder willst du Mechtersheimer wegen seiner Abdrücke auf dem Magazin in die Diether-von-Isenburg-Straße schicken?"

Wülfing winkte müde ab. Die Staatsanwaltschaft musste ihn ja für verrückt halten. Burger rein, Burger raus, Burger gestern wieder rein. Und morgen wahrscheinlich wieder raus. Kleine Leute kann man so herumschubsen, aber einen der lokalen Honoratioren in den Knast zu schicken – das ging nicht so einfach. Einen Golfball einzulochen, schon eher. Da im Moment keine Fluchtgefahr bei Mechtersheimer bestand, entschied er sich kurzfristig dafür, einmal ein wenig auszuspannen. Denn im Moment hatte er den Eindruck, dass der ganze Fall zu einem Desaster werden würde. Auch für ihn. Jede Menge Hinweise und keinen einzigen Beweis. Und das reichte sicher nicht, um einen aus den oberen Etagen festzunageln.

*

Montag ist Schontag. Nicht für Angela, die sich im Büro durch den Postberg auf ihrem Schreibtisch wühlte. Rechnungen, Werbung, Rechnungen, Werbung, Werbung, Werbung. Um neun kam die Post. Noch ein Stapel Rechnungen, Werbung, Wer ...
„Das gibt es doch nicht!", entfuhr es ihr so laut, dass ihr Straßenplaner Eddi Marker auf dem Gang verblüfft den Kopf in ihr Büro steckte.
„Was ist, Frau Graber?" Seit zwanzig Jahren in der Firma, wusste der schlaksige, durchtrainierte Marathonläufer natürlich, dass es in den letzten Jahren keine Aufträge mehr aus Mainz gegeben hatte. Und nun schwenkte Angela Graber demonstrativ einen Umschlag vom Grünamt.
„Abwarten." Geschickt öffnete sie mit dem abgegriffenen Brieföffner, den schon ihr Bruder vom Vater übernommen hatte, den braunen DIN A4-Umschlag. Der Inhalt war lapidar und sie las laut vor: „Bezug nehmend auf verschiedene Verhandlungen mit dem Amt für Grünanlagen und Naherholung senden wir Ihnen die beigefügten Verträge in dreifacher Ausfertigung. Sofern Sie mit dem Vertragsinhalt einverstanden sind, bitten wir Sie um rechtsverbindliche Unterzeichnung und Rückgabe der Ausfertigungen. Nach Gegenzeichnung durch das Amt erhalten Sie eine Ausfertigung zu Ihrer Verwendung zurück. Die Auftragsnummer ist 19-2000-67."
„Das ist die Planung des Einfahrtkreisels an der Pariser Straße. Es geschehen noch Zeichen und Wunder, Chefin." Marker freute sich.
„Ein kleiner Fisch, leider nur. Simmer ist er wohl zu klein."
„Vielleicht eine Trendwende? Verdient hätten Sie es."

„Wir alle hätten es verdient." Angela seufzte. „Aber von den anderen Angeboten ist mal wieder nichts zu hören. Auch von unserem Stadion-Konzept für Gelb-Weiß Mombach. Wie immer, wenn die Aufträge schon vor der öffentlichen Ausschreibung vergeben sind."
Marker zuckte mit den Schultern und Angela nahm mit gemischten Gefühlen einen leeren Leitz-Ordner mit fünf Zentimeter Rückenbreite aus dem Regal und beschriftete ihn mit der Auftragsnummer. Der Kuli streikte bei der 1 etwas und so malte sie die Ziffer sorgfältig nach. Auch die 9 war ein wenig hastig geschrieben und etwas unvollständig geraten. Sie sah fast aus wie eine 5. Und so zog sie alle Ziffern sorgfältig nach. Vielleicht war es die intensive Beschäftigung mit dem Nachziehen, vielleicht ein wenig Entspannung nach dem Urlaub, vielleicht die Nachmittagshitze, vielleicht auch die Freude über den – wenn auch bescheidenen – Auftrag: Die Auftragsnummer kam ihr plötzlich so merkwürdig bekannt vor. Sie kramte in ihrem Gedächtnis. Und plötzlich fiel es ihr ein. Sie rief sofort ihren Freund Ronni Sander an.

*

„Papa, Papa, Angela ist am Telefon. Steh' auf, du Schlafmütze!" Mit einem Rums geht die Tür zu meinem Schlafzimmer auf und trifft fast unsere Flocki, die es sich direkt hinter der Tür bequem gemacht hat. Und nun einen erschreckten Satz zur Seite macht. Linda stürmt herein, Dominik hinterher.
„Wie lang brauchst du denn noch? Tausend Stunden, eine Million Stunden ...", betet mein frühpubertierendes Töchterchen im Ich-bin-genervt-Ton vor.
„Langsam, ihr Nervensägen." So langsam werde ich wach. Scheinbar hat mich der Mallorca-Virus ein wenig geschwächt. Ein Blick auf die Uhr verrät mir, dass es halb neun ist. „Es ist erstaunlich, dass ihr überhaupt schon aufgestanden seid. Angela hat angerufen?"
„Beeil dich. Die ist noch am Telefon." Dominik nimmt mir gleich mein bestes Zeitargument aus der Hand, bevor ich es in den Mund genommen habe. Fluchend quäle ich mich aus dem Bett und will im Schlafdress zum Telefon, als Linda definitiv feststellt:
„Sandra ist schon da. So kannst du nicht im Haus herumlaufen." Mit tadelndem Blick gibt sie mir den Bademantel, sodass ich endlich zum Telefon sprinten kann. Vorbei an Sandra mit ihrem grinsenden Blick.

Wer ist eigentlich der Chef im Haus? Diese Frage scheint im Moment nicht zu meinen Gunsten entschieden zu sein.
Plumpsend lasse ich mich in meinen Arbeitsstuhl fallen und nehme den Hörer in die Hand. Doch es kommt nur das Freizeichen. Also rufe ich Angela zurück, der wohl das Warten zu lang geworden war. Sie geht auch gleich dran.
„Na, was gibt es denn? Die Kinder haben gesagt, du hast was Neues?"
„Es scheint, dass wir alle etwas verschlafen haben. Erinnerst du dich an die Nummer auf dem Tempo-Päckchen? Bei der Pressekonferenz?"
„Natürlich habe ich sie nicht im Kopf. Aber" – ich wühle auf meinem Schreibtisch -"gleich habe ich sie." Erfreulicherweise liegen die Fotos noch genau so da wie vor dem Urlaub.
"10101167", lese ich ab und gleich laut vor.
„Ich glaube, ich kenne die Lösung, du schreibendes Superhirn", kommt es fröhlich vom anderen Ende der Leitung. „Die Struktur entspricht den Auftragsnummern der Bauämter und des Grünamts. Zwei Ziffern, dann ein Bindestrich, dahinter normalerweise die Jahreszahl. Am Schluss die Ämteridentifikation. Hier die –67 ist das Grünamt. Oder offiziell das Amt für Grünanlagen und Naherholung."
„Das klingt gut. Wie bist du überhaupt darauf gekommen?"
„Einmal ist heute ein Auftrag vom Grünamt hereingekommen. Und wir hatten auch schon vor vier Jahren einen Auftrag. An diesen hatte ich wohl gedacht, als ich dir sagte, dass mir die Nummer bekannt vorkommt."
„Gratuliere zum Auftrag. Ich hoffe, ein dicker Fisch. Aber was ist mit den mittleren vier Zahlen? Die Jahreszahl 1011 ist wohl doch ein wenig länger her. Die klingt mir eher nach einer binären Zahl."
„Binär?"
„Lass mich mal überlegen. Ja, so ist es: Jede Stelle entspricht einer Zweierpotenz. Also entspricht 1011 einer Zahl von 1 mal 2 hoch 3 plus 0 mal 2 hoch 2 plus 1 mal 2 hoch 1 plus 1 mal 2 hoch 0. Macht 8 plus 2 plus 1, zusammen elf."
„Was rechnest du denn da schon wieder, Ronni? Sag endlich, welcher Zahl das entspricht."
„OK, du hast Recht. Also die komplette Zahl wäre 2-11-67. Oder die Null-Einser-Ziffern zusammengezogen dann 43-67. Sagt dir das was?"

„Leider nein. Vielleicht wollte Kühn eine falsche Spur legen? Und er war doch beim Hochbauamt. Wieso also eine Nummer vom Grünamt? Vielleicht weiß mein Bruder etwas." Ihre Stimme wird plötzlich bestimmter. „Ich rufe ihn gleich an und dann dich zurück", sagt es und legt auf.
Inzwischen hat Dominik schon den Frühstückstisch gedeckt und Linda kommt gerade mit zwei Brötchentüten herein. Eine Tüte von der Bäckerei Geib-Mohr und eine vom Bäcker Becker. Den Fahrradhelm hat sie noch auf dem Kopf. Also war sie mit dem Fahrrad unterwegs. Was ist denn heute los? Sollten meine Kinder über Nacht zu Musterkindern mutiert sein? Doch noch lassen sie sich nicht entlocken, weshalb sie ihren Vater gnädig stimmen wollen. So freue ich mich über die leckeren Spitzweck und Croissants, die regelmäßig jeden Samstag zu einer kleinen Schlange vor den Geschäften führen, wenn die Leute aus den Nachbarorten wie magisch dem leckeren Backduft folgen.
Angela ruft mich kurz nach neun wieder an. Sie hat ihren Bruder gefragt, aber der kannte Kühn auch nur vom Hochbauamt. Ein neues Rätsel, dem ich auf den Grund gehen will. Erst einmal ohne Herbert und Jana. Doch ich komme nicht weit. Zwar stellt mich die Zentrale zum Archiv des Grünamtes durch, doch der zuständige Mitarbeiter ist sehr kurz angebunden. Vor einer Woche sei bereits nach dieser Nummer gefragt worden. Inzwischen seien Vandalen ins Archiv eingebrochen und hätten die Hängeregistratur völlig durcheinander geworfen. Ob denn etwas weggekommen sei, frage ich. Ja, die Kaffeekasse sei aus dem Pausenraum gestohlen worden. Mit mehr als achtzig Mark. Der Schaden, den die Einbrecher angerichtet hätten, sei aber viel größer. Das Fenster sei kaputt und es brauche noch Wochen, bis das Archiv auf dem neuesten Stand sei.
Ob er mir denn trotzdem sagen könne, ob es die Nummer 10-1011-67 gäbe, frage ich. Nach seinen Kenntnissen nicht, das hätte er auch den Anrufern vor einer Woche gesagt, bescheidet er mich mit einem Ton, der Endgültigkeit verheißt. Die Zahl 1011 in der Mitte sei keine Jahreszahl und entspreche damit nicht den internen Ablagerichtlinien. Ganz genau aber könne er das erst sagen, wenn das Archiv wieder geordnet sei. Und dazu sei es erforderlich, dass er konsequent daran arbeiten könne. Ich verstehe den Wink mit dem Zaunpfahl, bedanke mich und lege auf. Es gilt zu überlegen.
Archive gelten als langweilig und verstaubt. Ein Bild, das manche

Menschen allzu gern auf Archivare übertragen. Doch das eine wie das andere stimmt meist nicht, denn die Informationen in manchen Archiven können viel Geld wert sein. Oder in diesem Fall einen Einbruch. Vielleicht wollten nur ein paar Kurzentschlossene ihre Bargeldkasse auffüllen, vielleicht aber steckt mehr dahinter. Wer würde schon in ein Amt einbrechen, um Akten zu durchsuchen? Vielleicht weiß Herbert mehr darüber. Ich rufe ihn gleich einmal an. Er ist aber nicht im Büro, sondern bei der Staatsanwaltschaft, erklärt mir Jana.
„Dein Freund Bastian soll wieder auf freien Fuß. Das gefällt uns zwar nicht, weil er uns zum Narren gehalten hat, aber es gibt wohl keine Alternative." Sie ist nicht besonders gut gelaunt nach dem verpatzten Wochenende. „Er kann sich darauf berufen, dass er sich nicht selbst belasten wollte."
„Und wie findet ihr meinen Bericht?"
„Der wird reichlich Staub aufwirbeln. Aber was willst du wirklich? Du rufst mich doch nicht an, um nach dem Wetter zu fragen."
„Ich denke, ich weiß, welche Nummer auf der Tempo-Packung stand." Ich will mich nicht mit fremden Federn schmücken, aber wenn ich Jana sage, dass es Angela herausgefunden hat, wird sie nicht gut gestimmt sein.
„Dann schieß einmal los."
Nachdem ich meinen Vortrag beendet habe, scheint sie nicht beeindruckt:
„Aha. Und was hast du noch herausgefunden?"
„Nicht viel", gebe ich zu und berichte meine Erkenntnisse. „Eigentlich wollte ich fragen, was ihr über den Einbruch wisst."
„Wir haben ihn nicht selbst bearbeitet. Das machen die Kollegen vom Diebstahl." Sie ist ein wenig versöhnlicher. Scheinbar hatte sie die Info wirklich noch nicht. „Herbert müsste in einer halben Stunde wieder hier sein. Der kann dir dann vielleicht mehr sagen."
„OK, ich rufe dann an." Ich lege auf. Und auch Jana ist aufgelegt, aber nicht gut, würde Heinz Erhardt sagen. Das gilt auch für Linda, die just in diesem Moment in mein Arbeitszimmer stürmt.
„Dominik hat meine CD versteckt." Sie ist ehrlich empört. „Ich will mit Sandra auf dem PC Barbies Pferdewelt spielen, aber er hat die CD versteckt." Demonstrativ hält sie eine leere CD-Hülle im typischen Barbie-Bonbonrosa hoch. Eigentlich sollte ich mich aus so etwas heraushalten, aber ich tue es mal wieder nicht. Ziemlich vorgeladen

gehe ich in Dominiks Zimmer, um nach der CD zu fragen, doch mein Sohn ist gar nicht da. Sondern wohl mit dem Fahrrad unterwegs, das nicht in der Garage steht. Was tun? Auf Anhieb entdecke ich nichts in seinem Zimmer, nur ein paar Spiele-CDs wie Siedler III und Age of Empires. Dass er die CD aus dem Haus verschleppt hat, ist eher unwahrscheinlich. Nach fünf Minuten gebe ich das Suchen auf und die Mädchen greifen sich einfach ein paar von Dominiks CDs. Und werden unverhofft fündig, wie ihr aufgeregter Schrei kurz danach zeigt.
Linda kommt ins Arbeitszimmer geschossen und schwenkt triumphierend die Barbie-CD. „Wir haben sie!"
„Und wo war sie?"
„Dominik hat sie einfach in die Bruttosozialprodukt-CD-Hülle von Geier Sturzflug gesteckt. Dominik ist gemein!"
Ich beruhige Linda und meine, dass Dominik das sicher nicht absichtlich gemacht hat, aber sie glaubt es nicht und geht zu Sandra. Ob Dominik das wirklich absichtlich getan hat? Wenn ja, hatte er eine gute Idee. Denn nichts ist in einer geordneten Umgebung so schwer zu finden wie der falsch eingeordnete Inhalt in einer nicht dazu passenden Hülle. Vielleicht hilft uns das weiter. Ich muss gleich Herbert ans Telefon bekommen.

*

Alfred Mechtersheimer sah der nächsten POM-Vorstandssitzung mit gemischten Gefühlen entgegen. Heugens Tod passte ihm überhaupt nicht ins Konzept, denn er liebte geordnete Verhältnisse. Wütend drosch er den Ball vom Abschlag zum achtzehnten Loch des Stromberger Golfplatzes. Die hervorragend gepflegte Anlage war ihm neben seiner Jacht in Wasserburg am Bodensee zur zweiten Heimat geworden. Heute spielte er alleine. Er brauchte Zeit zum Denken.
Er machte sich nichts vor: Simmer war ihm über. Dieser expansionsgierige Unternehmertyp, der jeden Auftrag mitnahm, den er bekommen konnte. Wie ein Hund, der den Napf der nächsten Katze leert, damit diese nichts mehr zu fressen bekommt. Und dann Simmers Sohn Benjamin. Sein Lieblingssohn. Dieser arrogante Emporkömmling. Den Simmer schon als Ingenieurstudent mit zu den Vergabegesprächen genommen hatte, wo gestandene Bauunternehmer wie Schuljungen nebeneinander gesetzt und gegeneinander ausgespielt werden. „Mar-

ge machen" nannte Simmer das. Und nun machte auch Benjamin Marge mit seiner Superplanning. Wie das wieder passte. Benjamin will planen und der Planer Heugen fällt tot um. Wie gehörte das zusammen? Dass es zusammengehörte, da war sich Mechtersheimer sicher. Obwohl sein Verhältnis zu Heugen nicht so unbelastet gewesen war. Doch Heugen war ein Mann fürs Grobe gewesen. Der keine Angst vor diesem Kühn hatte, diesem wildgewordenen Abteilungsleiter, der sich selbstständig machen und die Unterführung in der Rheinstraße als Hebel nutzen wollte. Seine Pläne würden ihm den Auftrag einbringen, hatte Kühn geglaubt. Ganz schön naiv. Die POM ließ keine Konkurrenz im eigenen Hause zu. Kein noch so kleiner Auftrag ging an die Konkurrenz. Auch nicht so lächerliche Summen wie die paar Hunderttausend. Für Pläne, die sowieso nicht zur Ausführung kamen. Alle Gelder standen dem Hausherrn zu, der POM. Und nicht dem Zeichensklaven. Das wusste jeder und jeder billigte es. Nur Kühn wollte es nicht wahrhaben. Er tauchte einfach bei der POM auf und stellte Forderungen. Es seien seine Pläne und er lasse es nicht zu, wenn die POM sie einfach kopiere und für viel Honorar als Sondervorschlag einreiche. Heugen lächelte wohlwollend, als Kühn dasaß und seine Nervosität nicht verbergen konnte. Nach dem Gespräch fragte Heugen Mechtersheimer nach dem Schlüssel zu dessen Dienstkarosse.
Dann verschwand Kühn. Und auch die Pistole aus dem Handschuhfach von Mechtersheimers Dienst-BMW war verschwunden, als dieser vom Bodensee zurückkam und wieder in seine Nobelkarosse stieg. Heugen meinte lachend, es sei aber schade, dass seine Pistole weg sei, und Mechtersheimer fragte nicht nach. Heugen hatte keine Angst, nie. Mechtersheimer hatte Angst, immer. Vor seinem Fraktionsvorsitzenden, vor Heugen und auch vor Kühn. Vor allem jetzt, nach dem Auftauchen seiner Leiche.
Kurz nach Kühns Verschwinden hatte Heugen lang gehegte Pläne wahr gemacht und ging in die Privatwirtschaft. Seinen Nachfolger Simmer auf dem zweiten Geschäftsführerposten der POM hatte er beizeiten selbst ausgesucht. Er kannte ihn schon von so manchen Aufträgen. Und beide gehörten derselben Partei an, was erfreulicherweise dem Interessenproporz an höherer Stelle entsprach.
Simmer war ausgesprochen glücklich über die neue Stelle. Sein straff geführtes Rohbauunternehmen wuchs mit exponentieller Geschwindigkeit. Konkurrenten wurden zu Wettbewerbern, Wettbewerber zu

Subunternehmern und Subunternehmer gingen in Konkurs. Simmer wusste genau über die finanziell hauchdünne Decke seiner Wettbewerber in Zeiten schlechter Zahlungsmoral Bescheid. Und wartete in aller Ruhe ab, bis er aus der Konkursmasse günstig die Baumaschinen erwerben und dem eigenen Imperium einverleiben konnte. Die Leute überließ Simmer lieber dem Arbeitsamt. Er bevorzugte ausländische Arbeitnehmer, die keine lästigen Forderungen stellten und von Tarifabschlüssen nichts wussten.
Heugen aber sprang nicht nur in die Privatwirtschaft, sondern gleich nach Mallorca. In die Sonne, in das pralle Leben, wie er lachend meinte, als er danach gefragt wurde, warum er seinen guten Job in Mainz verlassen hatte. Natürlich arbeitete er weiterhin ständig mit Mechtersheimer zusammen. Lieferte aus dem sonnigen Süden die Pläne für den regnerischen Norden. Da konnte mitunter auch einmal etwas schiefgehen. Wie bei einem Mainzer Hotel, dessen Foyer nach einem Wolkenbruch dem hauseigenen Schwimmbad Konkurrenz machte. Aber dafür gibt es ja eine Haftpflichtversicherung. Doch Heugen war nicht damit zufrieden gewesen, sondern mit Macht ins Immobilienspiel auf den Balearen eingestiegen. Drohungen der einheimischen Potentaten hatten ihn nicht abgeschreckt. Er hatte über die Konkurrenz gelacht. Bis es zu spät war.
Und – zutiefst hatte Heugen auch über Mechtersheimer gelacht. Heugen wusste, dass Mechtersheimer an seinem Sessel klebte und seine Kröten zählte. Ein Buchhalter, ein verstaubter Geldzähler. Einer, der nie aus seiner Haut kommen würde. Sondern höchstens mal zu einer Party auf seiner Jacht am Bodensee, die er sich von einem Bordellbetrieb auf der anderen Rheinseite mit Frischfleisch bestücken ließ.
So sehr Mechtersheimer Heugen auch unterschwellig hasste, er hatte diesen Mann fürs Grobe gebraucht. Und dann stürzte diese blöde Statue vom Dach – vor aller Augen. Und dann starbt Heugen – wieder vor aller Augen. Und es würde nicht lange dauern, bis Simmer ganz genüsslich beim nächsten Meeting seinen Benjamin als den neuen Haus- und Hoflieferanten für Planungsleistungen jeder Art empfehlen würde. Eine Empfehlung, der Mechtersheimer nicht würde widersprechen können. Zumal es ja möglicherweise sein Schwiegersohn werden würde.
Das wusste er und auch Simmer wusste, dass er es wusste. Kurzum: Die Dinge entwickelten eine gefährliche Eigendynamik. Jetzt, nur

kurz vor seiner Pensionierung. Mechtersheimer fühlte sich schon seit einigen Wochen nicht mehr so wohl. Schon vor dem Richtfest des Großen Hauses zwickte es ihn öfter mal in der Herzgegend. Der Arzt hatte aber nichts festgestellt. So gab der Geschäftsführer der POM dem drückend heißen Wetter die Schuld an seiner Unpässlichkeit und beschloss, zur Entspannung wieder mehr Golf zu spielen. In Stromberg, wo die Temperaturen im Sommer deutlich angenehmer waren als im Mainzer Kessel. Wo die Stromburg von Johann Lafer nach der Platzrunde zu exquisitem Essen lockte.
Inzwischen hatte Mechtersheimer den Ball erreicht, der am Rand des Wassergrabens von Loch 18 liegen geblieben war. Er stellte sich richtig zum Ball und holte aus, um sicher über den Graben hinweg zu kommen. Das erinnerte ihn wieder an Heugen, dessen International Planning auch diese Anlage geplant hatte. Umweltschützer waren Sturm gelaufen und hatten so viele Auflagen durchgesetzt, dass die Anlage teilweise mehr einem Biotop glich. Einem Biotop, das lebte. Auch Grasfrösche waren darunter. Wie der eine, der just in dem Moment neben den Golfball sprang, als Mechtersheimer ausholte.
Mechtersheimer stutzte nur kurz. Dann änderte er seine Schlagrichtung ein wenig und schlug ungebremst mit dem Pitching Wedge zu. Der Frosch zerplatzte mit einem „Knatsch“, seine wasserhelle Lymphe glitschte am Schläger hoch und seine Reste regneten ins Wasser. Mechtersheimer holte ein Tempotaschentuch aus der Brusttasche seines Golfshirts und wischte angewidert, aber sorgfältig den Schläger ab. Dann fühlte er sich besser. Und holte erneut aus.

*

Erst nach mehr als einer Stunde ruft Herbert an und kommt gleich zur Sache:
„Hallo Ronni. Jana sagt, dich interessieren die Einbruchsdiebstähle in den Ämtern?” Er hat scheinbar Stress. Seine Stimme klingt ein wenig gehetzt. Die Einbruchsdiebstähle? Ich weiß bisher nur von einem. Da muss ich geschickt nachfragen.
„Ja, ich brauche möglichst viele Infos. Das sind doch keine großen Sachen und die Berichte in den Zeitungen waren ein wenig kurz. Vor allem, ob es aus deiner Sicht Zusammenhänge gibt”, führe ich aus.
„Na ja, kleinere Sachen. Ich weiß gar nicht, was dich daran interes-

siert." Eine kleine Sprechpause. „Im Grünamt und auf der Zitadelle, genauer dem Hochbauamt und Tiefbauamt, wurde im Abstand von zwei Tagen eingebrochen. Kaffeekasse geplündert, Spinde aufgebrochen und die Archive verwüstet. Geklaut insgesamt vielleicht dreihundert Mark und einige Spirituosen. Schaden mindestens das Zwanzigfache."

„Und habt ihr die Leute?"

„Noch nicht, wir haben Wichtigeres zu tun. Immerhin haben wir einige geleerte Flaschen in den Grünanlagen am Rhein gefunden. Und an der Kaponniere am Feldbergplatz flogen ein paar Ablagetaschen aus dem Hochbauamt herum, die aus dem zweiten Einbruch stammten."

„Die Aufklärungsquote bei Diebstahl ist nicht sehr hoch", ergänze ich.

„Wir haben zu wenig Leute. Schieben Überstunden ohne Ende. Müssen uns mit jedem Dreck befassen, damit die braven Bürger ruhig schlafen können." Herbert klingt wirklich frustriert heute Morgen. „Und bekommen dafür noch Dresche." Aha, daher weht der Wind.

„Bastian ist wieder frei und der Staatsanwalt tobt. Und dein Chef auch, stimmt's?" Herbert tut mir leid. Manchmal sind die Umstände wirklich gegen die, die es ehrlich meinen. Die die Arbeit machen, für die andere sich zu fein sind.

„Du solltest als Hellseher gehen, Ronni." Seine Stimme ist ziemlich kraftlos. „Natürlich ist Bastian Burger sofort freigelassen worden. Und machte sich fröhlich pfeifend vom Acker, oder vielmehr Gefängnishof. Und der Rest – du hast es selbst gesagt. Aber was interessiert dich jetzt an den Einbrüchen?"

„Ich habe eine vage Vermutung, die uns vielleicht einen ganzen Schritt weiterbringt." Ich mache ihm Hoffnung. „Du erinnerst dich an das Tempopäckchen mit der Nummer drauf?"

„Na klar. Es ist noch in der Asservatenkammer."

„Die Nummer darauf ist eine Auftragsnummer des Grünamtes. Jedenfalls höchstwahrscheinlich. Vielleicht hat Kühn unter dieser Nummer Wichtiges versteckt? Im Archiv vielleicht."

„Sein Büro haben wir damals bestimmt durchsucht, Ronni. Das scheidet also aus. Bleibt das Archiv. Daher also deine Nachfrage wegen der Einbrüche." Immer noch dieser müde Ton. „Ach, was soll's. Hätte ich genauso gemacht. Aber du hast doch bestimmt schon recherchiert, wie ich dich kenne. Zu welchem Ergebnis bist du gekommen?"

„Zu keinem, Herr Hauptkommissar. Außer dem, dass da wohl jemand auf dieselbe Idee kam wie ich. Und mir zuvorkam. Die Auftragsnummer gibt es nicht im normalen Auftragsbestand. Was nicht ausschließt, dass es eine Ablagemappe mit dieser Nummer trotzdem gibt."
„Und wozu?"
„So etwas kenne ich auch aus anderen Archiven und Lagern. Ich leistete bei den Heeresfliegern in Mendig meine fünfzehn Monate Vaterlandsdienst ab. Bei der Ersatzteilbeschaffung. Und wunderte mich, warum die Herren Unteroffiziere und Feldwebel regelmäßig immer wieder im Lager verschwanden und eine halbe Stunde später nicht mit Ersatzteilen wiederkamen, sondern mit einer Fahne. Das Rätsel war schnell gelöst: In Fach D 16 standen hinter Gummidichtungen für die CH53G-Hubschrauber mehrere Jägermeisterflaschen. Der Konsum war am Ende meiner Dienstzeit bei einem halben Liter pro Person und Tag angekommen. Mich ausgenommen."
Ich komme wieder zum Thema.
„Gehen wir also einmal davon aus, dass die Nummer zwar mit dem Archiv zu tun hat, aber nicht in der Art, wie es üblich ist. Und angenommen, das Plündern der Kaffeekasse war nur ein Vorwand, um Kühns Tasche zu suchen ..."
„... dann haben der oder die Täter beim ersten oder zweiten Diebstahl nicht das gefunden, wonach sie suchten." Herberts Energie überwindet langsam die Lethargie.
„Und wenn wir davon ausgehen, dass das Material immer noch in den Archiven ist, wenn auch in anderer als üblicher Hinsicht ..."
„... sollten wir uns schnell darum kümmern." Herbert ahnt schon, worauf ich hinaus will. „Wann kommst du vorbei? Du willst sicher suchen helfen."
„Na klar. Ich frage mal die Nachbarn, ob sie auf Dominik und Linda ein Auge werfen können. Wie wäre es mit heute Nachmittag? Um drei? Im Hochbauamt?"
„Abgemacht. Komm hier vorbei, damit wir zusammen in die Zitadelle fahren können."
Vielleicht erreichen wir nichts. Oder alles. Oder irgendetwas dazwischen. Was hat Kühn dort versteckt?

*

Obwohl das Ufer des Wassergrabens recht steil und das Gras kurz geschnitten war, blieb der Ball am Rand liegen und fiel nicht ins Wasser, was einen Extraschlag bedeutet hätte. Obwohl er allein spielte, nahm Mechtersheimer es doch genau wie sonst auch. Er ging mit langsamen Schritten um das Wasser herum und suchte schon einmal die optimale Flugbahn für den nächsten Schlag. Und ärgerte sich über die helle Flüssigkeit, die der zerplatzende Frosch auf seiner weißen Golfhose hinterlassen hatte.
Er war unkonzentriert. Dass er nicht im ersten Schlag über den Teich hinaus aufs Fairway gekommen war, war ungewöhnlich. Sein Kopf war nicht klar. Die Umstrukturierungen an der Spitze der POM machten ihm schon genug Sorgen. Zwar war er nominell mit Simmer gleichberechtigt, aber tatsächlich sah die Sache ganz anders aus. Da gab er sich keinen Illusionen hin. Jetzt rächte es sich, dass er immer Heugen die Drecksarbeit hatte erledigen lassen. Ihm war auch längst klar, dass Heugen das alles aus purem Kalkül gemacht hatte und nicht aus Menschenfreundlichkeit.
Nicht klar war dagegen, was es mit der Auftragsnummer auf sich hatte, die Kühn auf seiner Tempo-Packung hinterlassen hatte. 10-1011-67. Grünamt. Die Zeitungen hatten sie gründlich und laut ausgeplärrt. Natürlich hätte er die Tasche durch einen Anruf beim Amt auf seinen Tisch bekommen, aber das wäre registriert worden. Archivare sind sehr genau. Das ist ihr Job. Heugen hätte sich die Tasche einfach selbst besorgt, irgendwie am Archivar vorbei. Das wäre kein Problem für den gewesen. Mechtersheimer dagegen fand ein paar halb betrunkene Berber, die den Job machten. Er hatte denen die Nummer auf einen Zettel geschrieben und einen Hunderter versprochen.
Die legten eine Mappe auch treu und brav in den nicht beschrifteten Briefkasten, den er rechtzeitig neben dem Eingang zur Kaponniere angebracht hatte. Er war nachträglich noch stolz auf seine Idee, einen echten Briefkasten als toten Briefkasten zu gebrauchen. Dumm war nur, dass die Mappe aus dem Grünamt nichts Interessantes enthielt. Sie war sogar leer. Und die Bezeichnung 10-1011-67 war nur handschriftlich aufgetragen. Vielleicht schon von einem eifrigen Archivar im Voraus angelegt? Vielleicht war ja auch die Amtsbezeichnung falsch? Oder hatten sich die Berber die Arbeit sehr leicht gemacht und einfach selbst beschriftet?
Die aber wiesen den Verdacht weit von sich und er schickte sie noch

einmal los. Diesmal ins Hochbauamt. Diesmal wollten sie schon einen Hunderter pro Nase. Doch auch diesmal ging es daneben. Gerade als er kam, um den Briefkasten zu leeren, sah er Polizisten Ablagemappen auf dem Boden neben dem Briefkasten aufsammeln. Vielleicht war da die Richtige dabei? Er wartete und wartete, aber es passierte nichts. Simmers Drähte in die Kripo konnte er nicht einsetzen, weil er ihm sonst entscheidendes Erpressungsmaterial geliefert hätte. Was mochte es mit der Auftragsnummer des Grünamtes tatsächlich auf sich haben?

Die 10-1011-67 war keine richtige Nummer, aber was war sie dann? Irgend so ein Computerzeug, so eine digitale Nummer vielleicht? Mechtersheimers Eltern hatten ihn auf ein humanistisches Gymnasium geschickt, da war die Computerei noch nicht erfunden gewesen. Sondern Latein und Geschichte wurde da gepaukt und zwar römische Geschichte. Römische Geschichte? Mechtersheimer bekam eine Idee. Und beschloss, in Sachen Archivierungsnummer selbst nach dem Rechten zu sehen.

Er fuhr zurück ins Büro und besorgte sich die Pläne der Zitadelle aus dem Stadtarchiv. Als Fördermitglied des Festungsbauvereins war er bekannt und so bekam er die Pläne schon eine Stunde später per Boten. Er breitete sie auf seinem großen Schreibtisch aus, über den schon so viele Millionenprojekte gewandert waren. Die Pläne waren nicht ganz vollständig. Doch das sollte kein Problem sein, weil die militärischen Erfordernisse eine Reproduktion der Anlagen nach einem nur wenig variierenden Schema bedingten. Sterne, Bastionen, Sperrwerke, Eskarpen, Poternen. Vor allem interessierte Mechtersheimer der unterirdische Teil der Anlagen. Auch Kühn hatte mit Sicherheit Zugriff auf die Pläne gehabt. Wo könnte er die Unterlagen versteckt haben? Im normalen Archiv wohl nicht, denn dann wären sie beim ersten Einbruch wieder aufgetaucht.

Mechtersheimer erinnerte sich. Während der Umbaumaßnahmen vor vier Jahren hatte das Hochbauamt einige Unterlagen in den unterirdischen Teil ausgelagert. Nach Abschluss der Arbeiten kamen die Akten feucht zurück. Wo waren sie unterdessen gelagert worden?

Von den unterirdischen Räumen und Gängen war nur der zur Bastion Drusus gehörende Teil vollständig erschlossen und erhalten. Diese Gänge führten unterirdisch auch rund um den Drususstein. Er fragte noch einmal ganz beiläufig bei seinem Spezi Klaus Stihl beim Grün-

amt nach, mit dem er auch den Gutenbergplatz von den störenden Platanen befreit hatte. Stihl hatte zugelangt oder vielmehr zugesägt und Mechtersheimer ihm dann den Rücken frei gehalten. Am Ende waren die Platanen weg. Was blieb, war eine Höhergruppierung von Stihl. Solche gelungenen Aktionen verbinden echte Männer.
Auch Stihl erinnerte sich an die Auslagerung der Akten. Er hatte nämlich dort einen Raum, in dem er Gartengeräte und Bänke für die Grillabende lagerte. Die Einlagerung hatte ihn damals gestört. Ebenso wie das überflüssige Grün, das die schönen Festungsmauern der Zitadelle zersetzte und schon Biotop-Charakter gewonnen hatte. Er wollte es weghaben und der Festungsbauverein auch. Und da hatte Mechtersheimer erheblichen Einfluss, das wusste Stihl. Also hinterlegte er den Schlüssel zu dem unterirdischen Gang um die Bastion Drusus beim Pförtner des Hochbauamtes, damit Mechtersheimer ihn jederzeit holen könnte. Denn Stihl musste an diesem Tag früher weg. Er war Mitglied der Freimaurerloge Guxhagen, die am Freitagabend die Hochzeit eines Mitglieds im dortigen Tempel feierte. Ein seltenes Ereignis, denn normalerweise durften Frauen Freimaurertempel nicht betreten.
So beschloss Mechtersheimer, einmal ganz unverbindlich am Freitagnachmittag den Schlüssel zu holen und in den Gängen nachzusehen. Vor Aufregung stach es wieder in seiner Brust, aber er ignorierte das. Er wollte endlich auch einmal die anderen übertrumpfen. Obwohl es ihm an Erfahrung mangelte, denn bisher hatte er immer andere die Drecksarbeit machen lassen.

*

Punkt drei bin ich am Valenciaplatz und genauso pünktlich kommt Herbert mit seinem gut gekühlten Mondeo aus der Tiefgarage. Für eine Klimaanlage im Auto reicht der Landesetat leider noch nicht, jedenfalls bei den Einsatzfahrzeugen der Polizei. Die Etatplaner halten es wohl mit dem Witz, dass ein reicher Texaner keine Klimaanlage braucht, weil er seine Autos im Kühlschrank parkt. Doch die Mainzer Polizisten sind keine reichen Texaner, sondern im Schichtdienst malochende, ganz normale Menschen. Auch für genügend Handys und komfortable kugelsichere Westen scheint das Geld nicht zu reichen. Nicht wenige Polizisten haben Tausende DM aus der knappen

Privatschatulle ausgegeben, um sich moderne kugelsichere Westen zu kaufen.
Doch das soll uns heute nicht kümmern, weil wir nur einen harmlosen Ausflug in die Zitadelle vorhaben. Dort sind alle Bau- und Planungsbehörden zusammengefasst, was für kurze Gehwege sorgt. Zu kurzen Dienstwegen wohl nicht, denn beispielsweise werden die Archive getrennt geführt, wie eine telefonische Frage vorab ergab. Scheinbar sind die Ablagevorgaben allzu unterschiedlich. Vielleicht hat Kühn die zweifellos in jedem Amt und jedem Standort vorhandenen speziellen Gepflogenheiten genutzt, um sich abzusichern.
Herbert fährt heute einen gemütlichen Stil, und das Automobil aus den Kölner Ford-Werken gleitet ruhig durch den langsam dichter werdenden Verkehr der Rheinallee. Die Hitze flirrt auf dem Asphalt und lässt die Konturen in Bodennähe verschwimmen. Die spärlichen Rasenflächen vor dem Museum für antike Schiffahrt und der Neutorschule sind teilweise vertrocknet und halten den Staub nicht mehr richtig fest. Jetzt würde ich lieber nach links zum Winterhafen abbiegen, wo einige Biergärten und der immer noch kühle Rhein locken, aber die Arbeit geht vor.
Der Weg vom Valenciaplatz in die Zitadelle ist kurz. Direkt hinter der Bahnunterführung geht es im scharfen Bogen rechts hoch. Links lädt die bunt blühende Blumenuhr in den Volkspark ein. Ein paar Meter weiter dann die Schilder und Bauzäune, die die Ausgrabung des größten römischen Bühnentheaters nördlich der Alpen kennzeichnen. Mehr als zehntausend Besucher fanden einst hier bei Festlichkeiten Platz, die vor allem zu Ehren des Feldherren Drusus alljährlich stattfanden. Der Stiefsohn des Augustus befehligte die beiden in Mainz stationierten Legionen und war als Nachfolger des römischen Kaisers designiert. Seine gottähnliche Stellung half ihm nicht über die Unbilden des Lebens hinweg. Er stürzte bei einem seiner Feldzüge vom Pferd und verletzte sich so schwer, dass er nur noch tot in sein Lager Mogontiacum zurückgebracht werden konnte. Ihm zu Ehren war der Drususstein errichtet worden, der unter dem Namen Eichelstein bekannt ist und in den folgenden Jahrhunderten erheblich verunstaltet wurde.
Immerhin wurden die Reste teilweise in die Anlage der Zitadelle integriert und nicht bedenkenlos den barocken Festungsbauten geopfert. Heute sind in den dortigen, teilweise renovierungsbedürftigen Gebäu-

den die Bauämter der Stadt untergebracht. Renovierung allenthalben. Wagen von Rohbau Simmer stehen da und einige Fenster und Flure in den Gebäuden sind mit Plastikplanen verhängt, um die Staubausbreitung zu vermindern. In dem Flügel der Zitadelle, der von der Bastion Drusus beherrscht wird, ist das Hochbauamt untergebracht. Fast unmittelbar an den Drusussstein grenzt der Flachbau des Amtes für Verkehrswesen an, der auch eine grundlegende Sanierung verdient hätte.
Im Hochbauamt sind jetzt, kurz nach drei am Freitag, alle Türen verschlossen. Auch der Hausmeister ist wohl für ein paar Minuten weg, wie ein kleines Aufstellschild an seiner Tür neben dem Eingang angibt. Die Parkplätze im Innenhof leeren sich zusehends. Nur noch vereinzelte Nachzügler fahren weg. Ab zwei ist das Parken kostenlos und um acht werden die Tore zur Zitadelle geschlossen. Herbert stellt seinen Wagen in den Schatten einer Platane und wir beratschlagen, was wir unternehmen sollen.
„Hier wird eifrig renoviert. In solchen Fällen wird zuerst das Archiv irgendwohin ausgelagert, weil man es ja recht selten in Anspruch nimmt. Was liegt in der Nähe?"
„Weiß ich auch nicht, Ronni. Schau' mer mal, würde Kaiser Franz sagen. Der Zugang zu den unterirdischen Gängen und Kasematten soll hier direkt am Drusussstein sein. Jedenfalls wird das so im Film Festung Mainz von Utz Kastenholz gezeigt."
Wir gehen zwischen Tiefbauamt und dem Amt für Verkehrswesen durch und kommen zum Drusussstein. Tatsächlich: Direkt rechts vom Drusussstein ist ein Eingang, der mit einer Holzplatte verschlossen ist. Wir gehen hin. Die Tafel ist nur vorgestellt und lässt sich problemlos wegstellen. Was ich denn auch tue. Dahinter öffnet sich ein größerer Raum mit Tonnengewölbe. Weiß verputzt. Einige Tische und Stühle, vielleicht noch vom letzten Open Ohr Festival, lagern an der Stirnwand. Abgänge an den Seiten führen in dunkle Gänge. Abdrücke auf dem Boden lassen vermuten, dass hier vor kurzem noch weitere Möbel standen.
„Willkommen in Frankensteins Rumpelkammer", entschlüpft es mir.
„Ebener Boden und problemloser Zugang. Zwar etwas feucht, aber durchaus nutzbar." Herbert Wülfing ist eher von der nüchternen Sorte. „Siehst du vielleicht eine Akte, wo draufsteht „Unterlagen zum Mord an Torsten Kühn" oder so ähnlich?"

„Wenn Kühn hier etwas versteckt haben sollte, dann würde er es nicht so offensichtlich machen. Wer etwas verstecken will, hat hier die große Auswahl. Es gibt nicht nur die Wehrgänge rund um die Bastion, sondern auch ein Gewirr von Minengängen."
„Minengänge? Liegen da Minen?"
„Nein, die waren für Belagerungen vorgesehen und gehen weit ins Vorfeld der Festungsanlagen. Wenn der Feind dann vor den Mauern lagert, werden die Gänge mit Schwarzpulver gefüllt und in die Luft gejagt. Samt dem darauf lagernden Feind."
„Weißt du alles aus dem Film."
„Genau. Ich sehe mehr fern als Fußball."
„Und das Loch da vorn ist ein Minengang?" Herbert hat inzwischen seine Maglight gezückt und lässt den Lichtkegel um einen sauber ausgemauerten Eingang kreisen.
„Nein, sondern ein Verbindungsgang. Hier kann man aufrecht laufen. Minengänge wollen erkrochen werden."
„Genug geredet. Hinein ins Vergnügen." Herbert leuchtet mit seiner Taschenlampe und dringt in den Gang ein. Ich folge ihm ohne Zögern.
Direkt hinter dem Zugang geht es ein paar Treppen hinunter. Zunächst ist der Gang noch verputzt, dann kommt nur noch raues Mauerwerk. Typische Kalksteine aus dem Mainzer Becken wechseln sich ab mit Blöcken anderer Herkunft. Bearbeitete Sandsteine sind hier ebenso vermauert wie Verkleidungs- und Mauersteine des Drusussteins, der heute nur noch halb so hoch ist wie zur Zeit der Fertigstellung. Zu Beginn des zwanzigsten Jahrhunderts wurden die meisten Mainzer Festungen oberirdisch größtenteils geschleift und lieferten ihrerseits wichtiges Mauermaterial für viele Mainzer Bürgerhäuser.
Unterirdisch aber sind fast überall die verzweigten Gang- und Stollensysteme des Festungsgürtels sehr weitgehend erhalten. Wie auch der Gang, in dem wir uns befinden. Er ist über zwei Meter hoch, etwa einsfünfzig breit und folgt offensichtlich den steil in den Graben abfallenden Mauern der Bastion Drusus, denn er ändert mehrfach seine Richtung. Der Gang behält seine Höhe bei und verengt sich auch nicht wesentlich. Auffallend sind lange, tiefe Schlitze zur Außenmauer hin. Auch sie sind gemauert und keineswegs durch Setzungen entstanden. Wozu mögen sie dienen? Minengänge gehen etwa alle zehn Meter ab. Sie sind nur etwa einen halben Meter hoch. Ihre Decken sind als

grob gemauerte Gewölbe angelegt, der Boden ist einfaches Erdreich. In der Decke des Hauptgangs finden sich in regelmäßigen Abständen Lüftungsöffnungen. Herbert leuchtet in jeden Gang und jede Öffnung hinein, aber wir sehen nichts Auffallendes.
So folgen wir weiter dem Gang. Die Luft verschlechtert sich nicht, sondern der zunächst kaum merkliche Luftzug verstärkt sich zusehends. Dann wird es wieder heller. Noch zwei Gangbiegungen und wir stehen vor dem abgeschlossenen Gittertor, das als offizieller Zugang angelegt wurde. Herbert schaut mich an.
„Hast du irgendetwas Aufregendes gesehen?"
„Nein. Es sei denn, tiefer in den Minengängen ist etwas versteckt. Die sind mir aber persönlich zu eng."
„Wem sagst du das?" Wülfing streicht sich liebevoll über seinen – trotz Elviras Diätüberwachung – immer noch vorhandenen Bauch. „Es bleibt die Frage, ob diese Spur überhaupt richtig ist. Denn auch wenn das Archiv zu Kühns Lebzeiten hierhin ausgelagert worden war, wäre es logisch gewesen, es nicht unter die anderen Akten zu stellen. Aber wohin?"
„Der Gang ist offensichtlich schon mehrfach begangen worden, wie im Film gezeigt. Vielleicht deutet Kühns Nummer ja auf etwas anderes hin?"
„Irgendeine Spezialität aus Kühns Umfeld. Irgendetwas, was mit seiner Arbeit im Amt zu tun hatte und was nur er kannte vielleicht?"
Wir schweigen und strengen unsere Gehirnzellen an. Das Nachmittagslicht fällt durch das Gitter des offiziellen Zugangs und verliert sich in der Tiefe des Ganges. Bis auf die gelegentlichen Rufe der Vögel ist es völlig still. Die letzten Mitarbeiter der Ämter haben das Gelände der Zitadelle verlassen. Wahrscheinlich sind nur noch die Hausmeister da.
Ich breche das Schweigen. „Ob wir doch einmal genauer in die Minengänge hineinschauen sollen?"
„Im Zweifelsfall bleibt uns wohl nichts anderes übrig. Die hier kurz hinter dem Eingang haben einen etwas größeren Durchmesser. Ich fange mal an."
Zweifelnd leuchtet er in den ersten Minengang und robbt sich dann schnaufend hinein. Der Leuchtkegel seiner Taschenlampe entfernt sich langsam nach hinten. Dann dreht er sich um und der Lichtschein wandert wieder näher. Plötzlich kommen von draußen Motorengeräu-

sche näher. Ich spähe durch das Gitter und sehe einen schweren BMW zwischen den angrenzenden Gebäuden zielsicher auf den Eingang zukommen. Schnell springe ich die paar Meter zu Herbert zurück.
„Hast du was gefunden? Wir bekommen gerade Besuch!"
„Ist ja interessant." Von seinem kurzärmeligen Hemd fallen trockene Erdkrümel herunter. Schnell schaltet er seine Taschenlampe aus. „Versteck dich. Gefunden habe ich noch nichts."
Draußen fällt jetzt eine Autotür zu, fast unmittelbar vor dem Eingang. Schnell laufe ich die paar Meter zum nächsten Minengang und krieche rückwärts hinein. Atemlos warte ich darauf, wer da wohl kommt. Doch noch rührt sich nichts. Die Schritte vor der Gittertür scheinen sich sogar zu entfernen. Was ist da los? Ich beschließe, zum Gitter zu schleichen, sorgfältig die Dunkelheit ausnutzend. Dann bin ich am Tor und spähe hinaus. Der BMW parkt fast direkt vor den nach unten führenden Stufen des Gittertores, sodass seine schwarze Kühlerhaube den Blick nach draußen teilweise versperrt. Im Hintergrund sehe ich noch gerade einen beleibten Mann im dunklen Anzug um die Ecke zum Hochbauamt gehen. Im Auto scheint niemand zu sein.
„Was ist, Ronni?", kommt Herberts flüsterleise Stimme aus dem Hintergrund.
„Ein großer BMW parkt direkt vor dem Eingang. Der Fahrer ist Richtung Hochbauamt verschwunden."
„Dann kommt er bestimmt gleich wieder. Sonst würde er nicht so dicht vor dem Eingang parken."
Ein Schatten huscht plötzlich durch das Sonnenlicht. Atemlos drücke ich mich ins Halbdunkel und spähe angestrengt nach draußen, doch es war wohl nur ein Vogel, der durch die Sonne flog. Vorsichtig pirsche ich mich weiter zum Eingang. Tatsächlich rührt sich etwas. Im Hintergrund nähert sich eine mir bekannte Figur dem Eingangstor. Mechtersheimer! Wie immer trotz der Hitze penibel angezogen. Mit einer Krawatte, die seinen fetten Hals einschnürt, und mit watschelnden Schritten, die seinem massiven Übergewicht Tribut zollen. In der linken Hand hält er ein kleines Holzstück, wohl den Schlüsselanhänger für das Tor. Schnell ziehe ich mich ins Dunkel des Ganges zurück und raune Herbert noch ein „Er kommt!" zu. Hastig verschwinde ich wieder rückwärts in meinen Minengang und auch Herbert, der es irgendwie geschafft hat, sich zu drehen, rutscht weiter nach hinten.
Dann verdunkelt ein großer Schatten das in den Gang einfallende

Licht. Schritte auf den wenigen nach unten führenden Stufen. Das Geräusch eines sich umdrehenden Schlüssels durchschneidet die Stille. Das Schloss ist offensichtlich gut geölt und recht leise. Dann wird das Gittertor geöffnet und der Kegel einer Taschenlampe tastet ins Dunkel. Wird Mechtersheimer uns entdecken? Er kann uns nichts anhaben, aber wir ihm auch nicht. Oder vielleicht doch?
Auch Herbert rührt sich nicht, als der schwere Mann mit schlurfenden Schritten an ihm vorbei dem Gang folgt.
Dann ist er vor meinem Minengang. Er bleibt kurz stehen und atmet schwer. Wenn er jetzt in den Minengang hineinleuchtet, kann er mich sehen! Doch nach einer mir endlos lang erscheinenden Pause, in der er den Lichtkegel seiner Lampe immer wieder im gemauerten Hauptgang herumwandern lässt, geht er weiter. Als Mechtersheimer um die nächste Gangbiegung verschwunden ist und nur noch das Streulicht seiner Taschenlampe fahl über die Steine schimmert, steht Herbert schon vor meinem Gang. Er legt die Finger auf die Lippen und dirigiert mich zum Eingang. Ganz gegen meinen Willen. Ich will eigentlich hinter Mechtersheimer her, aber er macht mir unmissverständlich mit Handzeichen klar, dass ich ihm folgen soll. Schnell huschen wir nach draußen und stellen uns so weit weg vom Eingang, dass unsere Schallwellen nicht im Gang zu hören sein dürften.
„Willst du den Mechtersheimer denn entkommen lassen?", werfe ich Herbert vor.
„Jetzt zügle mal dein Jagdfieber, Ronni", nimmt Herbert das Heft in die Hand. „Entkommen kann er uns sowieso nicht. Der Gang hat nur zwei Ausgänge, die wir problemlos kontrollieren können. In einen Minengang passt der sowieso nicht." Er klopft sich Erde von seiner Hose ab. „Ihm auf die Finger schauen können wir auch nicht, ohne dass er es merkt. Also warten wir erst einmal ab, was passiert."
„Und wenn er etwas findet?"
„Dann wird er es mit herausbringen und wir haben es. Findet er aber nichts, lassen wir ihn einfach laufen. Und untersuchen später nochmal mit richtig viel Licht und unseren Kriminaltechnikern den Gang."
„Was machen wir jetzt?"
„Am besten ist, du beobachtest den Hauptzugang und ich gehe in das Gewölbe am anderen Ende des Ganges, direkt unter dem Drusus-stein."
So lege ich mich in dem Hang oberhalb des Gittertores auf die Lau-

er und Herbert verschwindet ein paar Meter weiter in dem kleinen Eingang unterm Drususstein. Dort kann er sich bequem hinter den Tischen verstecken, die dort lagern.
Die Wartezeit zieht sich endlos. Wie lange ist Mechtersheimer schon drin? Es kommt mir wie viele Stunden vor. Ich schaue auf die Uhr. Fünf Minuten sind es erst. Was mag der Dicke im Gang machen? Wenn er weiß, wo er etwas Bestimmtes suchen muss, sollte er bald wieder herauskommen. Denn der Gang ist nicht sehr lang, vielleicht hundertfünfzig Meter. Wenn er auch etwas sucht, kann das noch dauern. Von Herbert ist nichts zu sehen. Er wird dort im Halbdunkel sitzen und in Ruhe warten, während meine Nerven wie Drahtseile gespannt sind.
Zehn Minuten. Nichts rührt sich, nur ein Amselpaar wendet geräuschvoll die welken Blätter auf dem Boden und fliegt erschreckt weg, als ich mich umdrehe. Fünfzehn Minuten, zwanzig Minuten. Immer noch nichts. Soll ich zu Herbert gehen und fragen, was los ist? Fünfundzwanzig Minuten. Nichts.
Da! Eine Bewegung am Eingang zum Gewölbe neben dem Drususstein! Mechtersheimer tritt blinzelnd ans Tageslicht und bleibt stehen, um seine Augen an die Helligkeit zu gewöhnen. Er hält in der linken Hand seine Taschenlampe und den Schlüssel. In der rechten Hand aber eine gefüllte Plastiktüte mit Hertie-Aufdruck. Herbert tritt von hinten auf ihn zu und legt ihm die Hand auf die Schulter. Mechtersheimer dreht sich erschreckt um, lässt alles fallen und sinkt zu Boden. Ich renne, so schnell ich kann, die paar Meter zum Eingang, wo Herbert sich über den massigen Körper beugt und sichtlich geschockt ist.
„Schnell, einen Notarztwagen. Schnell, Ronni!"

*

Der Notarztwagen aus der Uni-Klinik ist in weniger als zwei Minuten da und der begleitende Arzt beginnt sofort mit der Herzmassage, setzt Mechtersheimer dann eine Sauerstoffmaske auf. Dann wird der schwer atmende Mann vorsichtig auf eine Trage gehoben, in den Wagen geschoben und zur Uniklinik gefahren. Eine halbe Stunde später sind wir wieder allein in der Zitadelle. Nur der Wagen des Spitzenfunktionärs steht noch da.
„Das war aber knapp, Ronni. Ich dachte schon, der fällt tot um."

„Herzinfarkt?"
„Sieht so aus."
„Die Hitze, das viele Essen, die Aufregung, zu enge Krawatte, Übergewicht ..."
„Wohl wahr. Du brauchst mich nicht so anzusehen. Ich bin gesund." Herbert zieht demonstrativ seinen Bauch ein. „Die Tüte sollten wir erst bei uns auspacken, um keine Spuren zu verwischen. Aber wir sollten einmal nachsehen, wo denn die Tüte versteckt war."
Wir gehen noch einmal in den dunklen Gang, der mir jetzt noch unheimlicher vorkommt als vorher. Und stolpern nicht weit weg vom Ausgang zum Gewölbekeller fast über einen Ziegelstein, der vor einem abgehenden Minengang liegt. Der Stein fehlt in der Ausmauerung des Minengangs. Dahinter ist ein Hohlraum, in dem die Plastiktüte sicher genug Platz hatte.
„Woher wusste Mechtersheimer, dass hier etwas lag?" Herbert ärgert sich, dass wir es nicht gefunden haben. Ich zucke mit den Schultern und schaue mir im Taschenlampenlicht einmal den Stein genauer an. Ein Ziegelstein. Vielleicht aus dem Drususstein gebrochen? An seiner kurzen Seite eine Reihe von römischen Ziffern. Ein XXII. Das war's.
„Die römische Zweiundzwanzig. Mein Freund Willi hat mir doch erst vor kurzem erzählt, dass die Legio XXII die Stammbesatzung von Mogontiacum war. Die markierten ihre Ziegel mit XXII!"
„Das ist es! Warum komme ich nicht selbst drauf!" Herbert ist erleichtert. „Liest man die römischen Ziffern einzeln, kommen wir auf 101011. Und die –67 packte Kühn einfach hinten dran und fügte einen Bindestrich zwischen die ersten beiden. Damit entstand eine neue Zahl, die der gängigen Norm entsprach. Die aber keiner finden konnte, weil sie tatsächlich nicht existierte. Es sei denn, er wurde von Kühn instruiert. Wo sollte er es sonst verstecken? Es lag nahe am Arbeitsplatz und war dennoch sicher. Fast sicher. Wir haben also hier Kühns Rückversicherung. Die – wie wir inzwischen wissen – nicht geholfen hat."
„Wieso ist Mechtersheimer dahintergekommen? Und wir nicht?"
„Man kann nicht immer gewinnen, Ronni. Aber am Ende haben wir dann doch gewonnen. Mal sehen, was der Inhalt der Plastiktüte ergibt."
Ausnahmsweise darf ich einmal mit ihm ins Präsidium kommen und beim Leeren des Beutels in der Kriminaltechnik zusehen. Auf den

Tisch kommen Baupläne, offensichtlich Originale von der Planung der Unterführung vor dem City Hilton. Mit der Unterschrift von Kühn. Daneben die Abrechnung derselben Pläne durch Simmer. Dazu Aktennotizen über Absprachen zwischen Mechtersheimer und Simmer. Und noch einige Zeitungsausschnitte, die so angeordnet sind, dass die Zusammenarbeit Heugen-Mechtersheimer-Simmer klar wird.
„Jetzt soll sich die Staatsanwaltschaft einmal darum kümmern. Wir werden sehen, was dabei herauskommt. Ich muss gleich zur Vorstandssitzung", meint Herbert.
Als ich nach Hause fahre, bin ich einerseits erleichtert, dass der Fall im Wesentlichen aufgeklärt ist. Aber wird sich die Situation grundlegend ändern? Wohl kaum. Mit dem Wegfall von Heugen hat Simmer freie Bahn. Und ob Mechtersheimer mit seiner schweren Krankheit noch in der Lage sein wird, ihm Paroli zu bieten? Wohl noch weniger. Wenn er denn überhaupt jemals dazu fähig gewesen wäre.
Wieder zuhause, erwartet mich eine Nachricht von Angela auf dem Anrufbeantworter. Die POM hat kurzfristig dem Ingenieurbüro Graber ein paar kleinere Planungsarbeiten übertragen, die offensichtlich von der IP nicht mehr ausgeführt werden können. Ein kleiner Hoffnungsschimmer, aber kein richtig dicker Auftrag, meint sie. Ein dicker Auftrag? Richtig: Herbert hat heute doch Vorstandssitzung, wo es um das Stadion geht!
Abends um zehn bekomme ich ihn ans Telefon.
„Na Herbert, wer plant?"
„Du bist ganz schön neugierig." Er macht eine kleine Kunstpause. „Noch niemand. Irgendein Externer soll noch einmal eine Machbarkeitsstudie erstellen. Der POM-Spezi im Vorstand hat mich beschuldigt, Frau Graber den Auftrag zuschanzen zu wollen. Woher der das schon wieder weiß? Frage mich lieber nicht."
So gut funktioniert also die Gerüchteküche derer, die sie täglich nutzen. Immerhin hat Angela erst einmal einen kleineren Auftrag und auch Brumm wird es gern vernehmen, dass Mechtersheimer nun kürzertreten oder gar ausscheiden wird. Vielleicht ist der Nachfolger ja ein wenig weniger verseilt und ein wenig höflicher. Es wäre allen zu wünschen.
Journalisten aber sind unbestechlich. So lange wenigstens, bis sie in Amt und Würden kommen und als Regierungssprecher tumbe Wahrheiten und schneidige Lügen verbreiten müssen. Doch solche gut be-

zahlten Jobs gibt es wenige. Das Standardsalär von drei Pfennig pro Anschlag hat immerhin einen Vorteil: Für so wenig Geld lohnt sich das Lügen nicht ...

*

Der Macher tritt ab

Wie wir erst jetzt erfuhren, erlitt Alfred Mechtersheimer, der rührige Geschäftsführer der Projekt-Objekt-Management POM, bei der Besichtigung der umfangreichen Renovierungsarbeiten auf der Zitadelle bereits vor drei Tagen einen Herzinfarkt. Durch schnelle ärztliche Hilfe konnte das Schlimmste vermieden werden und er ist wieder auf dem Weg der Besserung. Der allseits beliebte „Macher des Mainzer Baubooms", wie ihn seine Geschäftsfreunde bezeichnen, erklärte noch am Krankenbett, dass er in Zukunft beruflich kürzertreten und seinen Posten in der POM niederlegen werde. Nach seiner Entlassung aus dem Krankenhaus wolle er sich am Bodensee von den Strapazen erholen. Paul Simmer, der gleich ans Krankenbett geeilt war, als er von Mechtersheimers Krankheit erfuhr, zeigte sich sehr betroffen vom Ausscheiden seines Kollegen. Er wird kommissarisch die von Mechtersheimer betreuten Bauvorhaben weiterführen, bis ein Nachfolger gefunden ist.

Foto 1: Alfred Mechtersheimer am Krankenbett in der Kardiologischen Abteilung der Mainzer Universitätsklinik. Neben ihm Professor Dr. med. Venius Kardan und Paul Simmer.
Foto 2: Die Geschäftsführer der wichtigsten Mainzer Bauunternehmen wünschen Mechtersheimer eine gute Genesung.

Ausriss aus der Mainzer Allgemeinen Zeitung vom selben Tag. Ähnlich lautende Meldungen erschienen auch in der Mainzer Rhein-Zeitung und der Regionalausgabe Mainz-Wiesbaden der Bildzeitung.

Mombacher Stadion auf Eis

Das Mombacher Stadion wird vorerst nicht gebaut. Wie der Geschäftsführer der Mainzer POM, Paul Simmer, mitteilte, hat eine Machbarkeitsstudie des Ingenieurbüros Superplanning leider ergeben, dass die herkömmlichen Pläne für das Stadionprojekt nicht ausgereift sind. Die Stadionplanung wird jetzt neu ausgeschrieben, unter Berücksichtigung der in der Studie ermittelten Eckdaten. Der Vorstand von Gelb-Weiß Mombach zeigte sich enttäuscht von der Absage, hoffte man doch auf einen baldigen Baubeginn.

Ausriss aus der Mainzer Rhein-Zeitung. Eine ähnlich lautende Meldung erschien auch in der Mainzer Allgemeinen Zeitung, aber nicht in der Bildzeitung.

*

Wülfing schlägt die Zeitung auf und schiebt sie mit einem "Gut, nicht?" zu mir.

Korruption im Visier
Mittler will Vertrauensanwalt einsetzen

Rheinland-Pfalz will mit einem „Vertrauensanwalt" der Korruption in Behörden auf die Spur kommen. Finanzminister Gernot Mittler (SPD) schwebt vor, dass sich Behördenmitarbeiter und Lieferanten an den von ihm berufenen selbstständigen Rechtsanwalt wenden, wenn sie von Korruption oder anderen Unregelmäßigkeiten wissen. Für solche Fälle gab es bisher schon einen Ansprechpartner im Ministerium, der aber nie in Anspruch genommen wurde.

„Finito, Ronni." Herberts Stimme klingt resigniert.
„Dachte ich mir schon. Wann haben sie dir mitgeteilt, dass du den Himmelsstürmer abgeben sollst?"
„Gestern kam mein Chef und hat in Kooperation mit der Staatsanwaltschaft als Erstes die Ermittlungen für beendet erklärt."
„Du klingst aber gar nicht bedrückt."
„Was soll ich noch machen? An den Mechtersheimer wollen sie sowieso nicht dran. Du kannst dich vielleicht erinnern, dass er sich sogar die Pflege der Geranien in seinem Garten von seinen Auftragnehmern bezahlen ließ. De facto hat das dann natürlich wieder der Steuerzahler gelöhnt. Und die Hausdurchsuchung bei ihm war drei Wochen vorher angekündigt worden. Als die Kollegen bei ihm anrückten, hatte er die sorgfältig sortierten Akten bereits passend im Flur bereit gestellt. Das ersparte den Kollegen eine Menge Durchsuchungsarbeit und sie wurden auch gleich nett zum Kaffee eingeladen."

„Sehr fürsorglich im Sinne des Steuerzahlers.“
„Kann man so sehen. Jedenfalls könne ich von Glück sagen, dass Mechtersheimer nicht tot umgefallen sei, meinten die. Sollen die doch machen, was die wollen. Bis zur Pensionierung halte ich schon noch durch.”
„Alles wie gehabt, Herbert?”
„Alles wie gehabt, Ronni.”

*

Bücher von Jean C. Becker (nach Erscheinungsjahr geordnet)

Tod beim Rotweinfest (2000)

Noch bevor das Rotweinfest richtig begonnen hat, findet ein Jogger am frühen Morgen die Leiche einer Familienrichterin an der Ingelheimer Rheinfähre. Merkwürdige Umstände stellen die Kripo von Anfang an vor Rätsel. Wieso weist die Tote keine äußeren Verletzungen auf? Und was haben die vielen toten Käfer neben der Leiche zu bedeuten?

4. Auflage, 256 Seiten + Umschlag, mehrere Abbildungen

ISBN 978-3-936929-03-4 Euro 9,90

Haie im Mainzer Becken (2001)

Als sich an einem schönen Sommermorgen die Mainzer Elite auf dem Dach des Staatstheaters versammelt, deckt der spektakuläre Sturz einer Skulptur ein Verbrechen auf. Plötzlich bedrohen die Sünden der Vergangenheit die Geschäfte der Gegenwart. Die Spuren führen zunächst in die Mainzer Unterwelt und dann viel weiter. Denn die Baukorruption ist international ...

2. Auflage, 256 Seiten + Umschlag, mehrere Abbildungen,

ISBN 978-3-936929-02-7 Euro 9,90

Leichentanz an Fassenacht (2003)

Als ob das Leben nicht schon kompliziert genug wäre, tischt das Rheinhochwasser ausgerechnet zu Fassenacht Hauptkommissar Herbert Wülfing eine Leiche auf, deren Todesursache so gar nicht in herkömmliche Kategorien passen will. Die Ermittlungen geraten ins Stocken und werfen immer neue Fragen auf, die bis in den Zweiten Weltkrieg und die Zeit der Kelten zurück reichen.

224 Seiten + Umschlag, mehrere Abbildungen, ISBN 978-3-936929-01-0, Euro 9,90

Das Mainzer Mörderpendel (2005)

Nach einem mörderisch heißen Sommer gerät in Mainz und drumherum so manches aus dem Gleichgewicht. Eine Bombe wird im Rhein gefunden, eine Todesanzeige gibt Rätsel auf und der Journalist Ronni Sander versucht als Dompteur pubertierender Jugendlicher. Nur das Foucault'sche Pendel an der Mainzer Uni schwingt unerschütterlich – bis zum tödlichen Finale.

192 Seiten + Umschlag, mehrere Abbildungen, ISBN 978-3-936929-05-8, Euro 9,90

Tod in der Unterwelt (2007)

Im Sommer lebt Mainz auf seinen Plätzen – gestorben wird eher anderswo. Hauptkommissar Herbert Wülfing hat da viel Erfahrung, aber eine Leiche in einem Kornkreis ist auch ihm neu. Ein Ufo-Opfer? Ein Ritualmord? Zusammen mit dem Journalisten Ronni Sander folgt er den Mörderspuren durch ein dunkles, längst vergessenes Labyrinth entlang der Kanonenbahn und in der Mainzer Unterwelt.

224 Seiten + Umschlag, mehrere Abbildungen, ISBN 978-3-936929-06-5, Euro 9,90

Sturm am Bismarkturm (2009)

Schon seit Tagen ist die Atmosphäre in Mainz und Rheinhessen regelrecht aufgeladen. Zwischen Teufelsrutsch und Ingelheimer Aue und zwischen Kohle und Wind entzünden sich Energiekonflikte – und ein Mord passt da nur zu gut hinein. So klar die Motivlage scheint, so schwierig gestalten sich die Ermittlungen. Es entwickelt sich eine Kette von Ereignissen, deren Auswirkungen auch für manch unkontrollierte Entladung bei Hauptkommissar Herbert Wülfing von der Mainzer Kripo sorgen.

224 Seiten + Umschlag, mehrere Abbildungen

ISBN 978-3-936929-09-6 Euro 9,90

Der Bildband zu den Krimis:

Eine Mordsgegend (2001)

Kriminalistische Idyllen in Rheinhessen, Mainz und entlang des Rheins. Dreisprachig: Deutsch, Englisch, Französisch.

100 Seiten, etwa 150 größtenteils farbige, bisher unveröffentlichte Abbildungen, fester Einband, Fadenheftung, Format 23,4 x 24 cm

ISBN 978-3-936929-04-1 Euro 9,90

„Hier zeigt der Autor mit einzigartigen Aufnahmen Orte, die man sonst nie zu Gesicht bekommt." Mainzer Rhein-Zeitung

Filme zu „Tod in der Unterwelt": die Grube Doktor Geier in Waldalgesheim

Die einzigen bekannten Filme, die die Grube Doktor Geier unter Tage zeigen, eine Mangan- und Dolomitgrube, die eine große Rolle in „Tod in der Unterwelt" spielt. Der 30-Minuten-Film von Rudi und Edith Michel von 1971 zeigt alle wichtigen Arbeitsvorgänge über und unter Tage. Ein zweiter 18-Minuten-Film von etwa 2002, dreißig Jahre nach der Schließung, zeigt die Anlagen unter Tage im Dornröschenschlaf. Beide Filme wurden von Alfons Herbold aufwändig digital restauriert und mit gemafreier Musik vom Kayser Medienverlag Salzkotten nachvertont.

DVD, ca. 48 Minuten mit zusätzlichen Fotos des Erzbunkers.

im Jewelcase	Euro 9.90	ISBN 978-3-936929-07-2
im Bundle mit Bildband	Euro 15.90	ISBN 978-3-936929-08-9

Krimitouren

Jean C. Becker führt mehrmals im Jahr zu den Schauplätzen der Krimis – zu Fuß, per Rad oder Auto. Die aktuellen Termine gibt es in der Tagespresse oder unter

www.krimitour.de

Gern führt er auch Sie ganz privat, beispielsweise zu Betriebsausflügen oder Geburtstagen. Bitte schreiben Sie an jean-becker@web.de, wenn Sie die Konditionen erfragen oder den Newsletter mit den aktuellen Terminen erhalten möchten.

Lesungen

Jean C. Becker liest gern auch bei Ihnen. Dabei bringt er auf Wunsch auch die Filme zum Bergwerk Doktor Geier und anderes besonderes Filmmaterial zu seinen Büchern mit. Auch die Technik wie Beamer können wir stellen. Bitte richten Sie Ihre Anfragen an

jean-becker@web.de

oder rufen Sie an:
06725-95026

Krimi-Pantomime: Eine Dreiecks-Beziehung

Sie zählen nur bis zwei und nicht bis drei? Dann haben Sie - Pardon - sich selbst vergessen. Denn die beiden werden auch Sie in mitunter ihr Lesen und Spielen einbeziehen, wenn Sie das möchten. Freuen Sie sich auf einen spannenden Abend, der soviel mehr ist als „nur" eine Lesung. Denn Dreiecks-Beziehungen gelten gemeinhin als besonders spannend ...

Ein flotter Dreier gefällig? Voila: Der Krimi-Autor Jean C. Becker und die Pantomimin Corina Ratzel wickeln Sie ein! In etwas, das Sie so noch gar nicht kennen. Denn die Krimi-Pantomime verbindet Literatur mit Schauspielerei zu einer neuen, unerhört frischen Kunstform. Sprache wird zu Bewegung, Gestik und Mimik - und umgekehrt.

Termine unter www.krimi-pantomime.de
Anfragen unter info@krimi-pantomime.de